Sie waren beste Freundinnen, Paula und Sara, zwei vernachlässigte Mädchen, die alles teilten, die erste Liebe, die Träume vom Leben, die Wünsche nach Glück. Als Teenager hingen sie auf dem Flughafen Helsinki herum, machten ihre Leidenschaft für fremde Länder und weite Reisen schon bald zum gefährlichen Job. Jahre später verschwindet Paula spurlos, und ihre Mutter Pirjo alarmiert ihren Exmann, der eigentlich keine Rolle im Leben seiner Tochter spielen wollte. Nun jedoch nutzt Johann Lampen, Offizier beim finnischen Grenzschutz, alle ihm zur Verfügung stehenden Möglichkeiten, nach Paula zu suchen, und reist am Ende um die ganze Welt, um wieder zusammenzuführen, was vor Jahren aufgrund von Missverständnissen und Sprachlosigkeit auseinanderdriftete wie vor Urzeiten die Kontinente …

Hannu Raittila, geboren 1956 in Helsinki, gilt als einer der interessantesten und wichtigsten Schriftsteller Finnlands. Er hat Kolumnen, Hörspiele und Drehbücher verfasst, seine Erzählbände und Romane sind in zahlreiche Sprachen übersetzt und vielfach preisgekrönt. Für »Canal Grande« erhielt er den Finlandia-Preis, die bedeutendste literarische Auszeichnung des Landes, und 2014 wurde er für »Kontinentaldrift« mit dem Runeberg-Preis ausgezeichnet, einem renommierten Literaturpreis.

Hannu Raittila bei btb
Canal Grande. Roman
Atlantis. Roman

Hannu Raittila

Kontinentaldrift

Roman

Aus dem Finnischen von Stefan Moster

btb

Die Originalausgabe erschien 2013 unter dem Titel
»Terminaali« bei Siltala, Helsinki.

MIX
Papier aus verantwortungsvollen Quellen
FSC® C014496
www.fsc.org

Verlagsgruppe Random House FSC® N001967

1. Auflage
Genehmigte Taschenbuchausgabe Dezember 2016
btb Verlag in der Verlagsgruppe Random House GmbH,
Neumarkter Straße 28, 81673 München

Umschlaggestaltung: semper smile, München
Umschlagmotiv: © Svetlana Sewell/Arcangel Images
Druck und Einband: GGP Media GmbH, Pößneck
CP · Herstellung: sc
Printed in Germany
ISBN 978-3-442-71445-2

www.btb-verlag.de
www.facebook.com/btbverlag
Besuchen Sie auch unseren LiteraturBlog www.transatlantik.de

»Gotta travel on, ain't never coming back,
oh, oh, got a one way ticket to the blues.«

Sommersonnenwende
21. Juni 2012

Um an diese grüne Linie zu gelangen, hat Grenzschutzoffizier Johan Lampen Dienstausweise, Akkreditierungen sowie weitere Dokumente gefälscht, die für die persönliche Identifizierung und die Einreise erforderlich sind. Er hat heimlich mit Vertretern einer fremden Macht sowie mit international agierenden Kriminellen und Terroristen verhandelt und illegale Abkommen mit ihnen geschlossen. Gestern ist er vom Flughafen Aleppo in Syrien gestartet. In dem halben Jahr seit der Wintersonnenwende hat er zigtausend Meilen in Flugzeugen und verschiedenen Wasserfahrzeugen zurückgelegt.

Als sich die Maschine, die Syrien mit mehreren Stunden Verspätung verlassen hatte, Istanbul näherte, wurde sie von der türkischen Luftaufsicht angewiesen, Warteschleifen über der Stadt zu fliegen. Johan blickte aus der Luft auf den Bosporus, der Europa von Asien trennt und durch den er zehn Tage zuvor an Bord eines Versorgungsschiffs der russischen Schwarzmeerflotte gefahren war. Er zählte, auf wie vielen Kontinenten er in den zurückliegenden drei Monaten gewesen ist. Er kam auf fünf.

Was Johan sucht, hat er nicht gefunden, und er hat noch immer nicht ganz verstanden, was er stattdessen gefunden hat. Die nächsten Jahre, im Grunde sein ganzes restliches Leben werden die Antwort auf diese Frage sein.

Johan ist also über Istanbul und München nach Helsinki geflogen. Sein Flug von Aleppo aus war der letzte, der von Syrien in die Türkei ging. Wo Johan herkommt, herrscht Krieg. Bei sich hat er jedoch einen Frieden – beschädigt und klein, aber doch ein Frieden. Mit frei schwingenden Armen geht Johan in Uniform und mit UN-Barett an den Zollbeamten vorbei in die Ankunftshalle des Flughafens Helsinki-Vantaa. Er wird erwartet. Sechs Menschen kommen dort nun zusammen, und sie werden eine Familie bilden.

Es ist der Tag vor Mittsommer, die Sommersonnenwende im Schaltjahr 2012. Die Sonne scheint senkrecht auf den Wendekreis des Krebses, es ist der längste Tag des Jahres auf der nördlichen Erdhalbkugel.

I

LAURA PALMEN, NEHME ICH AN?

Das Leben der Laura Palmen

1991

Laura Palmen ist eine internationale Abenteurerin. Laura Palmen fährt, wohin sie will, auch dorthin, wo sich andere nicht hintrauen. Dieses Jahr abenteuert Laura Palmen durch Afrika. Sie fliegt nach Marokko und von Tanger weiter zur Goldküste. Sie fliegt, weil man in Ain Galakka von Beduinen gefangen genommen werden kann. An der Goldküste findet sie einen Rubin, der dort zweitausend Pfund kostet. Dann fliegt sie weiter. Sie fliegt über Kongo nach Kapstadt und bekommt fünfhundert Pfund. Sie fährt in die Drachenberge und findet den Cullinan-Diamanten.

Der Cullinan hat 3106,5 Karat. Räuber versuchen ihn zu rauben, aber Laura Palmen flieht nach Mosambik und von Daressalam zurück nach Tanger. In Afrika muss man fliegen, wann immer man kann. Mit dem Schiff fährt man besser nicht, weil man dann womöglich als Gefangene nach Sankt Helena kommt. Laura Palmen fliegt von Marokko weg und damit von ganz Afrika.

Sie hat den Cullinan-Diamanten dabei, und sie hat noch neunhundert Pfund, weil sie tausendsechshundert fürs Fliegen gebraucht hat. Laura Palmen fliegt nach London und wird eine berühmte Forschungsreisende. Den Cullinan-Diamanten verkauft sie an die Königin. Er wird ins Zepter eingelassen und damit unermesslich kostbar. Jetzt hat Laura Palmen so viel Geld, dass sie sich nur noch in Abenteuer stürzt.

Laura Palmens beste Freundin heißt Lara Hayward. Lara ist Schriftstellerin und heißt in echt Sara Heinäniitty. Lara schreibt Bücher über Lauras Abenteuer. Die beiden sind unzertrennlich, und darum abenteuert Lara viel mit Laura herum, aber nicht die ganze Zeit, weil sie zwischendurch ja Bücher schreiben muss. Sie schreibt in ihren Büchern über die Abenteuer, von denen Laura in ihren Tagebüchern erzählt.

Jetzt haben sie vor, zusammen nach Pollennesien zu fliegen, was früher die Südseeinseln waren. Sie fliegen von London nach Haiti, wo der Portoprinz regiert. Der Portoprinz ist ein brutaler Tyrann, aber das macht den beiden nichts aus, weil sie immer klarkommen. In Haiti nehmen sie ein Floß aus geflochtenem Gras und segeln in die Südsee, die eigentlich Stiller Ozean heißt. Von Ureinwohnern lassen sie sich in einem Bambuskanu auf eine Insel bringen und bauen sich eine Hütte. Sie wissen noch nicht, was für ein Abenteuer auf sie zukommt, aber sie sitzen schon mal am Strand und schauen zuversichtlich in die untergehende Sonne.

Auf den Südseeinseln können sie vielleicht Lauras Vater sehen, der Marineleutnant ist. Er ist dort vielleicht König der Ureinwohner geworden, so wie der Vater von Pippi Langstrumpf.

Sara

September 2011, Vantaa

Vorletzten Winter sah ich eines Morgens Laura. Es war mit Sicherheit Laura, und es war der 1. Februar 2010. Ich hatte ein Filmteam zur Vorfeldstraße der zweiten Start- und Landebahn gebracht, als ich einen Lieferwagen des Grenzschutzes auf ein Flugzeug zufahren sah. Das Filmteam machte eine Reihe von Flughafenaufnahmen für das Reality-Format, das gerade angelaufen war. Sie brauchten Bilder von startenden und landenden Maschinen. Darum hatte ich sie an die Stelle gebracht, von der aus sich die Flugzeuge nach der Landung auf die Gates zubewegten. Bloß dass diese Maschine nicht zu einem Flugsteig rollte.

Es war ein Airbus A 320 der Iberia aus Madrid. Er blieb einfach stehen. Das Filmteam wartete auf die nächste Landung, die laut Operation List in fünf Minuten stattfinden sollte. Durch den Knopf im Ohr hörte ich die aktualisierten Informationen zu den Flugbewegungen mit und zeigte mit den Fingern an: sieben Minuten! Der Kameramann nahm sein Gerät von der Schulter, der Tontechniker lehnte den Mikrofongalgen an die Kamera. Alle Gerätschaften waren mit Frost- und Windschutz versehen. Es herrschte eisige Kälte.

Als wir hinausfuhren, hatten wir laut Monitor vier Knoten Wind aus dem Norden. Wir steckten alle in den signalfarbenen Steppanzügen und den heizbaren Stiefeln vom Medienservice und sahen aus wie Michelin-Männchen. Im Winter kann Helsinki-Vantaa das reinste Sibirien sein. Aber sogar bei so einem Wetter sieht man auf der Straßenüberführung hinter dem Gelände die Planespotter mit ihren Ferngläsern und langen Kamerarohren. Sie tragen Eisangleroveralls. Auch diese Kleidungsstücke sind nicht bloß Fischfreunden über vierzig vorbehalten.

Einfach um mich ein bisschen aufzuwärmen, wollte ich nachschauen, was sich bei dem Airbus tat. Die Passagiere wurden in zwei Busse verfrachtet, die nach der Abfahrt eine graue Wolke und Dieselgestank hinterließen. Noch bevor sich die Abgase aufgelöst hatten, fuhr ein Lieferwagen des Grenzschutzes an die hintere Tür der Maschine heran. Die Grenzer stiegen in den Airbus. Wenig später führten sie eine Frau in Handschellen heraus. Oben auf der Treppe öffnete einer der Grenzschützer die Handschellen und steckte sie in die Brusttasche seines Overalls.

Hinter dem Motor des Flugzeugs flimmerte die Luft wie in der Wüste, weshalb man die Personen an der Tür nicht deutlich erkennen konnte. Aber dann gingen sie durch den vom Gasstrom gebildeten Dunst die Treppe herab in die klare Luft am Boden, und da begriff ich plötzlich, dass ich Laura vor mir hatte. Ich stand keine zehn Meter von ihr entfernt und sah sie. Sie sah nichts. Ihr Blick war starr.

Laura trug ein weites Kleid und Sandalen an den bloßen Füßen, sie sah ausgehungert aus. Über ihrer Schulter hing eine Leinentasche wie ein kleiner Sack. Der Kopf war rasiert und hatte schwarze Stoppeln. Hastig zog sie sich ein mit verschnörkelten Mustern verziertes Arabertuch über, dessen schwarzweiße Troddeln bis auf die Erde reichten. Ein Grenzschützer im grünen Overall legte ihr eine Armeedecke über die Schultern. Als sie am Fuß der Treppe angelangt war, breitete Laura die Arme aus und neigte sich etwas nach hinten, um Decke und Tuch besser um sich zu schlingen. Da sah ich, dass sie schwanger war.

Der Grenzer, der ihr die Wolldecke gegeben hatte, stieg mit Laura hinten in den Lieferwagen ein, sein Kollege setzte sich ans Steuer und zog die Tür zu, auf der ein schwarzer Bärenkopf und ein Schwert aufgemalt waren. Sie fuhren über das Rollfeld zum Terminal 2, wo bereits ein Krankenwagen wartete.

Wir hatten ebenfalls zwei Jungs von der Grenze dabei, denn ich hatte der Produktionsfirma vorgeschlagen, auch die Arbeit des Grenzschutzes auf dem Flughafen zu filmen. Immerhin bildet Helsinki-Vantaa die Grenze Finnlands zu mehr als zweihundert Ländern. Ich stellte die Verbindung her, bekam die Genehmigungen und fand die Kontaktpersonen. Für die Grenzschützer handelte es sich um einen »Einsatz«, und zwar um einen angenehmen. Beim Mittagessen sah ich in der Personalkantine einen von ihnen wieder und fragte ihn, wo die junge Frau hingebracht worden sei, die am Morgen in Handschellen aus Madrid gekommen war. Außerdem wollte ich wissen, wie sie hieß.

Der Grenzer sagte, er könne mir solche Informationen nicht geben. Darauf verriet ich ihm, dass ich wusste, woraus sie bei ihren Partys mit den Zöllnern die Bowle machten: aus dem Alkohol, den sie an der grünen Linie konfiszierten. Der Grenzer sagte, die Frau sei über Madrid aus Marokko gekommen und in die Poliklinik in Vantaa gebracht worden. Sie werde aber mit Sicherheit in die Psychiatrie Kellokoski eingeliefert, so durcheinander wie sie gewesen sei. Ihren Namen wollte er mir trotzdem nicht sagen. Ist auch nicht nötig, meinte ich. Den kenne ich auch so. Tatsächlich wissen die Grenzer gar nicht unbedingt, wie die Personen, die sie in Empfang nehmen, heißen, obwohl es zu ihren Aufgaben gehört, die Einreisedokumente zu kontrollieren.

Laura war von uns beiden immer diejenige gewesen, die sich traute und vorneweg marschierte und dafür sorgte, dass es weiterging. Sie wirkte gespenstisch schutzlos, als sie nun zum Paket verschnürt hier abgeliefert wurde. Vier Jahre lang hatte ich sie nicht gesehen, ich wusste nicht einmal, wo sie sich aufgehalten hatte. Sie war bei Facebook aufgetaucht, noch bevor das Medium in Finnland überhaupt richtig bekannt wurde, irgendwann 2007. Ich hatte noch nie etwas von dem Medium gehört, als in meinen E-Mails plötzlich die Aufforderung auftauchte, Lauras Facebook-Freundin zu werden.

Ziemlich bald bekam ich den Verdacht, dass ihre Statusaktualisierungen nur Bluff waren. Sie hatte nie eine Mitteilung an der Pinnwand, und wenn, dann kapierte man sie nicht. Es gab nur ein Album, und das enthielt genau ein Foto, das sich nie änderte. Es hätte jede beliebige Person darstellen können. Laura verschwand dann auch relativ schnell von Facebook und ging zu Twitter über. Laut ihren Minibotschaften hielt sie sich in den USA auf und arbeitete in der Reisebranche.

Ich weiß nicht, wer die Tweets in Wirklichkeit schrieb. Sie kamen nämlich noch im April unter Lauras Namen, obwohl sie da schon seit zwei Monaten in der geschlossenen Abteilung von Kellokoski saß. Angeblich war sie mal in New York, mal in Florida, in der Karibik oder in Mexiko. Und jetzt kommen wieder Tweets, fast anderthalb Jahre nach ihrer Flucht aus der Psychiatrie.

Darin steht, sie sei nun auf den Pazifikinseln unterwegs. Angeblich arbeitet sie als Guide einer Tauchergruppe auf dem Tuamotu-Archipel, auf einer namenlosen Insel des Maruteа-Atolls. Sie sei für eine Firma tätig, die Dienstleistungen für Taucher, Surfer, Segler und Heyerdahl-Fans anbietet, und ganz allein für »die operativen Aktivitäten vor Ort« verantwortlich, behaupten die Tweets. Die Investoren mischten sich nicht ein.

Falls das stimmt, weiß ich allerdings, wer diese Investoren sind und wofür sie das Geschäft betreiben. In den Nachrichten heißt es, Palästina habe heute die Mitgliedschaft in den Vereinten Nationen beantragt, und diese symbolische Geste werde in Gaza, im Westjordanland und überall sonst im Nahen Osten und in Nordafrika gefeiert, wo Palästinenser leben.

An jenem Vormittag, an dem ich Laura sah, ging ich vor der Mittagspause ins Terminal und dort in mein Büro beim Medienservice, um eine Pressekonferenz vorzubereiten, für die sich vier Fernsehteams und über zwanzig Printjournalisten und Fotografen angemeldet hatten, weil der sogenannte »Pinselonkel« mit der Maschine aus München nach Finnland kam, laut Flugplan um

15.17 Uhr. Es handelte sich dabei um einen kurdischen Hochzeitssänger aus Syrien, Ebdo Mihemed mit richtigem Namen, der in Finnland über Nacht ein Star geworden war.

Irgendein Schlauberger von Student hatte im Netz einen Clip mit einem Auftritt von Mihemed gesehen und dabei die Überzeugung gewonnen, das Kurdische erinnere doch sehr an das Finnische. Auf der Grundlage dieser Erkenntnis hatte der Typ das sentimentale Hochzeitslied mit einem frechen finnischen Text untertitelt und diese Version ins Netz gestellt. Der so entstandene frivole Jux war mehr als eine Million Mal auf YouTube angeschaut worden. Und zwar ausschließlich von Finnen, anders konnte es nicht sein.

Der Pinselonkel kam fast eine Stunde zu spät, weil die Syrianair-Maschine von Damaskus nicht rechtzeitig zum Anschlussflug in München gelandet war. Ich fand es auf diffuse Weise unheimlich, Damaskus zu sagen, als ich im Pressekonferenzraum die Verspätung mitteilte. Den Journalisten, Kameramännern und Tontechnikern brach wegen der Verspätung der Schweiß aus – in umgekehrter Reihenfolge, und bei den Tontechnikern am schlimmsten. Ich holte ihnen einen Servierwagen mit Kaffee und Sandwiches vom Catering und überprüfte auf jeder Verpackung das Verfallsdatum.

Weil sich nun eine Wartezeit ergeben hatte, ließ ich meine Assistentin bei den Journalisten und ging in mein Büro, um mir auf den Monitoren die Flughafenrumtreiber anzusehen. Es waren Mädchen, so wie früher. Auch zu meiner und Lauras Zeit hatten die Jungen nicht kapiert, was es für einen Glamourfaktor haben konnte, auf dem Flughafen abzuhängen. Den meisten Mädchen war es allerdings auch nicht klar gewesen. Sie fanden uns ziemlich seltsam und auch ein bisschen unheimlich. Das isolierte uns bloß noch mehr von dem, was normale Jugendliche so trieben.

Wahrscheinlich hat es mit den verschärften Sicherheitsvorkehrungen nach WTC zu tun, dass die Rumtreiber heute oft nicht einmal mehr in den Abflugbereich hinter der Sicherheitskontrolle kommen. Wir waren damals ständig dort. Sind mit den Angestellten durch die Staff-Türen rein und haben uns wer weiß wo die Zeit vertrieben: bei den Verladern in der Gepäckabfertigungsanlage, in den Frachtterminals, wo die Exportgüter in den Flugzeugen verstaut wurden. Wir wussten, wann die Mitarbeiter dort Stress und wann sie Zeit zum Reden und Rumalbern hatten. Und wir haben bestimmt zig Kilometer in Bauchlage auf Gepäckförderbändern zurückgelegt.

Wir kannten auch die Männer vom Ramp-Agent-Team und durften auf ihren Anhängerschlangen über den ganzen Flugplatz fahren, unter den Gepäckstücken versteckt, wie in der Geisterbahn. Manchmal rannten wir auf eine Fluggastbrücke und standen vorne am Rand, wenn sie von einem Gate zum anderen versetzt wurde. Auch in den Tower haben sie uns oft gelassen, weil wir so was wie die Flughafenmaskottchen waren.

Manchmal sind wir schon ganz früh morgens hin, um vier oder fünf, und wer weiß wie oft haben uns die Stewardessen dann auf Extraplätzen in den Morgenmaschinen mitgenommen: nach Joensuu, Oulu oder Rovaniemi, zweimal sogar nach Stockholm und Kopenhagen. Wir flogen Hunderte Kilometer weit, kamen zwei Stunden später zurück und schafften es anschließend sogar noch, uns in der Schule blicken zu lassen.

Inzwischen hatten die Flughafenrumtreiber anscheinend eine neue Methode entwickelt, Geld zu verdienen, wie die Kamera verriet, die in der Abfertigungshalle die Check-in-Automaten filmte. Die Mädchen beobachteten die Reisenden, die ratlos vor den Automaten standen. Vor allem alte Leute wissen oft nicht, was sie tun sollen. Die Dankbarkeit der Passagiere verhält sich proportional zu der Panik, die entsteht, wenn die Zeit knapp wird, und so konnten die Mädchen, wenn es gut lief, mit einer Minute Knöpfchendrücken richtig hohe Summen verdienen.

Essen zu organisieren war schwieriger geworden, seit zwei

Typen vom Flugpersonal wegen der Verteilung übrig gebliebener Catering-Brötchen ihren Job verloren hatten. Beide waren natürlich Stewards gewesen. Schon Laura und ich hatten festgestellt, dass die ein größeres Herz hatten als die Stewardessen. Einer der entlassenen Flugbegleiter war nicht nur mit den belegten Broten sparsam umgegangen, sondern hatte in der Businessklasse auch die Reste aus den Weinflaschen zusammengeschüttet. Seinen Verstoß gegen die Wegwerfvorschriften hatte er mit Vernunft und ökologischen Prinzipien begründet. Es gibt Stewardessen, die sich die Hände mit Champagner waschen, aber das wird nicht moniert, weil sie das Zeug dabei vorschriftsgemäß in den Ausguss kippen.

Heute scheinen die Rumtreiber in den Terminalcafés Sandwiches mit abgelaufenem Verfallsdatum zu bekommen. Die darf man kostenlos hergeben, ohne zur Verantwortung gezogen zu werden, obwohl schlechte Mayonnaise Lebensmittelvergiftungen verursachen kann. Gehaftet wird nur für verkaufte Ware, nicht für verschenkte.

Es hat Fälle gegeben, in denen Cafégäste Schadenersatzprozesse angestrengt haben. Ein Prozess schaffte es sogar bis in die Schlagzeilen, weil ein Promi aus einer Tanzshow im Fernsehen Salmonellen abbekam. Seitdem nimmt die Vorsicht der Cafébetreiber fast schon hysterische Züge an. Und davon scheinen die Rumtreiber zu profitieren. Die Cafés sparen sich die Mühe der regelgemäßen Entsorgung, indem sie die Lebensmittel an die Mädchen verschenken.

Ich hatte keine Lust, dem Filmteam etwas von den Flughafenrumtreibern zu erzählen, obwohl sie als Reality-TV-Macher garantiert daran interessiert gewesen wären. Aber zur Rumtreiberkultur gehört die stolze Abgrenzung, die Verachtung gewöhnlicher Touristen und anderer Zivilisten und eine gewisse Härte, die fast emotionslos wirken kann. Das Letzte, was diese Mädchen wollen, ist, ins Fernsehen zu kommen und sich von Spießern anglotzen zu lassen. Sie sind mir trotz allem irgendwie sympathisch, auch wenn ich ihnen am liebsten sagen würde, geht nach Hause, solange ihr es noch könnt.

Laura Palmens Tagebuch

11. September 2001

Jetzt geht's los. Wir sitzen schon in der Maschine nach New York, in einer MD-11 von Finnair. Wir haben zum letzten Mal die Abfertigungshalle durchquert, eingecheckt, sind durch die Sicherheitskontrolle in die Abflughalle und zum Gate. Dann ging das Boarding los, die Leute sind in die Maschine und wir hinterher.

Boarding completed. Arm your doors and cross-check. Anschnallzeichen. Sicherheitsdemo. *Cabin crew, take your positions.* Probelauf. Bremsen lösen. Startbeschleunigung. *TAKE OFF!*

Sara
September 2011, Vantaa

Schließlich traf der Pinselonkel ein, und alle bekamen ihre Bilder und Interviews. Hier ist es kalt, so kalt, sagte der Onkel und schlang die Lederjacke über dem dünnen Hemd enger um sich. Der Nachrichtenredakteur vom Öffentlich-Rechtlichen sagte, sie würden »Phänomen-Journalismus« machen. Die Privaten waren bloß auf der Jagd nach kuriosen Geschichten für den Schluss ihrer Nachrichtensendungen.

Als der Pinselonkel gerade aufbrechen wollte, sah ich durch die Glastüren, wie der kaffeebraune Labrador vom Zoll auf einen jungen dunkelhäutigen Mann ansprach. Er wurde zur Kontrolle herausgepickt und sträubte sich, weshalb ein Polizist, der zur Sicherung an der Linie stand, dem Hundeführer zu Hilfe kam. Sie mussten dem Mann Handschellen anlegen. Es entstand Durcheinander und ein Stau, darum konnte ich nicht genau sehen, was danach im Einzelnen passierte. Auf jeden Fall hatte der Polizist den Mann zu Fall gebracht und drückte ihm das Knie ins Kreuz. Die Leute, die ringsum stehen blieben, wurden weitergescheucht. Eine Flasche war zu Bruch gegangen, eine große, braune Weinpfütze breitete sich auf dem Fußboden aus.

Die Journalisten vergaßen den Pinselonkel und versammelten sich vor der Glaswand. Die Kameramänner filmten, und der Hund mit den grünen Augen, der das gewohnt war, kam schwanzwedelnd an die Scheibe heran. Durch den Knopf im Ohr hörte ich, dass der Zoll eine Reinigungskraft anforderte. Sofort tauchte von irgendwoher eine chinesisch aussehende Frau mit Putzwagen auf. Eigentlich war es wohl eine Vietnamesin, bestimmt sechzig Jahre alt. Sie fegte die Scherben auf und wischte den Boden.

Der Hundeführer vom Zoll nahm den Labrador an die Leine und folgte dem Polizisten und dem Festgenommenen.

Prompt forderten die Journalisten, sie in die Ankunftshalle zu lassen. Ich sagte, das gehe nicht, und das Material, das sie durch die Scheibe gefilmt hätten, dürften sie nicht benutzen, weil sie keine Dreherlaubnis dafür besaßen. Ich musste ihnen ins Gedächtnis rufen, dass sie auf dem Gelände des Flughafens Helsinki-Vantaa mit Genehmigung arbeiteten und dass für Filmaufnahmen immer eine Erlaubnis vorliegen musste, in der Ort und Objekt der Aufnahmen getrennt aufgeführt sind.

Die Journalistin von MTV3 fragte, ob ich wisse, wie der Zollhund hieß. Alma, sagte ich und erzählte, die Hündin habe sich während der Dreharbeiten zur Flughafenserie des Vierten Programms zu einem richtigen Filmstar gemausert. Allerdings könne man aus einem Labrador keine Diva machen. Die Journalistin sagte, das wisse sie. Sie hatte Tränen in den Augen.

Das vierte Kamerateam bestand lediglich aus einer Recherche-Journalistin von der Fernsehspielabteilung des Finnischen Rundfunks YLE. Ihre Kamera war nicht viel größer als eine Packung Butter, und sie hatte damit mehr das Filmen des Pinselonkels durch die anderen als den Onkel selbst aufgenommen. Die Verspätung und das Aufsehen, das die Zollkontrolle erregt hatte, gäben gutes Material ab, sagte sie, aber das werde auf keinen Fall öffentlich gezeigt. Sie hatte eine Produzentin dabei, die erklärte, es sei eine Fernsehserie in Planung, die auf dem Flughafen spielte. Ich sagte, von der Sorte gebe es ziemlich viele auf der Welt, sogar hier werde schon eine gedreht. Das Vierte Programm investiere ganz groß in den Flughafen.

Die Produzentin meinte, sie wollten gar kein Reality-Format machen, sondern eine ehrgeizige Serie, eine wie *Clocking Off* von Paul Abbott oder *The Street*. Der Flughafen sei nur das Ambiente, in dem man das Schicksal verschiedener Menschen zeige. In jeder Folge solle eine Person, die am Flughafen arbeitete, oder ein Passagier, der am Flughafen etwas Entscheidendes erlebte, im Mittelpunkt stehen. Der Arbeitstitel der Serie laute *Das Terminal.*

Die Produktion befand sich erst in der Planungsphase, und die Frau wollte ein andermal zum Medienservice der Flughafengesellschaft Finavia kommen, um sich unsere Vorschläge und Ideen anzuhören. Als sie ging, ließ sie ihre Visitenkarte da. Ich warf einen Blick darauf, aber sie löste keinen Alarm bei mir aus. Am Abend sah ich, dass mir die Frau eine E-Mail geschickt hatte, und erst da erschrak ich. Die Adresse lautete pirjo.lampen@yle.fi. Dem Namen nach war sie Lauras Mutter. Ich war so daran gewöhnt, an Laura als Laura Palmen zu denken, dass ich ihren ursprünglichen Namen beim Blick auf die Visitenkarte nicht erkannt hatte.

Es war bestimmt fünfzehn Jahre her, seit ich Lauras Mutter zuletzt begegnet war. Sie hatte damals gerade als Produzentin der neuen Serie *Unsere Straße* angefangen und war öfter mal zu Hause, aber wir schauten uns die Serie nicht an und waren zu der Zeit auch schon nicht mehr so viel bei Laura. So lange ich denken kann, hat Lauras Mutter Pirjo beim Fernsehen gearbeitet. Wir guckten immer die Nachrichten und warteten gespannt, ob wir sie sahen, und verfolgten jeden Magazinbericht und Dokumentarbeitrag von ihr wie die Abendandacht.

Bevor sie Produzentin in der Fernsehspielabteilung wurde, war sie Redakteurin und immer irgendwo im Ausland unterwegs. Damals fanden wir das wahnsinnig toll. Ich bewunderte Pirjo, und Laura war stolz auf ihre Mutter. Sie war anders als die meisten anderen Eltern, sie war witzig und schien alles zu wissen. Sie redete und alberte mit uns herum, als wären wir ihr ebenbürtig. Zu der Zeit war es noch üblich, dass Väter und Mütter irgendwie Distanz hielten und zumindest zu den Freunden ihrer Kinder keinen natürlichen Kontakt herstellten, und die Beziehung zu den eigenen Kindern war nicht unbedingt besonders kameradschaftlich, auch wenn das allmählich für erstrebenswert gehalten wurde. Pirjo Lampen war nett und natürlich, aber sie war eben auch oft weg.

Wir kamen uns fast wie Erwachsene vor, weil wir auch über Nacht allein bleiben und uns um den ganzen Haushalt selbst kümmern durften. Das war viel spannender, als normal bei einer Freundin zu übernachten. Mir wäre nie eingefallen, dass man diesen Vertrauensvorschuss aus einem anderen Blickwinkel schlicht und einfach als Vernachlässigung betrachten konnte.

Laura wohnte mit ihrer Mutter in einem großen Holzhauskomplex in der Viipurinkatu, den eine Gruppe von Künstlern, Schauspielern und Journalisten zusammen gekauft hatte. Ende der Achtzigerjahre waren der verwinkelte Dachboden und der Keller des Gebäudes für uns Gören interessanter als das Labyrinth im Vergnügungspark Linnanmäki nebenan. Das Haus befand sich in einem Zustand der Dauerrenovierung. Es wohnten mehrere Familien mit Kindern dort, und es gab viele Gemeinschaftsräume. Wahrscheinlich hatte Lauras Mutter die damals weitverbreitete Idee verinnerlicht, man müsse sich gemeinschaftlich um Kinder kümmern. War jemand aus dem Haus auf Reisen, passten eben die anderen auf den Nachwuchs auf. So hatten sie es wohl vereinbart. Lauras Eltern waren geschieden, und ihr Vater wusste nichts von diesen Dingen. Genau genommen verhielt es sich wohl eher so, dass Lauras Vater von seinen Aufgaben entbunden worden war.

Zur gleichen Zeit hing Riitta völlig breit irgendwo herum oder lag bei uns daheim im dunklen Schlafzimmer, vollgepumpt mit Diazepam oder anderem Zeug. Ich schlief mal hier und mal da, wie es gerade kam, wenn ich nicht bei Opa und Oma in Martinlaakso übernachtete. Meistens war ich aber bei Laura in dem Holzhaus in der Viipurinkatu. Dort konnten wir uns schon als Zehnjährige austoben, da gab es Kinder von Schauspielern, die jeden Abend und ab und zu auch nachts unter sich waren. Damals nannte sich Laura bereits seit zwei Jahren Laura und verbat es sich, anders genannt zu werden, und irgendwann konnte man sich für sie auch keinen anderen Namen mehr vorstellen.

Riitta wiederum verbot mir, die Wörter »Mama« und »Zuhause« zu benutzen. Sie hieß Riitta, und wenn wir zu Hause waren, dann waren wir in unserer Bude oder in der Aleksis Kiven katu. Oma und Opa waren »unsere Leute«. Auch sie hatten kein Zuhause, sondern wohnten einfach in Martinlaakso.

Eigentlich hatte mir Riitta nicht verboten, Mama, Opa, Oma oder Zuhause zu sagen, aber sie benutzte diese Wörter selbst nie. Darum wusste ich, als ich in den Kindergarten kam – der auf Finnisch »Tages-Zuhause« heißt –, auch nicht, wohin man mich brachte. Ich verstand lediglich, was Tag bedeutete, erinnere ich mich. Das hieß, dass es nicht dunkel war. Noch weniger wusste ich, was Vater bedeutete. Vom Kindergarten an hatten Laura und ich unsere eigene Familie.

Es konnte unmöglich Zufall sein, dass zuerst Laura und dann ihre Mutter in Helsinki-Vantaa auftauchten. Andererseits gewöhnt man sich am Flughafen daran, Menschen zu treffen, die man seit Jahren nicht gesehen hat, schließlich kommen hier Reisende aus dem ganzen Land und der ganzen Welt zusammen, fast zwanzig Millionen im Jahr.

Auf dem Weg in die Maschinen werden sie vom Flughafen am Check-in, an der Sicherheitskontrolle und an den Gates gefiltert. Jeden Tag kommen einem auf den Gängen bekannte Gesichter entgegen, und man sieht sie ständig auf den Kontrollmonitoren. Alle Menschen auf der Welt seien nur sechs Klicks voneinander entfernt, heißt es. Auf dem Flughafen begreift man täglich, dass das stimmt. Der Flughafen ist heute das enge Tor, durch das jeder einmal gehen muss.

An jenem Abend lag ich lange wach und sah die Schneeflocken um die Straßenlampe herumwirbeln. Seit vier Jahren lebte ich allein wie in einem Zeugenschutzprogramm, wie jemand, der eine neue Identität erhalten hat und in einer abgelegenen Gegend einquartiert worden ist. Jetzt trat in Lauras Gestalt die Vergangenheit unverhofft wieder hervor. Am meisten erschütterte mich, dass Laura ein Kind erwartete. Nie hätte ich mir vorgestellt, nur vier Monate später selbst schwanger zu sein und nicht mehr in die Vergangenheit zu starren, sondern nach vorne zu schauen.

Schließlich schlief ich mit dem Dröhnen der startenden und landenden Maschinen ein. Zwei Jahre zuvor hatte ich meine Ersparnisse in eine billige Zweizimmerwohnung in einer Gegend gesteckt, für die bis 2020 weiter zunehmender Fluglärm prognostiziert wird. Das Haus liegt innerhalb der Lärmdiagramme aller drei Start- und Landebahnen. Es wurde in den Achtzigerjahren gebaut, seine Lärmisolierung entspricht nicht den heutigen Normen, dafür sind die Wohnungen wirklich günstig, gemessen an den durchschnittlichen Quadratmeterpreisen im Großraum Helsinki. Mich beruhigt das Geräusch der Düsenmaschinen.

Am nächsten Morgen rief ich die Produzentin vom Vierten an und schlug eine Änderung im Drehplan vor. Es hatte die ganze Nacht geschneit, und daran sollte sich laut Wetterbericht vorläufig nichts ändern. Es würde sich lohnen, Aufnahmen vom Schneeräumkommando des Flughafens zu machen. Wie das bei uns organisiert ist, sorgt in ganz Europa und der übrigen Welt für Erstaunen, zumindest dort, wo schwere Winterstürme die Flughäfen lahmlegen. Die Produzentin war begeistert, fragte mich allerdings, ob Finnland und Helsinki-Vantaa meiner Meinung nach nicht Teil Europas und der Welt seien.

Ich wusste ihren Spott nicht auf Anhieb zu kontern. Hätte ich nachgedacht, wäre mir keine ehrliche Antwort mehr eingefallen. Ich setzte mich mit der Verkehrsleitung in Verbindung und fragte, in welcher Reihenfolge der Winterdienst die Startbahnen und die Rollfelder räumen würde.

Laura Palmens Tagebuch

11. September 2001

Wir sind in Kanada. Fünf oder sechs Stunden waren wir in der Luft, da sagte der Pilot durch, es wäre etwas Außergewöhnliches passiert, und wir könnten nicht in New York landen. Auf den Monitoren konnte man sehen, wo wir waren und wie hoch und wie schnell wir flogen. Wir befanden uns irgendwo zwischen Grönland und Amerika, und der Kapitän meinte, wir könnten nicht mehr umdrehen. Die Luftfahrtbehörde der USA würde uns zu einem anderen Flughafen umleiten. So hat er es erklärt, und er hat auch gesagt, wir hätten keine Probleme, aber es sei was Außergewöhnliches passiert.

Plötzlich tauchte neben unserem Flieger ein Düsenjäger auf. Eine Zeitlang flog er ganz dicht neben uns her, aber dann drehte er schlagartig nach unten ab und verschwand. Er war so dicht an uns dran, dass man den Piloten deutlich sah. Der weiße Helm hatte ein schwarzes Visier, hinter dem man die Augen nicht erkennen konnte. Den unteren Teil des Gesichts verdeckte eine Maske, von der ein Sauerstoffschlauch herunterhing, der aussah wie eine Luftröhre. Der Pilot erinnerte an ein Rieseninsekt. Sein Düsenjäger trug einen Stern und die Aufschrift U.S. NAVY. An den Tragflächen hingen Bomben und Raketen.

Johan

September 2011, Vantaa

Vorletzten Winter bekam ich Anfang Februar eine E-Mail, an die ein Dokument mit dem Namen »Laura Palmens Tagebuch 2001« angehängt war. Ein Begleitschreiben oder eine Unterschrift gab es nicht, nur eine kryptische Ziffern- und Buchstabenfolge. Das Dokument ließ sich nicht öffnen. Ich rief den EDV-Spezialisten des Stabs, der den Verdacht hatte, der Anhang könnte ein Schadprogramm sein.

Aber wie hätte das durch die Firewalls des Grenzbewachungswesens in meinen Dienstcomputer eindringen sollen? Das konnte der Techniker nicht auf Anhieb sagen. Er nahm den Rechner mit und brachte ihn zwei Stunden später zurück. Er war ein gesprächiger junger Mann und erklärte mir, er habe den Rechner »komplett neu gebootet«. Laura Palmens Tagebuch hatte er »durch einen Bug-Test laufen lassen«, in eine RTF-Datei umformatiert und auf CD gebrannt.

Im Radio kam ein Lied, dessen Refrain der junge Mann beim Verkabeln des Rechners mit der unfassbar klaren und hohen Frauenstimme mitsang: »Papa, ich bin auf der anderen Seite der Welt … Mama, hab keine Angst, ich pass schon auf mich auf …« Die Band hieß angeblich Haloo Helsinki, und das Lied erzählte von einer jungen Frau, die alles hinter sich lässt, ins Ausland geht und ihr eigenes Leben lebt.

Der Techniker erzählte, die E-Mail sei aus dem Ausland gekommen. Ich fragte ihn, woher er das wusste, und er sagte, er benutze ein in Mozilla Firefox installiertes modifiziertes schwedisches Programm namens Fradar. Und das melde, wenn ein ausländischer Server oder Router den Televerkehr übertrage. Aus welchem Land genau die Post kam, verriet das Programm nicht, aber sie stammte auf jeden Fall von jenseits der Staatsgrenzen.

Der EDV-Spezialist hatte Fradar aus dem Netz heruntergeladen und auf alle Rechner des Grenzschutzes überspielt, nachdem der Nachrichtendienst der Schwedischen Streitkräfte damit begonnen hatte, den gesamten Datenverkehr zu überwachen, was mit Inkrafttreten des neuen Teleüberwachungsgesetzes Anfang vorigen Jahres möglich war. Ein großer Teil des finnischen Televerkehrs laufe über Schweden und lande somit bei Försvarets Radioanstalt, dem Nachrichtendienst zur Kommunikationsaufklärung, sagte der junge Mann. Ihm sei aufgetragen worden, die technischen Voraussetzungen zu entwickeln, weil eine Grenzschutzbehörde auch auf grenzüberschreitende Information reagieren musste. Ich wusste davon nichts und verstand auch nicht viel davon, war im Prinzip aber der gleichen Meinung. Ich dankte dem Mann für seine Eigeninitiative.

Er erzählte, er sei von den Streitkräften zum Grenzschutz gewechselt, weil es hier neuerdings bessere Chancen auf internationale Einsätze gebe und weil man bei den europäischen Grenzschutzbehörden andere Jobs angeboten bekomme, als immer nur zu Fuß auf Patrouille zu gehen, Checkpoints zu belauern oder in einem Container hinter Sandsäcken und Stacheldraht rumzuwarten. Ich fragte ihn, ob er schon mal an Friedenseinsätzen teilgenommen habe. Er sagte, er habe seinen Wehrdienst bei der Spähkompanie der Grenzbewachung auf dem Flugplatz Immola abgeleistet und sei danach in Bosnien und Äthiopien gewesen. Für solche Einsätze wolle er sich aber nicht mehr bewerben, weil er dann nach Afghanistan käme, als Bombenfutter für die Taliban.

Der lebhafte, höfliche junge Mann hieß Leinonen und redete mich mit »Herr Kommandant« an, was aus seinem Mund mehr nach guter Kinderstube als nach Militär klang. Wir hielten uns ohnehin nicht sklavisch an die Anredebestimmungen, und von

Mitarbeitern mit zivilem Dienstverhältnis wurde das auch gar nicht verlangt. Ich war praktisch bereits zum Kommodore befördert worden. Die Liste mit den zu Befördernden war vom Innenministerium zurückgekommen, und wir hatten zu dem Anlass auch schon zusammen Kaffee getrunken, aber der junge Mann schien zu wissen, dass die Sache erst offiziell war, wenn der Präsident sie bestätigt hatte.

Schmeichlerische Untergebene können ihren Vorgesetzten mit dem künftigen Rang ansprechen. Marschall Mannerheim hatte als Oberbefehlshaber angeblich die Angewohnheit, Blitzbeförderungen außerhalb des Dienstwegs vorzunehmen und verlangte von allen sofort die dem neuen Rang gemäße Anrede, auch wenn die Beförderung per Feldtelefon und vor dem offiziellen Tagesbefehl gekommen war. Wenn Frieden herrscht, muss man sich jedoch ans Gesetz, die Verordnungen und die Dienstregeln halten. Ich versprach dem cleveren Techniker, an ihn zu denken, wenn Leute für internationale Einsätze gesucht würden.

Ich sollte an diesem Tag zum 24-Stunden-PZG-Bereitschaftsdienst und konnte daher nur einen kurzen Blick auf den Text werfen, der nun auf CD gespeichert war. Das Tagebuch fing am Tag des Anschlags auf das World Trade Center an. Es stammte von einem Mädchen oder einer jungen Frau, die mit ihrer Freundin auf dem Weg von Helsinki nach New York gewesen war, als die Flugleitung die Maschine aus Sicherheitsgründen angewiesen hatte, auf dem nächstmöglichen Airport zu landen.

Ich erinnerte mich, gelesen zu haben, dass die amerikanischen Behörden den Luftraum der Vereinigten Staaten, eine Stunde nachdem das erste gekaperte Flugzeug gegen den Nordturm des World Trade Center geprallt war, gesperrt hatten. Sämtliche Zivilflugzeuge bis hin zu Fesselballons wurden heruntergeholt. Es musste eine riesige Menge gewesen sein, wenn man bedenkt, was sich außer Fracht- und Passagiermaschinen an Kleinflugzeugen am amerikanischen Himmel bewegt, von Cessnas, die Schädlingsbekämpfungsmittel verbreiten, bis hin zu Taxiflügen in abgelegenen Regionen und Segelfliegern.

Im leeren US-Luftraum patrouillierten damals Kampfflugzeuggeschwader mit dem Befehl, jedes fliegende Objekt abzuschießen. Maschinen der Luftwaffe und der Marine starteten von Flugzeugträgern und von den Stützpunkten in Island und auf den Pazifikinseln, um jedes Flugzeug, das in die Vereinigten Staaten flog, zu identifizieren und mit Anweisungen zu versehen. Laura Palmens Tagebuch beschreibt einen solchen Identifikationsflug irgendwo über dem Nordatlantik.

Es waren damals allein viereinhalbtausend Passagiermaschinen auf Inlandsflügen in der Luft, und jedes davon wurde auf einen Flugplatz umgeleitet, dessen Landebahnen und sonstige Anlagen ausreichten, um die Maschinen aufzunehmen, in denen sich insgesamt mehr als eine halbe Million Passagiere befanden. Außerdem waren von der Sperrung des Luftraums all die internationalen Linienflugzeuge auf dem Weg in die USA betroffen, die nicht mehr umkehren konnten. Die Maschine, in der die Tagebuchschreiberin saß, befand sich offenbar näher am amerikanischen Kontinent als an Island. Sie wurde nach Halifax, Nova Scotia, geschickt.

Mir gingen diese Dinge noch durch den Kopf, als ich am Flughafen ankam und von Kommissar Väänänen die Aufgaben des PZG-Diensthabenden übernahm. Die Kooperationsgruppe von Polizei, Zoll und Grenzschutz hat Dienststellen an allen größeren Grenzstationen, und die wichtigste davon ist der Flughafen Helsinki-Vantaa. Alle drei Behörden setzen immer abwechselnd für vierundzwanzig Stunden einen verantwortlichen Diensthabenden ein. Von uns wird ein Stabsoffizier abgestellt, der mindestens Major oder Korvettenkapitän ist. Die Jüngeren trifft es im Schnitt einmal im Monat, ich mache diese Dienste ein paar Mal im Jahr, weil es sowieso zu meinen Aufgaben gehört, die Abläufe am Flughafen zu beobachten und weiterzuentwickeln.

Zunächst sah ich mir die Lagemitteilungen von Polizei und Zoll und den Bericht des Zolls an. Auf der Passagierliste des Flugs, der am Nachmittag aus Paris kommen sollte, stand ein junger Palästinenser, der am Abend schon wieder zurückflog. Am Vortag war er in Oran in Algerien gestartet. Bei der Zoll- und Grenzkontrolle von Helsinki-Vantaa wurde ein Filtersystem benutzt, das automatisch verdächtige Fälle aus dem Passagierstrom herauspickte. Es handelt sich um eine angepasste Version des von den Amerikanern entwickelten CAPPS-Programms. Die Abkürzung steht für »Computer Assisted Passenger Prescreening System«.

Das Programm registriert als Erstes das Ausgangsland und gleicht es mit der Risikoklassifizierung ab. Der zweite Parameter erfasst die Aufenthaltsdauer des Passagiers. Bei Ankunft und Abflug am selben Tag wird ein Überkreuzvergleich von »Terrorist Watchlist«, »No Fly List« und weiteren Datenbanken, die Personen beobachten, die krimineller Handlungen oder des Terrorismus verdächtig sind, aktiviert. Der Mann, der mit der Maschine aus Paris kam, stand im Register von Interpol. Er hatte schon einmal Cannabis von Nordafrika nach Frankreich eingeführt, und so ein Schmuggel kann etwas mit der Finanzierung des internationalen Terrorismus zu tun haben.

Palästinensische Aktivisten finanzieren sich seit Jahrzehnten durch die streng bewachten Cannabis-Plantagen in der Bekaa-Ebene. Der größte Teil des nach Europa eingeschmuggelten libanesischen Haschischs stammt aus diesem von der PLO kontrollierten Hanfanbaugebiet. Auf den Straßen von Helsinki und anderen Universitätsstädten wurde schon in den Siebzigerjahren »Roter Libanese« verkauft. Ein großer Teil des im Straßenhandel gezahlten Endpreises ging an den Anfang der Kette. Dort war der internationale palästinensische Widerstand aktiv, der damals vor allem in Form von Flugzeugentführungen in den internationalen Medien Schlagzeilen machte.

Ware kommt noch immer, aber heutzutage führt bei Anbau und Transithandel die islamistische Hisbollah das Regiment, und die unterstützt die Hamas. Die säkularisierten Palästinenserorganisationen mit marxistischem Hintergrund waren nach zwei Intifada gezwungen, ihre Aktivitäten nach Syrien und Nordafrika zu verlegen. Unter dem Eindruck des arabischen Frühlings stehen sie inzwischen auch dort immer mehr unter Druck.

Sicherheitshalber lud ich damals ein Foto des Palästinensers auf meinen Rechner. Unsere Meldungen und den Wochenüberblick von Frontex war ich bereits im Stab durchgegangen. Ich testete noch die Verbindungen zum Kontrollbereichszentrum, das für die Lage im Luftraum zuständig war, zur Fliegerdivision Satakunta, die Aufklärungsflüge im südfinnischen Luftraum vornahm, sowie zum Flughafenrettungsdienst und zum Rettungswesen der Region. Die Wettervorhersage prophezeite ab Nachmittag starken Schneefall, der jedoch den Flughafenbetrieb vermutlich nicht beeinträchtigte. Ich war gespannt, was die Schicht bringen würde.

Auf unserer To-Do-Liste sah ich noch, dass mit der Maschine aus Madrid eine psychisch kranke Person eingetroffen war, eine finnische Staatsbürgerin. Die Botschaft in Marokko hatte beschlossen, die Frau aufgrund eines in Rabat erstellten medizinischen Gutachtens in ihr Heimatland zurückzuschicken. Ein Sicherheitsbeamter der Botschaft hatte die Person begleitet und das Paket unmittelbar nach der Landung unserer Verantwortung übergeben. Die Aufgabe war auf der Liste bereits als erledigt gekennzeichnet. Man hatte die betreffende Person in die psychiatrische Abteilung der Poliklinik in Vantaa gebracht.

Da aktuell nichts Außergewöhnliches anlag, ging ich über Links, die ich auf der Homepage des Flughafenbetreibers Finavia fand, der Frage nach, wie sich die Anschläge vom 11. September auf den internationalen Luftverkehr ausgewirkt hatten. Die Vereinigten Staaten sperrten um 9.45 Uhr Ostküstenzeit den Luftraum. Da flogen etwa fünfhundert Maschinen mit insgesamt hunderttausend Menschen an Bord das Land an. Fast die Hälfte hatte den Punkt überschritten, an dem eine Umkehr noch möglich gewesen wäre. Diese Maschinen wurden zu kanadischen Airports gelenkt. Man gab der Operation den Namen »Yellow Ribbon«, Gelbes Band.

Je nach Treibstofflage wurden die für die amerikanische Ostküste bestimmten Flüge nach Toronto, Montreal, Gander oder Halifax gelotst. Die Flughäfen in Neufundland und Nova Scotia waren die ersten möglichen Notlandeplätze für Maschinen, die den Atlantik überquert hatten. Der internationale Flughafen von Halifax in Nova Scotia nahm siebenundvierzig Maschinen und mehr als sechstausend Passagiere auf.

Zwei Maschinen forderten eine dringende Landung an. Sie mussten Goose Bay, den Stützpunkt der kanadischen Luftwaffe auf der Labrador-Halbinsel, ansteuern. Am schwersten war allerdings der Airport von Gander an der Nordostküste von Neufundland betroffen. Es war der erste Zivilflughafen für Transatlantikflüge, der über eine Landebahn von mehr als drei Kilometern Länge und eine ausreichend große Fläche zum Parken der Maschinen verfügte.

Die sonstigen Einrichtungen entsprachen allerdings überhaupt nicht der Lage. Mit einem Schlag musste der Kleinstadtflughafen achtunddreißig große Langstreckenflugzeuge aufnehmen. Als diese leer waren, befanden sich auf dem Airport von Gander mehr Menschen, als die Stadt Einwohner hatte. Die Evakuierten wurden in Schulen, Feuerwehr- und Polizeistationen sowie im Rathaus untergebracht. Manche übernachteten in Privathäusern. Die meisten verbrachten die nächsten Tage jedoch auf dem Flughafen, der mit Feldbetten, Proviant und sonstigem Zubehör für die Notunterbringung aus den Beständen der Armee beliefert wurde.

Auch die Wartung und das Betanken der mit einem Schlag vom Himmel gekommenen zig großen Passagiermaschinen war eine riesige logistische Operation für den Flughafen, der auf einer abgelegenen Insel lag. Man musste Kerosin und Enteisungschemikalien dorthin verfrachten sowie alles andere, was benötigt wird, um ein Flugzeug startklar zu machen.

Eine entsprechende Operation wurde in Labrador gestartet. Kolonnen von Tankwagen und Lkws fuhren über die Halbinsel zu den Flughäfen im Süden. Nach Nova Scotia musste man Tankschiffe und Frachter schicken, damit die überraschend in Halifax gelandeten Passagierflugzeuge sicher starten konnten, sobald das Fliegen im US-Luftraum wieder erlaubt war.

Auf der anderen Seite des Kontinents befanden sich die großen Flughäfen Kaliforniens in der Flugverbotszone. Die Maschinen, die über dem Pazifik die internationale Datumsgrenze überflogen, hatten mehr als die Hälfte ihres Treibstoffs verbraucht und keine andere Möglichkeit mehr, als auf dem internationalen Flughafen von Vancouver zu landen. Es war der einzige Airport an der Westküste Kanadas, der die im Pazifikverkehr eingesetzten Jumbojets aufnehmen konnte. Mehr als achttausend Flugreisende aus dem Fernen Osten versammelten sich dort.

Durchschnittlich erreichten zwei Maschinen pro Minute den kanadischen Luftraum. Innerhalb weniger Stunden landeten fast zweihundertfünfzig Flugzeuge auf den verschiedenen Häfen und mit ihnen dreißig- bis vierzigtausend Menschen. Eine exakte statistische Erfassung der Passagierzahl war nicht möglich. Halifax nahm die meisten Maschinen auf. Unter ihnen die MD-11 der Finnair auf dem Weg nach New York.

Laura Palmens Tagebuch

13. September 2001

Wir sind jetzt fast zwei Tage und zwei Nächte in Halifax und haben es geschafft, einen Job zu kriegen! Hier herrscht ein Wahnsinnschaos, und weil ich behauptet habe, wir hätten eine von der finnischen Luftfahrtbehörde anerkannte Finnair-Ground-Staff-Ausbildung, hat es geklappt. Sie fragten nach der Personal Card, und ich sagte, hey, Leute, wir sind im Urlaub! Da sagte der Personalchef yes und heuerte uns an.

Der Typ engagierte uns als »Emergency Serviceanbieter«. Die haben nämlich so ein Gesetz, dass man in Notsituationen auch Leute ohne Arbeitserlaubnis einstellen kann. Wenn Menschenleben auf dem Spiel stehen oder wenn Eigentum geschützt werden muss. Jetzt haben wir eine Notsituation, die tatsächlich Menschenleben und Eigentum gekostet hat, weil zwei der größten Gebäude der Welt dem Erdboden gleichgemacht worden sind. Der Boss knallte ein paar Stempel auf die Unterlagen und sagte, sie könnten jede Hilfe gebrauchen, und bloß wegen der Bürokratie werde er nicht nein sagen.

Er wollte wissen, ob wir eine Signalausbildung und Erfahrung an der Rampe hätten. Ich sagte, wir hätten hauptsächlich an verschiedenen Desks im Terminal gearbeitet. Die Signale haben wir trotzdem gelernt. Die lernen alle, die auf einem Flughafen arbeiten. Wir kannten die Signale des Ramp-Agent-Teams.

Also bekamen wir Gehörschützer und Overalls mit Signalfarben und gingen aufs Vorfeld, um uns beim Marshaller zu melden. Gestern halfen wir dann den ganzen Tag dem Team, das Parken der gelandeten Maschinen zu organisieren. Wir legten Radkeile hin oder nahmen sie weg, so wie es uns der Fahrer des

Pushback-Schleppers sagte. Damit hatten wir genug zu tun, weil die Maschinen auf der zweiten Landebahn in einer Reihe aufgestellt wurden und ständig versetzt und gedreht werden mussten, wenn die Wartungsfahrzeuge kamen. Die Maschinen waren ja alle über den Atlantik gekommen, in denen waren die Klos voll, das Catering nicht entsorgt und auch sonst nichts gemacht, was zur Bodenwartung für den Rückflug gehört.

Die erste Nacht haben wir auf einer Bank im Terminal geschlafen. Ich weiß nicht, wie viele Leute hier sind, aber sie liegen überall herum. Am Abend studierten wir das Ground Operations Manual, damit wir nicht bei irgendeiner Dummheit erwischt wurden. Keile hinlegen ist einfach, da kann man keine Fehler machen, aber woher wollen wir wissen, was wir morgen für Aufträge haben? Das ist alles unglaublich cool.

Pirjo
September 2011, Lissabon

Diesen Herbst verbringe ich mit einem Stipendium aus dem Weiterbildungsfonds des Finnischen Rundfunks in Lissabon. Nie zuvor habe ich die vielfältigen Förderungsangebote des Hauses in Anspruch genommen, die den Mitarbeitern Möglichkeiten zum Auftanken und zur Weiterbildung bieten sollen. Aber inzwischen ist das Chaos am Arbeitsplatz, das unter dem Namen Strukturerneuerung angerichtet wird, so weit fortgeschritten, dass ich tatsächlich eine Auszeit brauche, um mir zu überlegen, was ich mit meinem weiteren Leben anfangen will.

Es begann nach und nach und phasenweise. Vor drei Jahren wollte man *Unsere Straße* »in die Gegenwart bringen«. Ich war mit den Ideen, die der Intendant und der Fernsehspielchef präsentierten, nicht einverstanden. Das führte dazu, dass ich aus der Serie ausstieg und man einen verantwortlichen Produzenten aus dem Lager der Konkurrenz holte – von der Soap *Geheime Leben*. Eigentlich habe ich ganz gern damit aufgehört, denn ich hatte die Neverending-Serie seit mehr als zehn Jahren gemacht und wollte lieber kürzere Formate entwickeln.

Dabei wollte ich von meinen Erfahrungen aus der Nachrichtenarbeit und den aktuellen Magazinsendungen profitieren, die ich früher gemacht hatte. Ich entwickelte die Idee für eine Serie über die Nachrichtenberichterstattung von Ende der Siebzigerjahre bis Ende der Achtzigerjahre, also ungefähr in dem Zeitraum, in dem ich dort arbeitete. Die zehnteilige Serie sollte zehn Jahre Geschichte Finnlands und der Welt abdecken. Jede Folge würde sich auf ein dramatisches Ereignis konzentrieren, das in repräsentativer Weise das Fortschreiten der großen Veränderung charakterisierte. Ich meine die Veränderung, durch die Finnland wieder ein Teil Europas und der Welt wurde.

Eine ähnliche Idee hatte ich schon einige Jahre zuvor dargelegt, und der damalige Fernsehspielchef war begeistert gewesen. Ich kam jedoch nicht dazu, die Produktion selbst voranzutreiben, und sonst stieg niemand ein. Als ich das Thema vorletzten Herbst bei der Konferenz der Fernsehspielredaktion präsentierte, stieß es erneut auf Begeisterung. Also bereitete ich das Ganze vor und stellte ein Produktionsteam zusammen. Ich bekam einen guten Drehbuchschreiber, mit dem ich anfing, Material zu sammeln. Wir interviewten pensionierte Rundfunkmitarbeiter, die uns vieles erzählten, was ich gar nicht gewusst hatte, obwohl ich selbst dabei gewesen war.

Vor etwa zehn Jahren ging der Finnische Rundfunk zum sogenannten Auftraggeber-Produzenten-System über. In dem Zusammenhang konzentrierte sich die Entscheidungshoheit über das Fernsehspielprogramm der öffentlich-rechtlichen Sender auf den mit großen – meiner Meinung nach diktatorischen – Befugnissen ausgestatteten Fernsehspielchef. Als sich unser Projekt in dem Stadium befand, dass es weiterverkauft werden konnte, brachte ich dem neuen Fernsehspielchef ein Treatment, das die künftige Serie vorstellte.

Er äußerte sich mit keinem Wort dazu. Als ich versuchte, das Thema anzusprechen, wich er irgendwie gereizt aus. Der Grund für sein sonderbares Verhalten wurde deutlich, als mich einer der Nachrichtenveteranen, die wir interviewt hatten, anrief und sagte, er könne uns noch mehr über den Druck erzählen, die Kekkonen und das Präsidialamt im Herbst 1972 nach der Sawidowo-Affäre ausgeübt hatten. Er hatte in seinem Privatarchiv Notizen und Dokumente gefunden, deren Inhalt er nicht aus der Erinnerung hatte referieren können.

Ich wunderte mich sehr. Wir hatten gar nicht nach Sawidowo gefragt, und das Jahr 1972 lag außerhalb des Zeitrahmens unserer Serie. Unsere Idee bestand darin, über die Nachrichtenredaktion des Fernsehens zu beschreiben, wie Finnland internationaler wurde und sich nach Europa hin öffnete, und zwar so, dass der zentrale Wendepunkt beim Zusammenbruch des Sozialismus und dem verrückten Jahr 1989 lag. Und nun tat der pensionierte Nachrichtenchef so, als würde sich unser Interesse auf Kekkonen, Breschnew und die Zeit des Stillstands richten.

Zuerst glaubte ich, der Mann sei einfach dement oder so von seinen eigenen Erinnerungen gefangen, dass er eben zu den Ereignissen und Situationen zurückkehrte, die ihm selbst wichtig waren. Als wir uns trafen, war er jedoch vollkommen klar. Er behauptete, unsere Rechercheredakteure hätten ihn nach vielen Dingen von Ende der Sechziger-, Anfang der Siebzigerjahre gefragt. Wir hatten aber gar keine Rechercheredakteure.

Schließlich stellte sich heraus, dass Jarowskij, ein finnisches Tochterunternehmen des schwedischen Zodiak-Konzerns, zeitgleich eine Serie über die Nachrichtenredaktion des Finnischen Rundfunks in den Sechziger- und Siebzigerjahren machte und dass der Fernsehspielchef sich verpflichtet hatte, sie zu produzieren. Außerdem verlagerte er ohnehin den Schwerpunkt der Fernsehspielproduktionen, mit der Absicht, in Zukunft das meiste bei unabhängigen Produktionsfirmen außerhalb des Hauses in Auftrag zu geben. Wir mussten die Arbeit an unserem Projekt einstellen. Die Serie, die stattdessen eingekauft wurde, begann im Herbst 2009 unter dem Titel *Die Redaktion*. Ich war, offen gesagt, angefressen.

Trotzdem sah ich mir *Die Redaktion* an. Die von Krista Kosonen gespielte Hauptfigur war eine ehrgeizige junge Redakteurin, der es gelang, die in der Arbeitswelt damals herrschenden patriarchalischen Praktiken aufzubrechen. Sie erinnerte unbestreitbar an mich. Sogar die Frisur war die gleiche, die ich damals hatte: gerade, lang, in der Mitte gescheitelt. Juho Milonoff, ein Junge, den ich noch aus der Zeit im Holzhaus in der Viipurinkatu kannte, spielte eine tragische Nebenrolle: den Anchorman, der wegen Alkoholismus seinen Platz als Nummer eins verliert.

Allerdings sprach damals niemand von Anchorman. Wir wurden einfach Nachrichtensprecher genannt. Die Leute sagten immer, ihr habt einen leichten Job: eine halbe Stunde Arbeit am Tag, und dann auch nur irgendetwas vom Blatt ablesen.

Was auffiel und einen hohen Wiedererkennungsfaktor hatte, waren die Trinkgewohnheiten der damaligen Zeit und das ständige Rauchen bei Besprechungen und Konferenzen. Ich versuchte damals, mein Studium zu Ende zu bringen. Das Oberseminar leitete ein Kollege, der Dozent geworden war. »Hier wird sich geduzt und geraucht«, erklärte er gleich im ersten Kolloquium.

In dem Muff der akademischen Umgebung jener Jahre wirkte das irgendwie erfrischend. Aber was war wirklich erfrischend daran, dass Menschen in einem kleinen Raum qualmten und sich benahmen, als würden sie sich kennen, obwohl sie einander völlig fremd waren? Am besten und absolut der Wahrheit entsprechend fand ich in der Serie von Jarowskij die Tatsache, dass es sich beim Finnischen Rundfunk der Sechziger- und Siebzigerjahre um das erste Arbeitsumfeld handelte, in dem trotz der herrschenden geschlechtsspezifischen Vorurteile die berufliche Kompetenz und Tüchtigkeit von Frauen etwas zu bedeuten hatte.

Laura Palmens Tagebuch

14. September 2001

Genau so sollte es losgehen! Plötzlich haben wir einen Job auf einem Flughafen in Kanada, wo wir ohne das ganze Chaos gar nicht hingekommen wären. Wir machen alles, so gut wir können, und ich weiß, dass wir schon jetzt hoch im Kurs stehen. Sie haben uns Arbeitszeugnisse versprochen, in denen steht, wir hätten an der Operation Yellow Ribbon teilgenommen und uns in einer für den Kontinent und die ganze Welt fatalen und bedrohlichen Situation positiv hervorgetan.

Seit gestern ist der Luftraum teilweise wieder offen, und in den nächsten Tagen wird er ganz geöffnet, aber wir bleiben sicher noch eine Zeitlang hier. Allein die Abwicklung der ganzen Flüge wird dauern, und bis alles wieder beim Alten ist, sind sicher mehrere Wochen notwendig. Bei den Amis geht es angeblich mindestens genauso drunter und drüber. Sämtliche Fluggesellschaften haben Angst wie verrückt und fragen sich, wie sich das auf die Passagierzahlen auswirken wird. Sie planen alle möglichen Kampagnen, damit die Menschen nicht aufhören zu fliegen. Wir werden nicht damit aufhören. Wir fangen erst an, und es hätte gar nicht besser losgehen können.

Pirjo
September 2011, Lissabon

Nachdem *Die Redaktion* produziert worden war, konnten wir die Arbeit, die wir uns bereits gemacht hatten, vergessen. Wir mussten etwas Neues entwickeln. Ich suchte nach einem großen Stoff, und am Ende war es leicht, bei der wesentlichsten Veränderung zu landen, die zeit meines Lebens auf der Welt stattfand: bei der Globalisierung. Diese beruhte zum Teil natürlich auf dem Containertransport von Massengütern mit Schiffen, Zügen und Lastwagen, aber sie wurde auch durch das weltweite Flugverkehrsnetz möglich gemacht, das Passagiere und Frachtgüter mit kurzen Lieferfristen über die Kontinente und Meere transportierte.

Ich überlegte mir einen dramatischen Schauplatz, an dem der internationale Verkehr von Menschen und Waren ständig und in verdichteter Form präsent wäre, und kam auf den Flughafen. Den Flughafen durchläuft ein unablässiger Strom von Fracht und Passagieren – legal und illegal. Auf dem Flughafen sind die brennendsten politischen, wirtschaftlichen und kulturellen Probleme vorhanden, über ihn gehen Terroristen und geheime Flüge mit Festgenommenen, die als solche verdächtigt werden. Natürlich auch die Maschinen, die von Terroristen gekapert werden.

Menschen- und Warenschmuggler müssen den Flughafen benutzen, und es sind alle Institutionen da, die gegen den illegalen Verkehr vorgehen: Zoll, Polizei und Grenzschutz. Auch Krankheitserreger machen sich Flughäfen zu Nutze. Viren und Mikroben, die weltweite Epidemien auslösen, werden dort von Kontinent zu Kontinent weiter verbreitet.

Der Flughafen ist die zentrale Bühne der Globalisierung. Er ist der Kreuzungs- und Kristallisationspunkt dramatischer menschlicher Schicksale und großer Gefühle. Von dort bricht man voller Erwartungen in den Urlaub oder in ein neues Leben in einem anderen Land auf. Politiker und Wirtschaftsleute, die wichtige Verträge und Geschäfte abschließen, bewegen sich über Flughäfen aufeinander zu. Der Flughafen ist der Schmerz der Trennung und die Freude des Wiedersehens. Er ist Stress, ausgelöst durch Verspätung und Sicherheitskontrollen, er ist Reisefieber und Euphorie.

Laura Palmens Tagebuch
14. September 2001

Hier auf dem Flughafen reden alle nur darüber, ob alles wieder wird wie früher oder ob der Flugverkehr endgültig gefährdet ist. Ich glaube nicht daran und mache mir auch keine Gedanken. Mir tun die Leute leid, die zufällig in den Türmen waren, aber für uns war das wie ein Zeichen. Damit fängt alles an!

Ich verstehe nicht unbedingt, was im Kopf von diesen Typen vorging und was die eigentlich wollen. Trotzdem muss man sie irgendwie auch bewundern. Unfassbar, dass solche Wolkenkratzer plötzlich einstürzen können. Wahnsinn, sie ausgerechnet mit Flugzeugen plattzumachen. Ohne Atomwaffen hätte das sonst nicht auf einen Schlag funktioniert.

Und sie haben nicht nur zwei der größten Gebäude der Welt zerstört, sondern auch das Fliegen auf den belebtesten Strecken der Welt komplett blockiert. Der größte Teil des Flugverkehrs auf dem Planeten steht still, und das schon seit mehreren Tagen! Das ganze System ist total durcheinander und wird es noch lange bleiben.

Pirjo
September 2011, Lissabon

Globalisierung heißt, dass Menschen, Waren und Dienstleistungen frei verkehren. Daraus ergibt sich ein nie dagewesenes Netz von Wechselbeziehungen, das die gesamte Welt überzieht. Vor meiner Abreise nach Portugal bat ich die Leute vom Bibliotheksdienst im Finnischen Rundfunk, mir ein Infopaket über die Entwicklungsgeschichte des weltweiten Verkehrs zusammenzustellen. Zwei Tage später brachte mir der Bote einen Rollwagen mit Büchern und eine Liste mit Links, über die ich zu dem Thema recherchieren konnte.

Der Transfer von Waren und Menschen auf dem Globus hat derart zugenommen, dass die Welt inzwischen eine vollkommen andere ist als vor fünfzig Jahren. Diese Wirklichkeit kann man nicht verstehen, wenn man ihre Entwicklung nicht kennt. Alles hat damit angefangen, dass die Europäer in der Lage waren, den Atlantischen Ozean zu überqueren. Das ganze heutige politische und wirtschaftliche System ist um die Vereinigten Staaten von Amerika herum aufgebaut. Die Entstehung der USA wiederum setzte voraus, dass die Europäer Amerika entdeckten und besiedelten.

Lissabon ist die westlichste Hauptstadt Europas. Nach meiner Ankunft hier fuhr ich mit dem Bus nach Cascais und ging die einige Kilometer lange Panoramastraße entlang, die an der Atlantikküste verläuft. Würde man von dieser Küste aus am achtunddreißigsten Breitengrad fünftausendsiebenhundert Kilometer geradeaus nach Westen segeln, käme man nach Washington, der auf dieser Breite östlichsten amerikanischen Hauptstadt nördlich des Panama-Kanals.

Die Portugiesen waren es, die einen Schiffstyp entwickelt hatten, mit dem man gegen die Westwinde auf dem Atlantik navigieren konnte. Mit einer solchen Karavelle segelte Kolumbus im fünfzehnten Jahrhundert nach Amerika. Die Konquistadoren kamen von Spanien aus im sechzehnten Jahrhundert über den Atlantik. Im folgenden Jahrhundert folgten die Puritaner mit der *Mayflower* und anderen, weniger bekannten Schiffen. Sie brachten Siedler nach Neuengland an der Nordostküste der heutigen USA. In den nächsten zweihundert Jahren stabilisierte sich der Schiffsverkehr zwischen Europa und Amerika, und Anfang des zwanzigsten Jahrhunderts begannen Dampfschiffe darum zu konkurrieren, wer am schnellsten den Atlantik überquerte.

Zu allen Zeiten hatte der Transatlantikverkehr Menschenleben gekostet. Schon bei Kolumbus' Überfahrt starben Seeleute, und auch danach hat sich das Meer tausendfach, wenn nicht millionenfach Menschen geholt. Ein großer Teil der Todesopfer aus fünfhundert Jahren stammt natürlich aus der Zeit der Weltkriege, als die Entente-Staaten und die Alliierten, von U-Booten bedroht, mit ihren Flotten Menschen und Material über die Meere beförderten. Hat je einer gezählt, was mehr Menschenleben forderte, die Versenkungen im Ersten und Zweiten Weltkrieg oder der zweihundert Jahre dauernde Sklavenhandel seinerzeit?

Ein dramatisches Ereignis, das aus dem Geschwindigkeitswettbewerb der Dampfschiffe zu Beginn des vorigen Jahrhunderts resultierte, war der Untergang der *Titanic* im April 1912. Man versuchte auf eine wettbewerbsfähige Reisezeit zu kommen, indem man mit hoher Geschwindigkeit die kürzeste Route fuhr. Dieser orthodromische Kurs, dem auch der heutige Flugverkehr folgt, führte das Schiff in den Nordatlantik. Dort trieben Eisberge, die sich vom Eisschild Grönlands gelöst hatten. Das Vermeiden der längeren, südlichen Route und die trotz der Eisbergwarnungen aufrechterhaltene Geschwindigkeit von einundzwanzig Knoten wurden zur fatalen Kombination für das größte Passagierschiff der Welt.

Von den zweitausend Menschen an Bord der *Titanic* überlebten siebenhundertundsechs. Die *RMS Carpathia* brachte sie an das Ziel, das auf ihren Fahrkarten stand, nach New York. Es hatte ungefähr genauso viele Tote gegeben wie neunundachtzig Jahre später im Nordturm des World Trade Center. Im Meer trieben so viele an Hypothermie gestorbene Menschen, trotz Rettungswesten und herumschwimmenden Wrackteilen, dass das von der Reederei White Star Line geschickte Evakuierungsschiff nicht alle aufnehmen konnte. Mehr als hundert Tote mussten im Meer zurückgelassen werden. Die anderen wurden nach Halifax gebracht und dort beerdigt.

Laura Palmens Tagebuch

14. September 2001

Der Flughafen von Halifax hat ein persönliches Dankschreiben vom amerikanischen Präsidenten erhalten. Bush zitiert seinen ermordeten Vorgänger Kennedy und sagt, wir seien, ohne zu zögern, für die Sache der Freiheit eingetreten und hätten nicht erst gefragt, was die freie Welt uns bieten kann. Wir hätten uns gefragt, was wir ihr geben können. Hier werden jetzt die ersten Maschinen zum Start fertiggemacht.

Pirjo

September 2011, Lissabon

Nur neun Jahre vor der Havarie der *Titanic* hatten die Gebrüder Wright mitten in Amerika, in Ohio, das Flugzeug erfunden. Aus der Erfindung der Brüder wurde eine Waffe im Ersten Weltkrieg. Vom Fliegen begeisterte junge Amerikaner heuerten schon bei der französischen und britischen Luftwaffe an, bevor die Vereinigten Staaten in den Krieg eintraten. Als der Frieden gekommen war, ließen sich die jungen Männer, die in Europa Flugerfahrung gesammelt hatten, als Postflieger anstellen. In kleinen, kippeligen Maschinen transportierten sie eilige Sendungen auf Routen, die sich über den ganzen amerikanischen Kontinent erstreckten.

Charles Lindbergh war einer jener Postflieger der Zwanzigerjahre, auch wenn er nicht mehr am Weltkrieg teilgenommen hatte. Doch schon bald nahm er die öffentlich gestellte Herausforderung an, allein über das Meer zu fliegen, das Amerika von Europa trennte. Es geschah fünfzehn Jahre nach dem Untergang der *Titanic*, dass Lindbergh mit seiner *Spirit of St. Louis* von New York nach Paris flog. Aber auch danach hing der Transport von Menschen über den Atlantik noch einunddreißig Jahre lang vom Schiffsverkehr ab, den Kolumbus, die Konquistadoren und die Puritaner begründet hatten.

Das Überfliegen des Atlantiks war so lange bloß eine sportliche Leistung, bis man Passagierflugzeuge entwickelte, die zu regelmäßigen und zuverlässigen Linienflügen fähig waren. 1958 nahmen die Britische BOAC und die amerikanische Pan Am den flugplanmäßigen Verkehr über den Atlantik auf. Danach hat das Flugzeug das Schiff als interkontinentales Fortbewegungsmittel vollkommen verdrängt.

Alles beruht auf einem bald sechzig Jahre alten Konzept: Die Düsenmaschine fliegt oberhalb der störenden Wetterphänomene der Troposphäre in etwa zehn Kilometern Höhe und überquert den Atlantik statt in den für die *Titanic* geplanten fünf Tagen in acht Stunden. Über den Pazifik fliegt man ein paar Stunden länger, ebenso über die eurasische Kontinentalplatte, die breiter ist als der Atlantik, in den Nahen Osten. Alle Kontinente und Ozeane können zu vernünftigen Kosten mit Passagier- und Frachtflugzeugen überquert werden.

Aus den ersten interkontinentalen Linienflügen hat sich in fünfzig Jahren eine Luftbrücke entwickelt, die an jedem Tag des Jahres gut hundertmal mehr Menschen von Europa nach Amerika und zurück schleust, als es der Passagierzahl der *Titanic* entspricht. Dieser unaufhörliche Verkehr hat einzig und allein im September 2001 einmal pausiert, als alle Flüge in die Vereinigten Staaten gestrichen wurden. Zweiundsiebzig Stunden lang war der Luftraum komplett geschlossen. In dem Zeitraum hätten neunzig Jahre zuvor auch die schnellsten Passagierschiffe nicht den Atlantik überqueren können.

Johan

September 2011, Vantaa

Ich geriet in einen seltsamen Zustand, als ich damals in Helsinki-Vantaa über die Folgen des WTC-Anschlags las. Anscheinend habe ich den 11. September 2001 im Nachhinein als traumatisch erlebt, obwohl ich an dem Tag selbst keine Informationen über das Geschehen bekam, das mit einem Mal zur welterschütternden Nachricht des Jahrhunderts wurde. In diesen Tagen, da das Ganze zehn Jahre zurückliegt, rollen die Medien die Ereignisse natürlich fast Sekunde für Sekunde noch einmal auf.

Ich gehe inzwischen seit bald anderthalb Jahren in Therapie, und dabei hat sich herausgestellt, dass gerade die ständige Präsenz von Terrornachrichten in den Medien mir die Ereignisse jenes Tages immer wieder in Erinnerung rufen und ich sie als berufliches Scheitern erlebe. Ich selbst denke nicht so, aber der Therapeut sagt, das sei wahrscheinlich. In den Zeitungen und im Fernsehen werden Leute gefragt, wo warst du, als du vom Einsturz der Doppeltürme gehört hast. Eigentlich lautet die Frage natürlich: Wo warst du und was hast du gedacht, als du im Fernsehen *gesehen* hast, wie das WTC einstürzt? Und noch wichtiger als das, was du gedacht hast, ist das, was du gefühlt hast.

Ich war damals Ersatzkommandant auf dem Wachschiff *Uisko* und kam gerade von einem einwöchigen Einsatz an der äußeren Territorialgewässergrenze nach Turku zurück, zum Stützpunkt Latokari. Ich war vom Stab der Küstenwache Schärenmeer als Beobachter an Bord des Schiffes geschickt worden und hatte das Kommando übernommen, weil der eigentliche Kommandant krank geworden war. Die Symptome deuteten auf eine Blinddarmentzündung hin, und ein Hubschrauber der Küstenwache brachte den Mann direkt zur Operation in die Uniklinik von Turku.

Der Kapitänsleutnant und ich hatten gemeinsam festgestellt, dass er seine Aufgaben im Sinne der militärischen Seeschifffahrtsvorschriften vorläufig nicht erfüllen konnte. Ich verfügte über die Qualifikation eines Wachschiffkommandanten und über viel Offizierserfahrung auf verschiedenen Kriegsschiffen, Außenwachschiffe der Küstenwache eingeschlossen. Und die *Uisko* war mir sogar vertraut. Als Vorgesetzter des Kapitänsleutnants beschloss ich, seine Aufgabe so lange zu übernehmen, bis das Schiff im Hafen festmachte. Vom Stab erhielt ich die Zustimmung für diese Entscheidung.

Auf dem Kihti, dem Abschnitt zwischen Åland und Schärenarchipel, erreichte uns eine Meldung aus dem Wasserrettungszentrum Turku: Auf der *MS Carneval* war eine Man-Over-Board-Situation eingetreten. Zwei Personen waren ins Wasser geraten, nachdem sie offenbar absichtlich vom Außendeck oberhalb der Heckpforte gesprungen waren. Dem Gruppenführer der Wasserrettung zufolge befanden wir uns fünf Seemeilen von der *Carneval* entfernt, die im Fahrwasser stand. Die Zentrale teilte mit, sie befreie den leitenden Offizier der *Carneval* von der Einsatzleitung und bestimme mich zum »On Scene Coordinator«. Laut ihrer Meldung an die Zentrale führte die *Carneval* eine Suche mit dem MOB-Boot durch, außerdem hatte man einen 360°-Ausguck angeordnet.

Die *Carneval* war auf dem Radarbild zu sehen, aber man konnte sie auch gut mit bloßen Augen erkennen. Ich kalkulierte unsere ETA-Zeit und meldete der Zentrale, wir seien in zwanzig Minuten vor Ort. Der Fühler zeigte in einem Meter Tiefe eine überraschend hohe Temperatur an: sechzehn Grad. Es hieß, die ins Meer gesprungenen Personen hätten Rettungswesten getragen, was bei uns auf der Kommandobrücke für Diskussionen sorgte.

Ich sagte durch, die Freiwache solle sich auf einen Search-and-Rescue-Einsatz vorbereiten. Alle, die auf Deck und in den Booten arbeiteten, sollten leichte Rettungsanzüge anlegen. Unmittelbare Bereitschaft zur Ersten Hilfe bei schwerer Hypothermie, auch in den Beibooten, die an der Suche beteiligt waren. Zwei Tragen für Helikopterbergung bereithalten.

Ich funkte die *Carneval* an, bekam Kontakt und teilte mit, ich sei von der Leitzentrale der Wasserrettung als OSC eingesetzt worden, und die *FPB Uisko* fungiere als SAR-Einheit, von der aus Suche und Rettung koordiniert würden. Unsere »Estimated Time of Arrival« betrug zu dem Zeitpunkt dreizehn Minuten. Wir vereinbarten die Frequenzen für den Funkverkehr, legten die Rufnamen für die Boote der Seenotretter fest, und ich sagte, ich erwarte einen Rettungshubschrauber vom Küstenwachengeschwader in Turku.

Ich fragte nach den Maßnahmen, die von der *Carneval* ergriffen worden waren, und ließ mir die Information bestätigen, die zu suchenden Personen hätten Schwimmwesten an. Es waren Rettungswesten des Fährschiffes, zugelassen und geprüft. Sie waren orange und mit Signalpfeife und Reflektoren ausgestattet, jedoch nicht mit Fackeln, Signallichtern oder Radartranspondern. Die Personalien der Vermissten waren vorläufig nicht bekannt. Man wusste nur, dass es sich um zwei junge Frauen handelte, etwa fünfzig bis sechzig Kilo schwer, in für die Jahreszeit normaler Bekleidung.

Eine Überwachungskamera hatte den Sprung ins Meer festgehalten. Dank des Zeitcodes der Speicherkarte lag der genaue Zeitpunkt des Wasserkontakts vor. Ich bat den Kommandanten der *Carneval*, aufgrund der GPS-Wegaufzeichnung den Standort des Schiffes zum betreffenden Zeitpunkt zu eruieren. Dementsprechend legte ich dann den Ausgangspunkt der Suche fest, unter Berücksichtigung der von Wind und Strömung verursachten Drift.

Das Suchmuster der *Uisko* bestand in einem sich erweiternden Quadrat, der Suchlinienabstand betrug tausend Fuß, die Geschwindigkeit vier Knoten, Ausguck in alle Richtungen, Überprüfung erfasster Objekte per Fernglas. Alle Mann waren auf Deck oder Brücke kommandiert worden. Das Schlauchboot und das Buster-Boot der *Uisko* sowie das MOB-Boot der *Carneval* ließ ich eine Sektorsuche in der Driftrichtung der Opfer durchführen, mit einem Radius von einer halben Seemeile vom Suchmittelpunkt.

Wir befanden uns in vom Fahrwasserdienst der Marine ausgelotetem sicherem Gewässer, und ich wusste, dass auch für ein großes Schiff außerhalb des Fahrwassers keine Gefahr der Grundberührung bestand. Ich wies die *Carneval* an, am hinteren Rand des Gebiets eine Hin-und-Her-Routensuche durchzuführen, und zwar so, dass die Suchlinie jedes Mal um drei Schiffsbreiten in die angenommene Driftrichtung der Opfer verschoben wurde. Bei einer Person von weniger als sechzig Kilo Körpergewicht betrug die Zeit bis zum Tod durch Hypothermie laut Tabelle fünf Stunden. Dennoch hielt ich die Erfolgschancen der Such- und Rettungsaktion für reell.

Der Super Puma der Küstenflotte Turku befand sich auf einem Kontrollflug im Schärengebiet, und seine Einsatzzeit neigte sich dem Ende zu. Auf der *Uisko* konnte der Hubschrauber nicht landen, und auf dem Hubschrauberdeck der *Carneval* konnte keine Betankung vorgenommen werden, weil es kein Kerosin an Bord gab. Zwar war an alle Reedereien die Empfehlung ausgegeben worden, Treibstoff für solche Notfälle bereitzuhalten, aber normalerweise gab es Flugbenzin in Fässern, wie es der Empfehlung entsprach, nur auf Frachtschiffen. Und die Turbinenmotoren des Super Puma waren so eingestellt, dass kein normales Benzin oder Diesel verwendet werden konnte.

Wir überlegten, Kerosinfässer von der *Uisko* auf die *Carneval* zu hieven, aber der Flugkoordinator in der Leitzentrale beschloss, den Super Puma zum Stützpunkt zurückzuholen. Dort tankte er auf und bekam eine aus der Heimbereitschaft alarmierte Ersatzcrew. Innerhalb einer Stunde kehrte er aufs Meer und ins Suchgebiet zurück. Nach seiner Ankunft hielt ich die für die Durchführung der Suche zur Verfügung stehenden Wasserrettungseinheiten für ausreichend und erteilte der *Carneval* die Erlaubnis, sich zu entfernen. Sie setzte ihre Fahrt nach Marienhamn mit zwei Stunden Verspätung fort.

Auf dem PZG-Computer las ich nun den Bericht, den ich damals, vor zehn Jahren, geschrieben hatte. Das Dokument war in der Archivdatenbank des Stabs der Küstenwache gespeichert. All die Buchstabenkombinationen der offiziellen internationalen Abkürzungen, all die Himmelsrichtungen, Entfernungen, Koordinaten und von mir gewählten Suchtaktiken verraten nichts davon, wie meine Entschlossenheit sich allmählich in Resignation und Verzweiflung verwandelte. Vielleicht weisen die Uhrzeiten im Bericht darauf hin, weil man an ihnen den Beginn, die Abfolge und die Dauer der Maßnahmen ablesen kann.

Denn im Grunde maßen die Zeitvermerke die verbleibende Lebenszeit der jungen Menschen, die im Meer trieben, falls sie den Sprung überlebt hatten. Allerdings war es unwahrscheinlich, dass sie in den Sog der Schraube geraten und von deren Blättern zerfetzt worden waren. Im Gegenteil, der Rotorabstrahl hatte sie vom Schiff weggeschoben. Andererseits konnte die vom Rumpf erzeugte Verwirbelung einen Menschen, der ins Wasser gesprungen war, sofort nach unten ziehen. Ebenfalls möglich war, dass sie durch den Aufprall das Bewusstsein verloren hatten.

Spätestens drei Stunden nach Beginn der Suche waren sie wegen der Hypothermie mit Sicherheit bewusstlos, trieben aber dank der Westen in sicherer Haltung an der Oberfläche. Nach fünfeinhalb Stunden ging die Einsatzzeit des Helikopters zu Ende. Auch die Zeit der Opfer lief ab. Es war äußerst unwahrscheinlich, dass sie noch am Leben waren. Mir kam in den Sinn, wie mein Vater ertrank, obwohl einem Befehlshaber das in so einer Situation nicht passieren durfte.

Nachdem der Super Puma sich entfernt hatte, holte ich das Zodiac und das Buster aus dem Wasser. Laut Bericht setzten wir bis zur Dunkelheit die Fahrt auf dem angenommenen Driftkurs der Vermissten per Eine-Richtung-Taktik fort, aber dabei musste das Suchgebiet so sehr erweitert werden, dass zwischen die Eckpunkte ein riesiges Stück Ålandmeer passte. Einen Teil der Mannschaft hatte ich angewiesen, mit Ferngläsern nach den kleinen Inseln Ausschau zu halten, für den Fall, dass die Leichen der Vermissten angespült worden waren. Der Rettungseinsatz wurde am 11. September 2001, 21.30 Uhr UTC+2 für beendet erklärt. Begründung: keine Hoffnung, Überlebende zu finden.

In den Suchinstruktionen wird Wert auf das Prinzip gelegt, die Suche auch dann fortzusetzen, wenn die Opfer bereits mit Sicherheit das Leben verloren haben und keine Hoffnung auf Rettung mehr besteht. Für die Hinterbliebenen besteht die schrecklichste Variante darin, dass ihr Angehöriger spurlos verschwindet. Darum wird stets versucht, die Leichen zu finden und nach Hause zu bringen. Nach dem gleichen Prinzip wurden im Krieg Gefallene sogar aus feindlichem Gebiet geholt. Darum fuhren wir um die kleinen Felseninseln herum und richteten die Scheinwerfer auf ihre Ufer, mit der minimalen Hoffnung, reflektierende Streifen von Rettungswesten auszumachen.

Laura Palmens Tagebuch

15. September 2001

Heute wurde mitgeteilt, dass der Luftraum der USA wieder komplett dicht ist, obwohl er gestern teilweise offen war und wir auch heute Maschinen für den Start klargemacht haben. Kurz nach der Mitteilung tauchte ein Flugzeug am Himmel auf. Es drehte eine Platzrunde und landete auf der Bahn, wo am Ende zig Passagierflugzeuge in einer Reihe standen. Zumindest an der Rampe wusste keiner, wer da kam und woher. Trotzdem wurden sie wohl vom Tower aus gelotst.

Der Pilot stoppte die Aufsetzfahrt bestimmt einen Kilometer vor uns. Es war ein kleiner Business-Jet, so einer braucht nicht die ganze Landebahn. Er rollte auf uns zu und stoppte bei unserem Team. Der Learjet war mit Tarnfarbe gestrichen. Die Tür ging auf, und als Erstes stiegen sechs Polizisten in Uniform und danach vier Männer im Anzug aus. Jemand meinte, die Polizisten wären Amis. Der Marshaller ging hin und redete eine Weile mit ihnen.

Dann kam aber auch schon ein Bus, in den sie alle einstiegen, um sich zum Terminal bringen zu lassen. Der Marshaller sagte uns, sie hätten nicht verraten, wer sie sind, aber die Typen im Anzug wären garantiert vom FBI. Sie sahen auch wirklich so aus. Alle trugen schwarzen Anzug, weißes Hemd und Krawatte. Männer in Schwarz – genau wie Agent Cooper in *Twin Peaks*. Die in den Uniformen hatten am Kragen die Buchstaben NYPD, kamen also von der New Yorker Polizei.

Am Nachmittag wurde die Truppe wieder mit dem Bus zurückgebracht. Sie stiegen in ihre Maschine, starteten sofort und waren weg. Die Rampe hatte vorher schon den Befehl bekommen, den Learjet aufzutanken, die Tragflächen mit Enteiser zu besprühen und Bodenstrom fürs Anlassen bereitzuhalten. Wir haben gehört, die Polizisten hätten sich im Terminal ein paar Passagiere herausgepickt, und die Anzugtypen hätten sie dann im Untersuchungsraum des Zolls verhört. Sie haben aber niemanden mitgenommen. Am Abend durften dann die ersten Passagiermaschinen starten.

Johan
September 2011, Vantaa

Nach dem Seedienst hatte man laut Dienstvertrag frei. Ich hängte zwei Tage Wechselschichtzusatzurlaub an, um nach Hause fahren zu können, nach Rosala. Im Wartungsbereich des Stützpunkts sprachen alle über den Terroranschlag, und im Fernseher im Pausenraum wurden immer wieder die einstürzenden Hochhäuser gezeigt. Im Nachhinein erinnere ich mich, dass ich gefragt wurde, ob ich das Bedürfnis hätte, mit einer Fachkraft über das, was ich gerade erlebt hatte, zu reden. Ich erklärte, ich wolle mich nur richtig ausschlafen. Ich war regelmäßige Dienstzeiten gewöhnt, aber an Bord hatte ich im Rhythmus der Wachablösungen gelebt und Schlafdefizit angesammelt.

Später begriff ich, dass die Frage mit den Konsequenzen zu tun hatte, die aus dem *Estonia*-Unglück gezogen worden waren. Man hatte ein Debriefing-Protokoll erstellt: Jeder, der im Dienst in eine psychisch belastende Situation geriet, hatte das Recht, Expertenhilfe in Anspruch zu nehmen, um das berufsbedingte Trauma zu verarbeiten. Man wollte verhindern, dass bei den Teilnehmern einer Seenotrettungsoperation etwas zurückblieb, was ihre Arbeit später beeinträchtigen könnte.

Ich kann mich nicht erinnern, dass nach der *Estonia* solche Fragen gestellt worden wären. 1994 war ich regulärer Kommandant eines Patrouillenboots. In der *Estonia*-Nacht befanden wir uns im Kvarken und erreichten die Unglücksstelle erst am Morgen, als alles vorbei war. Durch die Aufgabenverteilung der Seenotrettungszentrale und aufgrund des Funkverkehrs hatten wir allerdings ein klares Bild von der Lage, sofern das bei so einer Katastrophe möglich ist.

Am 28. September 1994 war ich ein vierunddreißigjähriger Kapitänleutnant. Ich weiß noch, wie ich mit dem Ersten Offizier witzelte, Horatio Nelson sei in dem Alter schon Admiral gewesen. Damals wurde allerdings auch früher gestorben. Admiral Nelson war siebenundvierzig, als er in der Seeschlacht von Trafalgar durch die Kugel aus einer Muskete tödlich verwundet wurde, hatte zuvor aber trotzdem die Voraussetzungen dafür geschaffen, dass Großbritannien zur Seemacht wurde und darauf für die folgenden hundert Jahre seine Weltherrschaft gründete.

Admiral Nelson endete als Denkmal auf einer hohen Säule auf einem Platz in der Hauptstadt des Imperiums, der nach der für ihn tödlichen Schlacht benannt wurde. Ich wusste, dass meine Beförderung zum Fregattenkapitän und die Versetzung ins Schären-Küstenwachgebiet bevorstand. An den Tagen nach dem *Estonia*-Unglück hatten wir eine klare Aufgabe: Wir sollten im hinteren Suchbereich in der angenommenen Driftrichtung hin und her kreuzen und nach Toten suchen.

Wir fanden sieben, fünf Männer und zwei junge Frauen, alle in einem gekenterten Rettungsfloß, dessen Luftkammern teilweise leer waren. Fast alle, die es geschafft hatten, vom Schiff herunterzukommen, waren junge Menschen, die im Lokal auf dem obersten Deck gefeiert hatten. Auch die Opfer, die wir fanden, hatten mehr oder weniger Alkohol im Blut. Der Blaseninhalt von zwei Opfern verriet, dass sie auch Cannabis zu sich genommen hatten. Das Floß war so groß, dass es ein schwaches Echo gab, obwohl es gekentert war und der Radartransponder und der Passivreflektor aus Aluminium sich daher unter Wasser befanden.

Hilfreich war auch, dass der Seegang nach der Sturmnacht abgenommen hatte. Sonst hätten wir wohl kaum jemanden gefunden. Damals konzentrierte man sich nur auf seine Aufgabe. Ich dachte sicher nicht einmal daran, dass das Kentern des Floßes durch die Panik oder einen Kampf im Dunkeln verursacht worden sein musste. Der Grund für den leeren Ponton war ein Loch, dessen Form zur Klinge des Multifunktionswerkzeugs passte, das zur Ausrüstung des Floßes gehört hatte. Ich war einmal dabei gewesen, als zu Übungszwecken versucht wurde, in einem Schwimmbad ein vergleichbares Rettungsfloß zum Kentern zu bringen. Es gelang absolut nicht.

Mit Hilfe eines Tauchers und großer Mühe bekamen wir die Opfer an Bord, legten sie in Leichensäcke und brachten sie zum Evakuierungszentrum auf der Insel Utö. Dort kamen inzwischen nur noch Tote an. Alle, bei denen noch Hoffnung bestand, waren nach Turku in die Klinik geflogen worden. Die Opfer von Hypothermie versteifen sich in gekrümmter Haltung, wie vor ihrer Geburt in der Gebärmutter. Eine der Frauen hielt eine kleine Kosmetiktasche an die Brust gedrückt. Die Wimperntusche darin war zerlaufen und bildete Flecken auf der Rettungsweste.

Das Evakuierungszentrum befand sich im Küstenfort. Wir legten unsere Leichensäcke auf den Pier, und ein schwedischer Transporthubschrauber von der Größe eines Linienbusses nahm sie sofort auf, um sie aufs Festland zu bringen. Meiner Meinung nach blieb bei mir davon kein Trauma zurück. Vielleicht irre ich mich. Wahrscheinlich. Mein Therapeut meint, solche Situationen versetzten mich unbewusst in die Kindheit und in den Moment zurück, in dem ich die Leiche meines Vaters im Meer fand.

Nach der *Estonia* unterhielt ich mich über diese Dinge mit einem Hubschrauberpiloten und mit einem Feuerwehrhauptmann aus der Rettungszentrale Turku, der die Luftretter angeführt hatte. Wir saßen in Turku in der Sauna des Polizeigebäudes, zusammen mit weiteren Leuten, die auf der ersten Ebene der Rettungskette im Einsatz gewesen waren. Das gesamte Gerät des Grenzschutzgeschwaders war in der Luft gewesen, und außer den Grenzern wurden auch Feuerwehrleute alarmiert.

Der Mann von der Rettungszentrale sagte, er werde nie den Anblick vergessen, als der Helikopter das Objekt erreichte. Die

Estonia war vom Radarschirm verschwunden, statt des Schiffes mit seinen Lichtern sah man überall auf dem Meer die Signallampen von Rettungsflößen, Rettungsringen und Rettungswesten, man sah Leuchtbojen und die Fackeln von Menschen in Seenot. Gemeinsam erinnerten sich die Männer daran, dass das Meer von oben aussah wie der neue Teil des Friedhofs in Turku in der Christnacht.

Die Feuerwehrmänner waren offenbar zum ersten Mal als Luftretter im Ernstfall dabei gewesen. Ein älterer Kollege des Hauptmanns hatte einmal gesagt: »Schicke nie einen Mann in eine Situation, in die du selbst nicht gehen würdest.« Darum hatte er sich als Erster zum stürmischen Meer hinunter abseilen lassen. Sie hatten drei Überlebende ins Evakuierungszentrum Utö gebracht.

Ich schloss die Archivdatenbank des Stabs, und mein Seenotrettungsbericht verschwand vom Bildschirm. Nach den Leichen der beiden Mädchen, die am 11. September in die Ostsee gesprungen waren, wurde in einem weiten Gebiet gesucht, aber sie wurden nie gefunden. Die Boulevardblätter brachten über sie ein paar Überschriften zwischen der WTC-Berichterstattung unter. So verschmolz die einheimische Tragödie mit der allgemeinen schicksalhaften Düsternis.

Die Mädchen hatten beschlossen, gemeinsam Selbstmord zu begehen. Sie waren Freundinnen und in denselben Jungen verliebt. Die eine war seit der Schiffstour der Abiturienten im Frühling mit ihm zusammen gewesen, die andere später im Sommer. Der Junge hatte sie beide sitzenlassen, und im Herbst waren die Mädchen zu einer Tagestour auf dasselbe Schiff gegangen, auf dem sie den Jungen kennengelernt hatten. Sie hatten vor, gemeinsam zu ertrinken. All das ging aus den schriftlichen Mitteilungen hervor, die an die Medien gelangt waren.

Auch ich wurde von der Presse interviewt. Die Journalisten witterten einen Skandal, als sie erfuhren, dass ich erst unmittelbar vor der Rettungsoperation das Kommando über das Schiff übernommen hatte. Sie wollten wissen, ob ich auch bestimmt die Kompetenz dafür gehabt hätte und wenn ja, ob ich über zeitgemäße Erfahrung mit anspruchsvollen Seedienstaufgaben verfügte.

Sie fragten außerdem, ob die Mädchen vor dem Sprung ins Meer wirklich Rettungswesten angelegt hätten. Das war die Information, die wir bekamen, sagte ich. Machte das einen Sinn, wo sie sich doch umbringen wollten? Nein, aber der Mensch ist unlogisch. Vielleicht hofften sie trotz allem, gerettet zu werden. Der Sprung vom Heck deutete in die gleiche Richtung. Ich erinnerte die Journalisten daran, dass allgemein geglaubt wurde, wer von der Seite springe, gerate in den Sog der Schiffsschraube und werde von ihr zerstückelt. Der Besatzung hatte ich darum gesagt, die Rettungswesten seien eine deutliche Botschaft an uns Retter. Ich glaube, das hatte alle besonders motiviert.

Bei der Pressekonferenz fragte jemand, ob die Mädchen Chancen hatten, gerettet zu werden. Sogar recht gute, sagte ich. Das Meer war noch relativ warm und die durchschnittliche Wellenhöhe weniger als ein Meter. Sie wurden in einem begrenzten Gebiet gesucht, und zwar mit einem Hubschrauber und einem für die Seenotrettung gut ausgerüsteten Patrouillenboot. Ich war im Nachhinein noch einmal alle Maßnahmen, die ich angeordnet hatte, durchgegangen und fand nichts, was man hätte anders machen müssen. Auch die Leitzentrale billigte meine Entscheidungen.

Wir taten, was wir konnten, aber Suche und Rettung gelangen einfach nicht. Das war eine sehr bittere Niederlage für uns. Schließlich bestand unsere Aufgabe darin, in Seenot geratene Menschen zu suchen und zu retten, so lange Hoffnung besteht. In der Boulevardzeitung war ein großes Bild vom Kvarken, darüber stand: DAS GRAB DER LIEBE. Auf Nachfrage musste ich erklären, was es für ein Gefühl ist, wenn man alle Hoffnung verloren hat und die Rettungsmaßnahmen einstellen muss. PATROUILLENBOOTKOMMANDANT: ICH BIN ENTTÄUSCHT, FRUSTRIERT UND TRAURIG, lautete die Überschrift am nächsten Tag.

Laura Palmens Tagebuch

17. September 2001

Wir sind jetzt den sechsten Tag auf dem Flughafen Halifax. Vorgestern Abend starteten endlich die ersten Maschinen. Die MD-11 nach New York, mit der wir kamen, war dabei, und das ist uns zu verdanken. Als wir eines Tages mal wieder Maschinen zum Warten hin und her rangierten, sahen wir airside den Finnair-Kopiloten. Ihm fiel die Kinnlade runter, als wir in Flughafenoveralls ankamen und ihn auf Finnisch anquatschten. Wir erzählten ihm, was Sache war, dass wir einen Job bekommen hätten, weil es hier drunter und drüber ging. Was wir nicht sagten, war, dass wir eigentlich keine Ground-Staff-Ausbildung hatten und auch keine Erfahrung mit der Arbeit auf dem Vorfeld.

Ein Teil der Maschinen war noch voll mit Reisegepäck, weil es keine Möglichkeit gab, eine solche Menge Koffer zu entladen und zu verstauen. Wo hätte man die hinbringen und wer hätte in dem Durcheinander darüber Buch führen sollen? Der einzig mögliche Aufbewahrungsort waren die Flugzeugrümpfe. Die ersten Maschinen in der Reihe, also diejenigen, die zuletzt gekommen waren, hatte man allerdings entladen, und darum hatten wir unsere Rucksäcke bekommen. Der Kopilot erzählte, ein Passagier von unserem Flug habe vor, sich zu beschweren, weil er seinem Sohn Roggenbrot und finnische Butter mitbringen wollte und die Butter nach einem Tag im Rumpf und drei Tagen im Terminal geschmolzen war.

Die Maschinen wurden in der Reihenfolge ihres Standorts abgefertigt. Die MD-11 stand im vorderen Teil, wäre aber noch nicht an der Reihe gewesen, wenn wir es nicht so eingefädelt hätten, dass der Marshaller die Finnair-Maschine vorzog, als die erste

Gruppe startklar gemacht wurde. Wir baten ihn einfach darum, es zu tun, und er war einverstanden. Er lachte und sagte zum Kopiloten, Finnair sei den Mädchen hier was schuldig. Wenn die Maschine einen Tag früher den Verkehr wieder aufnahm, sparte die Fluggesellschaft zigtausend Dollar.

Sie wurde schon am Nachmittag mit dem Pushback in die Startschlange gezogen und betankt, sie bekam Bodenstrom, die Triebwerke wurden gestartet, und schließlich wurde sie auch noch mit den Enteisungschemikalien behandelt. All das dauerte mehrere Stunden, und der Kapitän der Maschine kam zu uns. Der Kopilot hatte sich nach unseren Personalien erkundigt, und jetzt hatte der Kapitän Voucher für uns, die uns berechtigten, innerhalb eines Jahres für insgesamt dreitausend Dollar Flugtickets für die Flugrouten der Finnair oder ihrer Kooperationspartner zu bekommen.

An der Ostküste der USA war der Luftraum offen, und die Maschine sollte nach New York, um von dort aus zurückzufliegen, aber wir sagten, wir bleiben noch in Halifax. Wir sind als Einreisende erfasst und dürfen in Kanada hinfahren, wohin wir wollen, und auf den internationalen Flughäfen im Land Arbeit suchen. Wenn wir auf die US-Seite wollen, müssen wir wieder durch die Grenzkontrolle. Im Flughafenbereich halten wir uns mit provisorischen Ausweisen und befristeten Passierscheinen auf.

Wir besitzen ja noch immer die Tickets nach New York und können dort später jederzeit hin, oder wir tauschen sie gegen Tickets mit entsprechendem Preis für eine Route, auf der ein Partner von Finnair operiert. Vorläufig jobben wir hier noch ein bisschen, damit wir Zeugnisse bekommen. Das Personalbüro hat uns eine Unterkunft im Flughafenhotel versprochen. Das ist einfach geil!

Wir haben vorgeschlagen, wir könnten für die Finnair-Flüge die Boardingdurchsagen und die Aufrufe, zum Gate zu kommen, auf Finnisch machen. Der Boss war zufrieden. Es war gestern und heute oft genug vorgekommen, dass Reisende, die schlecht Englisch konnten, ihren Flug verpasst hatten. Ihnen mussten dann Plätze auf anderen Flügen oder Bodenbeförderung oder eine Unterkunft beschafft werden. Die Südeuropäer – Italiener und vor allem Griechen – stehen sowieso ständig im Wald, weil sie nicht kapieren, was durchgesagt oder sonst an Informationen verteilt wird.

Leute aus dem Fernen Osten, die kein Englisch können, gibt es hier nicht viele, weil die über den Pazifik an die Westküste fliegen. Wenn sich mal ein Japaner oder Koreaner findet, dann kommt er aus Europa und kann Englisch. Um die Araber wiederum schert sich im Moment keiner so recht. Ob die ihr Gate finden und in ihre Maschinen kommen, ist gerade jetzt allen egal. Oder sie denken sogar, besser, wenn die überhaupt nie mehr in die Luft kommen.

Trotzdem hat man versucht, Leute zusammenzutrommeln, die Durchsagen in Fremdsprachen machen. Das fliegende Personal der Fluggesellschaften kommt nicht dazu, weil es alle Hände voll zu tun hat, sich um die Passagiere zu kümmern. Der Boss lobte uns, weil wir selbst die Initiative ergriffen und die Durchsagen für die Finnair auf Finnisch angeboten haben. Er sagte, den Job könnte mit Sicherheit sonst keiner machen. Leute, die Griechisch und Italienisch können, hätten sie allerdings aufgetrieben, und Französisch wurde auch gesprochen, weil das die zweite offizielle Landessprache ist. Jedenfalls stieg die Finnair zum Himmel auf, und offenbar hat keiner den Flug verpasst.

Schwer zu glauben, dass wir erst eine Woche hier sind. Es kommt einem eher wie ein Jahr vor. Wir beherrschen unseren Job und kriegen Respekt.

Johan
September 2011, Vantaa

Nachdem ich die Archivdatenbank geschlossen hatte, machte ich mich daran, die Überwachungsmonitore zu beobachten. Die Maschine mit dem jungen Mann, der wegen Schmuggels verdächtigt wurde, war gelandet, und ein Hundeführer wartete mit einer Zollbeamtin an der Linie auf die Ankunft der Passagiere. Ein Polizist sicherte im Hintergrund. Laut den Check-in-Informationen hatte der Verdächtige kein Gepäck im Laderaum. Er würde, mit anderen Worten, als einer der Ersten kommen. Vor der Glaswand in der Ankunftshalle warteten aus irgendeinem Grund eine Menge Journalisten, Fotografen, Kameramänner und Tontechniker.

Der Hund schlug bei dem Verdächtigen an, der daraufhin aus dem Strom der Reisenden herausgeholt wurde. Dabei kam es zu einem kleinen Handgemenge. Der Verdächtige verhielt sich äußerst aggressiv und zog etwas aus der Tasche. Prompt meldete sich mein Dienstfunkgerät. Obergrenzschützer Kukkonen teilte mit, im Zollkontrollbereich bestehe Situation 3, ob wir Amtshilfe schicken sollten. Ich sagte, ich sähe alles auf dem Monitor, wir müssten niemanden schicken, außerdem sei es eh zu spät. Der Hundeführer und der absichernde Polizist hätten alles im Griff. Wir sollten die Lage aber beobachten.

Inzwischen hatte der Verdächtige eine Flasche hervorgeholt und hielt sie am Hals gepackt. Er sah tatsächlich aus wie ein Araber, allerdings hatte wohl keiner bei dieser Angabe daran gedacht, dass die von den Arabern als Erzfeinde angesehenen Juden genauso aussahen. Wie hieß es im Ersten Buch Mose? Nach der Sintflut wurden die einen zu Semiten, die anderen zu Hamiten nach den Söhnen Noahs. Davon war in der Sonntagsschule auf der Kircheninsel Hiittinen die Rede gewesen. Und stand Vergleichbares über den Neubeginn der Welt und die ersten Bewohner nach der Sintflut nicht auch im Koran?

Jedenfalls berührte der Polizist den Festgenommenen mit einem Taser im Kontaktmodus am Bizeps, worauf die braune Flasche zu Boden fiel und zerbrach. Menschen gingen vorbei und versperrten mir die Sicht, und als ich wieder etwas erkennen konnte, hatte der Polizist dem Verdächtigen bereits Handschellen angelegt. Man fasste ihn unter den Armen und führte ihn in den Untersuchungsraum. Ich notierte den Vorfall zur Information für unsere Verbrechensabwehreinheit. Zoll und Polizei würden ihre eigenen Meldungen machen.

Später stellte sich heraus, dass die Flasche achtzigprozentigen österreichischen Rum enthalten hatte. Das war nichts anderes als ein fertiger Molotow-Cocktail. Dessen Benutzung auf der Flugzeugtoilette hätte zu einem Loch im Rumpf führen können. Auf dem Flughafen konnte man damit einen explosionsartigen Brand auslösen. Der Fall war alles in allem so außergewöhnlich, dass über die Absichten spekuliert wurde. Da der Mann Palästinenser war, kam auch Terrorismus zur Sprache, obwohl man niemanden bloß aufgrund seiner Nationalität verdächtigen sollte.

Wir fragten uns trotzdem, ob es sich die Terroristen zu ihrer Taktik gemacht hatten, Flaschen mit Alkohol aus dem Duty-free-Shop als Brandbomben zu benutzen. Immerhin verbot der Koran, den Stoff zu trinken. Der Mann hatte seinen Rum am Flughafen von Paris gekauft und ihn vollkommen legal in die Maschine mitgenommen. Ihn nach Finnland einzuführen war jedoch ein Delikt. Nicht aus Gründen des Brandschutzes, sondern weil über sechzigprozentiger Alkohol bei uns als Droge eingestuft wird.

Cannabis wurde nicht gefunden, aber wegen der Flasche mit Rum bekam der Mann eine Anzeige wegen versuchten Rauschmittelschmuggels. Hinzu kam Widerstand gegen die Staatsgewalt. Auch an diesem Anklagepunkt war die Flasche schuld. Man definierte sie als gefährliche Schlagwaffe, und sie am Hals zu packen wurde als Vorbereitung zur Gewalt interpretiert, weshalb die Polizei zu Zwangsmitteln hatte greifen müssen.

Der Palästinenser musste harte Vernehmungen über sich ergehen lassen, weil man bei ihm die Daten eines polizeibekannten Hehlers fand. Auch die Log-Daten seines Handys bewiesen, dass er in Verbindung zu dem Mann gestanden hatte. Man versuchte herauszufinden, warum der Festgenommene den Kontakt zu einem Geschäftsmann gesucht hatte, der auf illegale Waffen spezialisiert war. Der Palästinenser hatte allerdings schon mal in einem israelischen Gefängnis gesessen und ließ sich daher von den Verhörmethoden der finnischen Polizisten nicht beeindrucken. Man fand nichts heraus und musste den Mann gehen lassen, nachdem er ein Bußgeld entrichtet hatte. Sein Name wurde jedoch auf die inoffizielle Liste gesetzt und sein Foto der Porträtgalerie aller Grenzposten hinzugefügt. Europol wurde von dem Vorfall informiert, und vermutlich auch die Amerikaner.

Später sah ich mir alles noch einmal auf Band an. Die Journalisten in der Empfangshalle hatten bemerkt, dass an der Linie etwas Interessantes passierte. Sie gruppierten sich vor der Glaswand, es wurde fotografiert und gefilmt. Während des Trubels ging der Zollhund an die Scheibe heran und wedelte mit dem Schwanz. Darauf nahm ihn der Hundeführer an die Leine und begab sich in den Untersuchungsraum. Plötzlich wurde mir klar, dass Pirjo eine der Journalisten war, die sich vor der Scheibe drängten.

Ich musste das Bild mehrmals hin und her spulen, um mich zu vergewissern. Dann sah ich mir den Vorfall noch einmal von vorne an, auch aus der Perspektive der Kameras in der Empfangshalle. Ich hatte Pirjo fast dreißig Jahre nicht mehr in natura gesehen und auch so gut wie nicht auf dem Bildschirm, weil ich mir im Fernsehen nur Filme anschaue. Die Nachrichten lese ich in der

Zeitung. Kann aber auch sein, dass ich die Fernsehnachrichten auslasse, um Pirjo nicht auf dem Bildschirm zu sehen. Allerdings hatte ich gedacht, dass sie seit fünfzehn Jahren gar nicht mehr als Redakteurin arbeitete.

Ich musste feststellen, dass sie auch mit über fünfzig Jahren noch eine ungeheuer schöne Frau war. Ich schaute zwischen Pirjo und dem außer Gefecht gesetzten Palästinenser hin und her, der auf dem Boden kniete und sich mit der linken Hand den gefühllosen rechten Arm hielt. Dabei bekam ich das verrückte Gefühl, als wäre der Stromschlag aus dem Taser irgendwie auf mich übergegangen, so wie die Energie eines Blitzes auf unvorhergesehene Weise von einem Objekt zum anderen springen kann. Bei der Schnellspulung rasten die Bilder über die Monitore, vor meinen Augen zerfiel das Bild in Pixel, und man hörte ein wimmerndes Geräusch aus den Geräten. Mir kam alles so unwirklich vor, mir wurde schwindlig, und ich musste mich im Dienstzimmer aufs Bett setzen.

Die kleinen blauen und weißen Karos der Bettdecke verwandelten sich in ein Mosaik mit gezackten Rändern, ich musste die Augen schließen. Die Flughafendurchsage aus dem Lautsprecher fing an, nachzuhallen und dann zu leiern wie ein schlaff gewordenes Tonband. Mein Sehfeld wurde schwarz, und es erschien ein grelloranger Punkt darin, der zu kreisen begann. Die Kreise wurden immer größer, und irgendwann wusste ich, dass wir uns bereits jenseits der Sonne befanden, im unendlichen Universum.

In meiner Kindheit hatte ich einmal etwas Ähnliches erlebt, als ich in Kemiö zur Mandeloperation war und mit Äther betäubt wurde. Auch damals zerfiel das Sehfeld zum Mosaik, und alle Geräusche hallten. Die Welt drehte sich in immer größeren Kreisen, und bei jeder Umdrehung hörte man ein entsetzliches Geräusch, wie das Schreien einer Kreissäge in der Ferne. Als ich aufwachte, hatte ich eine Reise von der Dauer einer Ewigkeit in einer unfassbar beängstigenden Welt hinter mir, im Fegefeuer oder in der Hölle. Oma sagte, ich hätte beim Aufwachen halluziniert: »Ich bin gestorben, ich bin gestorben …«

Herbsttagundnachtgleiche

23. September 2011

»Im Fegefeuer oder in der Hölle …« Was weiß Kommodore Lampen schon über diese Orte? Sind es überhaupt Orte oder vielleicht eher Umstände oder Gemütszustände? Der Tag seiner letzten Fegefeuererfahrung liegt nun anderthalb Jahre zurück. In der Zwischenzeit hat sich der Kommodore gezwungen gesehen, viel über seine Pflichten und seine Fähigkeit, sie zu erfüllen, nachzudenken.

In diesem Moment sitzt Johan Lampen in einer zweimotorigen Propellermaschine des finnischen Grenzschutzes, deren Route der Küste Afrikas folgt. Rechts unter ihm erstreckt sich, so weit das Auge reicht, die hellbraune Wüste der West-Sahara. Links glitzert der blaugrüne Atlantik ebenso unabsehbar wie auf der anderen Seite der afrikanische Kontinent. Auf dem Meer kann man weiße Kielwasserstreifen erkennen, die winzige Schiffe hinter sich herziehen. Man weiß, dass sie als legale Wasserfahrzeuge registriert sind.

Wieder haben die Personen im Flugzeug nicht gefunden, was sie suchen, und sind erleichtert. An der Grenze zu Marokko neigt sich die Dornier jäh nach links, weil der Pilot den Flughafen ansteuert, der hinter dem Horizont auf einer Insel liegt. Johan ist hier, um die Außengrenze der EU zu bewachen. Finnland sieht deren Sicherung strikter als die meisten anderen Länder des Schengener Abkommens. Auch aus diesem Grund beteiligt sich der finnische Grenzschutz aktiv und mit Eigeninitiative am Schutz der gemeinsamen Grenze.

Gemäß der gleichen strikten Linie hat Finnland zwei Tage zuvor mit den Niederlanden zusammen sein Veto gegen die Aufnahme von Rumänien und Bulgarien ins Schengen-Gebiet eingelegt. Seit dem Frühjahr sind finnische Grenzjäger mit Sonderausbildung in Griechenland, um die Landgrenze des vereinigten, seinen Wohlstand in einer Festung sichernden Europas zu bewachen, über die illegale Einwanderer aus Bulgarien, Rumänien, Albanien und Mazedonien drängen.

Dreißig Breitengrade südlich von Johans Flugzeug überquert der Scheitelpunkt der Sonnenstrahlung, der Zenit, an diesem Tag den Äquator. Es ist die Herbsttagundnachtgleiche. Die Erde ist auf ihrer Umlaufbahn an dem Punkt angekommen, an dem sich die Neigung ihrer Achsenrotation in einem solchen Verhältnis zur Sonne befindet, dass beide Erdhälften gleichberechtigt Strahlung abbekommen. Fast überall auf der Welt sind heute Tag und Nacht gleich lang. Nur an den Polen ist es anders. Dort gibt es jetzt keinen Unterschied zwischen Tag und Nacht.

An keinem der Pole ist es hell oder dunkel. Es herrscht vierundzwanzig Stunden Dämmerung. Morgen geht die Sonne am Nordpol unter. Am Südpol erscheint ihr oberer Rand über dem Horizont. Dort beschreibt die Sonne einen mehrtägigen, zuerst auf- und dann absteigenden Kreis, bis sie versinkt. Von da aus geht es der neuen Jahreszeit entgegen. Im Norden ist es der Herbst, der in den Winter übergeht. Am Nordpol verdichtet sich die Dämmerung immer mehr und endet bald in der totalen Finsternis der Polarnacht, die fast ein halbes Jahr dauert. Am Südpol verwandelt sich die Dämmerung in endloses Licht, das erst in sechs Monaten wieder gedämpft wird, wenn die Erde die Hälfte ihres Weges um die Sonne herum absolviert hat.

Im Flugzeug denkt Johan an so etwas nicht. Wie die meisten Menschen macht er sich keine Gedanken über den Verlauf und die Wendepunkte des Sonnenjahres. Stattdessen fragt sich Johan immer wieder, was an dem Wintertag vor anderthalb Jahren mit ihm passiert ist. An jenem Nachmittag brachen sich die Schwäche und die Hilflosigkeit, die sich langsam, aber unaufhaltsam entwickelt hatten, in einem beängstigenden Anfall Bahn. Ausgelöst wurde er durch die ohne Vorwarnung sichtbar gewordene Vergangenheit.

Am 1. Februar 2010 befanden sich zur gleichen Zeit vier von der Vergangenheit verbundene Menschen auf dem Flughafen Helsinki-Vantaa. Sie haben eine gemeinsame Zukunft, aber das wussten sie damals noch nicht, geschweige denn, dass sie es verstanden hätten. Mangelnde Bereitschaft zur Anpassung, Unsicherheit, Ängste und Egoismus, aber auch ihre so unterschiedlichen Temperamente, die Ideen und Werte, die sich mit der Zeit verändern, sprich, das aus all diesen Elementen bestehende Schicksal hat sie vor langer Zeit voneinander getrennt.

Das Leben der Laura Palmen

1992

Laura Palmen ist in ihr Heimatland gekommen, wo die Wirtschaftskrise ausgebrochen ist. Das macht nichts, weil Laura und ihre beste Freundin in Portoprinz und anderswo viel Schlimmeres erlebt haben. Laura Palmens Vater ist ein echter Leutnant und segelt über die Ozeane der Welt. Darum sieht er Laura nie. Laura Palmens Mutter ist Reporterin. Sie reist die ganze Zeit, weil sie im Fernsehen erzählen muss, was auf der Welt passiert. Sie hat ein Mobiltelefon dabei, das in die Handtasche passt, und damit ruft sie Laura jeden Tag an. Es ist ein echtes Nokia 1011 und wiegt bloß vierhundert Gramm.

Laura und ihre beste Freundin Lara sind fast immer bei Laura. Sie gucken sich Reisesendungen und *In 80 Tagen um die Welt* an, und manchmal spielen sie *Stern von Afrika*, aber normalerweise schauen sie auf Video *Twin Peaks*. Sie haben es sich so oft und so genau angeguckt, dass sie darüber mehr als andere wissen. Sie wissen alles. Sie kennen Geheimnisse, die andere nicht kennen. Weil sie genau genug hingeguckt und oft genug zurückgespult haben, haben sie Kontakt bekommen. So ist Paula zu Laura und Palmen geworden. Und Sara zu Lara.

Laura und Lara sind in der zweiten Klasse, aber sie gehen nicht immer in die Schule. Sie kennen die Stunden und Tage, an denen man wegbleiben kann, ohne dass es unbedingt jemandem auffällt. Wenn sie nicht bei Laura daheim sind, fahren sie mit dem Finnair-Bus zum Flughafen und bleiben dort. Wenn man die Tricks kennt, muss man für den Bus nichts bezahlen. Am Flughafen sehen sie ziemlich oft verschiedene Minister. Total oft sieht man den, der Viinanen heißt, weil der dauernd durch die Gegend fliegt, um Geld zu leihen. Lauras Mutter hat erzählt, dass er das tut.

Viinanen sieht doof aus, aber Väyrynen sieht noch blöder aus. Der ist auch oft am Flughafen, weil er der Außenminister und darum oft außen ist, außerhalb von Finnland. Laura nennt ihn Glotz- und Quatschminister, weil er die Stewardessen anglotzt und vollquatscht. Lauras Mutter hat gesagt, dass er das macht und dass das Schoffinismus ist. Schoffinismus ist, wenn man einem anderen was tut, was er nicht will, oder ihm was Blödes befiehlt und dann »abgemacht?« sagt.

Manchmal kann man auch abmachen, dass man was kriegt. Das ist dann nicht dasselbe wie quengeln. Im Supermarkt sagt Laura manchmal: Machen wir ab, dass wir Süßigkeiten kriegen, Mama, auch wenn nicht Samstag ist. Laura und Lara machen immer vier Tüten ab, weil sie mit den anderen im Holzhaus teilen müssen. Teilen ist Gleichberechtigung, und dafür braucht man vier Tüten. Laura und Lara teilen die schlechten immer mit Taisto und Juri, aber das macht nichts, weil die Jungs am liebsten die mit türkischem Pfeffer und die mit Salmiak und die anderen schlechten mögen und Haribos und Marschmellos überhaupt nicht.

Am Flughafen kriegt man Brötchen und Kakao, wenn man weiß, wo. Man kriegt sie von den Stewardessen, wenn sie aus Amerika oder Japan kommen. Die Stewards geben eher welche her als die Stewardessen. Den Kakao gibt es in Tütchen, und das heiße Wasser kommt aus den Automaten in den Cafés. Wenn jemand Doofes hinter der Theke steht, muss man sich das Wasser aus dem Hahn holen.

Am Flughafen kann man auch Geld kriegen, wenn man alten Leuten erklärt, wo sie hingehen sollen. Laura und Lara kennen alle Wege und alle Ausgänge und Fluggesellschaften und Terminals und Ziele. Wenn ein Urlaubsflieger geht, lohnt es sich, nach Alten Ausschau zu halten. Man muss mindestens zwei Stunden vorher bereit sein, weil die Alten normalerweise total früh kommen. Um die Linienmaschinen braucht man sich nicht zu kümmern. Da gehen die Alten nicht rein, und wenn doch, dann wissen sie normalerweise, wo sie hinmüssen.

Am Flughafen gibt es oft Prominente, weil die dauernd unterwegs sind. Deswegen kann man auch an Geld kommen, indem man Fans erzählt, wo sie Prominente sehen können. Laura und Lara gehen normalerweise nicht Prominente gucken, aber Roxette haben sie sich angeguckt und Toni Nieminen, den Skispringer, weil die anderen nicht wussten, mit welcher Maschine er von der Olympiade kam, aber sie wussten es und bekamen Autogramme, die sie dann verkauft haben.

Pirjo

Oktober 2011, Lissabon / *Hördatei*

Hei, Maarit. Ich bin hier in Lissabon, um meine Gedanken zu ordnen, und ab und zu habe ich Lust, sie laut auszusprechen. Ist ein blödes Gefühl, Selbstgespräche zu führen, aber ich bin auf die Idee gekommen, sie einfach auf Band zu ziehen, wie wir früher im Job gesagt haben. Mit dem Media Player kriegst du es bestimmt auf und kannst es dir anhören. Ich habe übrigens schon ein bisschen Vinho Verde intus. Aber zur Sache.

Ich fiel ja fast in Ohnmacht, als ich Johan sah, also damals, im Herbst 1979. Ich war neunzehn und hatte gerade bei der Uni eine Abwesenheitsmitteilung hinterlegt, um als Praktikantin in der Redaktion Aktuelles anzufangen. Ich musste – oder durfte – mit, als wir was über die Bootsflüchtlinge aus Vietnam machten. War ein komisches Gefühl, vorletzten Winter eine der Flüchtlingsfrauen zu sehen, die ich seinerzeit interviewt hatte. Sie war damals eine ganz junge Frau gewesen, aber jetzt war sie alt und arbeitete als Putzfrau am Flughafen.

Die Bootsflüchtlinge waren übrigens die ersten Einwanderer Finnlands nach den Flüchtlingen aus Chile. Also in der Zeit, als man so einen Begriff noch benutzte. Natürlich hatte es auch vorher schon Einwanderer gegeben, als größte Gruppe die russischen Emigranten unmittelbar nach der Unabhängigkeit. Aber Auswanderer hat Finnland hundertmal mehr gehabt. Es müssen sogar tausendmal mehr gewesen sein.

Insgesamt haben mehr als eine Million Finnen das Land verlassen – ein Drittel dessen, was das Land an Einwohnern hatte, als die Auswanderung am größten war. Das entspricht im Verhältnis fast der Zahl der Palästinenser, die außerhalb der heutigen autonomen Gebiete als Flüchtlinge in den arabischen Staaten leben. Hätten proportional so viele Russen wie Finnen ihr Land verlassen, hätte das fast hundert Millionen entsprochen. Würde man die Verhältniszahl und Einstellung auf Deutschland oder Frankreich anwenden, wären jährlich zigtausende ihrer Einwohner emigriert, »um unverdient den Wohlstand anderer Nationen zu genießen«.

Noch in den Sechziger- und Siebzigerjahren zogen vierhunderttausend Menschen aus Finnland nach Schweden. Das vergessen die »Wahren Finnen« und sonstigen Einwanderungskritiker ständig, ebenso wie die Tatsache, dass die finnischen Emigranten, ganz gleich ob sie in die Neue Welt oder nach Schweden gingen, allesamt Wirtschaftsflüchtlinge waren – um einen Begriff aus der heutigen Rhetorik zu verwenden. Oder eigentlich vergessen sie es gar nicht. Schließlich kann man nichts vergessen, was man nie gewusst hat.

Aber zu Johan und dem Jahr 1979. Er stand in seiner Marineuniform vor mir und erklärte: »Kadett Johan Lampen, abgestellt zur Grenzbewachung. Ich bin angewiesen, Ihnen zur Verfügung zu stehen!« Er sollte unser Verbindungsmann sein, wenn wir die Verantwortlichen für die Einreiseformalitäten interviewten. Mich hat es umgehauen, wirklich wahr, obwohl ich nicht von gestern war. Vollkommen hin und weg war ich dann später, als Johan mir erzählte, er sei der Sohn eines Fischers aus Hiittinen. Damals fand ich ausgerechnet das wahnsinnig romantisch.

Jedenfalls sah Johan dermaßen gut aus in seiner Kadettenuniform, dass ich beschloss: Pirjo, du gehst hier nicht weg, bevor du dich mit diesem Mann verabredet hast!

Drei Jahre später war ich bei der Vogeljagd dabei, als Johan mit seinen Verwandten auf kleinen Felseninseln Eiderenten auf dem Frühjahrszug schoss. Es war kalt und widerlich. Ich hatte mich über die Frühjahrsjagd der Schärenbewohner informiert und war entsetzt, wie vollkommen unökologisch die traditionelle Abschlachtung von Zugvögeln war. Früher hatte es Gründe für die Frühjahrsjagd gegeben, weil nach dem Winter reale Nahrungsmittelknappheit herrschte, jetzt war das Schießen von Eiderenten bloß noch ein Sport, der auf dem Heimatrecht beruhte.

Nur gebürtige Einwohner der Schärengemeinden durften die Frühjahrsjagd ausüben. Nicht einmal Familienmitglieder besaßen das Recht, eine Waffe zu tragen, wenn sie nicht auf den Schären geboren waren. Ich hätte allerdings gar keine Waffe tragen wollen. Ich fror bloß und wunderte mich. Die Männer waren Onkel und Cousins von Johan, denn er hatte ja keinen Vater mehr und eine Mutter auch nicht. Als sie mit mehreren Booten durchs Frühjahrseis von Insel zu Insel fuhren und mit ihren Schrotgewehren schossen, lag ich mit Übelkeit im Bug.

Von dem, was sie redeten, verstand ich nicht viel. Die meisten Männer aus Johans Verwandtschaft waren komplett einsprachig, von den Frauen sprach keine einzige Finnisch. Ich konnte nur so viel Schwedisch, wie man in der Schule lernt, und es half auch nichts, dass ich als junges Mädchen mal in Göteborg gearbeitet hatte. Der Dialekt der Hiittinen-Bewohner war nicht zu verstehen. Es war, als wäre ich in China gelandet.

Ich schaute auf den grellblauen Osterhimmel. Dort standen eine kükengelbe Sonne und ein daunenweißer Mond. Mir war schlecht, und ich hatte Angst. Würde ich das überstehen, würde ich nie wieder zurückkommen, beschloss ich. Ich hörte, wie das Eis polterte und am Blechrumpf des Bootes kratzte, und dachte, ich gehöre nicht hierher und mein Kind ebenfalls nicht. Ich werde nicht heiraten. Ich war im sechsten Monat, den Hochzeitstag hatten wir für August vereinbart, weil Johan nach Ostern erst mal für drei Monate auf ein Segelschulschiff ging. Damals mussten sie noch den Äquator überqueren. Es kam dann so, dass sie ihn genau an dem Tag überquerten, als Paula auf die Welt kam.

Johan war auf der Marineschule in der Abteilung Küstenwache, und für seine Verwandten war es eine Selbstverständlichkeit, dass er anschließend in der Küstenwachstation auf Hiittinen arbeiten würde und wir in Johans leerstehendem Elternhaus wohnten. Ich geriet fast in Panik, als ich das hörte. Johan ist dann offenbar tatsächlich dort gelandet.

Was jetzt kommt, ist letztes Jahr im Februar passiert. Da kapierte ich nämlich, dass Johan am Flughafen arbeitete, jedenfalls zeitweise. Schnell, wie ich bin, sagte ich bei uns in der Dramaturgie, ich hätte hochrangige Kontakte zu den Kontrollbehörden am Flughafen. Als Ende April wegen der Aschewolke ein Flugverbot in Kraft trat und wir wieder am Airport zu tun hatten, weil wir erfassen wollten, wie sich so eine Ausnahmesituation auf die Routineabläufe auswirkte, versuchte ich dann Kontakt zu Johan aufzunehmen.

Als Erstes ging ich auf die Seite einer Firma, die Telefonnummern vermittelt, um in den Verbindungsdaten des Grenzschutzes zu suchen. »Tätigkeitsfeld des Unternehmens: Bewachung der Grenzen Finnlands«, stand dort. »Zum Konzern gehören: Innenministerium …« Durch weiteres Googeln und ein paar Telefonate fand ich heraus, dass Johan im Stab des Grenzschutzes mit Sonderaufgaben betraut war. Im Rang eines Kommandanten. Herrgott – Sonderaufgaben … Kommandant! Ist nicht James Bond vom Rang her Kommandant der Königlichen Marine?

Ich rief dich an, Maarit, und du machtest mich zum millionsten Mal zur Schnecke, weil ich mich damals nach nur zwei Wochen Ehe von Johan scheiden ließ. Ich wurde daraufhin zum millionsten Mal wütend und schrie, der Kerl sei ein Sachzwängler, der eine Eisenstange verschluckt hätte, mit dem könne man nicht verheiratet sein, auch wenn er ein noch so gut aussehender Marineoffizier sei. Dazu meintest du, du hättest es schon gekonnt und würdest es immer noch können. Du sagtest das mit einem so unangenehmen Ton, dass ich die Taste mit dem roten Hörer drückte. Daran erinnere ich mich, und das gebe ich zu. Ich erinnere mich auch, dich gleich noch einmal angerufen zu haben, nur um dir zu sagen, dass Johans nächste Ehe auch nicht funktioniert habe.

Du weißt einfach nicht alles, Maarit. Zum Beispiel hätte man Johan nicht einmal mit Waffengewalt dazu gebracht, seine Liebe zu gestehen. Ich bat ihn, mir wenigstens zu sagen, mit welchem Tier er mich vergleichen würde. Gespannt wartete ich, ob es eine Gazelle oder ein Schmetterling sein würde, oder eine hübsche, aber gefährliche Raubkatze. Johan überlegte lange und sagte dann: »Eiderente.« Das war angeblich das Schönste, Wärmste und Sicherste, was er im Tierreich kannte. Mehr als zehn Jahre später fragte ich einen anderen Mann das Gleiche. Auch er überlegte gründlich und antwortete: »Finnisches Pferd.« Dem gab ich ebenfalls sofort den Laufpass. »Und trotzdem schießt du sie ab, du verdammter Verbrecher«, sagte ich Johan noch in Sachen Eiderenten.

Einige Tage später rief ich ihn im Stab des Grenzschutzes an. Kommodore Lampen, meldete er sich. Kommodore? Das klang total nach Segelclub! Warum hatte er nicht Kommandant bleiben können? Na, jedenfalls merkte ich, dass er mich sofort erkannte, auch wenn mir nicht klar war, woran und warum. Ich hatte nämlich nicht meinen Namen genannt, was natürlich ein bisschen seltsam und unhöflich war.

Nichtsdestotrotz blieb ich bei der gewählten offiziellen Linie und fragte, ob unser Produktionsteam eventuell Hilfe bei der Recherche zu den Grenzkontrollmaßnahmen von Helsinki-Vantaa bekommen könne, besonders im Hinblick auf illegale Einwanderung. Johan sagte noch offizieller, die betreffenden Dinge gehörten nicht mehr in seinen Aufgabenbereich, aber er delegiere die Angelegenheit an den zuständigen Offizier.

Johan, sagte ich, ich weiß, dass du es bist, und ich brauche Informationen. Über den Flughafen, fragte er. Nein, über Paula, antwortete ich ebenso absurderweise und ohne mir etwas dabei zu denken, obwohl es ja wirklich der Flughafen war, über den ich die Informationen gebraucht hätte. Irgendwie erschütterte und kränkte es mich, dass er mich sofort erkannt hatte und trotzdem in seinem Amts- und Offizierston weiterredete. Dabei hätte er doch vom Stuhl fallen müssen!

Ich wollte ihn aus der Fassung bringen, und tatsächlich schwieg er so lange, dass ich ihn fragen musste, ob er noch dran war. Dann fragte er mich, was ich von Paula wusste. Ich sagte, sie lebe in den Vereinigten Staaten, sei dort in der Reisebranche tätig. Ich glaube, ich sagte sogar »unsere Paula«. Er wollte wissen, warum ich von ihm Informationen über Paula brauche. Seit achtundzwanzig Jahren hätte ich solche Informationen nicht benötigt. Seit er die Vaterschaft anerkannt habe, nach der Geburt des Mädchens, vor unserer Hochzeit.

Er fügte noch hinzu, er habe damals sogar einen nicht existenten Ehebruch gestanden. Dem damaligen Eherecht nach brauchte das Amtsgericht damals als Scheidungsgrund die Unzucht einer Partei, und er erbot sich, etwas Entsprechendes zuzugeben, damit ich »meinen Ruf nicht beschmutzen« musste. Johan sprach ganz ruhig, war aber eindeutig nahe daran, außer sich zu geraten. Er sagte noch, laut der Aussage, die er damals beim Amtsgericht gemacht habe, sei es ihm gelungen, innerhalb der zwei Wochen, die wir verheiratet waren, Ehebruch zu begehen, obwohl er diese zwei Wochen komplett mit Männern auf dem offenen Meer verbracht hatte.

Ich dachte, ich muss was zu Paula sagen, da ich sie nun schon mal zur Sprache gebracht hatte und Johan das irgendwie aus dem Gleis geworfen hatte, weil er sonst nicht so viel geredet hätte. Ich erzählte ihm, dass ich durch Paulas Tweets manchmal die Vorstellung bekommen hätte, dass sie mit einem Pass der Vereinigten Staaten reiste. Was bedeutete das? Hatte sie die Staatsbürgerschaft gewechselt? Hatte sie die Doppelstaatsbürgerschaft? Wie leicht war es überhaupt, die Staatsbürgerschaft der USA zu bekommen? Genügte es zum Beispiel, mit einem Amerikaner verheiratet zu sein?

An der Stelle fragte Johan, ob seine Tochter einen Amerikaner geheiratet habe. Warum sei ihm davon nichts gesagt worden? Ich musste ihm klarmachen, dass ich selbst im Grunde nur wenig über Paula wusste. Sie hatte nie viel über sich gesprochen, war von klein auf sehr selbständig gewesen und hatte seit fast zehn Jahren keinen Besuch mehr in Finnland gemacht. Ein Grenzschutzoffizier sollte trotzdem herausfinden können, ob eine Person finnische Staatsbürgerin ist und ob sie einen finnischen Pass hat!

Fast unmittelbar nach dem Telefonat wurde unsere Produktion auf Eis gelegt, und ich rief Johan nicht mehr an. Ich vergaß das Ganze, weil im Sender wieder einmal alles umstrukturiert wurde und ich plötzlich nicht mehr wusste, ob ich demnächst noch eine Stelle im Haus hätte oder ob ich das überhaupt wollte. Nach dem Abbruch unserer Produktionsplanungen erhielt ich eine Mail, an die ein Forschungsbericht angehängt war, initiiert von einem sogenannten »Mädchenprojekt«. Ich hatte Hinweise darauf im Netz gefunden und das Kristiina-Institut der Universität Helsinki, das ihn veröffentlicht hatte, gebeten, ihn mir zu schicken.

Darin stand etwas vom Fliegen, von Flugzeugen und von Mädchen und ihrer Subkultur. Ich habe den Text noch immer im Computer. Ich kann ihn dir schicken, wenn du willst. Schließlich hatten auch wir damals unsere Subkultur.

DIE GESCHICHTE DER FLUGHAFENRUMTREIBER

Zu einer Subkultur von Mädchen auf dem Flughafen Helsinki-Vantaa 1992–2003

1.1. Flughäfen und Luftfahrt als Ausdruck des Heiligen

Der Aufbruch zur Reise kann als Übergangsritus betrachtet werden. Sie führt von zu Hause in eine fremde Umgebung, selbst wenn es sich um eine Dienstreise handelt. Die Urlaubsreise bedeutet zusätzlich den Übergang von der Arbeit zur ganztägigen Freizeit, vom Alltag zum Fest, vom Irdischen zum Heiligen. Die Flugreise erhebt den Menschen konkret über den Erdboden hinaus. Noch nicht endgültig *in den* Himmel, doch immerhin als Besucher *zum* Himmel empor.

Es ist bezeichnend und aus der Perspektive der Religionswissenschaft logisch, dass ein äußerst beliebtes TV-Format *The Amazing Race* heißt. Das könnte man banal als »erstaunliches Rennen« übersetzen oder als »krasse Tour«. Zentral bei der Namensgebung dieser auf Flugreisen basierenden Serie ist jedoch das Wortspiel, das durch den Wegfall eines Buchstabens entsteht. Es verweist auf die sehr fromme und populäre, mehr als dreihundert Jahre alte angloamerikanische Weise »Amazing Grace«, »Wundersame Gnade«.

Der Flughafen ist für den Reisenden ein Ort des Übergangs, der Bereich zwischen dem Alltag und dem Flugzeug, das ihn vom Alltag fortträgt. In die Maschine gelangt man konkret durch den Ausgang. Bevor man den Ausgang erreicht, müssen geregelte Maßnahmen durchlaufen werden. Als Erstes muss das Gepäck am Check-in-Schalter im Terminal abgegeben werden. Dann tritt der Aufbrechende ohne sein Gepäck vor die Sicherheitskontrolle hin wie die Seele, die den irdischen Leib verlassen hat, vor Petrus am Himmelstor, um in die Abflughalle zu gelangen. Nach dem Flug steht die umgekehrte Prozedur in stets gleichen Abläufen bevor: Entgegennahme des Gepäcks am Förderband, Gang über die Zolllinie in die Ankunftshalle und durch deren Türen hinaus ins Alltägliche und Irdische.

Das Reisen mit dem Flugzeug kann als neue Religion einer säkularisierten Zeit verstanden werden. Die dazugehörigen Rituale sind zentraler Bestandteil der Andachtsübung. Nach den gesetzlich geregelten und von den Behörden geleiteten Riten des Flughafens geht der Mensch gereinigt in einen höheren Seinszustand über. Bei der Sicherheitskontrolle wird der Reisende sündenfrei gesprochen, worauf er das Recht auf die himmlischen Freuden der Abflughalle erhält: auf steuerfreie Einkäufe und die seligmachende Stimmung des Aufbruchs, die in den zum Terminalservice gehörigen Schankstellen gehoben und hochgehalten wird.

Johan

Oktober 2011, Vantaa

Gestern erst bin ich von einem Auslandseinsatz auf den Kanarischen Inseln nach Hause gekommen, muss aber diesen Monat noch einmal zurück. Bis dahin kann ich zehnmal meinen Therapeuten sehen. Ich finde, ich habe gute Nachrichten für ihn. Allerdings habe ich gelernt, dass er dem Gebot der Gründlichkeit folgt, und da wiegt ein momentanes Gefühl der Erleichterung nicht viel. »Johan, das sind große Dinge von langer Dauer.«

Auf den Kanaren war ich meiner Meinung nach in der Lage, vollkommen strukturiert zu handeln. Ich stellte keine Symptome an mir fest, die mich in meinen Pflichten behindert hätten. Und ich zögere nicht, die gleichen Aufgaben wieder zu übernehmen. In der Zeit, in der ich weg war, ist es in Finnland Herbst geworden. Die Tage sind kürzer, und die gelben Blätter lösen sich im zunehmenden Wind von den Bäumen. Trotz der derzeitigen Erleichterung frage ich mich ständig, ob ich je wieder so sein werde wie vorher.

Die Panikattacke beim PZG-Dienst auf dem Flughafen vorletzten Winter hatte mir einen gründlichen Schrecken eingejagt. Hätte ich richtig und verantwortungsvoll gehandelt, hätte ich mich für unfähig erklärt, die Aufgabe weiter auszuüben, hätte es dem Stab gemeldet und das Personalbüro um eine Vertretung für mich gebeten. Ich blieb jedoch bis Dienstschluss auf dem Flughafen, lag auf dem Bett, hielt die Tür geschlossen, umklammerte das Diensttelefon. Zum Glück klingelte es kein einziges Mal. Ich ging dann zum Arzt, der Arbeitsunfähigkeit aufgrund von Überanstrengung feststellte und mich zunächst für zwei Wochen krankschrieb.

Der zweite Kommandant sagte nichts, obwohl ich ihm nur das Attest eines Privatarztes vorlegte. Bei strenger Interpretation der Dienstvorschriften hätte ich mich zuerst an den Dienstarzt des Grenzbewachungswesens wenden müssen. Allerdings gibt es bei uns keine medizinische Organisation wie in der Armee. Wie andere Arbeitgeber kauft der Grenzschutz betriebsmedizinische Leistungen ein. Wer will, darf auf eigene Kosten zum Privatarzt gehen. Das ist wohl der Gedanke, der dahintersteckt.

Als mich der Arzt nach den Symptomen fragte, dachte ich zum Glück daran, dass ich in letzter Zeit Angst vor Dingen hatte, die ich früher ohne Probleme erledigen konnte. Und dass diese unerklärliche Unsicherheit ein Teil des Problems sein könnte, das die zu völliger Handlungsunfähigkeit führende Attacke im Dienst ausgelöst hatte. Der Arzt schrieb mich krank und verordnete mir Benzodiazepam. Zum Schluss gab er mir die Nummer eines Kollegen und riet mir, dessen Praxis aufzusuchen.

Der Kollege war Psychiater. Seit einem Jahr gehe ich nun bei ihm in Therapie. Als Allerersten überwies er mich an einen dritten Arzt. Dieser war angeblich auf das Phänomen der Andropause spezialisiert. Damit sind die Wechseljahre des Mannes gemeint. Die von ihnen ausgelösten Probleme entsprechen im schlimmsten Fall den von mir geschilderten Symptomen, weshalb es der Therapeut für zweckmäßig hielt, mich zunächst zu einem Spezialisten zu schicken.

Im Ärztezentrum standen die Patienten vor Doktor Rantas Praxis Schlange. Es waren lauter Frauen unterschiedlichen Alters, die mich mit deutlicher Verwunderung ansahen. Das Warten zog sich in die Länge. Eine Störung im Ablauf hatte die Verzögerung verursacht. Die Sprechstundenhilfe kam und las die Namen der wartenden Patienten vor. Dabei stellte sich heraus, dass ich der einzige Mann war. Ich stand ziemlich weit oben auf der Liste, an dritter Stelle. Ich rechnete aus, dass ich in gut einer Stunde mit dem Arzt sprechen würde und suchte mir etwas zu lesen. Die

Zeitschriften waren mir alle unbekannt: *Zwei plus*, *Hochzeit und Feste*, *Unser Hund*.

Ich suchte offenbar zu lange und zu irritiert in dem Zeitschriftenstapel, denn einige Wartende reagierten irgendwie feindselig. Eine der älteren Frauen sagte zu einer jüngeren, schwangeren: Bald fangen wahrscheinlich die Kühe zu fliegen an, wo die Männchen jetzt schon Junge kriegen. Ich war verblüfft, bis ich beim Gang auf die Toilette das Namensschild neben der Praxistür las: Pentti Ranta, Gynäkologe.

Später führte ich ein vertrauliches Gespräch mit dem Chef des Grenzbewachungswesens und seinem Stellvertreter. Dabei gingen wir offen und in gutem Einvernehmen alle relevanten Dinge durch, aber dieses Detail erzählte ich ihnen nicht.

Ranta war tatsächlich Facharzt für Gynäkologie und praktizierte als solcher, aber er betrieb auch medizinische Forschungen und hatte sich dabei auf die hormonalen Veränderungen bei älter werdenden Männern spezialisiert. Ich schilderte ihm dieselben Symptome, von denen ich auch meinen früheren Ärzten berichtet hatte. Ich kannte mich selbst nicht mehr, hatte sogar in Situationen Angst, die von klein auf Bestandteil meines Lebens waren. Vorletzten Frühling hatte ich mich nicht einmal getraut, mit dem Boot durch die Heimatgewässer meiner Kindheit zu fahren. Und das, wo ich im Prinzip fähig sein sollte, im Ernstfall ein Kriegsschiff zu kommandieren.

1.2. Das Unterbewusstsein des Flughafens und die Offiziere der Lüfte

Der Reisende auf dem Weg in den »Süden«, der am Flughafen darauf wartet, in die Maschine zu dürfen, denkt wahrscheinlich nicht an die etwas abseits angesiedelten Frachtbereiche und die dort rund um die Uhr herrschende Betriebsamkeit. Nicht einmal seinem eigenen Gepäck opfert er einen Gedanken, das mit einer Geschwindigkeit von sieben Metern pro Sekunde auf Förderbändern über die Kreuzungen des Tunnelsystems rast, um für kurze Zeit im Kofferhotel zu landen. Dabei handelt es sich um das Reisegepäckterminal, von dem aus Koffer, Rucksäcke, Skisäcke, Golftaschen und Angelausrüstungen auf aneinandergehängten Karren zum Flugzeugrumpf gebracht werden, während ihre Besitzer über den Ausgang zu ihren Sitzen gehen, die oberhalb des Laderaums angeschraubt sind.

Der Reisende in den Süden ist sich des automatischen Transportsystems nicht bewusst, über das bis zu mehrere hunderttausend Gepäckstücke pro Stunde laufen. Es ist ein zentraler Bestandteil des Stoffwechsels auf dem Flughafen, und seine unsichtbare Existenz gleicht dem Eisberg unterhalb der Wasseroberfläche. Für einen flüchtigen Augenblick kann der Reisende etwas von diesem Unterbewusstsein des Flughafens spüren, wenn er sieht, wie sein Koffer in dem Schlund verschwindet, der sich hinter dem Check-in-Desk auftut. Nimmt er ihn am Ziel vom schwarzen Band, kommt ihm vielleicht der diffuse Gedanke, wo der Koffer in der Zeit zwischen den beiden mit Gummilaschen verschlossenen Öffnungen wohl gewesen sein mag.

Die Erfahrung des Menschen, der sich per Flughafen vom Alltag löst, setzt sich noch aus vielen weiteren Elementen zusammen. Neben der unsichtbaren Logistik wird der Eindruck der Heiligkeit des Flughafens jedoch vor allem durch alles Sichtbare konstituiert: durch die monumentale Architektur, deren Wirkung durch die kathedralenhaften Innenräume und die majestätisch weitläufige und flache Landschaft vor den Glaswänden erzielt wird. Viele Details wie die Kleidung und das Verhalten des fliegenden Personals verstärken diesen Eindruck noch.

Wenn sich eine Flugzeugbesatzung im Publikumsbereich bewegt, trägt sie stets eine einwandfreie Uniform und verhält sich vorschriftsgemäß. Angehörige des fliegenden Personals haben sich im Verhältnis zueinander zurückhaltend zu benehmen, sie haben forsch auszuschreiten und zielstrebig nach vorne zu schauen, ohne Blickkontakt mit den sich überall drängenden Reisenden aufzunehmen. Sie sind, mit anderen Worten, klassische Repräsentanten der Zuverlässigkeit und der Sicherheit: Offiziere der Lüfte.

Johan

Oktober 2011, Las Palmas

Wir patrouillieren hier täglich mit Flugzeugen und mit Booten der spanischen Küstenwache auf einem großen Seeabschnitt. In keiner Phase meines Dienstes auf den Kanaren habe ich Unsicherheit oder Angst gespürt. Vielleicht hat das mit meinem Status und meiner Aufgabe zu tun. Ich bin Beobachter ohne operative Verantwortung.

Doktor Ranta sagte letztes Jahr, die von mir geschilderten Phänomene – Initiativlosigkeit und Leistungsangst – könnten durchaus zur Symptomatik der Andropause gehören. Sie wirkten verständlicherweise schockierend und lähmend, wenn man die Selbstsicherheit und das Allmachtsgefühl gewohnt sei, das durch die hohe Produktion männlicher Hormone entstehe. Bei manchen Männern verursache ein Absinken des Testosteronspiegels in der Andropause eine Erschütterung, die außer zu den von mir geschilderten Symptomen oder genauer gesagt infolge von diesen zu schwerer Depression und Lebensunlust führen könnten.

Ranta hatte nicht vor, meinen Hormonspiegel zu messen, weil die Resultate ohne Vergleichswerte nichts aussagten. Er hielt es jedoch für sicher, dass ich noch immer ein relativ hohes Niveau an männlichen Hormonen hatte, jedenfalls keines, das besorgniserregend niedrig lag. Die Männer, bei denen dies der Fall war, sahen angeblich anders aus als ich. Ranta fragte mich, ob ich sexuell aktiv sei. Ich sagte zunächst, dass ich allein lebte, aber dann fiel mir ein Satz aus meiner Ausbildung ein: »Die erfolgreiche Führung im Kampfeinsatz setzt voraus, dass alle Meldungen, die von unteren Rängen erfolgen, absolut ehrlich sind.« Darum fügte ich hinzu, dass ich regelmäßig masturbierte.

Ranta schwieg eine Weile und stellte dann noch einmal fest, die größte Irritation und Angst lösten die Andropausensymptome bei Männern aus, deren Testosteronspiegel ursprünglich besonders hoch gewesen sei. Solche Männer seien mit Furchtlosigkeit und großem Selbstvertrauen aufgewachsen, was in Extremfällen sogar zur Tollkühnheit führen konnte. Er zeigte mir auf seinem Computer einen Videoclip, in dem der Eishockeytrainer Raimo Summanen gerührt erzählte, wie sein Stürmer »ohne zu zögern in die Ecke geht, obwohl er weiß, dass es gleich wehtun wird, und zwar richtig«.

Ranta wollte wissen, ob ich mir je Eishockey anschaue. Selbstverständlich, antwortete ich. Ich verfolge die Regular Season und schaue mir die Play-Offs an, wenn sie spannend werden. Ranta sagte, die totale Angstfreiheit und die hohe Schmerztoleranz, die Ausnahmeindividuen in Kriegen, in Unfallsituationen oder bei Ballspielen und anderen Disziplinen mit Körperkontakt zeigten, beruhe offenbar zum Teil auf Spitzenwerten im männlichen Hormonhaushalt. In den Mannschaftssportarten gebe es Rollen, bei denen die Aufgabe des Spielers darin bestehe, Schläge einzustecken, um andere, phänomenal begabte Individuen zu retten, zu unterstützen oder zu schützen.

Doktor Ranta bedauerte, dass die Sportwissenschaft die Wirkung leistungssteigernder Hormonpräparate lediglich in physiologischer Hinsicht untersuche, an den mentalen Auswirkungen hormoneller Abläufe jedoch so gut wie nicht interessiert sei. Auch Militärpsychologie und Militärsoziologie hätten sich kaum mit dem Thema befasst. Und das, obschon die Armeen weltweit bereits vor den römischen Legionen den Willen und die Opferbereitschaft ihrer Soldaten mit chemischen Mitteln gesteigert hätten, angefangen beim Fliegenpilz. Das am weitesten verbreitete Mittel zur Willenssteigerung sei wohl der Alkohol gewesen. Die Wehrmacht Nazideutschlands habe allerdings Pervitin benutzt, ein Amphetamin, das heute als starke Droge eingestuft werde.

Leute, die in ihrer Freizeit Kraftsport betrieben, benutzten illegal eingeführte anabole Steroide. Über die Nebenwirkungen dieser künstlichen Steigerung des Hormonspiegels gebe es nur spärliche Forschungsergebnisse, und die wenigsten sagten auch etwas über die mentalen Konsequenzen aus. Man wisse allerdings, dass die psychischen Folgen äußerst dramatisch sein könnten, wenn die Testosteronzuführung von außen keine Wirkung mehr hervorbringe. Es gebe Männer, die psychisch vollkommen zusammengebrochen seien, nachdem sie aufgehört hätten, anabole Steroide zu nehmen. Besonders schlimm für sie sei die Tatsache gewesen, dass die Testosteronproduktion ihrer Hoden im Verlauf der Steroideinnahme zurückgegangen, ja sogar verkümmert sei.

Man dürfe den Hormonspiegel auf keinen Fall künstlich beeinflussen, auch dann nicht, wenn er in der Andropause sinke. Die Folgen könnten die gleichen sein wie bei den Freizeit-Kraftsportlern.

Laura Palmens Tagebuch

19. September 2001

Der Boss kam und fragte uns, ob wir Angst hätten, nach Chicago zu fliegen, zum internationalen Flughafen O'Hare. Auf allen großen Airports in den Vereinigten Staaten herrscht »höllisches Chaos«, und O'Hare ist einer der größten. Dort gibt es für zwei Wochen einen Job am Service-Desk der Oneworld Alliance. Der Boss meinte, er könnte uns empfehlen. Finnair gehörte zu Oneworld, und wir könnten unter anderem bei Bedarf als Kontakt- und Hilfspersonen für finnische Reisende fungieren, so wie wir es hier getan hatten.

Ich sagte, wir hätten vor nichts Angst. Angeblich würden wir für die Dauer unseres Jobs den Flughafen nicht verlassen dürfen. Auch die Amis hätten in der aktuellen Lage die Arbeitserlaubnisbestimmungen gelockert, aber bei kurzzeitigen Arbeitsverhältnissen gebe es jetzt die Bedingung, dass man die Zollgrenze nicht überschreiten dürfe, also auf dem Airport bleiben müsse. No problem, sagte ich. O'Hare ist einer der größten Flughäfen der Welt. Die haben dort fünf Terminals, in denen es angeblich Lounges und Ruhezonen für Flughafenmitarbeiter gibt.

Der Boss sagte, wir müssten noch heute mit einer American-Airlines-Maschine, die neu positioniert wurde, starten. Diese Leerflüge waren immer besonders günstig. In Halifax normalisierte sich die Lage allmählich, und wir wurden hier nicht mehr gebraucht. Darum wollte uns der Boss diese Möglichkeit anbieten. Er bedankte sich per Handschlag und schrieb uns Zeugnisse, für die wir uns fast schämten. Nach dem Job können wir natürlich mit normalen Visa nach Chicago fahren oder in irgendeinen anderen Bundesstaat fliegen.

Johan
Oktober 2011, Las Palmas

Nach Rücksprache mit Doktor Ranta, der sich als Gynäkologe entpuppt hatte, fragte mich mein Therapeut vor meiner erneuten Abreise auf die Kanaren, ob ich mir diese Aufgabe auch wirklich zutraute. Ob ich mir nicht lieber Zeit nehmen wolle. Er könne mich krankschreiben. Ich versicherte ihm, dass ich bereit war, meinen Dienst anzutreten. Er sagte, er müsse mich das fragen, bei dem Beruf, den ich hätte.

Ranta hatte sich auch zu meiner Berufswahl geäußert. Er hielt es für wahrscheinlich, dass man in Berufen wie Soldat, Feuerwehrmann, Polizist – Berufe, die maskuline Handlungsfähigkeit und Einsatzbereitschaft verlangten –, gerade aus Gründen, die von der schwächer werdenden Hormonproduktion verursacht wurden, das Rentenalter ursprünglich niedriger ansetzte. Die Grundlage dafür bildeten natürlich keine wissenschaftlichen Forschungsergebnisse über die männliche Hormonfunktion, denn solche gab es nicht, sondern die generationsübergreifende Lebenserfahrung. Ein Mann über fünfundvierzig wird vorsichtig und erreicht nicht mehr die Furchtlosigkeit, die bei operativen Maßnahmen im Rettungsfall oder im Krieg erforderlich sein können.

Inzwischen ist das Pensionsalter bei Soldaten und Feuerwehrmännern anderen Berufen angeglichen, sprich heraufgesetzt worden. Dabei habe man, laut Ranta, nicht unbedingt die Auswirkungen hormonaler Veränderungen auf die Selbstsicherheit und Einsatzbereitschaft der Männer bedacht. Ein Berufssoldat oder Feuerwehrmann von über fünfzig sei nicht in gleicher Weise wie sein dreißig Jahre jüngerer Kollege bereit, sich, ohne zu zögern, bei einem Infanterieangriff oder einem Wohnungsbrand ins Feuer zu werfen. Es gehe dabei weder um ethische Werte noch um die Berufsmoral, sondern um die Hormone.

Weil der Hormonspiegel in meinem Fall höchstwahrscheinlich noch auf ziemlich gutem Niveau liege, handle es sich nur um einen Anpassungsprozess, sagte Ranta. Ein Mann müsse sich auf die Andropause genauso einstellen wie eine Frau auf die Menopause und die von ihr verursachten physischen und psychischen Symptome. Verständlicherweise falle das einem Mann umso schwerer, je größer die Veränderung sei, die durch die Hormonschwankungen in seinen Handlungs- und Reaktionsweisen stattfinde.

Medizinisch gesehen gehöre die Linderung solcher Komplikationen jedoch in den Bereich der Psychiatrie, nicht der Pharmazie. Doktor Ranta ermunterte mich darum, die angefangene Therapie fortzusetzen. Ich glaube, er hatte recht. Man muss lernen, sich auf die Veränderungen durch die Andropause einzustellen, und in meinem Fall ist das nicht ohne Hilfe möglich.

Auf Empfehlung meines Therapeuten fing ich letztes Jahr sofort an, den Umstellungsprozess mit konkreten Übungen zu unterstützen. Ich zwang mich, trotz meiner Ängste aufs Meer zu gehen. Im Sommer fuhr ich mit dem Boot, mit dem mein Vater immer die Netze ausgebracht hatte, über Gewässer, die ich aus der Kindheit, aus der Hochseeausbildung meiner Kadettenzeit und aus den Jahren kannte, als ich auf der Küstenwachstation Hiittinen arbeitete. Irgendwann hatte mein Onkel die von Ufersteinen beschädigten Planken am Boot ausgetauscht und den ganzen Kahn mit Glasfiber überzogen.

Bald beschloss ich, auf der inoffiziellen Fahrrinne, die voller Steine war, zum Leuchtturm Bengtskär zu fahren. Da kamen die Ängste wieder. Ich musste umkehren und noch mal von vorn anfangen. Zuerst legte ich im Herbst zur Laichzeit Netze für Maränen in den heimischen Gewässern von Rosala aus. Dabei gelang es mir, die hartnäckige Phantasie, über Bord zu fallen, zu verdrängen.

Nie zuvor hatte ich, wenn ich mit dem Boot unterwegs war, an die Tatsache gedacht, dass ein einsamer Fischer, der ins herbstkalte Meer fällt, nicht mehr ins Boot zurückkommt. Auch wenn man im Frühjahr, wenn das schmelzende Eis in Stäbchen und Brocken auf dem Wasser treibt, ohne Rettungsanzug über Bord geht, bedeutet das den sicheren Tod durch Hypothermie. Darum, aber auch aus Respekt vor den Seenotrettern – um ihnen wenigstens eine Chance zu geben – zog ich den Ursuit-Trockenanzug an, bevor ich zu den Netzen hinausfuhr. Das sorgte zweifellos für grinsende Gesichter.

Staunend dachte ich daran zurück, wie ich als Junge auf dem Trawler meines Onkels gearbeitet hatte, Fischen nach Wanderlachs mit dem Treibnetz, und diese Saisonarbeit immer als sehr angenehm empfunden hatte. Wir warfen kilometerlange Netze ins Meer, versehen mit Radarreflektoren als Warnung für die Schiffe, damit sie die an der Oberfläche treibenden, zu langen Reihen verknüpften mehrere hundert Netze nicht kaputtmachten. Wenn alle im Wasser waren, kam die Dunkelheit. Dann aßen wir etwas und gingen einfach schlafen. Die Netze trieben dahin, und den Trawler ließen wir auch einfach vor sich hintreiben. Die ganze Mannschaft schlief mitten auf der dunklen Ostsee in dem schaukelnden Schiff wie im Mutterschoß.

Ich fühlte mich dabei vollkommen sicher. Das VHF rauschte und übertrug gedämpft den Funkverkehr der Seefahrer. Das Radar warnte vor näher kommenden Schiffen, und das grüne Signallicht seiner Alarmanlage leuchtete in der Dunkelheit. Die trägen Leerlaufschläge der Maschine brachten den Rumpf leicht zum Zittern, und aus der Pantry hörte man das leise Klirren der Gläser im Regal. Von den gelben Arbeitskleidern, die neben der Tür am Nagel hingen, ging der vertraute Fisch- und Meergeruch aus. Als Kind hatte ich mich immer gefragt, ob das Meer nun nach Fisch riecht oder der Fisch nach Meer. Der Trawler schaukelte auf den Wellen. Vor dem Einschlafen dachte ich manchmal, dass es so gewesen sein muss, als mich meine Mutter im Bauch trug oder in der Wiege schaukelte. Die Wiege gab es und gibt es immer noch, aber an meine Mutter kann ich mich nicht erinnern.

Ich habe tatsächlich nie an die Möglichkeit gedacht, aus dem Boot zu fallen, obwohl meinem Vater genau das passiert sein musste. Es kann vorkommen, dass man beim Prüfen der Netze von ihnen nach unten gezogen wird. Ein Mann, der sich auf seine Kraft verlässt, hält dann unter Umständen zu lange fest. Ich weiß nicht, ob mein Vater sich in den Netzen verfing und zum Grund gezogen wurde oder ob das Ertrinken eine andere Ursache hatte und länger dauerte. Aus einem Loch im Eis schafft man es auch allein heraus, aber in ein zehn Meter langes Fischerboot mit hohem Rand kommt man in Arbeitskleidung nicht ohne Hilfe wieder hinein. Darum hielten die Männer damals den Gebrauch von Rettungswesten für sinnlos, denn sie waren immer allein auf dem Meer unterwegs, und die Wassertemperatur lag unter zehn Grad.

Wahrscheinlich hatte sich mein Vater nicht verfangen, denn er war an der Oberfläche geblieben und nicht mit den fünf Meter hohen, feinmaschigen Netzen in die Tiefe gezogen worden. Sie wurden von einem mit Blei beschwerten Untersimm, einer aus Sinkschnüren geflochtenen Unterleine und dem Gewicht des Fangs unten gehalten. Einer alten Tradition nach holten die Männer aus dem Dorf noch am selben Tag die Netze des ertrunkenen Fischers samt Inhalt aus dem Meer und zahlten meiner Großmutter den Wert der gefangenen Strömlinge in bar aus.

Die Leiche eines im Wasser gestorbenen Menschen sinkt nicht unbedingt gleich auf den Grund, und so trieb mein Vater damals auf den Wellen, getragen von seinem gelben Regenanzug und den übereinander angezogenen Wollpullovern. Ich hatte den ganzen Abend aufs Meer hinausgespäht. Oma hatte gesagt, die Männer könnten gezwungen sein, auf einer unbewohnten Insel abzuwarten, bis sich das Wetter ändere.

Am nächsten Morgen registrierte ich vom Fenster im Obergeschoss aus einen gelben Punkt. Oma verbat mir, ans Ufer zu gehen, aber ich ging trotzdem hin. Zweihundert Meter entfernt sah ich ein Fischerboot, das ans Ufer getrieben worden war und zwischen den Steinen schaukelte. Da holte ich den Bootshaken und ein Seil aus dem Schuppen und schob die Jolle ins Wasser. Von da an verließ ich mich auch nicht mehr auf meine Großmutter, sondern nur noch auf mich selbst.

In der Marineschule musste ich eine Prüfung über die militärischen Seefahrtbestimmungen ablegen, wo im Kapitel über Seenot die Anweisung steht: »Erfährt der Kommandant eines Kriegsschiffes von einem in Seenot geratenen Menschen, ist es seine Pflicht, *alle möglichen Maßnahmen* zur Rettung menschlichen Lebens zu ergreifen.« Im folgenden Unterkapitel heißt es: »Die Rettung einer ins Meer geratenen Person ist die Pflicht jedes Schiffes und aller auf dem Schiff dienenden Marinesoldaten.«

Sara

Oktober 2011, Vantaa

Ich versuchte wohl, nicht an Laura zu denken, nachdem sie letztes Jahr in Handschellen nach Finnland gebracht und als Konsularpaket in die Psychiatrie eingeliefert worden war. Es gelang mir, weil ich Woche für Woche so viel zu tun hatte, dass ich gar nicht dazu kam, mir Gedanken zu machen. Dann brach in Island der Vulkan aus, und in halb Europa wurde wegen der Aschewolke der Luftraum geschlossen. Auf dem Flughafen wurde es ruhig, und da man die gesamte Öffentlichkeitsarbeit in der Abteilung Flugverkehr des Verkehrssicherheitsamtes zusammenfasste, hatten wir so gut wie nichts zu tun, vor allem ich nicht.

Am Anfang kamen ständig Passagiere an, die um jeden Preis auf Flüge wollten, die gestrichen waren. Sie konnten einfach nicht fassen, dass die Maschinen in dieser Situation nicht planmäßig oder gar nicht flogen, obwohl in den Zeitungen und im Fernsehen alles zu diesem Thema gesagt worden war. Wir hatten wie verrückt Meldungen dazu herausgegeben, unser Boss behauptete, inzwischen sende sogar der Leuchtturm von Suomenlinna: Kein Flugverkehr in Helsinki-Vantaa!

Dennoch begriffen es die Kunden nicht. Offenbar gründete ein Großteil ihrer Existenz auf dem nicht abreißenden, wie geschmiert funktionierenden Luftverkehr. Einer erklärte sich sogar bereit, einen Business-Jet zu mieten, und wollte nicht glauben, dass auch der für kein Geld der Welt starten durfte.

Immer wieder trudelten Leute mit Rucksäcken und Koffern, Skiern und Aktentaschen im Terminal ein. Sie hatten die größten Storys auf Lager, von überlebenswichtigen Hochzeiten bis zu den Firmenkäufen des Jahrhunderts, und jeder war geschockt, wenn er hörte, dass aus dem Geschäft nichts wurde oder die Hochzeit für ihn ausfiel. Ich war es allerdings gewohnt, die Reaktionen von Flugreisenden auszuhalten, wenn ein Motorschaden eine Zwischenlandung auf dem Weg in den Thailandurlaub nötig gemacht hatte oder wenn aus technischen Gründen ein Flug gestrichen werden musste. Ich frage mich immer, warum die Menschen nicht verstehen, dass auch ein Flugzeug bloß eine Maschine ist.

Anscheinend halten sie ein Flugzeug für etwas Überirdisches und Göttliches: unzerstörbar, unverwundbar und unfehlbar. Statistisch gesehen trifft das natürlich weitgehend zu. Unser Medienservice bietet Kurse für Leute mit Flugangst an, und das erste Briefing fängt mit einem Statistikvergleich an, aus dem hervorgeht, dass das Fliegen von allen Verkehrsformen mit Abstand die sicherste ist und das Flugzeug das zuverlässigste vom Menschen entwickelte Verkehrsmittel. Es ist wesentlich wahrscheinlicher, auf der Fahrt zum Flughafen im Auto ums Leben zu kommen als bei einem Flugzeugunglück.

Die Vorstellung von der Zuverlässigkeit des Flugzeugs sorgte also dafür, dass trotz der Aschewolke die Menschen zu Tausenden zum Flughafen kamen, weil sie nicht glaubten, dass die exakte Maschinerie des Flugverkehrs aufgehört hatte zu funktionieren. Es half überhaupt nichts, ihnen zu erklären, das alles geschehe aus Gründen der Sicherheit. Lkws, Busse und Privat-Pkws fuhren zwar bei noch schlechteren Wetterverhältnissen über die Fernstraßen, aber Flugzeuge starteten jetzt nicht. Auch wenn jeden Winter dichte Schneefälle und überfrierende Nässe Tausende Unfälle mit zig Toten verursachten, aber die Aschewolke würde keinen einzigen Menschen das Leben kosten, dank der strengen Sicherheitsvorschriften des Luftverkehrs.

Ein halber Flieger voll Beamter des Unterrichtsministeriums, Schriftsteller und Übersetzer konnte beim besten Willen nicht verstehen, dass sie nicht zu ihrer geplanten Tournee durch Mitteleuropa aufbrechen durften – jedenfalls nicht per Flugzeug. Es handelte sich um »die größte Investition in den Export finnischer Literatur aller Zeiten«. Sollen wir vielleicht die Kutsche nehmen, fragte ein betrunkener Autor. Am ersten Tag kamen auch Kamerateams vom Fernsehen, um die an den Schaltern tobenden Leute, die leere An- und Abflughalle und die auf dem Rollfeld stehenden Maschinen zu filmen, aber bald sah man keine Journalisten mehr, und die Leute, die Radau machten, überließ man dem Sicherheitspersonal. Von da an benutzten die Medien offenbar Abend für Abend das gleiche Bildmaterial.

Ich nahm in der Zeit an einer zweitägigen Fortbildung teil: Anspruchsvolle Situationen im Kundenservice I und II. Ich dachte, dort könnte ich Ideen für Fernsehsendungen bekommen, von denen auf dem Flughafen immer mehr gedreht wurden, wie es schien. Am ersten Tag wurden schwierige und gefährliche Situationen in der Passagierkabine durchgenommen und am zweiten der Umgang mit wütenden Kunden am Serviceschalter. Ich war in der Target-Gruppe und spielte einen aggressiven Teenager – am ersten Tag in der Maschine, am zweiten Tag beim Check-in und bei der Sicherheitskontrolle.

Es herrschte frühlingshaftes Wetter, und nach dem Seminartag spazierte ich übers Flughafengelände. Ich suchte Stellen auf, die man bei normalem Flugverkehr nicht erreichte. Erst wenn man stundenlang kreuz und quer zu Fuß übers Vorfeld gegangen ist, begreift man die Ausmaße so eines Flughafens. Und Helsinki-Vantaa ist ein Mini-Airport im Vergleich zu Charles de Gaulle, Los Angeles oder Tokio-Haneda.

Schon auf dem Weg zur Fortbildung war es mir seltsam vorgekommen, quer übers Rollfeld und die Randbefeuerung direkt zum Auditorium im Aviacollege zu gehen. Jemand hatte das Tor im Sicherheitszaun offen gelassen, und die Nachricht von dieser inoffiziellen Abkürzung hatte sich schnell herumgesprochen. Zwar war der Tower besetzt, und es wurde mit Sicherheit beobachtet, dass Fußgänger unterwegs waren, aber niemand sagte etwas, weil es eben keinen Flugbetrieb gab.

Die Aschewolke wurde dann so weit nach Norden getrieben, dass der südfinnische Luftraum für einen Tag teilweise geöffnet wurde, aber als sich der Wind drehte, wurde er wieder gesperrt. Zwei Kamerateams tauchten auf, um das vorübergehende Aufleben des Verkehrs festzuhalten, dann kehrte wieder Stille ein. Es war ein schöner Tag, und ich spazierte jenseits der Befeuerungskonstruktionen der neuen Start- und Landebahn über den Rasen. Es war der Tag, an dem ich Markku kennenlernte. Unglaublich, dass das erst so kurze Zeit her ist, nicht mehr als anderthalb Jahre.

Die flache Landschaft des Flughafens rief mir damals Laura in den Sinn. Prompt überkam mich Beklemmung, und ich fühlte mich schuldig. Sie wäre wohl leicht ausfindig zu machen gewesen, wenn nicht in Kellokoski, dann in einer anderen psychiatrischen Einrichtung. Ich versuchte zu schätzen, wie weit ihre Schwangerschaft im Februar gewesen war und wann sie entbinden würde. Das Flughafen-Flachland erinnerte mich an den Herbsttag, an dem Laura und ich mit dem Bus durch die Prärie des Mittleren Westens fuhren und irgendwo an der schnurgeraden Straße ausstiegen. Das ist jetzt genau zehn Jahre her. Ohne ein Wort zu sagen, schauten wir auf die Wolkenkratzersilhouette von Minneapolis, die sich hinter den endlosen Getreidefeldern abzeichnete.

Das Getreide war eingebracht, hier und da sah man in der Ferne Traktoren wie kleine Schlepper, die durchs Meer pflügten. Sie zogen mit ihren Pflugscharen eine braune Linie in den goldenen Stoppelacker, dessen Fläche deprimierend endlos aussah gegenüber den dünnen Erdstreifen, die hinter den Traktoren entstanden. Man hatte das Gefühl, als würde es bis zur nächsten Eiszeit dauern, die riesige Prärie umzupflügen. Die Fakten zur Eiszeit hatte ich uns vor der Abiturprüfung eingetrichtert: »Denk ans Stocken des Festlandeises und an die beiden großen Endmoränen, Erster und Zweiter Salpausselkä!« Und Laura hatte bestanden.

Wir gingen auf die andere Straßenseite und warteten, bis der Bus in die Gegenrichtung auf der langen, bis zum Horizont reichenden Geraden auftauchte.

Zwei Wochen hatten wir in Chicago gejobbt und waren dann einen Monat lang quer durch die USA gereist, wobei wir uns den Preisverfall von Flugtickets nach dem WTC-Anschlag zu Nutze gemacht hatten. Die Vouchers von Finnair mussten wir gar nicht anrühren. Wir mussten auch nicht ausschließlich auf Flughäfen in Kanada arbeiten, obwohl wir wirklich beeindruckende Zeugnisse aus Halifax besaßen. Sie waren so gut, dass uns später niemand nach einer Arbeitserlaubnis fragte. An der Operation Yellow Ribbon teilgenommen zu haben war eine große Sache. Dafür bekam man in Kanada und vor allem in den USA immer Respekt. Oft genügte es, die vorläufigen Personal Cards vorzuzeigen, die wir auf dem Airport Halifax benutzt hatten. Auf denen stand »YeRi«, was bedeutete, dass der Besitzer dieser Karte bei Yellow Ribbon dabei gewesen war.

Ich hatte bei der Verlosung eine Green Card für die Vereinigten Staaten gewonnen, und Laura war von Anfang an gewieft im Umgang mit Dokumenten gewesen. Sie heiratete 2003 in Las Vegas einen Schwulen aus Kalifornien und bekam danach die Staatsbürgerschaft der USA beziehungsweise die Doppelstaatsbürgerschaft. Ich glaube, sie hatte mindestens vier Pässe auf drei verschiedene Namen, als ich den Entschluss fasste, mit allem aufzuhören.

In dem Herbst war das Fliegen praktisch umsonst, wenn es einem egal war, wo man wann hinflog. Die von den Terroranschlägen ausgelöste Flugkrise versetzte der amerikanischen Luftfahrt einen schweren Schlag, und die Fluggesellschaften versuchten mit verzweifelter Preisgestaltung, Passagiere zu bekommen. Sie verkauften Last-Minute-Tickets für Flüge von mehreren tausend Meilen für ein paar Dollars. Oft konnte man mitfliegen, indem man sich einfach meldete.

Die Arbeitsplätze bei den Fluggesellschaften hingen nämlich vom Belegungsgrad der Flüge ab. Darum war es wichtig, dass die Statistik gut aussah. Der reale Gewinn – oder dessen Fehlen – durch den Ticketverkauf wurde erst mit großer Verzögerung in den Bilanzen ersichtlich. Darauf warteten die auf Gewinne lauernden Aktionäre. Das Personal und sicherlich auch die Führung der Unternehmen versuchten hingegen, Zeit zu gewinnen, indem sie möglichst hohe Auslastungszahlen vorwiesen. Und wir halfen, so oft wir konnten, diese zu verbessern.

Laura war von einer seltsamen Erregung erfasst. Sie verlangte unbedingt und manisch, dass wir ständig mobil waren. Die Begründung war schlicht und evident. Sie führte über unsere Flüge Buch und aktualisierte dauernd die Summe, die wir gegenüber Tickets zu normalem Preis gespart hatten. Der fast täglich wachsende und fraglos riesige Wert war das Argument, mit dem sie jeden Widerspruch zum Verstummen brachte.

»Wir haben immer fliegen wollen, jetzt fliegen wir!«

Und so flogen wir von einem Flughafen zum anderen. Die billigsten Flüge führten ins Innere des Kontinents und nach Norden. Wir besuchten die stillen Flughäfen verschlafener Provinzstädte in dünn besiedelten Agrarbundesstaaten wie Nebraska, Oklahoma, Idaho, Kansas und Nord-Dakota. Es konnte passieren, dass außer uns niemand im Terminal war, abgesehen von patrouillierenden Angehörigen der Nationalgarde in Kampfanzügen und mit automatischen Waffen.

Sinnvoll waren diese Bewachungsaktionen nicht, denn was hätten die freiwilligen Gardisten auf einem großen, dicht bevölkerten Flughafen mit ihren Kriegswaffen machen sollen? Sie hätten mehr unschuldige Zivilisten als Terroristen umgebracht. Auf den leeren Provinzflughäfen wiederum musste niemand bewacht werden. In jenem Herbst sahen wir vom Flugzeugfenster aus

Millionen Hektar Sojaanbauflächen, Getreideäcker und endlose Maisfelder, die alle abgeerntet waren.

Wir schliefen mal in den Terminals, mal in Flughafenhotels, denn auch die machten nun irrsinnig billige Angebote. Die Flugkrise sorgte sogar bei den Dienstleistungen im Terminal für eine neue Preisgestaltung. Wenn man sich etwas Mühe gab, konnte man auf den Flughäfen fast kostenlose Frühstücks- und Lunchpakete bekommen. Irgendwann verlangte ich, dass wir auch mal eine Stadt sahen und nicht immer nur Flughäfen. Darüber stritten wir, und infolge des Streits landeten wir in der Prärie, um uns Minneapolis anzusehen.

Jetzt sah ich einen jungen Mann in Trekkingkleidung mit Rucksack, Fernglas und Kartentasche zwischen der Endbefeuerung übers Gelände laufen. In der Hand hielt er einen Kompass. Er überprüfte damit ständig die Richtung und schaute dann mit dem Fernglas in die Richtung, in die die Nadel wies. Ich ging zu ihm und fragte ihn, warum er zum Orientierungslauf auf den Flughafen gekommen war. Eigentlich sei das nicht der richtige Ort für Ausflüge.

Er sagte, er sei legal unterwegs, und zeigte mir die Personalkarte, die an einer Chromperlenkette um seinen Hals hing. Er habe gerade als neuer Flughafenvogelbeauftragter angefangen. Ich fragte ihn, wo er seine Flinte gelassen habe. Da lachte er. Zwar besitze er eine Schrotflinte, sagte er, aber warum, um Himmels willen, solle er hier mit einer Waffe herumlaufen. Der frühere Vogelbeauftragte habe immer die Flinte auf dem Rücken getragen und fleißig damit herumgeballert, sagte ich. Der neue Mann erwiderte, bei der Vogelabwehr komme man mit Ballern nicht weit.

Er setzte sich ins Gras und nahm eine Thermosflasche und eine Proviantdose aus dem Rucksack. Er goss Kaffee in zwei Becher und hielt mir die Dose mit den Brötchen hin. Die waren nicht im Supermarkt gekauft, und ich fragte zum Spaß, ob er sie selbst gebacken habe. Er sagte, das habe er. Sie waren mit irgendeinem

Fisch belegt. Ich fragte mich, was das für ein Vogel war. Sollte ich mir seine Karten und Passierscheine genauer ansehen, oder wäre es das Beste, gleich im Büro des Sicherheitschefs anzurufen? Wir waren ziemlich weit draußen. Die Glaswände von Terminal und Tower schimmerten in fast drei Kilometern Entfernung.

Der Fisch auf den Brötchen war angeblich Barschfilet. Ich äußerte die Vermutung, er habe die Barsche selbst gefangen und filetiert. Er sagte, er habe sie nicht nur gefangen und filetiert, sondern auch gebraten. In selbst gekirnter Butter aus der Milch einer selbst gemolkenen Kuh? Er behauptete, die berühmte eigene Kuh habe er nicht. Die Brötchen schmeckten schon ein bisschen anders als die Dreiecksandwiches vom Catering.

DIE GESCHICHTE DER FLUGHAFENRUMTREIBER

2.1. Die Aufbruchstimmung

Das Zurschaustellen von Überdruss ist eine übliche Form, die Zugehörigkeit zu einer Elite auszudrücken. Sich gelangweilt und routiniert zu geben zählt zu den wesentlichen Strategien, sich von anderen abzuheben. Moderne Bahnhöfe, Schiffshäfen, Flugterminals und andere Verkehrszentren setzen das Beherrschen von Routineabläufen voraus. Leichte Blasiertheit bringt zum Ausdruck, dass die Person auch die kompliziertesten Umfelder und die von ihnen verlangten Handlungsweisen durch und durch kennt, ob es sich nun um den Hauptbahnhof einer Großstadt oder um einen internationalen Flughafen handelt.

Ein zentraler Gedanke des französischen Philosophen Pierre Bourdieu befasst sich mit dem Thema des Sich-Unterscheidens und der Frage, mit welchen Mitteln sich eine Elite, also eine Gruppe Auserwählter, von denjenigen abzuheben versucht, die nicht zu dieser Elite gehören. Innerhalb der Abläufe des Flugverkehrs entstehen zahlreiche Situationen, deren souveräne, routinierte Beherrschung die Möglichkeit bietet, sich von anderen Menschen zu unterscheiden. In Bourdieus Terminologie wird das Beherrschen von Routineabläufen als »soziales Kapital« bezeichnet. In der Jugendsprache gilt es als »cool«, gelangweilt zu sein.

Gerade die neuen und hochtechnisierten, nach Fahrplan funktionierenden Verkehrsformen haben im Lauf der letzten hundertfünfzig Jahre Umfelder geschaffen, in denen man sich durch die Beherrschung von Routineabläufen und die damit verbundene Blasiertheit von anderen unterscheiden kann. Von diesem Phänomen handelt bereits Juhani Ahos Roman *Die Eisenbahn*, in dem ein

Paar namens Matti und Liisa Ende des neunzehnten Jahrhunderts zum ersten Mal Eisenbahn fährt und sich dabei vor den erfahrenen Zugreisenden lächerlich macht.

Einst war es die unpersönliche Aufbruchstimmung, die Menschen an die Bahnhöfe und in die Passagierhäfen lockte. Als der internationale Eisenbahnverkehr zu Beginn des vorigen Jahrhunderts einen starken Aufschwung erlebte, sprach man von »Bahnhofsherumtreibern«. Dieser Begriff ist auf fehlerhafte Weise signifikant. Es handelte sich bei den betreffenden Personen nämlich nicht etwa um ungebundene Elemente der Großstädte. Vielmehr fühlten sich vor allem Bohemiens, die sich der Romantik der Dampfmaschinen und des Reisens verschrieben hatten, von der Atmosphäre der Bahnhöfe angezogen, in der Regel junge Männer aus der Oberschicht. Bei uns waren es Schriftsteller wie Olavi Paavolainen und Mika Waltari, die das mit Zügen und Schiffen verbundene Fernweh repräsentierten.

Inzwischen hat sich das Phänomen auf die Flughäfen verlagert, jedoch in modifizierter Form. Der größte Unterschied zu den Liebhabern der Bahnhofsatmosphäre besteht darin, dass statt jungen Männern heute junge Frauen am Werk sind. Ein Grund für dieses Gendering mag darin bestehen, dass Flughäfen nicht nur Teil der Infrastruktur des Reisens sind, sondern auch riesige Konsumzentren voller Cafés, Restaurants und Geschäfte – von der kleinsten Boutique bis hin zum Kaufhausformat.

Seit man immer größere Einkaufszentren baut, sind diese zu beliebten Aufenthaltsbereichen vor allem von Mädchen geworden. Sie sind im Winter beheizt und im Sommer klimatisiert. Ein mit Kameras überwachtes und gut ausgeleuchtetes Einkaufszentrum garantiert Sicherheit und physische Unantastbarkeit. Man weiß inzwischen, dass sich die Mädchen über die Kontrollsektoren der Überwachungskameras genau im Klaren sind. Fühlen sie sich bedroht, vermeiden sie es, durch tote Winkel zu gehen. Heute bilden die von Mädchen bevölkerten Einkaufszentren ein Parallelphänomen und die Fortsetzung der schon vor hundert Jahren als Welten der Frauen errichteten Warenhäuser.

Die Besonderheit des Flughafens gegenüber dem Einkaufszentrum besteht darin, dass er den sicheren Konsumaufenthalt mit der Romantik des Aufbruchs und der Ideologie und der Religion des Reisens kombiniert. Als Ort der Mädchenkultur ist der Flughafen jedoch ausschließender Natur. Das Campen auf dem Flughafen, mit dem sich die vorliegende Studie auseinandersetzt, ist ein absolut reales Phänomen – oder war es zumindest in den Jahren, auf die sich die Untersuchung bezieht. Gleichwohl ist es nie ein Massenphänomen wie der Aufenthalt in Einkaufszentren gewesen, sondern eine elitäre Subkultur.

Die Schar der Auserwählten muss begrenzt sein, denn in den Duty-free-Bereich gelangt man nur, indem man Bekanntschaft mit dem Flughafenpersonal schließt. Diese Vernetzung ist eine kostbare Ressource, die in der untersuchten Subkultur eifersüchtig gehütet wird.

Sara

Oktober 2011, Vantaa

Der Vogelbeauftragte hieß Markku. Ich gab ihm die Hand und nannte meinen Namen. Er erzählte, er sei Hilfskraft am Institut für angewandte Zoologie der Universität Helsinki, nehme im Sommer aber immer ein interessantes Projekt in der Feldforschung an. Ich meinte, Vögel auf dem Flugfeld zu beseitigen sei buchstäblich Feldarbeit. Übrigens sei ich auf dem gleichen Terrain beschäftigt, nämlich am Flughafen.

Gerade hatte er mit dem Kompass das Haus, in dem ich wohnte, angepeilt und danach mit dem Fernglas ungefähr auf mein Schlafzimmerfenster geschaut. Was war da so interessant? Markku behauptete, er habe nicht mein Haus, sondern das Gut Westerkulla angepeilt. Die Felder dort machten ihm Sorgen. Ich dachte, ich stelle keine Fragen, er wird mir schon verraten, was an den Feldern des letzten großen Gutshofs der Stadt Vantaa so besorgniserregend ist.

Er erklärte mir, wie man die Vögel am besten vom Flughafen Helsinki-Vantaa fernhielt. Zunächst einmal solle man sie nicht vernichten, jedenfalls nicht mit der Flinte. Die Zahl der durch Abschuss beseitigten Individuen sei im Verhältnis zur Gesamtpopulation gering. Auch zur Abschreckung tauge das Schießen nicht besonders. Urbane Vögel seien an alle möglichen Geräusche gewöhnt. Wenn sie den Lärm startender und landender Flugzeuge aushielten, könne ein Gewehrschuss sie nicht mehr sonderlich erschrecken.

Die einzige funktionierende Vernichtungsmethode sei das Vergiften, und auf längere Sicht sei es noch besser, die Vögel mit chemischen Mitteln unfruchtbar zu machen. Dabei könne jedoch das

Problem auftreten, dass sich die Chemikalien in der Umwelt verbreiteten und Eingang in die Nahrungskette fanden. Außerdem kämen bei der Vergiftung noch die überall herumliegenden Kadaver hinzu. Die würden andere Schädlinge anlocken, darunter immer mehr Vögel. Markku redete, als hielte er eine Vorlesung für die unteren Semester. Zu seiner Aufgabe, sagte er, gehöre nicht das Umsetzen der Abwehrmaßnahmen, sondern deren Planung.

Das Problem sind angeblich nicht so sehr die auf dem Flughafengelände brütenden oder sich sonst dort aufhaltenden Vögel, sondern die über ihn hinwegfliegenden Schwärme. Die soll man gar nicht erst zu vernichten versuchen. Besser ist es, präventive Abwehrmaßnahmen zu ergreifen. Was für welche, fragte ich. Angeblich teilen sie sich in aktive und passive. Ich beschloss, nicht weiterzufragen. Markku schien ein äußerst gründlicher Erklärer zu sein. Von den passiven Methoden nannte er exemplarisch Bebauungspläne und diverse Genehmigungsverfahren. Damit könne man zum Beispiel auf die Lage von Mülldeponien Einfluss nehmen und durch deren intelligente Platzierung wiederum das Auftreten von Vögeln in verschiedenen Bereichen effektiv beeinflussen.

Hinsichtlich der Mülldeponien habe Helsinki-Vantaa kein Problem, erklärte Markku. Ich bedankte mich für die erleichternde Müllinformation, worauf er präzisierte, im Umkreis von zehn Kilometern befinde sich keine einzige Deponie. Stattdessen war Markku wegen der vorläufigen Grundstücksreservierung besorgt, die die Stadt Vantaa für den Bau eines Golfplatzes gewährt hatte. Die Rasenflächen des Platzes würden nur drei Kilometer vom Flughafen entfernt liegen. Was war an einem Golfplatz so schlimm? Außerdem hatte er sich doch gerade noch Sorgen wegen der Felder von Westerkulla gemacht.

Die Sorge wegen des Golfplatzes und die Sorgen um die Felder des Gutshofs seien Teil einer größeren Sorge, meinte Markku. Und was ist der Grund für die große Sorge? Die Gänse, verriet er.

Die Zahl der Weißwangengänse habe an der Südküste Finnlands in einer Geschwindigkeit zugenommen, dass man das Wachstum der Population tatsächlich einmal als explosionsartig bezeichnen dürfe. Hauptsächlich trete die Art in Helsinki auf. Seit dem Jahr 2000 sei die Zahl der Gänse jährlich um zirka fünfunddreißig Prozent gestiegen. Berücksichtige man den Exponentialfaktor des Wachstums, müsse man schon jetzt von einem Massenauftreten sprechen, und das Wachstum gehe nahezu im selben Tempo weiter.

Die Weißwangengans gehört nicht zum ursprünglichen Vogelbestand Finnlands. Das erste Pärchen brütete in den Jahren 1987–88 im Gänsegehege des Zoos Korkeasaari in Helsinki. Offenbar stammten die Vögel aus dem Vogelgehege im Volkspark Skansen in Stockholm. Die Jungen der Weißwangengänse von Korkeasaari wurden zusammen mit Gänsejungen des eigenen Bestandes freigelassen. Man dachte, sie würden sich den Massen von arktischen Zugvögeln anschließen, die über Finnland hinwegfliegen und dann in ihrer natürlichen Lebensumgebung in der Tundra Sibiriens brüten. So kam es aber nicht. Sie brüteten in Finnland, vermehrten sich und füllten die Erde.

Ich sagte, das Ganze klinge tatsächlich ungefähr wie die Schöpfungsgeschichte. Oder wie die Apokalypse, sagte Markku. Schon jetzt stellten die Weißwangengänse eine große Plage dar, und er befürchtete, das Problem könne in den nächsten Jahren wirklich explodieren. Die Wachstumsprozente des Bestands seien erschütternd. Jedes dritte Jahr verdopple sich die Population, bald werde man von einer Million Exemplaren sprechen müssen. Was macht sie denn zu einer solchen Plage? Markku sagte, das größte Problem bestehe darin, dass sie auf Grasflächen weideten.

In den Parks von Helsinki tauchen jeden Herbst Tausende von Gänsen auf und machen sich auf den Rasenflächen breit, die eigentlich zur Erholung der Stadtbewohner gedacht sind. Die Exkremente der Gänse überziehen den Parkrasen, und die an

Menschen gewöhnten aggressiven Vögel sind nicht so leicht bereit, von ihren Futterplätzen zu weichen. Die Exkremente verursachen nicht unbedingt ein großes hygienisches Problem, sind aber unbestreitbar eine ästhetische Beeinträchtigung.

Ich konnte mich nicht erinnern, wann ich zuletzt in Helsinki, geschweige denn in einem städtischen Park gewesen war, aber ich gab zu, dass Vogelmist dort durchaus ein großer ästhetischer Missstand sein konnte. Ich sagte nicht, dass ich Vantaa so gut wie nie verließ und sogar kaum aus der näheren Umgebung des Flughafens herauskam. Mein einsames Leben war immer ein und dasselbe: Flughafen – Supermarkt – nach Hause – Flughafen. In dem Moment begriff ich, wie sehr ich eigentlich die von der Aschewolke geschaffene Möglichkeit genoss, über die weiten Grasflächen des Areals zu wandern. Plötzlich war der Flugplatz ein eigentümlicher menschenleerer Naturpark.

Laut sagte ich, ich wisse wohl, dass große Vögel große Exkremente hinterließen und eine große Gesellschaft großer Vögel eine verblüffende Menge von dem Zeug hervorbringen konnte, buchstäblich Berge. Das weckte Markkus Interesse: Woher ich so etwas wisse? Ich bereute schon mein loses Mundwerk, sagte aber, ich hätte in Südamerika die Guanoablagerungen riesiger Seevogelkolonien gesehen. Die Chilenen bauten den Vogeldung seit Jahrzehnten ab und verkauften ihn in die ganze Welt. Vor der Entwicklung des Kunstdüngers sei das ein profitabler Wirtschaftszweig gewesen.

Markku fragte nicht weiter, was mich wunderte, aber ich wusste es zu schätzen. Normalerweise nehmen die Fragen kein Ende, wenn ich auch nur ein bisschen von dem preisgebe, was ich früher alles gemacht habe. Die Rettung und Befreiung der Welt und ihrer Völker ist nichts für mich. Ich will meine Ruhe und Sicherheit haben. Darum spreche ich über diese Dinge nicht. Ich fragte dann meinerseits, was die Probleme der Parkverwaltung der Stadt Helsinki mit der Flugsicherheit zu tun hatten. Wieder wurde Markkus Interesse geweckt: Wie kam ich auf die Idee, die außer Kontrolle geratene Weißwangengänsepopulation sei eine Frage der Flugsicherheit?

Ich erzählte ihm, ich sei in der Presseabteilung des Flughafenbetreibers Finavia beschäftigt, genauer gesagt beim Medienservice, und müsste darum etwas über Flugsicherheit wissen. Große Vögel stellten eine Gefährdung dar. Für meine Begriffe seien Gänse ziemlich große Vögel und flögen auf dem Zug immer in großen Gruppen. Ich wisse zwar nicht, was so ein Vogel wiege, aber ein Sperling sei es nicht gerade.

Markku sagte, eine Weißwangengans wiege hundertmal so viel wie ein Sperling. Allerdings seien auch die Spatzen eine Plage für den Flughafen. Er habe einmal einen Sperling, der sich im Terminal eingenistet habe, gefangen und mit dem Zug zum Beringen nach Korso gebracht. Schon am nächsten Tag sei der freigelassene Vogel wieder da gewesen und habe im Terminalcafé der Coffee-Shop-Kette Robert Paulig zwischen den Füßen der Reisenden Krümel aufgepickt. Dreimal hatte Markku den Spatz einfangen und zum Schluss bis nach Lahti bringen müssen. Erst dann war er nicht mehr in Helsinki-Vantaa aufgetaucht.

Ich wollte wissen, warum der Spatz mit dem Zug zu seinem neuen Wohnort gebracht werden musste. Markku wunderte sich. Wie hätte er ihn sonst hinbringen sollen? Der Zug sei für einen kleinen Vogel ein viel angenehmeres Verkehrsmittel als der Bus. Ein eigenes Auto besitze er nicht. Er habe übrigens das Geld für die Zugfahrkarten von der Finavia erstattet bekommen, dafür allerdings schriftlich begründen müssen, warum der Sperling dreimal und am Ende bis nach Lahti habe befördert werden müssen.

Ich erzählte ihm, das Leben des betreffenden Spatzes sei am Flughafen über die Monitore verfolgt worden. Dank des kleinen Vogels habe sich die Überwachungsaufnahme in einen drolligen Naturfilm verwandelt, vor dem sich gelegentlich eine große Schar Flughafenmitarbeiter versammelt hätte, um die Unternehmungen des Spatzes zu beobachten. Er wechselte zum Essen mit dem Strom der Reisenden von einem Café zum anderen und erschien stets zur gleichen Zeit auf einem bestimmten Monitor. Morgens fing er im Oak Barrell an. Ein Gepäckabfertiger beobachtete genau, was der Vogel fraß und in welchen Mengen. Der Mann behauptete, der Spatz habe sich auf Hefegebäck spezialisiert, von dem er jeden Tag das Vielfache seines Körpergewichts zu sich nehme. Die Nächte schien er oberhalb des Bildbereichs der Kameras in der Dachkonstruktion zu verbringen.

Wäre es nach Markku gegangen, hätte der harmlose Sperling im Terminal weiterleben dürfen, aber er hatte die Anweisung erhalten, ihn zu entfernen. Die Weißwangengans hingegen sei ein anderer Fall. Sie kann mehr als drei Kilo wiegen und fliegt in großen, dichten Formationen, auch dann, wenn sie sich nur von den Weideflächen zu ihren Übernachtungsplätzen begibt. Vor dem Herbstzug sammeln sich die Vögel in Helsinki an geeigneten Ufern und fliegen von dort aus täglich zu den Weidegründen und zurück. Ende des Sommers sind viele Gänseverbände im Luftraum von Helsinki unterwegs, und es kommen immer mehr hinzu. Ein Teil von ihnen wird in der Zukunft eine reale Gefahr für den Verkehr von Helsinki-Vantaa darstellen.

Zur Wechselwirtschaft von Gut Westerkulla gehört der Herbstweizen, der noch vor dem Wegzug der Weißwangengänse starke Sprösslinge hervorbringt. Für diese interessieren sich die Gänse ganz besonders. Es ist das ideale eiweißhaltige Futter vor dem anstrengenden Zug, und nichts kann die Gänse im September von den Weizenfeldern fernhalten. Im südschwedischen Schonen haben die Bauern alles versucht, von zig Kilometern aufgespannten Schnüren bis hin zu gasbetriebenen Schreckschusskanonen, aber kein Mittel hat geholfen.

Bislang haben die Weißwangengänse von Helsinki an den Ufern östlich der Stadt übernachtet. Inzwischen sind die Anwohner dazu übergegangen, die lärmenden und alles verschmutzenden

Vögel zu stören und zu verscheuchen, mit der Konsequenz, dass sie sich immer mehr an die weniger dicht besiedelten Ufer von Espoo, Kirkkonummi und sogar Siuntio und Inkoo begeben. Die Flugroute von dort auf die Felder von Westerkulla führt genau über den Flughafen Helsinki-Vantaa. Darum hatte Markku mit dem Fernglas in die Richtung meines Schlafzimmerfensters geschaut. Als Frau vom Fach könne ich ja wohl verstehen, was beim Zusammenprall einer Gans mit einem Flugzeug im schlimmsten Fall passieren könne.

Wenn eine startende Maschine auf eine Schwinge an Schwinge fliegende Gänseformation trifft, besteht das reale Risiko eines Zusammenpralls. Schlägt ein Vogel von drei Kilo gegen die Windschutzscheibe, kann das mitten im Steigflug, wenn die Geschwindigkeit bereits vierhundert Stundenkilometer beträgt, eine unberechenbare Situation hervorrufen. Endet eine Gans in der Ansaugöffnung eines Düsenmotors, verursacht das auf jeden Fall einen Motorschaden von mehreren hunderttausend Euro, aber möglicherweise auch ein Unglück aufgrund rapiden Leistungsverlusts. Eine Maschine braucht im Steigflug die maximale Triebwerksleistung.

Im September 1995 flogen auf dem Luftwaffenstützpunkt Elmendorf in Alaska mehrere Kanadagänse in die Motoren eines AWACS-Aufklärungsflugzeugs, das daraufhin abstürzte. Alle vierundzwanzig Besatzungsmitglieder kamen ums Leben, und die mit teurer Spitzenelektronik ausgestattete Maschine war komplett zerstört. Die lebensnotwendigen AWACS-Flugzeuge sind so effektiv abgesichert, dass es noch nie gelungen ist, eine mit militärischen Mitteln herunterzubekommen, obwohl diese Maschinen seit fast vierzig Jahren in allen Kriegen und Krisen der Welt eingesetzt werden. Ein paar Gänsen aber gelang, was die besten Lenkwaffen und Kampfflugzeuge nicht fertiggebracht hatten.

Laura Palmens Tagebuch
16. Dezember 2001

Wir sind jetzt in Florida. Mit dem Winter haben wir uns immer weiter nach Süden bewegt. In den südlichen Bundesstaaten hält die Flugkrise weiter an, obwohl im Norden die Menschen den Schock nach dem Attentat auf die Twin Towers allmählich vergessen und fast schon wieder fliegen wie vorher. Im Süden sind die Leute angeblich abergläubischer. Die Ängste und auch die Religiosität jeglicher Art nehmen zu, je weiter man von der Ostküste der Vereinigten Staaten nach Westen und vor allem nach Süden kommt. Hier gibt es allen möglichen Voodoo-Zauber.

Es fühlt sich an, als wären wir schon seit Jahren jenseits des Atlantiks, dabei liegt unser Abflug erst drei Monate zurück. Finnland und Helsinki kommen einem schon ganz unwirklich vor. Inzwischen reden wir auch untereinander hauptsächlich Englisch. Ins Finnische wechseln wir nur, wenn wir nicht wollen, dass uns jemand versteht. Auch wenn es nach Selbstlob klingt: Bei den Airport-Jobs sind wir absolut auf Profi-Niveau. Trotzdem wollen wir nirgendwo versauern.

Im November hatten wir einen kurzen Gig in Atlanta und kamen von dort mit einem Leerflug nach Miami. Wir waren zwei Wochen am Schalter, weil dort gerade Pandemiewarnung herrschte und ein Teil der Leute nicht arbeiten durfte. Wir wurden untersucht und gesundgeschrieben und konnten an die Arbeit gehen. Dabei haben wir zwei ehemalige Stewards von SAS kennengelernt. Die fliegen schwedische Charter-Kunden auf irgendeine kleine Insel. Sie heißt Saint Barthélemy, die Hauptstadt Gustavia. Der Flughafen heißt Airport Gustaf III. Angeblich nach dem schwedischen König. Der schwedische Steward wäre vor Lachen fast erstickt, als er das erzählte.

Die SAS fliegt nicht auf die Insel. Dort ist die Start- und Landebahn zu kurz und endet direkt am Meer. Man fliegt sie mit Propellermaschinen an. Die Schweden haben sich diese tropische Insel trotzdem als Lieblingsdestination ausgesucht, und darum werden sie von SAS über den Atlantik nach Miami gebracht. Von da aus geht es dann mit immer kleinerem Gerät weiter, zum Schluss mit einer zweimotorigen Propellermaschine nach Gustavia. Die Landebahn von Gustaf III ist nicht viel länger als das Deck eines Flugzeugträgers.

Einer der Stewards sagte, die Schweden hätten keine Angst vorm Fliegen, sie seien gut ausgebucht, aber trotzdem gebe es auf fast jedem Flug freie Plätze. Er könne uns mit nach Saint Martin nehmen, wo die Schweden aus Miami in kleinere Maschinen umstiegen. Der Prinzessin-Juliana-Flughafen von Saint Martin ist es wert, ausprobiert zu werden, meinte der Steward. Von dort aus können wir mit Kumpels von ihm nach Saint Barthélemy zum Gustaf III weiterfliegen, wenn wir wollen.

Sara

Oktober 2011, Vantaa

Markku sagte, die Gänse hätten auf dem internationalen Flughafen von Kansas City mehr Unfälle und Gefahrensituationen verursacht als anderswo in den Vereinigten Staaten und vermutlich in der ganzen Welt. Es sei nicht ausgeschlossen, dass Helsinki-Vantaa irgendwann den Rekord von Kansas City breche. Ich fand es geheimnisvoll und irgendwie faszinierend, dass Markku den Flughafen von Kansas City erwähnte.

Das war nämlich der erste Ort, an dem Laura und ich in den USA arbeiteten, nachdem wir fast ein Jahr lang durch die Welt geflogen waren und dabei das Dreifache des Erdumfangs an Meilen angesammelt hatten. Zum Schluss hatten wir mitten in Afrika, im Tschad, festgesessen, und ich sagte zu Laura, es werde Zeit, zur Vernunft zu kommen: »Echt jetzt, lass uns abhauen!« Laura war seltsam fixiert darauf gewesen, ausgerechnet diese Gegend zu erreichen.

Ich weiß nicht, ob es eine Rolle spielte, dass es beim Brettspiel *Stern von Afrika* das Beduinendorf Ain Galakka im Norden des Tschad gab, aber ich denke, Lauras Enthusiasmus hatte eher damit zu tun, dass sie als Kind mit ihrer Mutter im Tschad gewesen war. Pirjo hatte dort einen Patenjungen, dem sie Geld schickte und den sie auch besuchte. Sie hatte mal einen Dokumentarfilm gedreht und ein ganzes Dorf adoptiert.

Wir fuhren allerdings in kein Dorf, sondern saßen am Flughafen herum. Laura erzählte, ihre Mutter hätte damals mit der Faust auf den Tisch geschlagen und den Beamten am Flughafen die Leviten gelesen, weil die sich alles unter den Nagel reißen wollten, was sie den Dorfbewohnern mitgebracht hatte. *Cadeaux*,

cadeaux, hatten sie ständig gesagt, aber Pirjo hatte geschrien, jetzt reicht's mit Geschenken. Sie hatte zweihundert Brillen von verschiedenen Flohmärkten dabei. Die Zöllner und Polizisten wollten sie ihr alle wegnehmen, aber dank Pirjos Geschrei bekamen sie nur die Hälfte.

Laura versuchte es bei der Flughafenbürokratie mit der gleichen Strategie, war aber wohl nicht so überzeugend wie ihre Mutter, denn sie ließen uns warten. Nach fürchterlichen Verhandlungen und Bestechungen bekamen wir schließlich einen Flug nach Paris und nahmen dort die erste passende Maschine nach Amerika. Die landete in Kansas City. Nach Finnland sind wir nicht mehr geflogen.

Kansas City war einer der fünf Flughäfen im ganzen Land, die noch an ausgelagerten Sicherheitskontrollleistungen festhielten. Auf den amerikanischen Airports herrschte das große Chaos, weil die in Panik geratene Regierung Bush im Dezember 2001 bestimmte, dass bewaffnete Sicherheitsleute, die sogenannten Air Marshalls, in allen amerikanischen Maschinen mitfliegen müssen, auch bei Inlandsflügen, und die Transportation Security Administration, also die Nationale Verkehrssicherheitsbehörde, kurz TSA, gründete.

Wir hätten keine Chance gehabt, für die TSA in der Sicherheitskontrolle zu arbeiten, denn das waren alles Beamte des Bundesstaats und mussten daher Staatsbürger der USA sein. Ob sie das sogar von Geburt an sein mussten, weiß ich nicht mehr. Als Screener einer Privatfirma wurden wir aber akzeptiert. Die Arbeit an sich war die gleiche: Kontrolle von Passagieren und Handgepäck in der Sicherheitsschleuse.

In die Personalpolitik privater Firmen mischte sich die TSA nicht ein, weil sie genug Sorgen mit ihren eigenen Mitarbeitern hatte. Die Behörde war wie ein Kuckucksjunges oder Krebs. Sofort nach ihrer Gründung wurde sie mit siebzehn anderen Behörden und Ministerien verbunden. Im Nu war sie zur größten

Einheit innerhalb der US-Bürokratie angeschwollen, hatte vierzigtausend Sicherheitskontrolleure angeheuert, im Schnellverfahren ausgebildet und zu Security Officers ernannt.

Diese sorgten bald für Ärger: Reisegepäck wurde gestohlen, Passagiere wurden bedrängt, es gab Anzeigen wegen Amtsmissbrauch und Gewaltanwendung. Außerdem war das System ineffizient. Man redete bereits von Sicherheitstheater, womit das falsche Sicherheitsgefühl durch scheinbar flächendeckende, in Wahrheit aber mechanische und nicht zielgerichtete Kontrollmaßnahmen gemeint war.

Eine reale Erhöhung des Sicherheitsniveaus wurde schon deshalb nicht erreicht, weil die Duty-free-Läden auf den Flughäfen und die von ihnen abhängigen Fluggesellschaften zu mächtig waren. Die ganze Branche lebt vom Warenverkauf im Terminal. Wenn die Ticketpreise so weit gedrückt werden, dass damit fast nichts mehr verdient wird, bringt nur noch der Warenverkauf Gewinn. Das Gleiche ist zuvor beim Schiffsverkehr über den Ärmelkanal oder auf den Autofähren zwischen Finnland und Schweden passiert. Auf jeden Fall werden in den Flughafengeschäften weiterhin starker, steuerfreier Alkohol, Speiseöl und Kosmetikchemikalien verkauft – allesamt erstklassige brennbare Flüssigkeiten.

Jeder, der bei der Sicherheitskontrolle arbeitet, kapiert, dass sämtliche Haarspray-, Olivenöl- und Schnapsflaschen, die man legal mit ins Flugzeug nehmen darf, brauchbare Brandbomben sind, ganz zu schweigen von den Nachfüllflaschen für Gas- und Benzinfeuerzeuge. In einer engen Maschine sind das wirklich gefährliche Waffen. Trotzdem darf sie jeder während des gesamten Flugs griffbereit unter dem Vordersitz haben. Was hilft es, die Flaschen in eine versiegelte Plastiktüte zu stecken? Wenn man Schaden anrichten will, sind Glasflaschen mit Chemikalien eine ganz andere Kategorie als Nagelfeilen, Zahnpastatuben und Behälter mit einem Inhalt von mehr als einem Deziliter, die wir vorschriftsgemäß konfiszieren mussten.

Mit den Kollegen redeten wir oft darüber und fragten uns, was das Ganze für einen Sinn haben soll. Eine Literflasche Alkohol ist ja schon als Schlagwaffe lebensgefährlich, und wenn man sie zerschlägt, ist sie als Stichwaffe tödlicher als irgendein Minitaschenmesser am Schlüsselbund. Solche mussten wir am häufigsten aus dem Verkehr ziehen. Einer, der bei den Marines gewesen war, zeigte uns einmal, wie er vorgehen würde, wenn er ein Flugzeug entführen und dabei ausschließlich Hilfsmittel aus dem Duty-free-Shop benutzen wollte.

Zuerst nahm er eine Dose mit Haarspray, drückte auf den Knopf und setzte die Chemikaliendusche in Brand. Es war der reinste Flammenwerfer – ziemlich praktisch in der Enge eines Flugzeugs. Dann klebte er eine Schachtel Streichhölzer an eine Flasche mit achtzigprozentigem Stroh-Rum und erklärte, wenn er die Streichhölzer anzünde und die Flasche an die Wand werfe, fange es nicht nur an zu brennen. Vielmehr würde die Konstruktion explosionsartig in Flammen aufgehen und Alkohol und Scherben in alle Richtungen schleudern.

Dann zeigte er uns eine Flasche Speiseöl und erklärte, wie man ihren Inhalt verdickt, indem man das Öl mit normaler Seife mischt, die ebenfalls in vielen Formen im Duty-free erhältlich ist. Auf den Toiletten im Flughafen und im Flugzeug gibt es sie als Pulver oder Flüssigkeit. Die Mischung aus Öl und Seife erinnert von den Eigenschaften her an Napalm. Das gelierte Öl brennt so leicht wie Diesel, bleibt aber zusätzlich an Wänden, Decke und Menschen haften. Mit Klebeband zusammengebundene Nachfüllflaschen für Feuerzeuge entsprechen von der Druckwirkung her einer Handgranate. Gibt man sie in einen Glasbehälter, fliegen die Splitter in alle Richtungen.

Nachdem er mit diesen Mitteln die Passagiere, das Kabinenpersonal und eventuell den Air Marshall lahmgelegt hätte, würde der Ex-Marine unter Verwendung von Gelegenheitssprengstoff und Bordwerkzeug die Tür zum Cockpit aufbrechen. Dort würde er auf dem Kopf des Kopiloten eine Schnapsflasche zerschlagen, dem Piloten die zerbrochene Flasche an den Hals drücken und ihm sagen, wohin er wie zu fliegen habe.

Später gingen Laura und ich die Geschäfte großer Flughäfen an verschiedenen Orten der Welt durch und listeten auf, was man wo kaufen konnte. Gleichzeitig mussten wir die Screening-Regeln der verschiedenen Airports aufschreiben. Laura gab die Listen irgendwelchen Leuten, und das waren keine Angehörigen der Sicherheitsbehörden. Für zwei Wochen Arbeit bekamen wir einen Monatslohn. Sie suchten wohl nach Schwachstellen im System.

Die TSA hatte ein »Red Team«, das ebenfalls nach Schwachstellen suchte. Die gab es. Während des Testlaufs gelang es dem Team, in zwanzig von zweiundzwanzig Fällen eine Bombe ins Flugzeug zu schmuggeln. Der Flughafen Kansas schnitt im Sicherheitsvergleich glänzend ab, und das war zumindest zum Teil Lauras Verdienst. Sie verfügte über eine phänomenale Fähigkeit, im Strom der Reisenden die Typen zu erkennen, die etwas Verbotenes mit sich führten. Sie erkannte auch das »Red Team«, als es uns eine Falle stellen wollte. Wir waren der zweite Flughafen, auf dem sie keine Bombe ins Flugzeug bekamen.

Bei der Kontrolle wurden eine Menge Leute erwischt, aber die hatten keine Bomben oder Waffen dabei, sondern Drogen, illegale Medikamente, Diebesgut oder einfach bloß Taschenmesser und Nagellack oder Chemikalien zur Entfernung von Skiwachs und sonstige verbotene brennbare Flüssigkeiten, die sie nicht mit dem Gepäck aufgegeben hatten – aus Vergesslichkeit oder weil sie keine Lust dazu gehabt hatten. Beim technischen Massenscreening geht das leicht durch. Laura wandte ganz instinktiv eine Methode an, die heute als Profiling aufgrund von Verhaltensbeobachtung bezeichnet wird. Sie avancierte sogar zur Ausbilderin, die den anderen beibrachte, wie man durch gezielte Fokussierung die Effektivität der Sicherheitskontrolle steigern konnte.

Ich erzählte Markku, dass ich auf dem internationalen Flughafen von Kansas City gearbeitet hatte und zweimal Zeugin einer Situation gewesen war, in der eine Kanadagans mit einer Passagiermaschine zusammenstieß. Markku fragte, wann ich dort gewesen sei. Von August 2002 bis März 2003, antwortete ich. Er sagte, in dem Zeitraum habe es tatsächlich zwei Gefahrensituationen gegeben. In dem einen Fall, den ich gesehen hatte, sei der Unfallgegner aber keine Kanadagans, sondern eine Schneegans gewesen, und es sei auch keine Passagiermaschine im eigentlichen Sinn beteiligt gewesen, sondern ein privater Learjet 35. Der zweite Zusammenprall, den ich gesehen hatte, habe zwischen einer Boing 727 und einer Kanadagans stattgefunden.

Ich war ziemlich erstaunt und auch beeindruckt, wie gut Markku über den internationalen Flughafen von Kansas City informiert war. Ich denke, auch das hat zu dem beigetragen, was dann passierte.

Am nächsten Morgen wachte ich davon auf, dass Markku von meinem Schlafzimmerfenster aus mit dem Fernglas in Richtung Flughafen schaute. Er traute seinen Augen nicht. Er sagte, er sehe Arktika-Verbände – im April! Mit der Bettdecke um die Schultern stand ich auf und fragte mich, was er meinte. Verbände von Schiffen, die für Polarmeerverhältnisse gebaut waren? Meine Wohnung hatte weiß Gott keinen Seeblick. Vom Schlafzimmerfenster aus sah man den Tower, die Terminals und die Start- und Landebahnen samt Befeuerung. In nebligen Nächten erleuchteten die Lichter der landenden Maschinen manchmal den ganzen Himmel, so dass man im Zimmer lesen konnte.

Markku pries mein Schlafzimmer als erstklassige und unglaubliche Stelle für die Vogelzugbeobachtung. Dass er ausgerechnet heute hier gelandet war, sei von Gottes Finger bestimmtes Schicksal. Ich bat ihn, das ein wenig zu präzisieren, denn ich hielt mich gar nicht für so schicksalhaft. Er erklärte, der Zug der arktischen Wasservögel, genannt Arktika, finde im finnischen Luftraum hauptsächlich in der dritten Maiwoche statt, aber er habe seit Sonnenaufgang von diesem Beobachtungsposten aus schon mindestens hunderttausend Vögel vorüberziehen sehen.

Ich trat ans Fenster, hielt mir die Okulare vor die Augen und sah zunächst nichts. Dann erkannte ich durch die stabilisierte Optik schwarze Querstriche, die das ganze Sichtfeld einnahmen und bei denen man eine leichte Bewegung wahrnehmen konnte, weil die Vögel in einer Keilformation von mehreren hundert Exemplaren die Positionen wechselten. Sie kamen vom südlichen Horizont her immer näher nach Norden. Wenn man lange genug schaute, kam es einem so vor, als flögen sie einem durch den Kopf. Sie flogen aber über das Haus hinweg. Markku öffnete das Fenster, und man hörte die hellen, auf- und absteigenden nasalen Töne der Vögel. Markku schlang die Arme um mich. Er war eindeutig gerührt.

»Arktika. Die Massen ziehen nach Norden.«

Den ganzen Tag verfolgte Markku die Zugbewegung. Er erklärte mir, die Vogelmassen seien wegen des außergewöhnlich guten Zugwetters von ihren Rastgebieten im Baltikum aufgebrochen. In irgendwelchen Ebenen in Estland oder Lettland hatten sie sich auf einen günstigen Wind geschwungen und ließen sich von diesen warmen Winden nun auf einer anderen Route als sonst nach Norden tragen. Die Luftströmung scheine ausnahmsweise über Helsinki zu führen, und das auch noch in sehr niedriger Höhe. Darum sei die Beobachtung des Zugs genau an dieser Stelle und an diesem Tag eine einzigartige Erfahrung.

Markku war irrsinnig begeistert. Er sagte, er verfolge den arktischen Vogelzug jedes Frühjahr, aber normalerweise fast einen Monat später und zwar in Virolahti. Ich fragte ihn, wie weit Virolahti von Tallinn entfernt war. Er setzte das Fernglas ab und sagte, Virolahti sei eine Gemeinde in Südostfinnland, etwas näher an

Helsinki als an Tallinn gelegen. Nun flogen die Vögel direkt und so tief über uns hinweg, dass man sie hörte, was laut Markku selten war.

Am Nachmittag zeigte er mir die Aschewolke. Er richtete das auf ein Stativ montierte binokulare Fernrohr aus und ließ mich hindurchsehen. Braungraue Zungen und Wirbel vor himmelblauem Hintergrund füllten das Bild. Ein Teil der aus der gewaltigen Hitze unter der Erde ausgebrochenen Milliarden Aschewolkenpartikel war zwanzig bis dreißig Kilometer weit in die Stratosphäre aufgestiegen. Dort sorgten die Strahlströme für seltsame Gebilde, die sich am Himmel über der nördlichen Erdhalbkugel ausbreiteten.

Die Vögel störten sich nicht an der Vulkanasche, aber der Flugverkehr der Menschen wurde auf dem gesamten Kontinent von ihr verhindert. Durch das Fernrohr sahen die Wirbel und Rotationen der Asche aus wie Teleskopaufnahmen von fernen Galaxien.

Das Leben der Laura Palmen

1993

Laura und Lara sind beste Freundinnen und in den Skiferien ganz in echt in den Süden geflogen. Laura ist schon wer weiß wie oft in echt gereist, sie war sogar schon in Afrika, aber Lara ist noch nie irgendwo gewesen. Jetzt waren sie zwei Wochen in Playa del Ingles. Die Skiferien dauern nur eine Woche, aber sie haben noch eine Woche dazubekommen. Dafür müssen sie für die Schule einen Bericht über die Reise schreiben. Und das ist diese Geschichte hier.

Lauras Mutter war auch dabei, aber sie sagte, Laura und Lara müssen lernen, selbständig zu werden. Sie sind jetzt zehn, und in ein paar Jahren sollen sie in der Lage sein, allein zu reisen. Lauras Mutter ist als Vierzehnjährige allein nach Europa gereist. Das ist Selbständigkeit, und darum durften Laura und Lara so tun, als wären sie zu zweit unterwegs. Sie hatten ein eigenes Apartment und machten sich ihr Essen selbst. Sie gingen selbst einkaufen und hatten ihr eigenes Geld, mit dem sie auskommen mussten, und Lara hatte sich in der Bibliothek alles über die Kanaren angeschaut.

Am Flughafen mussten sie selbst den Check-in-Schalter und das Gate und die Flugnummer finden, aber das war leicht, weil sie sowieso schon alles wussten. Sie suchten sich Plätze in der fünften Reihe aus. Da ist kein Flügel im Weg, wenn man aus dem Fenster guckt, man wird fast sofort bedient und kommt am Ziel schnell raus. Man soll jedes Mal, wenn die Stewardess vorbeikommt, um ein Brötchen und eine Dose Limo bitten. Die kann man alle aufheben und dadurch sparen.

Die alten Leute nehmen die ganze Zeit nur Alkohol, darum

bleibt immer Limo übrig, außer Tonic, aber das macht nichts, weil Tonic ätzend ist und man das besser nicht bestellt. Den Stewardessen ist es nur recht, wenn sie die Limodosen nicht wieder mit zurücknehmen müssen. Das Klo ist auch nicht weit weg von der fünften Reihe, man sitzt aber auch nicht direkt neben der WC-Schlange. Die versoffenen Alten bestellen immer Bier zum Schnaps und stehen die ganze Zeit vorm Klo an.

Laura hat am Flughafen echt viel mit Stewardessen gesprochen, und die haben ihr alles erzählt, was man wissen muss, und die Stewards haben noch mehr erzählt, denn die reden gern, und darum soll man die um noch mehr bitten als die Stewardessen. Lauras Mutter saß hinten in der Maschine und sagte zu den Stewardessen, die Mädchen sind wirklich selbständig.

In Las Palmas war auf dem Flughafen alles gleich, bloß heißer. Laura und Lara gingen selbst zum Bus, was leicht war, weil alle anderen in denselben Bus stiegen. Trotzdem hätten zwei Alte ihn fast nicht gefunden, und er musste auf sie warten. Der Bus fuhr zum Apartment, und Laura und Lara bekamen an der Rezeption den Schlüssel. Im Apartment war der Kühlschrank an, und da war Wasser in Flaschen drin, weil man aus dem Hahn nicht trinken durfte. Dann sind sie ins Geschäft gegangen, Essen kaufen. Das Geld waren Peseten, aber im Geschäft konnten sie Englisch. Laura und Lara haben es von *Twin Peaks* gelernt.

Die Playa war Sandstrand, und es war auch sonst überall Sand. Auf den Bürgersteigen und vor dem Laden, obwohl er den ganzen Tag von einer Putzfrau weggewischt wurde. Der eine Sand war braun wie Kakaopulver und heißer, aber der andere war hell, und von dem gab es mehr. In der Bibliothek stand, der braune Sand ist eigentlich Lava, die aus einem Vulkan kommt, wenn er ausbricht. Der helle Sand kommt mit dem Wind aus Afrika, weil es dort die Sahara gibt. Der andere Wind ist der Harmattan, aber der weht den Sand in eine andere Richtung. Kann sein, dass es in der Sahara bald keinen mehr gibt, weil er ständig in alle Richtungen davonfliegt. Auf den Kanaren ist es fast so heiß wie in Afrika, aber nicht ganz, weil die Inseln im Meer liegen und weil das Meer kühlt. Es gibt Vulkane auf den Kanarischen Inseln, aber nicht auf allen. Die, wo es viele Vulkane gibt, heißt Lanzarote. Von dort kommt der braune heiße Sand, und Laura ist dort schon gewesen. Der Wind ist die ganze Zeit stark, weil die Wellen viel höher sind als in Finnland.

Laura und Lara sind immer morgens an den Strand gegangen, um zuzuschauen, wie die Sonne aus den Wellen aufsteigt. Sie ging total schnell auf, was sie schon wussten, weil sie Reisesendungen gesehen haben und Lara noch mehr in Erdkundebüchern gelesen hat. Je weiter man nach Süden kommt, umso schneller geht die Sonne auf und unter, außer man kommt über den Äquator. Dann geht die Sonne wieder nach und nach langsamer auf, wenn man in Richtung Süden weiterzieht, aber auch die Sterne ändern sich, weil man eben auf der anderen Erdhälfte ist.

Wenn man an Afrika vorbei auf einer Linie nach Süden geht, kommt bloß Meer, außer Sankt Helena in der Mitte, aber dann kommt man zur Antarktis und zum Südpol. Von dort aus auf der anderen Seite nach Norden geht es an Australien vorbei nach Polynesien und es wird wieder heiß, obwohl es am Pol gerade noch kalt gewesen ist. Laura und Lara haben früher geglaubt, es heißt Pollennesien, aber das stimmt nicht, obwohl die Inseln so klein sind. Sie haben geglaubt, der Name kommt daher, weil die Inseln so klein sind wie Pollenstaub. Es gibt so viele Inseln und sie sind so klein, dass sie nicht einmal Namen haben. Wenn man dorthin fährt, findet einen keiner.

Noch kleinere Inseln gibt es in Mikronesien, wo man auch hinfahren soll, wenn man schon so weit gekommen ist, also bis in den Stillen Ozean. Die ganzen Inseln zusammen plus Neuseeland heißen Ozeanien, was ein Kontinent ist. Dann kommt man wieder an den Äquator, und es ist wieder heiß, und man kommt auf die andere Halbkugel, und die Sterne sind wieder wie am Anfang. Vom Äquator aus geht es immer weiter nach Norden, bis nach Sibirien und in die Kälte. Von Sibirien geht es zum Nordpol und von dort ein zweites Mal nach Süden, und es wird langsam wärmer. Wenn man an Europa vorbeikommt und ein Stück nach Afrika abbiegt, ist man wieder auf den Kanarischen Inseln angelangt und hat die Erde umrundet.

Am Strand der Kanaren ging die Sonne eigentlich in Afrika auf und nicht in den Wellen, weil Afrika dort lag, obwohl man es nicht sehen konnte. Man sah es aber auf dem Globus, der im Apartment auf der Kommode stand. Auf dem Globus sind Laura und Lara an der Linie entlang um die Welt gereist, aber andersrum als Herr Fogg und Passepartout und Prinzessin Romy und Tico, die im Fernsehen quer um die Welt gefahren sind.

Tico war bloß eine Maus oder ein Hamster oder so was, aber das hat Jules Verne geschrieben, der viel über Reisen geschrieben hat. Lara hat seine Bücher in der Bibliothek ausgeliehen, und in denen geht es im U-Boot um die Erde und im Luftballon über Afrika und auf der Kanonenkugel zum Mond. In Jules Vernes Büchern ist man in Afrika und überall. Auch in den Tarzangeschichten ist man in Afrika und in ziemlich vielen Büchern in Indien, zum Beispiel im Dschungelbuch. Laura und Lara wollen dort hinfahren und nach Afrika und anderswohin auch, wenn sie anfangen, allein zu reisen. Darum wollten sie die Prüfung bestehen und allein auf den Kanaren zurechtkommen, und sie haben sie auch bestanden.

Johan

November 2011, Vantaa

Am Morgen auf dem Weg zur Arbeit waren die Pfützen gefroren. Das papierdünne Eis brach unter den Schuhen, und plötzlich fiel mir ein, wie ich als Kind zusammen mit meinen Cousins die Männer aus dem Dorf beim Retten der letzten Winternetze beobachtete. Ein Mann nach dem anderen brach ein, wenn er die kleine Jolle durch den Eismatsch schob, den Oberkörper auf dem Heckspiegel. Wir schauten aus dem Fenster und lachten jedes Mal, wenn einer bis zu den Oberschenkeln einkrachte, sich in die Jolle hieven und sie mit dem Bootshaken zwischen den Eisschollen hindurchziehen musste, um für kurze Zeit wieder auf tragendes Eis zu kommen. In ihrer Gier hatten sie die Netze ein paar Tage zu lang draußen gelassen.

Im Stabsoffizierskurs war beim abendlichen Zusammensein einmal die Rede vom Gehen auf dem Eis gewesen, und irgendwann lief es dann auf die Frage hinaus, ob man auf Skiern quer durch Helsinki kam, also von der Ostgrenze der Stadt zur Westgrenze, ohne einmal die Bretter abschnallen zu müssen. Wir saßen in der Kadettenschule Santahamina in der Sauna. Man brüstete sich mit allerlei, und immer grölte einer lauthals an der Tür zum Schwitzraum. Die Diskussion führte schließlich zu einer Wette zwischen mir und einem Kurskameraden aus Helsinki. Es ging darum, die theoretischen Überlegungen aus der Sauna in die Praxis umzusetzen.

Die Wette löste allgemeine Begeisterung aus, und die anderen legten für uns die Regeln fest. Einer hatte die Schnapsidee, dass auf Armeeskiern und im Schneetarnanzug gelaufen werden sollte. Der Vorschlag wurde mit lautstarker Akklamation angenommen.

Unter der Jacke sollte eine Schwimmweste getragen werden, und um den Hals sollten Eisdorne hängen. Die Wettpartner würden in derselben Februarwoche an unterschiedlichen Tagen starten, die ausgelost wurden. Wer am schnellsten von einem Ende der Stadt zum anderen kam, hatte gewonnen. Jeder Starter würde zur Absicherung von zwei Männern begleitet werden, die Rettungsausrüstung und Ersatzkleider im Rucksack hätten und in der Lage sein müssten, dem Tempo der Wettbewerber zu folgen.

Der größte Teil der Strecke musste auf dem Eis zurückgelegt werden. Das Problem bestand darin, die Halbinsel Helsinki zu überqueren. Sie auf dem Meer zu umgehen war wegen der Fahrwasser für den Schiffsverkehr unmöglich. Die Route durfte man selbst wählen, aber letztendlich war jeder Starter für die Sicherheit seiner Begleiter verantwortlich. Es ging darum, die Risiken abzuwägen und eine Strecke zu wählen, auf der nicht die Gefahr bestand, ins Wasser zu geraten. Wer im Eis einbrach, hatte verloren. Die Sicherheitsbegleiter würden dem Starter mit ausreichendem Sicherheitsabstand folgen. Der letzte Mann sollte die Wurfleine bereithalten.

Der Startpunkt wurde auf dem Seeabschnitt namens Sipoonselkä festgelegt, vor der aufgebrochenen Rinne, die zur Baustelle für den neuen Hafen in Vuosaari führte. Sie war befahren und im Eisfeld gut zu erkennen. Folgte man ihr in südöstlicher Richtung, gelangte man an einen Wendepunkt, der bereits mehrere hundert Meter auf dem Gemeindegebiet von Sipoo lag. Dort sollte es losgehen.

Es wurde beschlossen, nachts zu laufen, weil Männer in Schneetarnanzügen auf Langlaufskiern im Stadtgebiet bei Tageslicht peinliche Aufmerksamkeit erregen konnten. Auch ansonsten kam uns die Idee, von Betrunkenen in der Sauna ausgeheckt, allmählich kindisch vor. Aber die Wette galt, und die Kadettentradition verbot, davon zurückzutreten. Diese Tradition hatte im Lauf von Jahrzehnten für etliche gefährliche und bizarre Duelle und Wettkämpfe gesorgt, von Zweikämpfen bis hin zu Wettrennen mit Segelboot und Pferd über Kontinente und Ozeane hinweg.

Ich wurde als Erster ausgelost. Bei den Schuhen durfte man zwischen Springerstiefeln und Gummistiefeln wählen. Ich nahm die Gummistiefel, weil ich davon ausging, dass die dicke Schneeschicht aufs Eis drückte, weshalb Wasser darauf stehen würde. Auf dem ersten Abschnitt gab es bei der Routenwahl keine Alternative. Man musste die Ostspitze von Villinki ansteuern. Das waren zweihundertfünfzig Grad, aber den Kompass brauchte man nicht, weil man sich am südlich von Villinki entlanglaufenden Fahrwasser orientieren konnte. In der Bucht Hevossalmi ging ich an Land, weil ich befürchtete, die Strömung könnte das Eis zu sehr unterhöhlt haben. Hauptmann Kinnunen, mein Konkurrent, machte sich in der folgenden Nacht die Füße nass, als er unter der Brücke hindurchlief.

An der Südwestspitze von Laajasalo trennte sich meine Route von derjenigen, die Kinnunen nehmen würde. Ich überquerte den Seeabschnitt Vanhankaupunkiselkä in der Kompassrichtung dreihundertfünfzehn. Am Toukola-Ufer ging ich wieder an Land und lief an einem Bach entlang in Richtung Vallila. Ich überquerte die Hermannin rantatie und kam so ins Vallila-Tal. Dort ging es zwischen der Frauenklinik und den Schrebergärten hindurch zum Parkplatz der Schwimmhalle, von wo aus ich zur hölzernen Fußgängerbrücke über die Mäkelänkatu hinaufstieg. Die Kehrmaschine hatte vor dem Geländer Schnee angehäuft, auf dem ich mit den Skiern gut vorwärts kam.

Auf der Westseite der Mäkelänkatu kamen zuerst ein Hundepark und dann ein schmaler Grüngürtel, der einer Wohnblocksiedlung folgte. Die Ratamestarinkatu und die Teollisuuskatu überquerte ich wieder auf dem Fußgänger- und Radweg, aber über den mit Salz bestreuten Asphalt der Aleksis Kiven katu musste ich stapfen, da ich die Skier ja nicht abschnallen durfte.

Danach folgten drei Parkanlagen hintereinander: Saimaanpuisto, Savonpuisto und Alppipuisto.

Die Bahnstrecke musste ich durch den Tunnel an der Tivolite unterqueren. Der Schneesturm vom Vortag hatte genug Schnee in den Tunnel geweht, dass man auch darin auf Skiern laufen konnte und nicht stapfen musste. Nach dem Tunnel überquerte ich die Helsinginkatu und kam ans Schilf der Töölö-Bucht. Quer übers Eis lief ich zu dem Grünstreifen östlich der Mannerheimintie.

Nachdem ich die ersten beiden Fahrspuren der Mannerheimintie überquert hatte, musste ich an der Straßenbahnhaltestelle warten, um ein Taxi passieren zu lassen. Auf meiner Höhe drosselte es die Geschwindigkeit. Der Fahrer starrte mich und meine Begleiter mit schiefem Kopf an und brauste dann eilig in Richtung Nationalmuseum davon. Auf den ersten Blick konnte man den Riemen meiner Kartentasche, der quer über die Brust lief, für den Riemen eines auf dem Rücken getragenen Gewehrs halten. Als das Auto weg war, lief ich auf dem Grünstreifen zwischen südlicher und nördlicher Hesperiankatu zum Töölö-Ufer.

Danach musste ich nur noch über den Seeabschnitt Seurasaarenselkä zum Laukkasalmi-Sund und geradeaus weiter nach Westen. Einige hundert Meter entfernt zeichnete sich die Insel Leppäluoto ab. Als ich sie passiert hatte, hielt ich an und wartete auf meine Begleiter. Ich erklärte, wir seien jetzt in Espoo, und ich hätte Helsinki von Ost nach West durchquert, ohne ein einziges Mal die Skier abzuschnallen.

Mein Mitbewerber wählte in der nächsten Nacht von Laajasalo aus eine andere Strecke. Er lief geradewegs nach Westen und dann zwischen den Inseln Korkeasaari und Mustikkamaa hindurch auf Sompasaari zu. Es war sehr kalt, und der Hauptmann hatte sich ausgerechnet, die Kälte würde innerhalb weniger Stunden dafür sorgen, dass die Eisschollen im Fahrwasser zum Containerhafen zusammenfroren. Im Hafenkontor hatte er sich vergewissert, dass das letzte Schiff um neun Uhr am Abend eingelaufen war.

Damals konzentrierte sich der Containerverkehr noch auf Sompasaari. Schiffe mit Heckklappe mussten an der Sompa-Spitze wenden und rückwärts an den Pier stoßen. An der engen Stelle hatten die Schrauben der manövrierenden Schiffe das Eis zu Matsch zermahlen, und als Hauptmann Kinnunen auf die Insel Tervasaari zulaufen wollte, gab die Kruste unter ihm nach. Seine Begleiter halfen ihm heraus, aber die Wette hatte er verloren. Wie es den Marschanweisungen entsprach, hatte der Hauptmann beim Überqueren des dünnen Eises die Skibindungen gelockert, weshalb die Skier im Eisloch blieben. Er musste dem Staat das Paar, das er sich in der Garnison Santahamina geliehen hatte, ersetzen. Die Stöcke konnten gerettet werden.

Um Zeit zu sparen, hatte Kinnunen zum Hakaniemenufer und von dort unter der Langen Brücke hindurch auf die Kaisaniemi-Bucht laufen wollen. Ich weiß nicht, wie er über die Bahnlinie auf die Töölö-Bucht kommen wollte. Der Tunnel auf die andere Seite ist niedrig, und die Strömung hält das Wasser davor eisfrei, weshalb sich dort im Winter Dutzende Wasservögel einfinden. Vielleicht hatte er geplant, mit den Skiern an den Füßen über die Linnunlaulu-Brücke zu stapfen.

Im heißen Dampf und der allgemeinen Großspurigkeit in der Sauna der Kadettenschule hatten wir um eine unnötig hohe Summe gewettet, und ich weigerte mich strikt, das Geld anzunehmen. Soweit ich mich erinnere, entsprach die Summe dem Monatsgehalt eines Majors mit Zulagen. Ich sagte, ich ginge davon aus, dass der Hauptmann genauso gehandelt hätte, wenn ich an seiner Stelle im Eis eingebrochen wäre. Es würde ja wohl keiner von uns wegen des Geldes zu so einer Skitour aufbrechen. Was hatte es für einen Sinn, solche Leistungen zu Wettobjekten zu machen? Am Ende besuchte ich ihn eigens zu Hause, um mit ihm darüber zu reden.

Als wir in seiner Sauna saßen, erinnerte ich ihn daran, dass man uns bald befördern würde – ihn zum Major, mich zum entsprechenden Dienstgrad der Marine, zum Korvettenkapitän. Und es heiße ja, als Major sei ein Mann am dümmsten. Wenn wir zwei Dummköpfe, angespornt von anderen Dummköpfen, schon so eine Wette abgeschlossen hätten, könnten wir jetzt durchaus vernünftig werden und unter uns eine Abmachung treffen, von der keiner zu erfahren brauche. Auf dieser Welt dürfe man sich auch so von A nach B bewegen, da brauche man keine Verrückten, die einen anfeuerten und Wettkampfregeln aufstellten.

Ich stieß den Hauptmann, der den Kopf zwischen den Knien hängen hatte, an der Schulter an und offerierte ihm einen Schluck aus der Koskenkorva-Flasche, die ich mit auf die Pritsche genommen hatte. Schließlich hob Kinnunen den Kopf und gab mir mit feuchten Augen die Hand. Er hatte drei schulpflichtige Kinder. Ich wusste, dass er für sein Einfamilienhaus einen großen Kredit abzuzahlen und außerdem mindestens so große Probleme in seiner Ehe hatte. Nach der Beförderung stand ihm die Versetzung in den Stab des Militärbezirks Mikkeli bevor, auf einen Posten mit an sich interessanten Aufgaben, aber seiner Ehe und seiner finanziellen Lage würde das nicht zugutekommen.

Nach der Panikattacke letztes Jahr hätte ich nicht gedacht, dass ich mich noch einmal aufs Eis traute, aber ich zwang mich dazu. Im Spätwinter ging ich zu den Sunden, von denen ich wusste, dass dort das Eis dünn war. Ich trug einen Rettungsanzug und hatte mir Eisdorne um den Hals gehängt und schlug beim Gehen so lange mit dem Pickel aufs Eis, bis er bei jedem Schlag durchdrang. Ich wusste, dass keine Gefahr bestand, auch nicht wenn ich einbrechen würde. Trotzdem hatte ich Angst. Außerdem fürchtete ich, jemand könnte mich sehen und sich wundern, was ich da trieb.

2.2. Aufbruch und Mädchenkultur

Das Abhauen von zu Hause und die damit verbundenen Abenteuer sind ein Bestandteil der Mädchenkultur. Es hat immer wilde Mädchen gegeben, die tollkühne Ablösungen vollzogen haben und an Orten und in Situationen gelandet sind, die nicht zur heteronormativen Erfahrungswelt gehören. Zu ihnen zählen die im neunzehnten Jahrhundert selbständig und ohne sozioökonomische Gründe nach Amerika gereisten weiblichen Siedler sowie fast hundert Jahre später jene Mädchen, die allein nach Schweden oder in ein anderes Land in Europa gezogen sind, um dort ein alternatives Leben zu finden.

Die Tramperinnen der Fünfziger- und Sechzigerjahre sowie die Interrailerinnen der folgenden Jahrzehnte repräsentieren das gleiche Phänomen. Im einundzwanzigsten Jahrhundert ermöglichen es Billigfluggesellschaften, das Flugzeug als Mittel zum Aufbruch zu benutzen. Dabei hat sich der Maßstab der Reisen vergrößert und interkontinentale Dimensionen angenommen. Anstatt Europa ist nun die ganze Welt das Ziel.

Die Kultur des weiblichen Weggehens wird von besonderen Voraussetzungen und Eigenschaften bestimmt. Historisch gesehen, sind Mädchen im ehemals agrarisch dominierten Finnland bei der Verteilung des Erbes stets in einer benachteiligten Position gewesen. Die daraus resultierende Mittellosigkeit hat paradoxerweise auch Möglichkeiten eröffnet. Wo der ererbte Landbesitz die Söhne an einen Ort und an das Bisherige band, waren die Töchter frei, wegzugehen und sich etwas Neues anzueignen.

So ist es nach wie vor. Bei den Befragungen für die vorliegende

Studie haben gerade junge Mädchen als erstes Kriterium der Berufswahl die Möglichkeit zu reisen genannt. Die Jungen hingegen haben sich als konservativer und mehr an die gewohnte Umgebung gebunden erwiesen. Die Scheu der Jungen vor dem Neuen wird in verschiedenen Hypothesen mit den relativen Vorteilen erklärt, die die männliche Macht ihrem eigenen Geschlecht garantiert. Tatsächlich bietet die Umgebung den Jungen mehr, und entsprechend mehr können sie auch verlieren. Für sie lohnt es sich nicht, »nach Europa«, geschweige denn »in die Welt hinaus« zu gehen. Mädchen haben der Annahme nach weniger zu verlieren, was seinerseits als Antrieb für das Weggehen wirkt.

Durch ihre Anziehungskraft verfügt eine junge Frau über Mittel, aus Situationen wieder herauszukommen, die sonst das Ende der Reise bedeuten würden. Andererseits kann der gleiche Faktor das Mädchen in Situationen bringen, die sich möglicherweise fatal entwickeln. Das rationale und realistische, wenn nötig auch skrupellose Ausnutzen der eigenen Weiblichkeit ist charakteristisch für Geschichten vom erfolgreichen Ausstieg junger Frauen.

Überhaupt muss konstatiert werden, dass hinter der Kultur des weiblichen Weggehens immer die anarchistische Unvoreingenommenheit und die amorphe Sehnsucht nach Freiheit eines mutigen und unternehmungslustigen Ausnahmeindividuums stehen, das sich der Idee des selbständigen Reisens und der Bereitschaft, dem Unbekannten zu begegnen, verschreibt.

Das Leben der Laura Palmen

1994

In einem Buch aus der Bibliothek stand, dass alle Menschen den gleichen Ursprung haben. Alle stammen aus Afrika. Den Menschen gab es zuerst in der Savanne, und da fing er an, auf den Hinterbeinen zu gehen, weil das ein Vorteil war. Zum Beispiel weil er dann übers Gras hinwegsehen konnte, wenn ihn einer angriff. Der Mensch bekam die Hände frei, als er sich auf zwei Beine stellte, und er konnte schneller und länger gehen. Damit fing die Wanderung des Menschen an. Zuerst ging er nach Europa, wo gerade Eiszeit herrschte. In der Eiszeit gab es Mammuts und so etwas, weil es Grassteppen gab. Die Mammuts fraßen das Gras, und der Mensch aß die Mammuts.

Dann war in den eurasischen Grassteppen Schluss mit den Mammuts, und der Mensch ging nach Amerika. Er ging über die Beringstraße, die damals trockenes Land war. Auch in Amerika gab es Mammuts, aber auch Dinosaurier. Die Knochen von denen liegen in amerikanischen Museen, und im Micky-Maus-Heft findet Mickys Hund immer solche Knochen. Laura und Lara wissen, dass das Blödsinn ist. Mit den Dinosauriern war es schon in der Kreidezeit aus, also wahnsinnig viel früher.

In der Kreidezeit war es wesentlich wärmer, weil die Meere und Kontinente an anderen Stellen lagen als jetzt. Alles Land hing damals zusammen, und darum kam man auch auf dem Landweg nach Amerika, obwohl der Meeresspiegel höher lag. Eigentlich gab es Amerika damals noch gar nicht. Alle Länder zusammen bildeten den Großkontinent Gondwana, und Amerika trennte sich davon erst später ab. Die Kreidezeit fand sechzig Millionen Jahre früher statt, aber dann fiel ein Asteroid auf die Erde, und die

Dinosaurier starben. Davor war die Jurazeit, was Laura und Lara wissen, weil sie *Jurassic Park* gesehen haben.

Die Grassteppen, die Mammuts und die Menschen kamen erst ganz viel später nach Amerika, als die letzte Eiszeit herrschte, obwohl es eigentlich gar nicht die letzte ist. In der Eiszeit gefriert das Wasser immer mehr, und schließlich liegt über allem kilometerdickes Eis und drückt das Land unter sich platt. Aus dem Meer kommt Wasser, das verwandelt sich in Dampf und löst sich am Himmel auf, kommt aber nicht mehr als Regen zurück, weil es zu Schnee wird. Darum trocknete das Meer aus, und die Mammuts kamen nach Amerika und die Menschen hinter ihnen her.

Der Mensch ging weg von Afrika und wanderte in jede Richtung, sogar auf ganz kleine Inseln und an jeden nur möglichen Ort. Der Mensch ist einer, der immer wo weg- und wo hingeht. Lauras Mutter sagt, Gott sei Dank geht Finnland jetzt in die Europäische Union. Viinanen war wieder auf dem Flughafen und sah fröhlicher aus, aber immer noch doof. Väyrynen ist kein Glotz- und Quatschminister und überhaupt kein Minister mehr. Und Lauras Mutter sagt, bald ist keiner mehr Minister, weil es Wahlen gibt.

Johan

November 2011, Vantaa

Als im Frühling nach meinem Zusammenbruch das Eis geschmolzen war, fing ich an, mich mit dem Boot immer weiter von Rosala zu entfernen. Ich war auf Vänö und schließlich auf Berghamn und sogar auf Jurmo, obwohl ich auf dem Seeabschnitt Gullkrona ständig daran denken musste, was für Wassermassen die ganze Zeit unter mir wogten. Ein Kubikmeter Wasser wiegt eine Tonne. Der Teil eines zehn Meter langen Bootes, der sich im Wasser befindet, misst etwa fünfzehn Quadratmeter, und das Boot gleitet auf Milliarden Wasserkilos voran.

Mitten auf dem Meer hatte ich direkt unter mir Tausende Tonnen Wasser, die jede Sekunde wechselten, da ich mich mit einer Geschwindigkeit von fünfzehn Knoten auf der Oberfläche vorwärts bewegte. Die Masse an Wasser war unfassbar. Das Meer trug mich, aber es schaukelte und schüttelte mein auf der Grenze zwischen Luft und Wasser gleitendes Boot. Als junger Mann war ich in der Physik dieses gesamten Vorgangs geprüft worden – über die Auswirkungen des Seegangs, des Windes und anderer im Wasser und in der Atmosphäre auftretender Phänomene auf die Fahrt und die Steuerung eines Wasserfahrzeugs. Es half nichts. Ich hatte Angst.

Die Angst richtete sich auf das Gewicht des Meeres unter mir, das unsichtbar war wie das Unterbewusstsein. In einem Ozean ist es unerträglich groß. Über dem Marianengraben liegen mehr als elf Kilometer Wasser. Und das ist keine »Wassersäule« im physikalischen Sinn, sondern eine schockierend schwere Platte, deren sichtbare Oberfläche mehr als doppelt so groß ist wie alle Kontinente der Erde zusammen. Auch im Atlantik, über dem Puerto-

Rico-Graben, liegt mehr Wasser über dem Grund, als der Mount Everest Höhenmeter hat. Der Druck darunter ist entsprechend.

Das Gewicht des Meeres ist so groß, dass es die Erdkruste unter sich zermalmt und Dellen verursacht, wie das Festlandeis es mit dem skandinavischen Felsenschild gemacht hat, als die Eiszeit dafür sorgte, dass sich eine drei Kilometer dicke Schicht aus kristallisiertem Wasser darüber bildete. Ich weigerte mich, daran zu denken, und vermied es, auf den Messwert des Echolots zu schauen, als er auf dem Abschnitt Jurmon selkä näher bei hundert als bei fünfzig Metern lag.

Ein Kriegsschiff verfügt über getrennte wasser- und feuerfeste Abteilungen. So versucht man dafür zu sorgen, dass das Schiff funktionsfähig bleibt, auch wenn es einen Seeschaden oder einen Treffer abbekommen hat. Laut Marinehandbuch befindet sich ein Kriegsschiff stets im Verschlusszustand – im Hafen-, See- oder Kampfverschlusszustand. Liegt das Schiff am Pier, können Türen, Luken und Ventile offen bleiben. Kampfalarm auf See verlangt den sofortigen Übergang in den totalen Verschlusszustand.

Im Kampfverschlusszustand sind die Abteilungen voneinander abgeschottet, und die Luken zwischen ihnen werden auf keinen Fall mehr geöffnet. In Abteilungen, die sich mit Wasser füllen oder in denen es brennt, stirbt man. Als ich nach Jurmo fuhr, stellte ich mir vor, dass ich mich in einen Verschlusszustand bringen müsste, in dem die Ängste und die hartnäckigen, beklemmenden Phantasien von den Teilen der Sinne isoliert sind, die das Handeln steuern. Das half mir mit der Zeit. Ich konzentrierte mich auf das, was zu tun war, und nach und nach wichen die Schreckensbilder vom Sturz ins Wasser und in die Tiefe.

Ich hatte gedacht, ich unterziehe mich einem Test, indem ich die inoffizielle Strecke von Hiittinen zum Leuchtturm Bengtskär nehme. Sie verläuft zwischen Tausenden namenloser Felseninselchen, über Flachstellen und Untiefen. Wegen dieser zehn Seemeilen langen Untiefenzone ist der Leuchtturm ursprünglich auch gebaut worden. Sein Signal besteht aus viermal Blinken im Abstand von zwanzig Sekunden. Fährt man südlich des Lichts um Bengtskär herum, ist man in Sicherheit.

Die Route von Rosala nach Bengtskär ist in keiner Seekarte eingetragen und in keiner Weise markiert. Nicht einmal der geheime Kriegsfahrwasseratlas des Seeverteidigungsgebiets kennt sie, aber alle Anwohner kennen sie sehr wohl. Ich fuhr auf Bengtskär zu, und die Phantasien kamen zurück. Darin riss ein Stein das Boot komplett auf, so wie der Eisberg die Flanke der *Titanic*. Das Wasser schoss herein, das Handy wurde nass, das Funkgerät funktionierte nicht. Allein die Vorstellung von einem bloßen Ruder- oder Schraubenschaden, worauf ich dem Wind und den Wellen in dieser Untiefenhölle ausgeliefert wäre, war unerträglich beklemmend.

Ich beschloss, mich an den Rat meines Therapeuten zu halten: nicht zu viel von sich verlangen. Man muss das Augenmaß bewahren und sich mit begrenzten Errungenschaften begnügen. Genau das heißt es, sich einer Tatsache zu fügen. Es gibt keine Rückkehr zum Unsterblichkeits- und Kräftegefühl des jungen Mannes und der daraus resultierenden Furchtlosigkeit. Mir fiel ein Foto von Antti Isotalo ein, dem einst harten, gefürchteten und darum in ganz Südostbottnien verehrten Bauernmafioso aus dem neunzehnten Jahrhundert, der alt, ungefährlich und hilflos auf den Eingangsstufen eines Speichergebäudes saß und zu denken schien: Wie hat es nur so weit mit mir kommen können?

Laura Palmens Tagebuch

19. Dezember 2001

Der Prinzessin-Juliana-Flughafen liegt direkt am Strand, und seine einzige Start- und Landebahn ist viel zu kurz. Es gibt absolut keine normalen Sicherheitszonen. Die landenden Maschinen kommen übers Meer und überqueren den Maho Beach in zehn Metern Höhe mit aufgestellten Landeklappen und setzen weniger als hundert Meter nach dem Zaun, der Strand und Flughafen trennt, auf der nur knapp über zwei Kilometer langen Piste auf. Wir legten uns direkt am Zaun in den Sand, um dort zu übernachten.

Eine ganz normale A 320 der Air France kam nach Einbruch der Dunkelheit vom Meer her angeflogen: wahnsinnig helle Landebeleuchtung direkt in die Augen, ein irrsinnig anwachsender Lärm und danach zuerst kalter und dann heißer Wind, der uns auf dem hochwirbelnden Sand zuerst gegen den Zaun und dann in Richtung Strand warf, obwohl wir im Schlafsack lagen und uns wie Blutegel an den Boden klammerten. Zwei Tage später sahen wir den schwedischen Steward und mussten zugeben: »Wow!« Er empfahl uns, die KLM-Maschine abzuwarten.

Die KLM fliegt Prinzessin Juliana einmal die Woche an, immer mittwochs, mit einer Boeing 747. Für so ein Gerät ist die Landebahn echt kurz. Das Ganze klappt nur, weil der Anflug übers Meer erfolgt. Bloß der Strand ist dazwischen. Wir schlugen unser Lager am Zaun auf und erlebten die Landung des Jumbojets. Das war noch ganz anders als in dem Song »Das verlassene Haus« von Dingo, der im Holzhauskomplex in der Viipurinkatu immer lief: »Es schüttelt mich dermaßen durch …« Das Beste war aber zu sehen, wie der Jumbo startete. Oder nicht unbedingt, es zu sehen, sondern es zu fühlen.

Die KLM-Maschine rollte an den Anfang der Piste und drehte in Startrichtung. Sie braucht sofort die volle Leistung, um von so einem winzigen Flughafen hochzukommen. Am Zaun hatten sich Typen versammelt, die sich an den Maschendrahtzaun banden. Sie kamen aus Australien. Wir rafften schnell unsere Sachen zusammen und brachten sie weiter weg. Dann machten wir es wie die Jungs: banden uns mit den abnehmbaren Rucksackriemen an den Zaun. Die blau-weiße KLM-Maschine dröhnte bereits.

Sie ging tatsächlich sofort auf volle Leistung, und aus den vier Motoren kam Nebel. Wir hatten uns T-Shirts über den Kopf gezogen, die Aussies trugen Taucherbrillen. Dann versuchten wir nur noch, uns am Zaun festzuhalten. Aber vergebens. Der Jumbojet drehte voll auf und schwankte mit angezogenen Bremsen auf der Stelle. Die Finger lösten sich, es war nichts zu machen. Wir hingen an den Rucksackriemen in der Luft wie Federn im Sandsturm. Als die Maschine gestartet war, sahen wir, dass der heiße Wind ein Autowrack hinter uns um zehn Meter verschoben hatte.

Johan

November 2011, Vantaa

Zur gleichen Zeit, in der ich unter den Auswirkungen der Veränderung in meiner Physiologie und meiner Psyche leide, muss ich für meine Laufbahn wichtige Dinge regeln. Die Entscheidung über die verbleibenden Dienstjahre gesellt sich zu der Konfrontation mit den hormonellen Veränderungen. Ich habe nur noch eine begrenzte Zahl von Jahren, könnte sogar ganz mit der Arbeit aufhören. Zu realisieren, dass es da eine Grenze gibt, eine hintere Wand sozusagen, ist beängstigend. Es ist, als würde man einen Blick in die Dunkelheit und Unendlichkeit jenseits dieser Wand werfen. Was tue ich als allein lebender Mensch überhaupt, wenn ich nicht mehr arbeite?

Es gibt auf jeden Fall drei Möglichkeiten. Erstens ist es möglich, nachdem man vollumfänglich gedient hat, in Pension zu gehen. Zweitens kann ich, wenn ich will, noch elf Jahre im Innendienst des Stabs verbringen. In dem Fall werde ich voraussichtlich als Kommodore pensioniert. Die dritte Möglichkeit ist eine Laufbahn als internationaler Karriereoffizier bei Frontex, der Grenzsicherungsagentur der Europäischen Union. Das würde fortlaufende Beförderung und Pensionierung mindestens als Flottenadmiral bedeuten.

Vorläufig folge ich der zweiten Variante, aber es besteht Druck, sogar eigenes Interesse, zur dritten zu wechseln. Innerhalb eines Jahres bin ich dreimal bei Frontex-Operationen auf den Kanarischen Inseln und in Griechenland gewesen, mit dem Auftrag, die Überwachung der Außengrenzen der Schengenstaaten zu koordinieren. Gerade bin ich vom zweiten Einsatz auf den Kanaren zurückgekommen, wo es eine finnische Dornier-Beobachtungsmaschine mit Besatzung gibt. Nach Griechenland schickten wir im Frühling eine Abteilung Grenzsoldaten, die eine Sonderausbildung erhalten hatten. Dort wie an der Westküste Afrikas soll die illegale Einwanderung nach Europa überwacht werden.

Flugangst habe ich bei mir noch nicht festgestellt. Ich saß insgesamt zig Stunden in der Dornier, als sie über dem Atlantik an der Küste der West-Sahara und Marokkos entlangflog. Ich verließ mich vollkommen auf die Piloten des Grenzgeschwaders und auf die Kompetenz des Wartungspersonals, das Material flugfähig zu halten. Ich war auch dann vollkommen sorglos, als wir mit den schnellen Patrouillenbooten der spanischen Küstenwache durch die Gewässer zwischen den Kanarischen Inseln und Afrika fuhren. Das liegt wohl tatsächlich daran, dass ich keinerlei Verantwortung für die Steuerung und die Navigation der Boote trug.

In Nordafrika sammeln sich Menschen aus dem Inneren des Kontinents – hauptsächlich junge Männer, die mit allen Mitteln versuchen, über die Schengen-Außengrenzen zu gelangen. Die südeuropäischen Länder müssen diesen Druck auffangen, aber sie nutzen ihn auch. Die Gemüse- und Obstproduktion Spaniens und Süditaliens basiert schon lange auf illegal ins Land gekommenen Arbeitskräften, die außerhalb der Sozialversicherung und des Arbeitsrechts bleiben.

Hinter dem umfangreichen Menschenschmuggel steckt ein Nützlichkeitsstandpunkt. Weil die Ökonomien von billiger Arbeitskraft abhängig sind, lässt man sie kommen. Das erklärt auch, warum in der EU nicht ernsthaft versucht wird, das Problem zu lösen. Alle profitieren von den Lebensmitteln, die mit Sklavenarbeit produziert werden. Auch die Finnen haben sich an halb kostenlose spanische Tomaten, Satsumas und Melonen gewöhnt. Vielleicht sollte ich nicht an der Schengen-Außengrenze sein, sondern an der Kasse eines finnischen Supermarktes stehen und den Verbrauchern den Sachverhalt erklären.

In den großen Supermärkten werden die Obstpreise auf den

Cent genau beobachtet, und man wählt immer die niedrigste Notierung. Dahinter steckt eine Kette, in der der Einzelhändler beim Großhändler, der Großhändler beim Importeur und der Importeur beim internationalen Makler den jeweils günstigsten Posten kauft. Am unteren Ende der Kette steht der Afrikaner, der illegal ins Schengengebiet gekommen ist, von weggeworfenen Früchten lebt und seinen Tageslohn von fünf Euro an seine fünftausend Kilometer entfernte Familie schickt.

Hunderttausende arbeiten in Europa ohne den Schutz der europäischen Menschenrechte – Sklaven nach jedem Maßstab –, Millionen ohne die volle soziale Absicherung. Die Organisation der illegalen Immigration ist überall in Nordafrika verbreitet, von Mauretanien bis Ägypten. Von der West-Sahara aus werden die Menschen mit schrottreifen Schiffen auf die Kanaren gebracht, von Marokko aus zusätzlich mit schnellen Booten über die Straße von Gibraltar zum spanischen Festland. Von Algerien und Tunesien führen die Routen der Menschenschmuggler nach Italien.

Infolge des arabischen Frühlings und des Sturzes und Todes von Gaddafi ist auch Libyen zum Ausgangspunkt der Bewegung geworden. Den Druck aus Nordostafrika nimmt Griechenland entgegen. Auch vom Balkan aus wird versucht, über die griechischen Landesgrenzen in die Europäische Union zu kommen. Die armen Teufel werden dann von unseren Grenzsoldaten mit Sonderausbildung an den Grenzen zu Albanien und Mazedonien abgefangen.

Erst vor wenigen Tagen sah ich zu, wie junge Soldaten der Küstenwache auf dem Meer aufgegriffene illegale Einwanderer in das Auffanglager am Stützpunkt brachten. Die Männer, die im Wassergebiet patrouillieren, sind abgestumpft und haben genug von den Flüchtlingsmassen. Ein Schrottschiff versenkte sich selbst, nachdem es ausgemacht worden war. Da war es dann die Pflicht der Küstenwache, die über Bord Gegangenen zu retten. In der Situation waren sie keine illegalen Eindringlinge mehr, sondern Menschen in Seenot. Der Status des aus Seenot Geretteten verlängert die Bearbeitungszeit, und das wiederum bietet denen, die nach Europa wollen, weitere Möglichkeiten. Sie wissen das, und die Männer von der Küstenwache, die sich von Grenzschützern in Retter verwandeln, wissen es auch.

Man versuchte ein Rettungsboot des sinkenden Schiffes in Gebrauch zu nehmen. Dabei verfing sich die Hand eines jungen Mannes im Tauwerk des Davits, und das Gewicht des aus der Fixierung befreiten Bootes zog das Stahlseil um das Handgelenk zusammen. Um zu verhindern, dass der Mann mit dem Schiff in die Tiefe gezogen wurde, schlug ein Gefährte ihm mit der Brandaxt die vom Stahlseil ramponierte Hand ab und legte ihm unterhalb des Ellbogens einen Druckverband an. Bei seiner Rettung war das Opfer wegen des Schocks, des Blutverlusts und der vom Salzwasser noch verschärften Schmerzen bewusstlos. Der Mann wurde auf eine Trage gelegt und in einen Krankenwagen geschoben, der nach Las Palmas zur Klinik fuhr. Die anderen riefen ihm Aufmunterungen zu. Sie hielten ihn vermutlich für einen Glückspilz, weil die Abschiebung nun noch komplizierter würde.

Es wurde geschimpft, und die in ihren Träumen enttäuschten Geretteten wurden in Richtung Drahtkäfige gestoßen. Die jungen Männer hatten davon geträumt, nachts an einen menschenleeren Strand auf spanischem Boden und innerhalb des Schengengebiets zu waten. Als Beobachter von Frontex hatte ich das Recht und die Pflicht, bei inhumanem Umgang mit Menschen einzuschreiten. Vielleicht verbirgt sich dahinter der Gedanke, dass alte Männer, die ihre Selbstsicherheit verloren haben, der einseitigen Willkür junger Männer Grenzen setzen.

Im Frühling ließ ich mich in Griechenland mit dem Hubschrauber zu einem Bergpass fliegen, wo eine Patrouille von uns eine Gruppe von Flüchtlingen aus dem Kosovo aufgegriffen hatte, die von Albanien aus über die Grenze gekommen waren. Mit Hilfe eines Dolmetschers redete ich mit den Festgenommenen.

Einige hatten es früher schon mit dem Schlauchboot über die Adria nach Italien versucht, waren aber erwischt und zurückgeschickt worden. Ich musste ihnen sagen, dass man sie auch jetzt zurückschicken werde, sofern keine Lebensgefahr bestand und sie in ihrem Herkunftsland keiner Verfolgung ausgesetzt waren.

Die Festgenommenen hatten Angst und waren müde. Ich erklärte ihnen, Frauen und Kinder könnten mit dem Hubschrauber ins Auffanglager gebracht werden, aber die Männer müssten zu Fuß gehen. Ihre Sicherheit und ihr Wohlergehen liege in der Verantwortung derjenigen, die sie aufgegriffen hatten. Über Hunger, Durst und Müdigkeit dürfe und solle gesprochen werden. Das Gepäck oder einen Teil davon könne man in den Helikopter bringen, wenn man wolle, die Männer von der Patrouille würden den Rest tragen. Ich befahl einem Grenzschützer, die Gruppe zu bewachen, die anderen ließ ich Haltung annehmen, dann kommandierte ich »Rührt euch«, und sprach die Leute auf Finnisch an.

Die Botschaft an sie lautete, dass es ihre höchste Pflicht war, diese Menschen human zu behandeln. Ich erinnerte sie daran, dass der Grenzschutz dem Innenministerium zugeordnet und nicht Bestandteil der finnischen Streitkräfte war, die Grenzschützer somit als verantwortliche Vertreter einer Behörde galten. Sie verfügten über militärische Disziplin, militärische Ausrüstung und hatten die härteste militärische Ausbildung hinter sich, die es in Finnland gab. Dennoch waren sie keine Soldaten. Ich ließ sie Haltung annehmen: »Grenzjäger! Wir sind perfekte Soldaten, wenn es sein muss, aber in Friedenszeiten sind wir zu hundert Prozent Grenzschützer und dienen hier der europäischen Gemeinschaft. Eure höchste Vorgesetzte ist die finnische Innenministerin Päivi Räsänen!«

Heute Morgen fragte mich meine Nachbarin, wieso ich in der dunkelsten Zeit des Jahres so braun bin. Wo meine Bräune herkomme. Von den Kanarischen Inseln, sagte ich. Sie schloss die Augen, legte den Kopf schief und sagte, sie beneide mich.

2.3. Stammbildung und Initiation der Mädchen

In der vorliegenden Arbeit werden verschiedene Ausstiege und Fluchtwege von Mädchen geschildert, die am Flughafen enden. Sie können alle verlässlich und exakt dokumentiert werden, weil die Fälle zu behördlichen Ermittlungen geführt haben. Ein Beispiel dafür ist ein Fall, in dem ein fünfzehnjähriges Mädchen aus Tampere unter Benutzung der Online-Bank-Geheimzahl ihres Vaters sich und ihrer Freundin Flugtickets nach San Francisco gekauft hat.

Eine genauere Beschreibung des Falles würde nicht in diesen Forschungsbericht gehören, wäre er ein nicht geradezu biblisch repräsentatives Beispiel für eine unterdrückte Normalauflehnung. Die Mädchen haben sich zumindest ihrer eigenen Auffassung nach vorab Arbeitsstellen und eine Wohnung in Kalifornien besorgt und hatten keinerlei Absicht, je wieder nach Hause zurückzukehren. Sie wurden nach dem Gate erwischt, als sie es schon in die Maschine geschafft hatten. Der Vater des Mädchens, das die Tickets gekauft hatte, hatte beim Online-Banking den Kauf bemerkt und ihn sofort mit dem Verschwinden seiner Tochter in Verbindung gebracht.

Er holte die Mädchen aus dem Flugzeug, kurz bevor es von der Fluggastbrücke abgekoppelt wurde. Es handelte sich vermutlich um einen Wendepunkt, der das Lebensschicksal eines Menschen bestimmt. Beide Mädchen wurden weinend zum Auto des Vaters und nach Hause gebracht. Niemand weiß, was passiert wäre, wenn sie mit dem Flugzeug gestartet und wie Millionen Altersgenossinnen in den Jahrzehnten und Jahrhunderten zuvor in der Neuen Welt gelandet wären.

Das Mädchen, das die Geheimzahl seines Vaters missbraucht

hatte, fügte sich dem Normdruck. Es lebt heute als Mutter zweier Kinder in Sastamala und ist in verantwortungsvoller Position in der Filiale einer Speditionsfirma tätig, die sich im Familienbesitz befindet. Im heteronormativen Interpretationshorizont lässt sich der Fall mit der Geschichte vom verlorenen Sohn und dem nachsichtigen Vater vergleichen oder mit Christus als gutem Hirten, der die Herde verlässt, um das verlorene Schaf zu suchen und zu retten. Im Refrain des Liedes »Amazing Grace« wird gesungen: *I was lost, but now I'm found* – ich war verloren, aber nun bin ich gerettet worden.

Der Aufstand der Mädchen wurde später in die musikalische Subkultur umgeleitet. Eine für diese Studie befragte, inzwischen auf das mittlere Alter zugehende Frau macht zusammen mit ihrem Mann in der Freizeit bei einer Rap-Musik produzierenden Gruppe mit. In deren Programm werden scheinbar kritisch Praktiken des Wirtschaftslebens behandelt.*

* Siehe dazu auch: Ilmonen (Hg.): *Die genderisierte Wirtschaftssprache. Studie zu den Haltungen und Gesten von Rap-Musikern sowie dem Status der Frau als Teil des Background-Chors,* University Press, 2004.

Laura Palmens Tagebuch
21. Dezember 2001

Morgen fliegen wir nach Gustavia. Dort kommt man mit einer Dornier von St. Barth Commuter hin, die von den Schweden gechartert worden ist. Der Gustaf-III-Airport soll noch näher an den Wohnsiedlungen und am Strand liegen als der Flughafen von Saint Martin. Der Legende nach kann man dort startende und landende Flugzeuge so nah erleben wie nirgendwo sonst auf der Welt. Es soll echt geil sein. Wir haben uns gedacht, wir bleiben länger dort.

Pirjo
November 2011, Lissabon / *Hördatei*

Maarit, irre ich mich … habe ich mich die ganze Zeit geirrt? Du hast Mann und Kinder, all das, was man ein Familienleben nennt. Wie sehr haben wir das damals verachtet: verklinkertes Haus, zwei Kinder, Labrador und Familien-Nissan! Sag mir, was du wirklich denkst! Du bist selbst einmal geschieden und hast dich mit diesen Dingen auseinandersetzen müssen. Von Kind an – seit Sonkajärvi, unserem Dorf – waren wir beste Freundinnen. Und sind es doch immer noch? Entschuldige … ich reiße mich zusammen, hör zu. Ich habe hier was über Freundschaft … über die Freundschaft zwischen Mädchen.

Mir kam unsere Jugend in den Sinn, als ich den Text mit der Überschrift »Laura Palmens Tagebuch« las. Aber was heißt las … als ich ihn überflog. Er war vor einiger Zeit schon per E-Mail gekommen. Das Tagebuch erstreckt sich vom Herbst 2001 bis zum Frühjahr 2003 und beschreibt die außergewöhnliche Lebensweise zweier junger Frauen. Sie reisten um die Welt, aber ihre Ziele waren nicht Länder, Städte oder touristische Zentren, auch keine exotischen Orte wie Urwälder, Gebirge oder jungfräuliche Inseln im Ozean. Diese Mädchen flogen einfach von Flughafen zu Flughafen.

Durch das Tagebuch erhält man die Vorstellung, dass es eine ganze Subkultur von jungen Frauen gibt, in der darum konkurriert wird, wer die meisten Flughäfen besucht hat. Je seltsamer und abgelegener der Flughafen, desto mehr Punkte bekommt man, scheint es. Die Mädchen saßen zum Beispiel für eine Woche auf dem Flughafen N'Djameda im Tschad fest. Dort kamen sie nur von Addis Abeba aus mit einer Maschine von Ethiopian Airlines hin. Um wieder wegzukommen, mussten sie zu allen möglichen Mitteln der Bestechung und Überredung greifen. Eine geschlagene Woche verbrachten sie in N'Djameda.

Weißt du noch, wie wir drei Nächte auf dem Bahnhof von Kopenhagen campierten? Wir lagen im Schlafsack auf dem Boden, und dann kam dieser Eskimo … oder Inuit oder wie das heute heißt. Stimmt es, dass man die Grönländer nicht mehr Eskimos nennen darf? Dass das politisch nicht korrekt ist? Ich muss das mal überprüfen. Die Glaubwürdigkeit von Nachrichten hängt ja teilweise von solchen Dingen ab, auch wenn wir beide nichts mehr mit Nachrichten … Aber zur Sache!

Den Abstecher nach N'Djameda kann ich verstehen. Ich kenne den Flughafen, weil ich oft über ihn geflogen bin, als ich die Dokumentationen über das Patenkinderdorf drehte. Einmal war Paula mit, und ich erinnere mich, Maarit, wie du damals sagtest, es sei total verantwortungslos, ein zehnjähriges Mädchen in solche Umstände mitten im finstersten Afrika mitzunehmen. Damals war ich der Meinung, dass ein Kind die ganze Welt kennenlernen müsse: die tollsten westlichen Zentren, aber auch die primitivsten Gebiete in den Entwicklungsländern.

Ich weiß nicht, wer von uns beiden recht hatte. Mir war schon klar, wohin ich das Kind mitnahm. Ich hatte recherchiert, und ich war dort gewesen. Der Tschad ist ein vollkommen unnatürlicher Staat mitten auf dem Kontinent. Ich erklärte Paula und ihrer Freundin damals, dass Ain Galakka, das Dorf auf dem Brettspiel *Stern von Afrika*, im Tschad liege. Dort gibt es im Norden tatsächlich Moslems. Als Kari Mannerla das Spiel entwickelte, besaß er die richtigen Informationen. In Ain Galakka leben islamische Beduinen. Weiter im Süden sind die Menschen Christliche … Christliche? Herrschaftszeiten, sie sind Christen! Unser Sprecherguru Arvi Lind spricht immer vom sorgfältigen Sprachgebrauch – damals schon, wie du dich bestimmt erinnerst. Auf jeden Fall ist der ganze Staat mit Gewalt gegründet worden.

Der Tschad ist das, was übrig blieb, nachdem die Kolonialisten ganz Afrika unter sich aufgeteilt hatten. Das Gebiet fiel an Frankreich wie der Schwarze Peter – weißt du noch, wie wir das gespielt haben … All die trostlos starren und schematischen Familienstrukturen in diesem Spiel: Vater, Mutter und zwei Kinder – Junge und Mädchen. Fischer Meri, Bauer Kallio … Und Leutnant Säilä sah für mich immer so aus, als würde er seiner selbstbewusst lächelnden Frau die Reitpeitsche geben, sobald er aus dem Bild auf der Spielkarte herauskäme. Seine Frau wiederum sah so aus, als würde sie sofort mit sämtlichen Arbeitskollegen ihres Mannes ins Bett springen. Wo stammte sie eigentlich her? Vielleicht aus der Familie von Bankier Pohatta? Und ob die Säiläs Kinder hatten? Falls ja, dann musste der Sohn ein ziemlicher Lümmel sein, und auf die Tochter durfte sich kein Mann verlassen.

Wie bin ich jetzt auf Bankiers und Leutnants gekommen? Durch den Schwarzen Peter und die Kolonialisten! Der Schwarze Peter selbst war eine sonderbare Mischung aus Fremdenfeindlichkeit und Fernweh: ein Negerjunge wie auf der Lakritzverpackung, mit einem türkischen Fez auf dem Kopf. Rauchte er nicht auch Zigarre? Ein kleiner Junge? Na, jedenfalls scherte sich das französische Mutterland keinen Deut um den Tschad. Er blieb sich selbst überlassen, wurde aber selbständig, als die ehemaligen Kolonialisten ihre zur Last gewordenen unproduktiven Protektorate loswerden wollten. Übrig blieb ein Verteilungsrest: ein künstliches Gebilde, wo im Norden also Moslems und im Süden Christen leben.

Ich bin Christin und hole mir jetzt noch ein bisschen Wein, weil Allerheiligen ist. Weißt du noch, wie damals in der Nachrichtenredaktion gebechert wurde? Wir machten nicht mit, weil wir jung waren und vorwärtskommen wollten. Wo war ich stehen geblieben? Beim Tschad.

Das Resultat der Aufteilung war das vielleicht ärmste Land

der Welt, das sich damals wohl auch noch im Bürgerkrieg befand, als ich mit Paula dort war. Dort gab es nichts … kein Straßennetz und eigentlich auch keine Städte. Sogar die Mitarbeiter von Unicef sagten, sie hätten so etwas noch nie gesehen. Wir fuhren mit Landrover durch die sonnenverbrannte Savanne und sahen Dörfer, die eher Konzentrationslagern glichen.

Dann kamen wir in das Dorf, über das die Dokumentarreihe gemacht wurde, und dort hatte man eindeutig Kulissen für uns errichtet. Das muss ich zugeben. Der Häuptling stellte uns seine Hütte zur Verfügung, eine runde Behausung aus Reisig und Lehm. So eine wie auf den Bildern im Sonntagsschulbuch: Wo die schwarzen Heiden hausen. Die Hütte des Häuptlings war die einzige im ganzen Dorf, die eine Toilette hatte. Das bedeutete ein Loch im Boden, wo alle durchfallkranken Europäer dann ihre Notdurft loswurden – und die Scheiße, die aus dem Hals kam, ebenfalls, wie man bei uns in Sonkajärvi sagte.

Paula und ich hatten keine Probleme außer Hunger. Ich rührte das Essen der Einheimischen nicht an und ließ auch meine Tochter nichts anderes in den Mund nehmen als Trockennahrung und Konserven. Die hatte ich mitgebracht – alle möglichen haltbaren Lebensmittel aus den Flugzeugen und von den Flughäfen. Ich brachte Paula bei, es so zu machen, wenn man in Entwicklungsländer fliegt. Dieses Wort habe ich benutzt, das muss ich zugeben, obwohl die Anweisung lautete, alle Kulturen von ihren jeweiligen Ausgangspunkten her zu betrachten und die »Entwicklungs«-Idee des christlichen Kolonialismus zu vergessen.

Auf jeden Fall verspeisten die Typen unseres Produktionsteams die ganze Abendmahlzeit, die ihnen der Häuptling vorgesetzt hatte – mit den Händen aus einem gemeinsamen Gefäß – und kauerten und kotzten dann am nächsten Tag über dem Loch in der Hütte. Ich ließ Paula mehrmals täglich die Hände desinfizieren. Zur Reinigung des Trinkwassers hatten wir Tabletten von den amerikanischen Streitkräften, die sich in Flüssigkeit auflösten.

Wieder drücke ich mich falsch aus: Die amerikanischen Streitkräfte lösen sich natürlich nicht in Flüssigkeit auf, auch wenn sie vielleicht in der Tinte sitzen.

Es gibt in Afrika nun mal ein eigenes Bakterienvolk, an das sich der Organismus bestimmt auch gewöhnt, aber wie, um Himmels willen, soll das innerhalb von ein paar Tagen gehen? Habe ich Bakterienvolk gesagt? Ich meinte Stamm. Was würde Arvi Lind davon halten?

Und der »internationale Flughafen« N'Djameda? Der liegt mitten in der Wüste. Die Leute transportieren in der Passagierkabine Ziegen und Geflügel, das sie in Nordafrika verkaufen, und diese Tiere spazieren vor dem Flug auf der Start- und Landebahn herum. Das Terminal ist aus Wellblech gebaut. Der Flugplan wird großzügig gehandhabt, und es gibt keine Garantie, dass man in die Maschine kommt, aber eine ganze Woche Warten kam mir schon merkwürdig vor. Ich lernte, mich von den Flughafenmitarbeitern nicht einschüchtern zu lassen – du kennst mich ja. Ich machte ihnen Geschenke, damit sie mir nicht alle Sachen wegnahmen, die ich den Dorfbewohnern mitgebracht hatte, und schrie, der Rest gehöre mir.

Der zweite Flughafen, der im Tagebuch als begehrt beschrieben wird, liegt auf völlig unbekanntem Terrain: Lukla im Himalaja. Dort kommt man nur hin und auch wieder von dort weg, wenn es das Wetter erlaubt. Die Piste zwischen den Bergen ist zu knapp bemessen, obwohl sie eigentlich länger als normal sein müsste, wegen der dünnen Luft. Nur wenige Piloten sind bereit, dort zu landen. Auch die Zunft der Flieger stellt sich im Licht des Tagebuchs gestaffelt dar. Piloten, die süchtig nach Gefahren und unvorhersehbaren Umständen sind, bilden eine Klasse für sich.

Auf den polynesischen Inseln scheint es ebenfalls eine Menge kleiner Airports zu geben, deren Besuch einem Anerkennung einbringt – diesem Tagebuch zufolge, wohlgemerkt. Man fliegt sie mit Maschinen von Air Tahiti an, deren Betrieb auf erleichterten

Sicherheitsbestimmungen basiert. Über dem Stillen Ozean bewegen sich die Maschinen einen Teil der Flugzeit in einem Bereich, in dem es keinen Notlandeplatz gibt, wie es den normalen Regeln des Luftverkehrs entsprechen würde. Und die Landung auf Pisten, die aus Korallenschutt gemacht sind, stellt auch jedes Mal ein Risiko dar.

In der Karibik wiederum gibt es den Flughafen Saint Barthélemy, dessen Piste so kurz ist, dass ein ungeschickter Pilot im Meer landet. Wegen der Abwesenheit von Sicherheitszonen kommt man dort gefährlich nah an die startenden und landenden Flugzeuge heran. Ein anderer ist der Flughafen von Saint Martin, der unmittelbar am Strand liegt, ebenfalls mit einer Piste, die Untermaß hat. Dennoch wird er sogar mit Jumbojets angeflogen, die dann in zehn Metern Höhe über die Köpfe der Menschen am Strand donnern. Junge Männer haben einen Wettbewerb daraus gemacht, wer sich traut, aufrecht stehen zu bleiben, wenn eine Maschine über ihn hinwegfegt. Keiner hat es geschafft, alle sind sie in die Hocke gegangen – ha! Aus dem Tagebuch kann man schließen, dass die Mädchen mehrmals auf diesen Inseln waren.

Auf Saint Martin gehörte es zum Programm, sich am Maschendrahtzaun des Flughafens festzubinden und von den Düsenmotorströmungen der startenden Maschinen zausen zu lassen. Überhaupt hat das Ganze etwas von einer komischen Extremsportart.

Aus dem Tagebuch geht auch hervor, dass es neben der Subkultur der Mädchen ein Hobby gut betuchter junger Männer gab, das ebenfalls sonderbar war, geradezu absurd. Diese Männer unternahmen extrem lange Interkontinentalflüge, um nach zwei Stunden auf die andere Seite der Erde zurückzukehren. Jemand konnte von New York nach Singapur jetten, dort eine Tasse Kaffee trinken und wieder zurückfliegen. Das Hobby ist ein Gag gelangweilter Snobs und für die Mädchen Grund zu heftigem Hohn – aus gutem Grund!

Der zentrale Wert bei dem Sport der jungen Männer war der hohe Preis der Reise. Man musste unbedingt mit einer Linienmaschine und einem entsprechend teuren Ticket fliegen. Und es war ein bisschen peinlich, wenn man nicht Business-Class flog. Die Reisetätigkeit der Mädchen hingegen beruhte darauf, dass sie auf Flughäfen jobbten. Vor allem aber verdankte sie sich der Preisgestaltung der Tickets und der weitreichenden Nutzung aller Vergünstigungen, die das Personal von Fluggesellschaften bekam. Die Mädchen suchten aktiv den Kontakt mit dem fliegenden Personal verschiedener Gesellschaften und vernetzten sich verblüffend weit. Wenn man bereit war, jederzeit überall hinzufliegen, konnte man erstaunliche Reisen fast umsonst machen und an den sonderbarsten Orten landen.

Die damit verbundene Unvorhersehbarkeit scheint ein wesentlicher Teil der Subkultur zu sein. Nach einer Art Bonuspunktesystem sind die Flughafenbesuche umso wertvoller, je billiger der Flug ist, den man bekommen hat. Wahrscheinlich sind die Mädchen genau wegen dieses Zufallsprinzips im Tschad gelandet, und die verzögerte Abreise hatte damit zu tun, dass sie auf einen Flug lauerten, der zu ihrem Budget passte. Das Tagebuch verrät nicht, wohin es sie verschlug, nachdem sie endlich von N'Djameda wegkamen.

Mensch, gerade fällt mir ein, dass man daraus eine international erfolgreiche Reality-TV-Serie machen könnte! Es gibt auf der Welt eine Menge Programmformate, die mit Reisen zu tun haben. Am ehesten erinnert der Flugwettbewerb der Mädchen an die Reality-Serie *Amazing Race*, die in der Studie des Kristiina-Instituts erwähnt wird. Davon sind schon elf Staffeln gedreht worden. Es dürfte das am häufigsten ausgezeichnete und am besten produzierte Format dieser Art sein. Ich habe es mir immer mal wieder angeschaut, einmal im Netz sogar eine ganze Staffel.

Aber was rede ich da? Du kennst *Amazing Race* ja, weil du dieses Genre eingekauft hast. Auf jeden Fall reisen in dem Format

Teams nach Hinweisen und Aufgaben, die sie erhalten, um die Welt. Abgesehen von der Antarktis ist man in der Serie auf allen Kontinenten gewesen, auch in Ozeanien. Es werden alle möglichen Fortbewegungsmittel benutzt, aber wenn es von einem Kontinent zum anderen geht, werden die größten Strecken natürlich mit dem Flugzeug zurückgelegt.

Als ich in Laura Palmens Tagebuch blätterte, kramte ich auch wieder den Forschungsbericht des Kristiina-Instituts über das Mädchenprojekt hervor, den ich dir schon geschickt habe. Darin wird außer *Amazing Race* eine zweite Fernsehsendung über das Reisen erwähnt. Eine finnische, die auf SubTV lief und bei der Tunna Milonoff mitmachte: *Madventures*.

4.3. Die Wiederbelebung der Subkultur 2002–2003

In den Jahren, als die untersuchte Subkultur eine Wiederbelebung erfuhr, nahm der Sender SubTV ein neuartiges Reisemagazin namens *Madventures* ins Programm. Das Quellenverzeichnis der vorliegenden Studie enthält Notizen, die Sitzungen beschreiben, zu denen Mädchen zusammenkamen, um sich spöttisch und verächtlich über die von der neuen Serie repräsentierte Ideologie des Reisens zu äußern.

Ein zentraler Wert in dem von *Madventures* kreierten Reisekult ist die Unterscheidung. *Madventures* steht für die Idee des Rucksack- und Low-Budget-Reisens, bei dem es wesentlich ist, lange, bis zu einem Jahr dauernde Reisen in exotische Winkel der Welt zu unternehmen, ohne die Dienstleistungen der Tourismusindustrie in Anspruch zu nehmen und ohne die von ihr bevorzugten Destinationen zu besuchen.

Die Ideologie von *Madventures* verdichtet sich in dem Begriff des Travellers. Ein Traveller ist eine Person, die nach den oben genannten Kriterien reist. Für einen Traveller ist es wichtig, sich vom gewöhnlichen Reisenden, vom Touristen zu unterscheiden. Ein Traveller fährt auch nie in Urlaub. Er ist unterwegs. Unterwegssein ist eine Lebensform, ein existenzieller Zustand, der im Prinzip die ganze Zeit anhält. Der Begriff Urlaub lässt sich damit nicht vereinbaren. Urlaub ist nur eine kurze Unterbrechung des sonstigen Lebens und vor allem der Arbeit.

Die von der Subkultur der Mädchen entwickelte dritte Stufe der Unterscheidung schuf wiederum eine unvereinbare Differenz zur Travellerkultur. Aus ihrer Sicht war der Travellerismus etwas absolut Verachtenswertes, und die Abscheu, die man dagegen empfand, wurde zum Ausdruck gebracht, indem man sich traf, um sich über *Madventures*-Sendungen lustig zu machen. Das spezielle Objekt des Spottes war der vom Travellerismus und von *Madventures* kultivierte Gedanke von der Besonderheit, der Authentizität und der Unverdorbenheit der Reiseziele. Die aggressive Haltung der Mädchen gegenüber dem Travellerismus erinnert an die Einstellung des orthodoxen Kommunismus gegenüber dem Revisionismus.

Im Grunde nähert sich die untersuchte Subkultur dem Reisen der ersten Stufe, also dem Tourismus an und kultiviert in gewisser Weise das Künstliche und Unechte, das ursprünglich zur Tourismusindustrie gehört und vom Travellerismus verachtet wird. Der Tourismus steuert die Hotelkomplexe an den Stränden der Kanaren oder die künstlichen Welten von Las Vegas oder Disneyland an, aber die Subkultur der Mädchen geht noch weiter, indem sie sich auf die von der übrigen Welt in jeder Hinsicht abgeschnittenen Flughäfen konzentriert.

Sara
November 2011, Vantaa

Vor einem Jahr um die Zeit wurde ich langsam irritierend dick. Das Kind fing an, im Bauch zu strampeln und sich hin und her zu drehen. Erst kurz zuvor hatte es seine Existenz mitgeteilt: wie eine zarte Berührung von innen mit einer Feder. Bald aber hatte ich das Gefühl, Quecksilber oder einen kleinen Fisch im Leib zu haben, der vorsichtig am Angelhaken zupft. Ich weiß noch, dass ich damals dachte, Lauras Kind müsse bald ein halbes Jahr alt sein. Jetzt ist es anderthalb. Falls es noch lebt.

Am Ende der Schwangerschaft dachte ich oft irgendwie gerührt daran zurück, wie alles begann. Ich glaube, genau zu wissen, wann das Kind seinen Anfang fand. Es war letztes Jahr in der Pfingstwoche. Wir waren damals erst etwas mehr als einen Monat zusammen. Ich fuhr nach Helsinki, weil Markku mich zu einem Ausflug eingeladen hatte. Seit einem Jahr war ich nicht in der Stadt gewesen. Ein warmer Maitag war vorausgesagt worden, und ich zog mich ziemlich dünn an. Ich vermutete, es würde eine Art Picknick geben und nahm eine mit Trockeneis gekühlte Thermotasche mit zwei Pikkolos, Cateringbroten und Bierdosen mit.

Mit dem Finnair-Bus fuhr ich bis zur Sporthalle Töölö und ging dort zur Straßenbahnhaltestelle, um auf Markku zu warten. Er wollte mit der Sieben aus Pasila kommen. Es war ein Werktagmittag. Aus der Straßenbahn stiegen ein Paar mit Kinderwagen, einige alte Leute und danach Markku mit zwei Reusen. Er rannte sofort zu der Straßenbahn, die vor der Sieben stand, und stellte sich mit seinen Reusen in die hintere Tür, ein Fuß auf den Stufen, der andere auf dem Pflaster der Haltestelle. Er winkte mir, mich zu beeilen. Es war die Vier, laut Haltestellenschild kam sie von Katajanokka. Ich erinnerte mich, dass mein Großvater früher gesagt hatte, dort fahre die Fünf hin. Die gibt es heute gar nicht mehr, sagte Markku. Heute verkehre die Vier zwischen Katajanokka und Munkkiniemi. Warum fuhren wir dorthin? Markku winkte ab, wir würden in Putkinotko aussteigen. Ich erinnerte mich, den Roman gleichen Namens im Gymnasium gelesen zu haben und fragte mich, wie die Vier nach Putkinotko kommen sollte, das doch in Sääminki, nördlich von Savonlinna lag.

Markku sagte, es sei nicht der Schauplatz von Joel Lehtonens Roman. Die Taxifahrertankstelle unterhalb von Meilahti sei zur Zeit unserer Kindheit so genannt worden. Markku behauptete, er sei 1991 bei der Besetzung des leeren Gebäudes für ein Jugendzentrum dabei gewesen. Ich rechnete aus, dass wir beide in dem Jahr acht wurden. Alle Kinder aus der Nachbarschaft seien dabei gewesen, als der Orange e.V. die Tankstelle samt Werkstatt besetzte.

Ich erzählte ihm nicht, was Laura und ich 1991 taten. Markku nervte und interessierte mich zugleich. Ich wollte wissen, warum wir mit zwei Reusen zu einer verlassenen Tanke gingen. Die anderen Fahrgäste schielten neugierig auf die Fanggeräte, die einen amüsiert, die anderen verärgert. Mit den Reusen füllten wir den hinteren Teil der Straßenbahn komplett aus. Plötzlich eröffnete mir Markku, wir würden nicht in Putkinotko aussteigen, sondern die Reusen im Schilf der Bucht Pikkuhuopalahti zu Wasser lassen.

Von der Paciuksenkatu aus gingen wir zu dem Fußweg hinunter, der um die wasserarme Bucht herumführte. Markku zog zwei Paar Watstiefel mit hohem Schaft aus dem Rucksack und forderte mich auf, das kleinere davon anzuprobieren. Die Stiefel und die Reusen hatte er im Forschungsinstitut für Wild- und Fischereiwirtschaft ausgeliehen, das in der Nachbarschaft des Biocenters in Viiki lag. Meine Schuhgröße hatte er absichtlich hoch veranschlagt. Zu kleine Stiefel kriegt man nicht an die Füße, zwei Nummern zu große kann man mit Wollsocken auspolstern. Auch solche hatte er im Rucksack.

Ich zog zwei Paar übereinander, verkündete aber, ich würde mir das Installieren der Reusen trotzdem lieber aus der Ferne, vom Ufer her anschauen. Die Absicht bestand offenbar darin, mit den Drahtgebilden ins Wasser zu waten, denn ich nahm nicht an, dass Markku ein Boot im Schilf versteckt hatte. Zunächst gingen wir mit den Reusen den Uferweg entlang. Für die Strecke von wenigen hundert Metern brauchten wir fast eine Stunde, weil Markku dauernd stehen blieb, um zu erklären, was alles in der Natur passierte. Ich setzte mich auf den Rucksack und hörte zu.

Auf der Erde und unter der Erde bewegen sich Würmer und verschiedene Gliederfüßer, die den absolut größten Stamm der Tierwelt bilden. Sie machen fünfundachtzig Prozent aller Tierarten aus. Allein das zusammengerechnete Gewicht aller Insekten ist größer als das aller Wirbeltiere. Und zu den Wirbeltieren zählen immerhin Arten wie der Weiße Hai, der Blauwal und der Elefant. Wenn ein Elefant stirbt, machen die zu den Wirbellosen gehörenden Zersetzer mit dem Kadaver unfassbar kurzen Prozess.

An Gliederfüßern beobachteten wir verschiedene Insekten und Spinnentiere, zum Teil im Larvenstadium. Sie kriechen auf der Erde, fliegen durch die Luft und schwimmen im Wasser. Das tierische Eiweiß, das die Nahrungskette bereichert, stammt hauptsächlich aus der Masse der Insekten. Ohne sie würden die Tiere der Erde, abgesehen von den Wiederkäuern, sofort verhungern. Auch auf die Geschichte des Menschen haben die Gliederfüßer größeren und tieferen Einfluss genommen als Homo sapiens selbst.

Markku verspottete die Historiker und vor allem die Kriegshistoriker, die nie die Tatsache zur Sprache brachten, was den Ausgang aller bekannten Kriege wirklich entschieden habe: die Sorgfältigkeit oder noch häufiger das Glück im Bezug auf die Gliederfüßer, die tödliche Krankheiten verbreiteten. Bis ins zwanzigste Jahrhundert hatten sie neunzig Prozent aller Toten verursacht, nicht etwa der Feind und seine überlegene Kriegskunst. Zähle man die Toten, könne man sagen, dass nicht die Entente-Staaten den Ersten Weltkrieg gewonnen hätten, sondern die Kleiderlaus, die das Fleckfieber verbreitete. Es tötete mehr Menschen als alle Artilleriekonzentrationen und Maschinengewehre zusammen.

Laura Palmens Tagebuch
23. Dezember 2001

Im Ernst: Langsam wird es richtig geil! Wir sind mit einer zweischraubigen Dornier von der Nachbarinsel Saint Martin hierher nach Gustavia geflogen. Der Flug dauerte fünf Minuten. Es ist reiner Shuttle-Verkehr, ein bisschen wie in Helsinki die Busse von der U-Bahn-Station Siilitie nach Roihuvuori. Die Dorniers pendeln hin und her. Darum heißt die operierende Gesellschaft auch St. Barth Commuter. Der Mini-Flugplatz auf der Insel liegt genauso dicht am Badestrand wie der Prinzessin Juliana auf Saint Martin.

Wieder haben wir unser Lager am Sicherheitszaun aufgeschlagen. Bloß dass der hier kaum vorhanden ist. Die Uferlinie liegt noch näher als auf Saint Martin, und der Asphalt der Piste fängt direkt hinterm Zaun an. An den Gummispuren, die von den Landegestellen hinterlassen werden, sieht man, dass hier unfassbar dicht am Zaun runtergegangen wird. Die fliegen bestimmt bloß in einem Meter Höhe drüber. Auf dem Weg über den Strand hierher sangen wir das Piratenlied, das wir im Kindergarten gelernt haben.

Wir lassen die schwarze Fahne wehn,
hulabaloo balai!
Hulabaloo balai, balai!
Das Heimatland ist nicht zu sehn,
hulabaloo balai!

Wir kämpfen bis der Atem bricht,
hulabaloo balai!

Hulabaloo balai, balai!
Nach Hause kommen wir niemals nicht,
hulabaloo balai!

Sara
November 2011, Vantaa

Markku wies auf die Bucht, deutete dann mit dem Finger auf den blauen Himmel und danach auf den Stadtteil Töölö auf der anderen Seite. Er erklärte mir, welche Wirbeltiere auf der Erde, im Meer und in der Luft lebten. An der Wasseroberfläche fraßen Ukeleien. An Säugetieren registrierten wir Ratte, Kaninchen, Feldmaus und wahrscheinlich eine Bisamratte sowie natürlich den Menschen. Vogelarten sahen oder hörten wir ein paar Dutzend.

Neben der Fauna ließ die Natur allerlei an Flora beiderseits der Uferlinie wachsen. In den Übergangszonen von Erde und Wasser wuchsen keimende, blühende oder welkende Pflanzen. Auf dem Meerwasser trieben Algen, und vom Grund her reckten sich verwurzelte Wasserpflanzen der Oberfläche und der Luft entgegen. Die Pflanzen vermoderten und produzierten dadurch Nahrung für neue Pflanzen. Die Tiere aus allen Stämmen, Klassen, Ordnungen und Gattungen des taxonomischen Systems fraßen Teile und Abfälle von Pflanzen, die in Linnés nicht natürlichem System nach der Zahl der Stamina klassifiziert wurden, sowie einander.

Über und unter allem rauschte die Sukzession, die Anpassung der Biozönosen an die Umgebung und aneinander, sowie die Photosynthese, bei der das Blattgrün mit Hilfe der Strahlungsenergie der Sonne Sauerstoff produzierte und so das Leben auf der Erde aufrechterhielt. Der Sauerstoff zersetzte die Biomasse in aeroben Prozessen und schuf die Voraussetzungen für das Wachstum neuer Biomasse. Die Nahrungsketten reichten vom Meer aufs Land und von der Erde in den Himmel. Sie nährten alles, was sich auf der Erde bewegte, in der Luft flog oder im Meer schwamm.

Wenn man Markku zuhörte, konnte man sich nur schwer vorstellen, sich in der nördlichsten Hauptstadt der Welt zu befinden, inmitten lebhaften Verkehrs und dichter Bebauung. Man hatte das Gefühl, ins Herz der Biodiversität gelangt zu sein, in einen brasilianischen Regenwald, in ein Mangrovenfeuchtgebiet im Senegal oder in die Meeresschichten an ozeanischen Korallenriffen, wo es vor Leben nur so wimmelte. All das hatte ich gesehen. Markku hatte kein Boot im Schilf versteckt, aber eine lange Stange mit einem Haken an der Spitze. Damit wurden die Reusen platziert, angehoben und versetzt.

Vier davon lagen bereits im Wasser. Markku besaß kein Auto, und er sagte, er wolle nicht mehr als zwei Reusen auf einmal mit der Straßenbahn transportieren. Ich fragte mich, wie es ihm gelungen war, die sechs Meter lange Stange in die Straßenbahn zu bekommen. Mit den Reusen wurden Silberkarauschen gefangen. Das war ein Neozoon, dessen Bestand in den flachen, trüben und sauerstoffarmen Buchten von Helsinki stark anstieg. Markku schrieb an einer Doktorarbeit über diese Fischart.

Es waren welche davon in den Reusen, und die wurden nun in Fischkästen gegeben, die mit Steinen am Grund verankert waren. Sie waren mit weißen Plastikschildern versehen, auf die mit wasserfestem Filzstift geschrieben stand, wann und an welcher Stelle der Bucht die Silberkarauschen gefangen wurden. Aus jedem Kasten würden wir später Probefische mitnehmen. Markku watete durchs Schilf, versetzte die Reusen, schaufelte kleine Fische aus den Fallen in die Kästen und hielt mir eine Vorlesung.

Die Besonderheit der Silberkarausche bestehe darin, dass sich die Art ohne Befruchtung des Laichs vermehre. Die Weibchen sind, mit anderen Worten, fähig, sich zu klonen und brauchen keine Männchen. Sie brauchen lediglich die Weibchen anderer Arten. Deren befruchteter Laich stimuliert die Silberkarauschenweibchen nämlich, Laich abzusetzen. Bei diesem Vorgang entstehen keine Kreuzungen. Der Laich aktiviert lediglich die Eier.

Aus alldem resultieren bedeutsame Veränderungen im Erbmaterial der Silberkarausche, in der DNA, die bei Eukaryoten zusammen mit bestimmten Proteinen das Chromosom bildet. Ich musste pinkeln, konnte mich aber nicht mitten im Vortrag in die Büsche schlagen. Markku stand bis zu den Oberschenkeln im Wasser, deutete auf die hohen Wohnblocks von Meilahti und erläuterte: Homo sapiens sei noch eine in zwei Geschlechter aufgeteilte Art, die eine Hälfte ihrer Chromosomen vom Weibchen und die andere vom Männchen erhalte, also zwei Kopien von jedem Gen. Die Silberkarausche benötige kein Männchen.

Die Sonne schien, es wurde warm an diesem Nachmittag. Ich lag auf der Isomatte, die Markku mitgebracht hatte, im Gras und goss mir kalten Sekt in einen Einwegbecher vom Catering. Die Geräusche der Insekten, die Gesänge der Vögel und Markkus Vorlesung surrten und summten in meinen Ohren. Es wurde heiß, und vor allem die Füße in den Watstiefeln begannen zu schwitzen. Markku forderte mich auf, ins Wasser zu kommen. Es war noch kalt und würde wenigstens die Füße in den Stiefeln und Strümpfen etwas kühlen. Ich stand auf, watete ins Wasser und fasste Markku an den Hüften.

»Danke für diesen Tag, du verdammter Akademiker!«

Wir fielen ins Schilf, wo es kaum Wasser gab, allerdings genug, um uns nasszumachen. Das genügte mir nicht. Ich drehte Markku auf den Rücken und rollte mit ihm einmal ganz herum. Wir waren ziemlich durchnässt, als wir aufstanden. Markku blickte zum Himmel. Er meinte, die Sonne hätte Zeit genug, uns zu trocknen. Ich küsste ihn und sagte, es sei sonderbar, aber ich sei verliebt, und das sei mir wirklich sehr, sehr lange nicht mehr passiert.

Markku watete mit nacktem Oberkörper durchs Wasser. Ich sah zu, wie sich die Muskeln an seinen Schultern spannten und die Grube im Nacken tiefer wurde, wenn er mit der Stange die

Reusen anhob. Unterhalb der Nackengrube lag die scharfe Bräunungslinie, die um den Hals herumlief. Ich machte es mir in dem leichten Schlafsack gemütlich, den Markku ebenfalls in seinem Rucksack hatte, und schlief ein.

Ich schlief eine Stunde oder zwei. In der Zeit hatte Markku unsere Kleider an Büschen aufgehängt und getrocknet und die benötigten Probefische geholt. Sie befanden sich in zwei durchsichtigen Beuteln aus der Obstabteilung eines Supermarkts, die mit Wasser aus der Bucht gefüllt waren. Mit Filzstift hatte Markku darauf Standort, Zeitpunkt des Fangs und Dauer der Aufbewahrung im Fischkasten notiert.

Er nahm noch mehr solcher Plastikbeutel aus der Seitentasche seines Rucksacks und steckte die von Wasser prallen Fischtüten zur Sicherheit in zwei weitere. Die Erfahrung habe gelehrt, dass sie lecken konnten, was in der Straßenbahn unangenehm sei und vor allem die Forschungsproben gefährde. Anschließend stiegen wir von der Senke zu einer Straße hinauf, die Hiittistenkuja hieß.

Von dort gingen wir weiter zur Mannerheimintie und nahmen die Zehn. An der Oper stiegen wir aus, weil Markku noch an der Töölö-Bucht vorbeiwollte, um nach dem Uhu Ausschau zu halten, der im Turm des Olympiastadions brütete und an der Böschung zwischen Bucht und Bahnlinie nach City-Kaninchen jagte, die dort im Gebüsch lebten. Plötzlich war es ein wahnsinnig gutes Gefühl, mit so einem Menschen zusammen zu sein, dessen ganze Aufmerksamkeit sich auf etwas Reales richtete. Den Uhu sahen wir allerdings nicht, und Kaninchen auch nicht. Beim Brahe-Sportplatz stiegen wir später in die Eins, die in den Stadtteil Käpylä fuhr, wo Markku wohnte.

Wir hatten jetzt keine Reusen dabei, aber jeder von uns hielt einen Beutel in der Hand, und durch das Plastik sah man kleine silbergraue Fische im trüben Wasser schwimmen. Markku hob vor den Leuten den Beutel hoch, als würde er mit ihnen anstoßen. Wir umarmten uns und kicherten. Da sich die Leute ohnehin schon wunderten, machte ich auf der Klappbank ganz hinten noch einen Pikkolo auf. Auch ich hielt die Fischtüte in die Höhe und danach den Einwegbecher mit Sekt. Ich sagte, vielleicht eine Spur zu laut, im Gegensatz zu den Fischen hier bräuchte ich schon ein Männchen zur Befruchtung.

Die Straßenbahn rumpelte an der Viipurinkatu vorbei und überquerte die Aleksis Kiven katu. Als wir an der Rösterei vorbei auf die Brücke kamen, die über den Rangierbahnhof und die Teollisuuskatu führte, nahm ich den seit meiner Kindheit vertrauten Kaffeeduft wahr. Ich gab Markku die Fischtüte, schlang die Arme um ihn und schaute auf den Rangierbahnhof, auf die Backsteingebäude und die vielen Gleise. Sie kamen aus den Helsinkier Häfen, die ich von meinem Großvater, der sein Leben lang Vorarbeiter in einer Stauerei gewesen war, gelernt hatte: Jätkäsaari, Katajanokka, Sörnäinen, Sompasaari ... Über die kommt der Kaffee und das Obst zu uns, hatte Opa gesagt. Über die anderen Häfen – Kotka, Rauma, Kaskiset, Pori und Oulu – wird all das exportiert, mit dem die Konsumgüter und die Rohstoffe für die Industrie bezahlt werden.

Die Gleise aus den Häfen laufen irgendwo hinter Helsinki-Pasila zusammen und finden den Anschluss ans staatliche Schienennetz. Auf diesen Schienen kommt man überall in Finnland hin. Überquert man die Grenze nach Osten, führt dieselbe Spurweite durch Russland und Sibirien nach Wladiwostok am Pazifik. Vom Rangierbahnhof in Helsinki-Vallila bis dorthin sind es zehntausend Kilometer. Früher führte ein Gleis von hier aus in die Ewigkeit: zum Friedhof Malmi, wo Oma und Opa liegen.

Ich dachte über meine Arbeit und mein Leben am Flughafen nach. Dort hatte ich keine anderen zwischenmenschlichen Beziehungen als die zu den Kollegen, die ich ausschließlich dort sah. Es kam mir unwirklich vor, dass ich einmal hier in der Stadt gelebt hatte und dann alles hinter mir ließ, nachdem ich die Welt buchstäblich mehrmals umrundet hatte, um in einer Wohnsiedlung in Vantaa zu landen. Durchs Heckfenster der Straßenbahn deutete ich auf die hinter uns liegende Sturenkatu und die kreuzende Aleksis Kiven katu. Dahinter sah man die Kreuzung der Viipurinkatu und eine Ecke von dem Holzhaus, in dem Laura gewohnt hatte.

»Man sollte es nicht glauben, aber das ist die Gegend, aus der ich komme … nach allem, was passiert ist, kann man es einfach nicht glauben. Aber ich bin glücklich, hier und jetzt!«

4.4. Isolation und Auflehnung

Der Flughafen ist ein isolierter Raum im konkreten Sinn, ein von Zäunen und Kontrollgürteln eingefasstes, scharf bewachtes Areal. Auch aus rechtlicher Sicht bildet er ein Sondergebiet. Obwohl sich internationale Flughäfen stets auf dem Boden eines Nationalstaats befinden, sind sie Exterritorialgebiete, Niemandsland, wo ein Mensch ohne die zur Einreise nötigen Dokumente ankommen und sich aufhalten kann. Der Flugschein genügt.

Es sind Fälle bekannt, in denen eine Person Jahre auf einem großen Flughafen verbracht hat. Ein solches Schicksal wurde durch den Film *Terminal* bekannt, in dem es um einen sympathischen, aus einem osteuropäischen Land stammenden Mann geht, der von dem amerikanischen Schauspieler Tom Hanks verkörpert wird.

Der Flughafen ist also ein Exterritorialgebiet und bildet eine eigene, isolierte Welt, aber ein Flughafen kann auch buchstäblich auf eigenem Land liegen, wie der Airport von Hongkong, für den eigens eine künstliche Insel angelegt wurde. Flughäfen auf schwimmenden Fundamenten im Meer werden an den dicht besiedelten Küsten der Erde immer häufiger geplant. Im Prinzip könnte man sie auch auf offener See bauen, im Zusammenhang mit dort zu gründenden Gesellschaften.

Flugzeugträger für militärische Zwecke verwirklichen schon seit Jahrzehnten die Idee des mobilen Flughafens und die damit verknüpfte Idee der autarken Gesellschaft. Die Autarkie des modernen Flugzeugträgers beruht auf einem Kernreaktor, der als Energiequelle fungiert und prinzipiell eine mehrjährige Betriebszeit ohne Zulieferungen ermöglicht.

Ein zentraler Hintergedanke in der Subkultur der Mädchen besteht darin, dass der Flughafen wie der Flugzeugträger eine eigene, selbstgenügsame Welt ist, eine Welt für sich. Sie bildet eine vollkommene Umgebung, in der alles Nötige vorhanden ist und die man darum nicht verlassen muss. Kommt man auf den Flughafen, ist man bereits unterwegs und sogleich am Ziel. Die hier erforschte Ideologie führt das Reisen denn auch einer religionsähnlich abstrakten Vollkommenheit entgegen.

Es ist paradox, dass sich im Zuge der Flughafenerweiterungen die Architektur und die Dienstleistungen in die gleiche Richtung bewegen: hin zum gerade beschriebenen Modell einer vollkommenen Welt. Immer vielfältigere kommerzielle Aktivitäten und Attraktionen werden an den Flughäfen etabliert. Ihr Zweck besteht darin, die Flugreisenden so zu unterhalten und mit Dienstleistungen zu versorgen, dass es unnötig wird, das Flughafengelände zu verlassen. Am Ende ist die Abreise nur vernünftig, wenn sie zu einem anderen Flughafen führt.

Die gleiche Tendenz lässt sich bei vielen anderen kommerziellen Dienstleistungskonzepten erkennen. Einkaufszentren, Kreuzfahrtschiffe, Spas, Skizentren und sogar Tankstellen entwickeln sich ständig zu selbstgenügsamen Kleinwelten weiter, mit der Leitidee, dem Kunden alles Vorstellbare anzubieten, weshalb kein Grund mehr für ihn besteht, irgendwo anders hinzugehen.

Als übergreifender Gedanke hinter dieser Studie steht die Hypothese, dass ein Aufbruch, wie er hier beschrieben wird, und das darauf folgende dauerhafte Reisen als Ideologie und Religion als ein besonderes mädchenspezifisches Phänomen zu betrachten sind. Aus der Sicht der Entwicklungspsychologie kann es eventuell als spezielle Erscheinungsform des Trotzverhaltens und der Auflehnung, wie sie für einen Teil der Mädchen und jungen Frauen charakteristisch ist, gedacht werden.

Trotz und Auflehnung wiederum sind eine von der geschlechtlichen Unterdrückung hervorgebrachte Haltung des weiblichen Geschlechts, die sich in verschiedenen emanzipatorischen Praktiken kristallisiert. Auch die hier untersuchte Subkultur der Mädchen enthält Elemente der Ablehnung von herrschender Ordnung und Patriarchat und ist insofern nicht nur mit anarcho-feministischen Ideen zu vergleichen, sondern auch mit dem Denken weiblicher Leitfiguren im Terrorismus der Siebzigerjahre.

Johan
Dezember 2011, Vantaa

Mein Therapeut stellt seine Fragen immer wieder so geschickt, dass ich gar nicht anders kann, als über meine Beziehung zu Herkunft, Familie und überhaupt zu anderen Menschen nachzudenken. Die Antworten, die ich ihm zu geben gezwungen bin, erzählen mir selbst im Nachhinein eine Menge. Es hat sich herausgestellt, dass ich kein Problem damit habe, anderen Menschen zu begegnen und mit ihnen zu verkehren, wenn ich eine Art Rollenfigur bin, wie es mein Therapeut definiert.

Eine Rolle einzunehmen heiße nicht, Amateurtheater zu spielen. Ein Mensch könne sich dauernd in einer Rolle befinden, meint der Therapeut: in der Arbeitsrolle als Offizier, Beamter oder auch Kaufmann, in der Mutterrolle, in der Rolle des Schülers oder besten Freundes, in der Rolle des guten oder bösen Polizisten.

Gibt es den Menschen an sich überhaupt hinter all den Rollen – oder unter oder über ihnen oder wo sich das verdammte Ich nun mal befinden mag … in ihnen? Allmählich ging mir das Psychogerede, offen gestanden, auf die Eier, und das sagte ich auch in ebendieser Form. Der Therapeut freute sich. Dass mir etwas auf die Eier gehe, sei ein glänzender Fortschritt: »Halt das fest, Johan!« Dann erklärte er, die Zeit sei um. »Komm in drei Tagen wieder, aber denk über diese Dinge nach!«

Es war tatsächlich ein Fortschritt. Ich fing an nachzudenken und begriff, dass ich bestens daran gewöhnt bin, mich beim Umgang mit Menschen diverser Rollenmasken zu bedienen. Es bereitet mir keinerlei Schwierigkeiten, Befehle zu erteilen oder zu einer Abteilung von mehreren hundert Mann zu sprechen. Aber bin ich fähig, einem echten lebendigen Menschen zu begegnen?

Ich erinnere mich, als junger Mann den diffusen Gedanken gehabt zu haben, wenn man ein Kind bekomme, bedeute das unweigerlich, eine Verbindung zu dem neuen Menschen aufzubauen. Im wirklichen Leben kam es dann so, dass ich mein Kind nicht mehr sah, nachdem es einen Monat alt geworden war.

In beruflichen Kreisen wird manchmal noch über Marschall Mannerheim geredet, der sein Leben in der Rolle des Soldaten verbracht und eigentlich niemanden an sich herangelassen hat, wodurch sein Leben in gewisser Weise ungelebt blieb. Ich habe bestimmt von klein auf besser gelernt, mir verschiedene Rollen anzueignen, als einer, der die Chance hat, einfach der Mensch zu sein, der er ist. Das Fundament des eigenen Ichs, das hinter den Rollen steckt, ist dem Therapeuten zufolge die Familie – die Tatsache, dass man Mitglied einer Familie sein darf. Ich habe keine Familie, bin aber natürlich auf diffuse Weise Teil einer Verwandtschaft: als Enkel, Cousin und Schwager.

In der Oberschule in Kemiö war ich der »Inselbub«, der wochenlang in einer von der Verwandtschaft gemieteten Kammer in Kemiö wohnte und beim Schulessen immer eine zweite Portion nahm, weil es im Quartier bloß Salzfisch und haltbares Schärenbrot gab. Schon in meiner Kindheit wurde die Insel Hiittinen der Gemeinde Dragsfjärd zugeschlagen, deren größte Ansiedlung Taalintehdas ist. Das Verhältnis zwischen diesem Industrieort und den zur Gemeinde gehörenden Inseln war distanziert. Noch weiter weg schien die historische Muttergemeinde Kemiö zu liegen. Von dort waren es nicht mehr als dreißig Kilometer zum Ort Rosala auf meiner Heimatinsel, aber dazwischen lagen außer Meerwasser eine andere Wirtschaftsstruktur und Lebensweise und sogar eine Dialektgrenze.

Alles änderte sich, als ich im Herbst 1973 als Untermieter des neuen Kommandanten der Küstenwachstation Hiittinen nach Västanfjärd kam. Das war eine kleine Gemeinde neben Dragsfjärd und Kemiö. Ich war zwölf und in der dritten Klasse der Oberschule. Der Kommandant war normalerweise eine Woche zum Dienst auf der Station und hatte anschließend eine Woche frei. Er fuhr mit dem Auto zur Arbeit, das mit Fähre und Verbindungsschiff über die Gewässer transportiert wurde.

Raimo Penttinen hieß er und wurde im Lauf der Jahre zu einer sehr beliebten Person auf Hiittinen, obwohl er anfangs nicht besonders gut Schwedisch sprach. Ich bin in Kemiö nie beliebt gewesen, obwohl ich die gleiche Sprache wie die anderen sprach, wenn auch auf andere Art und über andere Dinge. Von den Penttinens fuhr ich zuerst mit dem Fahrrad und dem Bus zur Schule, in der Gymnasialzeit dann mit dem Moped. Letztendlich lernte ich in Kemiö niemanden richtig kennen.

Der neue Kommandant hatte eine Tochter namens Rauha in meinem Alter, die in die finnische Oberschule in Perniö ging, vierzig Kilometer von zu Hause entfernt. Ich wohnte in ihrem Zimmer. Sie übernachtete meistens im Wohnheim der Schule, kam aber nach kürzeren Schultagen mit dem Bus nach Hause. Wenn Raimo frei hatte, holte er sie mit dem Auto ab. An solchen Tagen teilten wir uns das Zimmer.

In der Gymnasialzeit ging ich dazu über, auch am Wochenende auf dem Festland zu bleiben. Ich hatte Finnisch gelernt und tiefe Zuneigung zu Rauha gefasst. War ich verliebt? Ich weiß es nicht. Sie war anders. Sie war nicht dazu bestimmt, auf dieser Welt zu leben, und sie wusste, dass sie früh sterben würde. Sie bekam eine unheilbare Krankheit, die in der Familie lag, und starb im Sommer nach dem Abitur.

Damals leistete ich meinen Wehrdienst auf der Marinestation Turku ab. Raimo sorgte dafür, dass ich für das Wochenende der Beerdigung Urlaub bekam, obwohl ich Rekrut war. In gewisser Weise habe ich den Penttinens meine Laufbahn als Marineoffizier zu verdanken. Hätte ich in ihrer Familie nicht Finnisch gelernt, hätte ich meinen Wehrdienst in Dragsvik abgeleistet, wie alle Schwedischsprachigen. Aber so konnte ich zur Marine gehen, wo die Ausbildungssprache Finnisch war. Nicht einmal in der Marineschule bereitete mir die Sprache Schwierigkeiten. Auch die folgenden Militärschulen absolvierte ich auf Finnisch und betrachte mich heute als vollkommen zweisprachig.

Sicherlich lernte ich so gut Finnisch, weil ich von den Penttinens praktisch adoptiert wurde und ich meine Familienzugehörigkeit festigen wollte, indem ich mir ihre Sprache aneignete. Die Muttersprache war für mich wohl eine etwas traumatische Angelegenheit, weil ich keine Mutter hatte. Das Gefühl, Außenseiter in meiner finnlandschwedischen Verwandtschaft zu sein, mochte auch eine Entfremdung gegenüber der Sprache bewirkt haben. Mit dem Erlernen des Finnischen bekam ich das Gefühl, ein anderer Mensch zu werden. Vielleicht war auch das nur die Aneignung einer weiteren Rolle.

Rauhas letzte Weihnacht verbrachte ich bei den Penttinens. Meine Großmutter war gestorben, und ich hatte keinen besonderen Grund, zur Familie meiner Tante zu fahren. Rauha bat mich, bei ihnen zu bleiben. Sie wusste, dass es ihr letztes Weihnachtsfest werden würde. Ich sagte Raimo, ich würde gern bei ihnen bleiben, außerdem habe Rauha mich darum gebeten. Mehr brauchten wir nicht zu sagen. Raimo kannte meine Situation, und ich wusste, dass er es auf meiner Insel so darstellen konnte, dass meine Tanten nicht beleidigt waren.

Laura Palmens Tagebuch

24. Dezember 2001

Hier fängt jetzt irgendein Musikfestival an: Latin, Calypso, Reggae. Leute schlagen ihr Lager am Strand auf. Es sind Schweden, die hier Weihnachten verbringen wollen. Alle reden Schwedisch – hier! In der Schule hatte ich keine Lust, es zu lernen, und der Rucksacktourismus, den die betreiben, geht uns sowieso nichts an. Und Weihnachten auch nicht, wirklich nicht.

Die Schweden sind ein Stamm für sich, und die schwedischen Strand-Chiller ein Unterstamm, der genauso für den Arsch ist wie Weihnachten. Wir wollten trotzdem mal gucken, was sie so treiben. Es brennen Kerzen, und es werden Lagerfeuer angezündet. Nee, verdammt – Einheimische bringen ihnen per Schubkarre Holz, und die bezahlen dafür Geld!

Wir trinken normalerweise nichts, weil es so bescheuert ist. Das haben wir schon als kleine Gören in Helsinki-Vantaa gesehen. Jetzt haben wir von der Rum-Pantsche der Schweden getrunken. *Gud jul, gud jul!* Jesus, was nervt mich dieses Schwedisch! Mein Vater ist schwedischsprachig, soweit ich weiß. Wo steckt der eigentlich?

Johan

Dezember 2011, Vantaa

Weihnachten ist immer schlimm gewesen. Es wurde bei den Tanten mütterlicherseits gefeiert, entweder bei Johanna oder bei Gunilla. Sie hatten Familie. Meine Cousins waren da, und die Tanten waren nett zu mir, aber ich hatte das Gefühl, nicht dazuzugehören. Nach dem Tod meines Vaters war ich mit meiner Oma allein, abgesehen vom Heiligabend, und am Weihnachtstag gingen wir zu Tante Ingrid, nachdem wir Kerzen zu den Gräbern meiner Mutter, meines Vaters und der anderen verstorbenen Verwandten gebracht hatten. Ingrid war Omas unverheiratete Tochter und die einzige Schwester meines Vaters. Sie waren Cousin und Cousine von den anderen Onkeln und Tanten.

Ingrid wollte Tante Ingrid genannt werden. Es hieß, sie sei nie auf dem Festland gewesen, aber das ist wohl eine Sippschaftslegende. Schließlich hat sie als junge Frau auf Schiffen einer Reederei in Mariehamn gearbeitet. Andererseits ist ja niemand gezwungen, das Schiff zu verlassen, wenn es im Hafen liegt, und Åland muss man wohl nicht als Festland bezeichnen. Vielleicht schipperte Ingrid tatsächlich um die Welt, ohne je von Bord gegangen zu sein.

Auf jeden Fall war sie stur wie der Teufel. Mit fünfzehn ging sie auf See und erzählte nach ihrer Rückkehr nie, wo sie gewesen war und was sie erlebt hatte. Mein Onkel sagte, Ingrid wisse alles, sei in jedem Hafen gewesen, erzähle aber niemandem etwas. Ich erinnere mich selbst, wie fröhlich mein Onkel einmal beim Familienfest am Stephanstag auf Finnisch ein Stück aus der »Kubanischen Serenade« sang: »Ah, ich weiß noch, überall ringsum, Kubas herrliche Nacht…« Ich erriet, was kam, und versuchte mit dem

Stück »Nacht in Rio« mit ihm um die Wette zu singen: »Früh in der Nacht fuhr unser Schiff in Rio ein … dort gibt es die feurigsten Mädchen der Welt …« Das animierte meinen Onkel, er brachte seinen überlegenen Bariton ins Spiel und fuhr mit der »Kubanischen Serenade« fort: »… und jung und glühend schlug jedes Herz.« Mit ausgestreckten Armen drehte er sich im Wohnzimmer um den Weihnachtsbaum, als wäre der seine unerreichbare Partnerin: »Wir dachten an deinen warmen Busen und deinen wiegenden Leib …« Nach der letzten Runde schlug Tante Ingrid zu. Und das war kein Herz, das da schlug, sondern die Faust eines Seemanns, der alle Meere der Erde durchpflügt hatte.

Ich holte eine Plastiktüte voll Schnee von draußen und hielt sie meinem Onkel an die Wange. In der Küche sang er weiter von den Wundern, die der Hafen von Rio den Seeleuten bot: »… dort gibt es die feurigsten Mädchen, und, Himmel, wie der Tango dort klingt …« Ich führte meinen kichernden Onkel zum Schlafen nach oben und sagte, mir gefalle Tuomari Nurmios Interpretation des Hafens von Rio besser. Mein Onkel versuchte die Strümpfe auszuziehen und behauptete, er wisse alles über die Interpretationen und die feurigen Mädchen von Rio, weil er als junger Kadett in der Stadt gewesen sei.

Laut meinem Onkel und der übrigen Verwandtschaft hatte Tante Ingrid in der heißen karibischen Nacht etwas erlebt, gegen das nichts anderes danach mehr ankam. Ingrid wurde zur alten Jungfer, zu einer Art Witwe eines Lebenden. Keine fröhliche, aber doch eine geachtete. Auf dem Totenbett verfügte sie, dass der Trauerzug vor dem Kyrksund, der Rosala und Hitisland trennt, an der Stelle anhalten solle, wo man früher auf dem Weg zur Weihnachtskirche die Pferde ausruhen ließ. Der Deckel des Sargs müsse geöffnet werden, bevor man Ingrid zum letzten Mal über die steinerne Brücke von der Heimatinsel zum Gemeindefriedhof brachte.

Mit meinen drei Onkeln löste ich in der fürchterlichen Februarkälte und bei starkem Wind die kreuzförmigen Schrauben und nahm den schweren Deckel des Vollholzsargs ab. Der Wind wehte feinen Schnee aus Richtung Kyrkofjärden heran. Er blieb am marineblauen Filz meines Mantels hängen. Flocken legten sich auch auf Ingrids Gesicht im Sarg, schmolzen aber nicht wie auf der Haut eines lebenden Menschen. Ich dachte, nun werden die zu Schnee kristallisierten Wassermoleküle im Sarg bleiben und mit dem anderen Irdischen ins Grab hinabgelassen.

Wir lehnten den mit Schnitzereien verzierten Eichendeckel an den von zwei Pferden gezogenen Leichenwagen und hielten eine Schweigeminute ab. Das Trauergefolge stand in einer hundert Meter langen Reihe am Straßenrand. Die Männer entblößten ihre Häupter. Gleichzeitig und präzise wie beim Militär erfolgte die Bewegung der schwarzen Hüte. Dann wurden sie wieder aufgesetzt, und die Schlange der vom Festland herübergebrachten Autos setzte ihren langsamen Weg hinter den mit Trauerdecken verhüllten Pferden fort.

Ingrids letzter Gruß an die Heimatinsel war ein typischer Beweis für den Lokalpatriotismus abgelegener Gegenden. Er scheint zuzunehmen, je kleiner die Einheiten sind, auf die sich das Heimatgefühl richtet. Auf Hiittinen hatten die Bewohner von Rosala das größere Bedürfnis, sich von den Bewohnern Hitislandets abzuheben, als beide zusammen von der Gemeinde Dragsfjärd, der Hiittinen schon in den Sechzigerjahren zugeschlagen wurde. Als Dragsfjärd dann bei der nächsten Gemeindereform mit Västanfjärd an Kemiö angeschlossen wurde, war das den Leuten auf Hiittinen fast egal.

Inmitten der Gefühle von Sinnlosigkeit und Absurdität, die vorletzten Frühling so plötzlich aufgetaucht waren, fasste ich den Entschluss, nicht auf dem Friedhof von Hiittinen begraben werden zu wollen, obwohl im Familiengrab noch Platz war. Zuerst dachte ich an Turku und Helsinki, wo ich lange gewohnt hatte. Ich war nirgendwo verwurzelt, auch wenn ich längere Zeit an verschiedenen Orten gelebt hatte, weil ich so früh von zu Hause weggegangen war, im Grunde schon mit zehn Jahren. Schließlich reservierte ich mir einen Platz auf dem Friedhof Västanfjärd, auf der neuen Seite, weil ich im Grunde keine Bindungen an den Ort habe und es mir daher nichts bedeutet, auf den ehrwürdigen alten Friedhof zu kommen.

Viel mehr bedeutet es mir, dass Rauha auf dem neuen Friedhof von Västanfjärd liegt. Auch nach ihrem Tod habe ich in Västanfjärd immer Frieden empfunden. Als ich nach der Marineschule auf der Station auf Hiittinen arbeitete, wohnte ich jahrelang in einem gemieteten Haus in Penttinens Nachbarschaft.

Laura Palmens Tagebuch

26. Dezember 2001

Die Schweden feiern immer noch am Strand. Sie verbrennen das Holz, das sie den Einheimischen abgekauft haben, in großen Feuern und singen Weihnachtslieder. Das geht jetzt schon zwei Tage so, seit Heiligabend. Unwirklich! Ich bin allein wieder hierher an den Zaun gegangen.

Johan
Dezember 2011, Vantaa

Kann sein, dass sie in der Verwandtschaft beleidigt waren, weil ich nicht auf die heimische Insel zog, obwohl ich auf Hiittinen arbeitete. Auch an Weihnachten war ich lieber für mich als bei den Verwandten. Dabei half es, dass ich mich immer bereit erklärte, an den großen Feiertagen Dienst zu machen. Ich war der stellvertretende Kommandant der Station und ließ Raimo gern über Weihnachten, Ostern oder Mittsommer nach Hause gehen. An Mittsommer gibt es auf der Küstenwachstation viel zu tun, aber an den ruhigen Weihnachts- und Osterfeiertagen konnte ich schon mal einen kurzen Familienbesuch unternehmen. Dann verstanden alle, dass ich nicht lange bleiben konnte. Diese Stippvisiten an den Feiertagen genügten, um den Kontakt zur Verwandtschaft aufrechtzuerhalten.

Irgendwann Anfang der Achtzigerjahre rief ich während des Weihnachtsdienstes eine Tradition ins Leben, die, soweit ich weiß, noch immer auf der Küstenwachstation Hiittinen lebendig ist und sich wohl auch auf andere Stationen verbreitet hat. Es handelt sich um einen mehr als hundert Jahre alten Brauch, der bei den Küstenwachen und Seerettungsorganisationen vieler europäischer Länder gepflegt wird. Er hat mit einer Tragödie zu tun, die sich am Heiligabend 1895 in Kingstown an der Küste Irlands ereignete.

Die finnische Fregatte *SS Palme* war von Liverpool aus aufgebrochen, um mit Ballast den Atlantik zu überqueren. Auf dem Rückweg sollte sie Hartholz aus der Karibik laden. In der Irischen See geriet das Schiff in einen Sturm und suchte in der Bucht von Dublin Zuflucht. Die *Palme* bekam einen Takelageschaden und musste notankern, aber die Befestigung hielt nicht. Das Schiff trieb ab und war in Gefahr, am Black-Rock-Felsen vor Kingstown zu zerschellen. Man schoss Notraketen ab, die von der Seerettungsstation der Stadt im Rocket Tower wahrgenommen wurden. In den Stationen gab es und gibt es noch immer einen von Freiwilligen aufrechterhaltenen Vierundzwanzig-Stunden-Dienst an jedem Tag des Jahres.

Die Versuche, die auf einer Sandbank festsitzenden Schiffbrüchigen zu retten, dauerten achtundvierzig Stunden. Am Weihnachtstag wurden sie wegen Aussichtslosigkeit eingestellt, aber am Stephanstag gelang es, die gesamte Besatzung einschließlich Bordkatze zu retten. Zu den Überlebenden gehörten auch die junge Frau des Kommandanten und ihre kleine Tochter, die noch ein Säugling war. Bei den Rettungsversuchen verlor man allerdings das Rettungsboot *Civil Service Number Seven* samt Besatzung.

Das dreizehn Meter lange, offene Boot, das mit Rudern bewegt wurde, hatte sich mit Wasser gefüllt und war gekentert. Als unsinkbares Boot hätte es sich eigentlich wieder in die richtige Position zurückdrehen müssen, aber die theoretischen Stabilitätsberechnungen und die in der Hafenbucht im Schutz des Wellenbrechers durchgeführten Kenterversuche waren null und nichtig, als die Wellen über das Boot hinweggingen. Die Mannschaft war mit um die Hüften gezogenen Leinen am gekenterten Boot festgebunden.

Fünfzehn Seenotretter ertranken. Der Jüngste von ihnen war zweiundzwanzig, der Älteste ein sechzigjähriger Veteran, der Vater des Rettungsbootskommandanten. Das Unglück hinterließ in der Stadt vierunddreißig Waisen. Seitdem versammeln sich an jedem Heiligabend die Einwohner von Kingstown, dem heutigen Dùn Laoghaire, am östlichen Wellenbrecher des Hafens, an der Stelle, von der aus damals die nur wenige hundert Meter entfernt stattfindende Tragödie beobachtet worden war. Während der mit

Dudelsäcken gespielten Trauermusik werfen die Menschen der Reihe nach Kränze ins Meer. Ein Kranz wird an die Stelle gebracht, wo die Seenotretter ertranken.

Es gehört zur Tradition, dass die Hinterbliebenen der Opfer vollständig bekleidet ins eiskalte Wasser waten, um kurz eins mit dem Meer zu sein, das ihnen die Liebsten geraubt hat. Der Brauch nahm seinen Anfang mit der Reaktion der verzweifelten Witwen, die mit ansehen mussten, wie ihre Männer ertranken. Eine verlor dabei völlig die Fassung und stürzte sich ins Meer. Die anderen folgten ihr und mussten von den Stadtbewohnern gerettet werden, die riefen, die Frauen sollten an ihre Kinder denken.

Diese Geschichte war mir von der Seenotrettungsausbildung während des Studiums im Gedächtnis geblieben. In der entsprechenden Vorlesung erinnerte ich mich daran, wie ich als Achtjähriger meinem Vater eine Schlinge um den Hals gelegt hatte, weil mir keine bessere Stelle eingefallen war, und die Leiche im Schlepptau der Jolle rudernd ans Ufer zog. Dabei hatte ich die ganze Zeit unwahrscheinliche Angst, mein Vater könnte untergehen und ganz verschwinden. Ich begreife immer noch nicht, mit welchen Kräften es mir damals gelang, meinen Vater an Land zu ziehen. Ich musste bis zu den Achseln ins kalte Wasser gehen, die Leiche zu den Ufersteinen flößen und sie dann aufs Trockene ziehen. Völlig durchnässt sank ich am Ufer zusammen. Die Tränen kamen erst später.

In vielen europäischen Häfen hängen an Heiligabend noch immer die Fahnen auf Halbmast, zum Gedächtnis an die Seenotretter von Kingstown. Weil die Station Hiittinen für die Zeit des Weihnachtsdienstes unter meinem Kommando stand, hatte ich die Befugnis, einen Flaggengruß oder Trauerbeflaggung anzuordnen. Am Nachmittag versammelten wir uns draußen, und die Fahnenwacht ließ die finnische Fahne auf Halbmast herab, während die Bootsmannpfeife erklang. Dann kommandierte ich, die Mützen abzunehmen, und wir hielten eine Schweigeminute ab. Anschließend wurde die Fahne wieder gehisst, und wir gingen hinein, um in aller Stille Weihnachten zu feiern.

Laura Palmens Tagebuch

27. Dezember 2001

Jetzt wird es echt zu viel. Es geht zu weit … Ich haue ab von hier. Ich haue ab … Morgen geht der erste Flug nach den Feiertagen. Ich hoffe schwer, dass es da einen Extraplatz für mich gibt.

Johan
Dezember 2011, Vantaa

Das Schicksal der Seenotretter von Kingstown berührte mich sicherlich auch deshalb, weil ich selbst um ein Haar das Leben verloren hätte, als ich im September 1978 mit siebzehn Jahren freiwillig mit hinausfuhr, nachdem in der Station Hiittinen ein Notruf eingegangen war. Ein zwölf Meter langes Motorboot namens *Viikinki* war bei schlechtem Wetter im Seeabschnitt westlich von Hanko gegen einen Stein gefahren und voll Wasser gelaufen. Die zehn jungen Leute, die an Bord gewesen waren, trieben im Meer.

Das Wachboot aus Hanko und das Kanonenboot *Karjala* hatten mit der Suche und Rettung bereits begonnen. Man hatte das gesunkene Boot gefunden, allerdings leer. Aufgrund des Zeitpunktes der von der *Viikinki* abgeschossenen Signalraketen konnte man hoffen, dass die in Seenot Geratenen noch am Leben waren. Wir bekamen ein schwaches Radarecho, fuhren auf den Punkt zu und beleuchteten ihn. Es hätte ein Wrackteil sein können, etwas Schwimmendes aus dem Boot, ein Rettungsfloß oder eine Jolle. Und es hätte jemand daranhängen können. Vorsichtig näherten wir uns. Das ausgemachte Objekt steckte in einer Flachzone zwischen Steinen fest, man kam nicht mit dem Boot heran.

Ich fing sofort an, mich auszuziehen. Außer mir waren Raimo Penttinen und zwei Männer der Küstenwache im Boot, beide noch älter als der Kommandant. Ich legte die Gurte an und Raimo befestigte die Lebensleine. Wir hatten keine Rettungsanzüge, nicht einmal Trockenanzüge aus Neopren oder Schnorchel und Flossen wie die Rettungsschwimmer heutzutage. Bloß mit Schwimmweste und Gurten sprang ich ins Meer und schwamm auf das Wrackteil zu. Im Boot versuchten sie, die Position zu halten. Ich kam ans Ziel und betastete es. Ziemlich bald begriff ich, dass ich zu einem Bündel Holzstangen geschwommen war, das sich beim Flößen gelöst hatte. Das ist das Letzte, an das ich mich erinnern kann, denn einer der im Meer treibenden Balken traf mich an der Schläfe.

Ich wurde im schaukelnden Boot wiederbelebt und begann nach zwei Minuten wieder zu atmen. Zwei Rippen waren gebrochen, weil einer der großgewachsenen Männer von der Küstenwache mit voller Kraft auf meinen Brustkorb gedrückt hatte. Unser Kahn stampfte und schwankte bei immer stärker werdendem Seegang über den Seeabschnitt westlich von Hanko in Richtung Heimat. Alle zwanzig Sekunden erleuchtete das Licht von Bengtskär die dunkle Kajüte. Mein erster Gedanke war: Ich bin tot.

Später sagte Raimo in der Sauna der Station, ich hätte beim Schwimmen gezappelt wie ein Frosch. Als das Zappeln aufhörte, habe er sofort an der Leine gezogen. Alle lachten und stießen mich an der Schulter an. Da begriff ich zum ersten Mal, was das Lachen in diesen Saunas bedeutet. Es ist etwas unendlich viel Wichtigeres als alle später entwickelten Debriefing-Protokolle zusammen. Die Holzbalken waren von einem Verbund von geschlepptem Holz abgerissen, der sich bei dem Sturm komplett aufgelöst hatte. Russen wollten das Holz von Kärdla auf der estnischen Insel Hiiumaa nach Koverhar bringen, wo es einen Industriehafen mit Stichgleis gab.

Als ich dann anfing, auf der Station Hiittinen zu arbeiten, wohnte ich wie Raimo in Västanfjärd. Ich mietete ein Haus neben der Kirche. War ich in der Christnacht zu Hause, machte ich einen Spaziergang über den Friedhof. So lange ich mich erinnern kann, hatte ich an Gräbern gestanden, und Weihnachten ohne Besuch auf dem Friedhof gab es für mich nicht. In Västanfjärd sah ich mir zunächst auf der alten Seite die Gräber der mächtigen Sippen der Gemeinde an, die zum Teil bis zu zweihundert Jahre alte schmiedeeiserne Kreuze zierten. Ich ging zu den Heldengräbern und las im Licht der flackernden Kerzenflammen die Namen und Daten.

Die Männer waren im Winterkrieg auf der Karelischen Landenge gefallen. Einer war am letzten Kriegstag in Vilaniemi ums Leben gekommen. Von den Gefallenen des Fortsetzungskriegs hatten einige dem schwedischsprachigen Infanterieregiment angehört, das nach dem Verlust von Viipuri in der Schlacht von Tienhaara in große Schwierigkeiten geraten war. Die meisten Heldentoten waren jedoch am 26.7.1941 in der Schlacht um Bengtskär gefallen.

Damals versuchten die Russen, den Leuchtturm einzunehmen, und landeten mitten in der Nacht auf der Insel. Es folgte ein erbitterter Kampf, bei dem sich die Finnen bis in den dritten Stock des Leuchtturms zurückziehen mussten, als die Angreifer bereits die ganze Insel und das untere Geschoss des Leuchtturmgebäudes unter Kontrolle gebracht hatten. Das Gefecht endete schließlich trotzdem damit, dass die Russen ins Meer zurückgeschlagen wurden. Für die Wendung sorgte eine Gegenschlagabteilung, für die Männer aus der Gegend von Hiittinen zusammengezogen worden waren und den Verteidigern zu Hilfe kamen. Gleichzeitig verhinderten die Geschützbatterien auf der Insel Örö, dass Verstärkung für den Feind nach Bengtskär gelangen konnte.

Die Landung der hilfreichen Abteilung erfolgte von einer Seite aus, die die Russen noch nicht gesichert hatten, weil sie sich nicht vorstellen konnten, dass jemand in der Lage sein könnte, durch das unpassierbare Gebiet voller Untiefen zu kommen. Der Gegenschlag gelang also dank guter Ortskenntnisse. Auch die Verteidiger von Bengtskär waren Reservisten aus der Gegend, Bewohner des Schärengebiets, aus denen eine schwedischsprachige Küstenbrigade gebildet worden war. In meiner Kindheit dachten die alten Frauen oft an ihre Männer oder Söhne zurück und stellten dann resigniert fest, die Betreffenden seien auf der Leuchtturminsel gefallen: »Aber er kam auf Bengtskär ums Leben …«

Von den Heldengräbern ging ich auf die neue Seite des Friedhofs. Ich las die Namen auf den Steinen und fragte mich, in welchen Häusern die Hinterbliebenen dieser Toten jetzt in der Christnacht schliefen. Auf den Briefkästen standen die gleichen Namen wie auf den Grabsteinen: Sjöblom, Backas, Lönnström ... Zum Schluss brachte ich eine Kerze an Rauhas Grab. Ich stand eine Weile da und ging dann zum Tor. Von dort aus war meine Kerze nicht mehr zu erkennen. Sie war zu einem flackernden Lichtpunkt unter den anderen geworden.

Das Leben der Laura Palmen

1997

Laura und Lara sind keine Kinder mehr, und darum ist das jetzt die letzte Aufzeichnung aus dem Leben der Laura Palmen. Sie wissen jetzt, was man tun muss, und brauchen sich nichts mehr vorzustellen. Laura und Lara sind bereit, und sie wollen alles in Angriff nehmen, was vorherbestimmt ist.

An Neujahr haben Laura und Lara einen Blutschwur geleistet und sich gegenseitig Treue geschworen. Dabei mussten sie sich nicht aufschlitzen wie Juri und Taisto. Laura und Lara haben das Blut benutzt, das ohne Messer aus ihnen herausgekommen ist, und sie sind auch nicht in die eklige Höhle in der Viipurinkatu gegangen, wo bloß Bier getrunken und mit Ladykrachern geknallt wird.

Laura und Lara haben sich versprochen, das alles hinter sich zu lassen und wegzugehen. Sie wollen nicht so dumm sein wie die Jungen, die nichts richtig durchdenken und planen. Die Jungen wollen wie Veikka Gustafsson ohne Sauerstoff auf den Mount Everest. Laura und Lara wissen, wie man noch höher kommt.

Die Jungen reden nur. Wenn sie nicht Bergsteiger werden, dann Fremdenlegionäre oder Filmstars in Actionfilmen oder eben Rockstars. Tunna und Juho sind ansonsten in Ordnung, aber sie stiften Taisto und Juri immer an, obwohl sie älter sind und ihnen Vernunft beibringen müssten. Die Jungen glauben, sie werden Schauspieler oder Gitarristen, weil ihre Väter und Mütter Schauspieler oder Regisseure oder Komponisten sind. Laura und Lara wissen, dass es so nicht geht und das Berühmtwerden nicht das ist, was die Jungen glauben. Im Leben sind ganz andere Sachen wichtig, von denen die Jungen nichts verstehen.

Die Jungen wollen auch nicht mehr in die Schule gehen, wenn es nicht mehr sein muss. Laura und Lara haben beschlossen, dass sie in der Schule bleiben. Sie denken weiter. Man muss Sprachen, Erdkunde und Mathematik lernen. Laura und Lara leben in der Wirklichkeit und können warten. Sie haben Geld gespart und machen im Sommer eine Reise. Zur Übung. Wenn sie zurückkommen, üben sie weiter. Sie verraten niemandem, was sie vorhaben.

An Neujahr haben sie geschworen, dass sie nach Amerika gehen, nach Twin Peaks. Twin Peaks liegt im Bundesstaat Washington, an der kanadischen Grenze und am Pazifik. Gedreht wurde in North Bend, das auf der anderen Seite liegt, in der Nähe von Seattle. Dort fahren Laura und Lara hin, weil dort der Double R Diner ist und das Great Northern Hotel und dahinter der Berg des Schlafenden Indianers. Das echte Twin Peaks liegt aber auf der anderen Seite, wo die großen Wälder, die Grenze und das Meer in der Nähe sind. Am Ende gehen Laura und Lara dorthin, wo Twin Peaks in echt liegt.

Pirjo
Dezember 2011, Lissabon

Ich habe mir im Netz eine Sendung über die Sofortansiedlung nach dem Krieg angesehen, produziert von der Firma Dokumentprojekt. Es war Teil eines Pakets, das vor dem Unabhängigkeitstag gesendet wurde. Die Sofortansiedlung gehört ja zu meiner Geschichte. Ich wurde 1960 geboren, aber irgendwie habe ich mich immer mit der Nachkriegsgeneration identifiziert und das Gefühl gehabt, dass der Bogen meines Lebens der Geschichte der Menschen folgt, die zwanzig Jahre älter sind als ich.

Ich wurde in Sonkajärvi als jüngstes von elf Kindern geboren. Mein Vater war Landarbeiter und beschaffte sich mehr als zehn Jahre nach den übrigen Kriegsheimkehrern ein Veteranenhaus. Er war bestimmt der Letzte, der die vom Landbeschaffungsgesetz gebotene Möglichkeit in Anspruch nahm, ein eigenes Grundstück zu bekommen, weil er an der Front gedient hatte. Mein Vater fing erst an, sein unerschlossenes Stück Land zu roden und die Gebäude zu errichten, als die ersten Leute schon zum Arbeiten nach Schweden gingen und die Fenster ihrer Typenhäuser mit Brettern vernagelten.

Meine älteren Geschwister gehörten noch der Nachkriegsgeneration an. Als meine älteste Schwester fünfzehn war, stritt sie sich mit unserem Vater. Es endete damit, dass Vater ihr zeigte, wo die Tür in die Holzwand geschnitten war. Draußen wies er auf sein Schrottfahrrad, das am Haus lehnte, und erklärte meiner Schwester, das sei das Einzige, was sie von ihm erben werde. Da machte sich Asta auf der Stelle davon, strampelte auf dem Herrenrad ohne Sattel über die schlammige, dunkle Straße ins Dorf, ließ das Rad an der Kneipe stehen und fuhr mit dem Bus nach Iisalmi und von dort mit dem Zug nach Helsinki. Im Sommer zog sie nach Göteborg, wo sie dann blieb. Mein Vater holte zwei Tage später das Fahrrad, nachdem ihm jemand erzählt hatte, seine Tochter hätte es einfach im Dorf stehen lassen.

Die anderen Schwestern folgten Asta, sobald sie die Schulpflicht hinter sich hatten. Das war selbstverständlich. In gewisser Weise diente unsere Mutter als Vorbild, weil sie schon mit dreizehn von zu Hause weggegangen war. Sie arbeitete zunächst als Magd auf verschiedenen Höfen und machte dann eine Ausbildung zur Milchkontrolleurin in einer Molkerei. Sie lebte außergewöhnlich lange allein, bevor sie meinen aus dem Krieg zurückgekehrten Vater heiratete.

Meine ganze Kindheit hindurch hörte ich die Geschichten meiner Schwestern über das Leben in Helsinki und in den großen schwedischen Städten. Ich sah auch die Beweise für die guten Löhne, die dort bezahlt wurden. Das freie, wohlhabende Schweden war von Sonkajärvi aus betrachtet wie das Gelobte Land. Mit elf durfte ich im Volvo des Mannes meiner Schwester mit auf Wallfahrt nach Göteborg. An einem Wochenende fuhren wir von dort nach Kopenhagen und bei der Gelegenheit gleich über den Sund nach Hamburg. Ich verlor fast den Verstand, als ich begriff, wie nah Europa und die Welt waren.

Ich, die ich als letztes Mädchen zu Hause blieb, haute mit meiner Freundin zwei Wochen vor meinem vierzehnten Geburtstag ab. Den halben Sommer arbeiteten wir in Göteborg und trampten den Rest der Ferien durch Europa. Als ich wieder nach Hause kam, empfing mich mein Vater mit dem Riemen, aber die Jungen sagten ihm, er solle mich nicht anrühren. Sie mussten ihn schlagen, bevor sie ihm den Gürtel entwenden konnten. Danach war er nicht mehr wie früher, man konnte zusehen, wie er schrumpfte, und drei Jahre später starb er im Graben neben einem Feld, das er gerodet hatte.

Die Jungen blieben bis zur Armeezeit daheim und machten

danach schlecht bezahlte Arbeiten auf großen Höfen und für Forstunternehmen. Der jüngste Bruder behielt das Haus, als mein Vater 1977 starb. Meine Mutter sagte, mach dir um mich keine Sorgen, Pirjo, geh fort von hier. In jenem Winter besuchte ich noch das Gymnasium, aber im Sommer arbeitete ich dann auf dem Chinakohl-Acker des größten Bauernhofes im Dorf. Dieses Gemüse wurde inzwischen in den Schulküchen als Salat verwendet, weil Gesundheitsguru Pekka Puska und die Volksgesundheitsanstalt das zur neuen Bürgerpflicht erklärt hatten.

War es überhaupt Gemüse? Ich weiß es nicht, und es interessiert mich auch nicht. Jedenfalls habe ich mir diesen Kohl kaum in den Mund gesteckt. Im Herbst ging ich nicht mehr zur Schule. Von dem Geld, das ich verdient hatte, kaufte ich mir ein Interrailticket und fuhr einen Monat lang durch Europa. In meinem Kopf lief »One Way Ticket«: »*Gotta travel on, ain't never coming back, oh, oh, got a one way ticket to the blues …*«

In Göteborg stieg ich aus dem Zug und wohnte den Herbst über bei Asta und ihrem Mann Bengt in der Dachkammer. Vier Monate lang putzte ich Fertigungshallen von Volvo in Torsland. Im Januar stieg ich in Göteborg in den Zug und ging am selben Abend in Stockholm aufs Schiff. Am nächsten Morgen war ich in Helsinki.

Durch das Geld, das ich mir von den guten schwedischen Löhnen gespart hatte, konnte ich mir Zeit lassen. Einige Wochen wohnte ich bei meiner Schwester, dann beschaffte ich mir eine Putzstelle und zog in eine Kommune. Die war ziemlich speziell: Es handelte sich um ein verlassenes Segelschiff, das eine Clique von Idealisten besetzt hatte. Der Kahn war überraschend jung, einer von den nach dem Krieg gebauten Schonern für die Reparationszahlungen an Russland, der aus irgendeinem Grund im Herstellungsland geblieben war. Er hieß *Katharina die Große*, lag am ehemaligen Brennholzpier von Kruununhaka und war der Hafenbehörde Helsinki nur ein Ärgernis, in dem sich ein paar Hippies eingenistet hatten. *Die Große* war *Katharina* aus dem einfachen Grund geworden, dass einer von den Hippies das Attribut hinter den ursprünglichen Namen gemalt hatte.

Ich besuchte die Staatliche Abendschule und machte im Herbst 1978 das Abitur. Aus dem Schiff war ich bereits im Frühjahr ausgezogen, weil ich die praktischen Probleme vorausahnte, die durch die Winterkälte verursacht wurden. Die Sauna war auf dem Schiff der einzige Ort, wo einem richtig warm wurde. Andererseits machte das Ding ausgelassene Saunaabende möglich, und einer davon hatte im Winter zuvor einen Brand verursacht, den wir wie durch ein Wunder löschen konnten, ohne die Feuerwehr rufen zu müssen.

Das Wohnen auf dem Schoner brachte trotzdem einen großen Segen. Ich lernte nämlich einen Redakteur kennen, der für den Finnischen Rundfunk literarische Beiträge machte und mit einem Mädchen auf dem Schiff ein heimliches Verhältnis hatte. Von diesem Journalisten, der einen Pagenkopf und ein schwarzgrau gestreiftes Jedermann-Hemd von Marimekko trug, bekam ich Tipps und Kontakte, durch die ich als Praktikantin in die damalige Redaktion Aktuelles beim Finnischen Rundfunk kam. Im Stadtteil Kallio mietete ich mir in der Kolmas linja ein Sechzehn-Quadratmeter-Apartment und fing im Frühling 1979 beim Rundfunk an.

Im selben Jahr lernte ich Johan kennen und war bald mit ihm liiert. Wir zogen zusammen. Johan übernachtete oft in der Marineschule auf Suomenlinna, aber im Prinzip wohnten wir unter derselben Adresse. Johan hatte in Kajüten und Kasernen gewohnt, es fiel ihm nicht schwer, sich an das Leben in meinem kleinen Verschlag zu gewöhnen, aber nachdem er von dem Schoner gehört hatte, wollte er sehen, wie es sich dort wohnte.

Das Ergebnis war, dass wir einen Herbst und einen Frühwinter auf der *Katharina der Großen* lebten, was uns viel billiger kam als der Verschlag. Alles endete jedoch in einem unversöhnlichen

Streit zwischen Johan und den Hippies darüber, was anständiges Wohnen bedeutete.

Johan war im Umgang mit anderen einfach hoffnungslos steif und unsicher – und so blauäugig! Ich verglich ihn immer mit Aljoscha Karamasow. Er wusste nicht, was ich meinte, worauf ich ihm *Die Brüder Karamasow* zu lesen gab. Er wunderte sich über die Härte und Rücksichtslosigkeit von Iwan. Ich sagte ihm nicht, dass Iwan die russische Variante von Johan war. Stattdessen fragte ich ihn, ob Härte und Rücksichtslosigkeit nicht wichtige Eigenschaften im Beruf des Soldaten seien, zu dem er sich ausbilden lasse. Er behauptete, er lasse sich nicht zum Soldaten, sondern zum Küstenwächter ausbilden. Seine Berufung sei es, zu schützen, zu sichern und zu retten.

Ich mochte Johan sehr, aber seine ewige Unsicherheit und Selbstabwertung fand ich fast unerträglich. Das hatte wohl damit zu tun, dass er Waise war, und vor allem damit, dass er keine Geschwister hatte. Vielleicht kam er auch wegen der Sprache leicht unter die Räder. Er konnte perfekt Finnisch, beherrschte jedoch nicht den Jargon der Helsinkier Studenten und schon gar nicht das dazugehörige lässige Benehmen. Ich hingegen hatte es voll internalisiert, obwohl ich aus einem anderen Dialektgebiet kam.

Den Dialekt vermisste ich nicht, mein Zuhause auch nicht. Ich genoss es, in Helsinki zu leben und als Redakteurin zu arbeiten, vor allem, weil ich durch die Arbeit reisen konnte. Eine Beziehung ohne besondere Bindung war mir gerade recht. Johan hätte sich sicherlich fester binden wollen, aber unsere Beziehung war auch schon deshalb sehr offen, weil er ständig auf Manöver oder beim Seedienst auf einem Schiff unterwegs war. Zur Ausbildung gehörten lange Perioden auf dem Schulschiff.

Mit dem Heiraten hatte ich es nicht eilig. Im Prinzip war ich sogar gegen die Institution Ehe, was dem konventionellen Johan insgeheim bestimmt ein Graus war. Als ich dann schwanger wurde, trafen wir die Blitzentscheidung, zu heiraten. Johans Verwandte hätten einfach nicht begriffen, dass man ein gemeinsames Kind hatte, aber nicht verheiratet war. Und meine Verwandten hätten es natürlich auch nicht verstanden.

Alles passierte viel zu schnell. Zuerst wurde ich schwanger – aus Versehen. Dann hätte ich heiraten und außerdem auf eine gottverlassene Insel jenseits von allen möglichen Fährverbindungen ziehen sollen, wo noch sonderbarere Umstände herrschten als in Ylä-Savo, wo ich herkam, um dort unter lauter Menschen, die eine fremde Sprache redeten, als Hausfrau eines Mannes von der Küstenwache zu leben. Da trat ich auf die Bremse. Mir kamen meine Brüder in den Sinn, die in der Heimat festhingen, und mein Vater, der sich wie verrückt an sein wertlos gewordenes Land geklammert hatte.

Ich dachte, dass, angefangen bei meiner Mutter, die Frauen in unserer Familie immer fähig gewesen sind, ihre unsäglichen Verhältnisse zu verlassen und in die Welt hinauszugehen, wo sie die Chance auf ein unabhängiges Leben hatten. Warum sollte ich nicht in der Lage sein, als autonomer Mensch zu leben, wie es mir gefiel, und meine Tochter zur gleichen Selbständigkeit zu erziehen? Schon vor dem Ultraschall wusste ich, dass ich ein Mädchen in mir trug.

Die Trennung war eine abrupte Entscheidung, aus der Panik heraus getroffen, aber es war nicht meine Art, Entschlüsse rückgängig zu machen oder sie zu bereuen. Ich muss aber zugeben, dass ich es immer mal wieder bereut und dass ich auch Sehnsucht gehabt habe. Ich konnte nicht ahnen, dass der Kontakt zu Johan so endgültig abreißen würde, wie es dann geschah. Hauptsächlich hatte das mit Johans seltsam rücksichtsloser Entscheidung zu tun, die Vaterschaft komplett abzulehnen. Er war hartnäckig der Meinung, dass die totale Vaterlosigkeit für das Kind besser war, als wenn ab und zu und aus unerklärlichen Gründen ein fremder Mann auftauchte.

Die Alimente zahlte er pünktlich, und er schickte Paula zum

Geburtstag und zu Weihnachten regelmäßig Geld. Er hatte keine Angst vor Bindung, denke ich. Er hatte Angst vorm Familienleben und vorm Elternsein, weil er als Kind weder Eltern noch sonst eine Familie gehabt hatte. Ich wiederum machte aus der Selbständigkeit, der Unabhängigkeit und dem Allein-Zurechtkommen eine Quelle des Stolzes und fast schon so etwas wie eine Religion.

Laura Palmens Tagebuch

16. März 2003

Jetzt fängt es richtig an. Wir haben sieben Monate auf dem Flughafen Kansas City gearbeitet und haben jetzt das Geld und die Erlaubnis und solche Zeugnisse, dass wir auf jedem Flughafen der Welt jobben können. Dieses Land wird sich bald im Krieg befinden. Der Krieg kann jeden Tag beginnen, das steht fest. Im Fernsehen kommt nichts anderes mehr als Irak, Saddam und Krieg. Am Flughafen sieht man es daran, dass die Sicherheitskontrollen extrem verschärft worden sind. Die werden noch komplett verrückt werden mit ihrem Sicherheitstheater. Es ist genau der richtige Moment, um wegzugehen.

Vor einer Woche habe ich geheiratet, haha… echt wahr! Mein Mann ist schwul und stammt aus San Francisco. Er heißt Hugh Taylor und ist eigentlich ein netter Typ. Ich glaube, Lara kommt mit ihm besser klar, aber ich eigentlich auch. Die Hochzeit fand in Las Vegas statt und kostete fünfhundert Dollar. Hugh nahm vierhundertfünfzig, und das Marriage Certificate kostete fünfzig. Lara war Trauzeugin.

Die haben dort die größte Ehefabrik des Landes. Das Standesamt ist rund um die Uhr geöffnet, die Hochzeitskapelle ebenso. Gegen einen kleinen Zuschlag bekommt man da die gleichen Trauscheine, die in den Standesämtern der Bundesstaaten vergeben werden. Wenn man will, kann man nachts um vier heiraten, wenn man zum Beispiel im Roulette eine Million gewonnen hat oder an der Bar die Beziehung seines Lebens eingegangen ist. Die Trauung kann sogar auf der Rückbank einer Limousine stattfinden, bei der Fahrt von der Bar zum Casino.

Wir haben einfach an dem Schalter der Trauungsservicefirma

geheiratet, aber andere Paare sind in einen Helikopter oder auf einen Bungee-Sprungturm gestiegen. Ein Paar hatte sich gefunden, weil beide Fans von *X-Files* waren. Sie wollten mit einem Standesbeamten im Geländewagen zur Trauung in die Wüste Nevada fahren – in die Area 51 der Ufo-Spinner! Kostete angeblich einen Tausender pro Nase, aber »*once in a lifetime* ...« Bei dem einen Mal wird es kaum bleiben. Die waren nämlich breiter als breit.

Wir flogen am Morgen mit Bonuspunkten nach Vegas und am Abend mit einem Leerflug zurück. Die Stadt war voller Marinesoldaten aus San Diego, die vor der Abreise zum Einsatz noch einmal Urlaub hatten. Viele heirateten im letzten Moment, und wir mussten fast zwei Stunden auf die Trauung warten, obwohl wir keinen Sprungturm brauchten. Hugh meinte, in der Bucht von San Diego wäre irrsinnig viel Kriegsmarine zusammengezogen worden, und allen sei klar, dass es bald zur Straße von Hormus gehe.

Ich bin jetzt Frau Hugh Taylor, und dieser Name wird bald in meinem Pass stehen, wenn ich die US-Staatsbürgerschaft erhalte. Trotzdem bleibe ich weiterhin auch finnische Staatsbürgerin mit einem EU-Pass auf den Namen Paula Lampen. Allerdings werde ich meinen Namen offiziell in Laura Palmen ändern und dann einen neuen Pass bekommen. Der wird noch gültig sein, wenn ich den nächsten beantrage, im Jahr 2006, bei der Umstellung auf biometrische Pässe mit Chip. Pässe ohne Chip kann man noch bis 2016 benutzen.

Ich habe dann vier Pässe mit drei verschiedenen Namen. Ein Pass der Vereinigten Staaten und drei von Finnland und der EU. Der alte Pass wird zwar annulliert, wenn ein neuer bewilligt wird, aber an den meisten Grenzübergängen der Welt kann man nicht überprüfen, ob ein Pass annulliert worden ist. Steht in einem Pass, dass er gültig ist, kann man die Annullierung nur mit einer Automatik checken, die Dokumente optisch einliest und die Passnummer mit dem Passregister abgleicht.

Wenn ich innerhalb der EU oder anderswo, wo es keine Einreisekontrollen gibt, eine Grenze überquere, liest der biometrische Scanner der Kontrollautomatik den Chip-Pass und registriert mich unter dem Namen Laura Palmen als eingereiste Person. Dann kann ich mit dem anderen Pass ausreisen, und das System nimmt an, dass ich in Europa geblieben bin. So kann ich an mehreren Orten gleichzeitig sein, und niemand weiß genau, wo ich eigentlich bin und wie ich heiße.

Ich musste für diese Dinge ziemlich viel recherchieren. Den Nachnamen kann man nicht in einen ändern, der schon in Gebrauch ist. Wenn man keine Verwandtschaftsbeziehung zu dem in Gebrauch befindlichen Namen nachweisen kann, muss man einen neuen Namen erfinden. Darum heißen Leute, die ihren Namen geändert haben, auch so komisch. Palmens gibt es zweierlei: die ohne Akzent auf dem e und solche, die ihren Akzent in Fahrtrichtung haben. Solche mit Akzent in Gegenrichtung gibt es keine. Also werde ich meinen Namen in Palmèn ändern. Wenn das nicht funktioniert, setze ich eben einen chinesischen Hut drauf und heiße Laura Palmên.

Wir machen uns jetzt wie Blütenpollen im Wind aus dieser Prärie davon, fliegen an die Westküste und von L.A. oder Frisco weiter nach Asien und Australien. Wir wollen nach Tahiti und von dort über so viele Inseln weiterfliegen, dass uns keiner folgen kann. Aber zuvor geht es noch nach Seattle und von dort nach Twin Peaks. Das haben wir uns geschworen.

Johan

Dezember 2011, Vantaa

Nachdem ich von den Weihnachten meiner Kindheit erzählt hatte, kam ich bei der nächsten Therapiesitzung auf meine zweite Ehe zu sprechen, die ich aus irgendeinem Grund noch nicht erwähnt hatte. Zuerst fasste ich zusammen, was ich mir inzwischen zu Familienbeziehungen und zur Verwaisung überlegt hatte. Ich berichtete, es sei eine Erleichterung gewesen, an einem anderen Ort zur Schule zu gehen, wo ich vom zehnten Lebensjahr an dann auch wohnte. Nach der Schule ging ich direkt zur Marine und von dort über die Marineschule zum Grenzbewachungswesen. Zwar bezeichnet man eine Militäreinheit oft als große Familie und den Oberfeldwebel als Mutter der Kompanie, aber eine richtige Familie ist es natürlich nicht.

Die sozialen Beziehungen in einer militärischen Organisation interessieren mich aber. Als Kadett schrieb ich meine Abschlussarbeit über die zum Klassiker avancierte Dissertation *Die Kompanie als Gesellschaft im Kleinen* von Knut Pipping. Und an der Hochschule der Streitkräfte machte ich eine militärsoziologische Studie über die Dunbar-Zahl. Das ist die größte Anzahl von Menschen, zu denen ein Individuum soziale Beziehungen in der Form pflegen kann, dass es weiß, wer wer ist und in welchem Verhältnis alle zueinander stehen. Die Dunbar-Zahl beträgt hundertfünfzig.

Zufälligerweise entspricht das ungefähr der Anzahl Menschen, die sich seit der römischen Legion in allen Armeen der Welt als Personenzahl einer Grundeinheit etabliert hat. Der Kommandeur einer Infanteriekompanie soll in der Lage sein, jeden seiner Untergebenen persönlich zu kennen. Das ist nicht vollkommen umsetzbar; zum Beispiel liegt die maximale Personenzahl in der finnischen Jägerkompanie M05 bei 260. Außerdem macht es der durch Verluste verursachte Wechsel dem Kommandeur unmöglich, während der Schlacht alle Untergebenen kennenzulernen.

In meiner Studie zog ich in Erwägung, die Personenzahl taktischer Grundeinheiten auch unter Berücksichtigung des durch Verluste verursachten Wechsels im Rahmen der Dunbar-Zahl zu halten. Das würde sich der Stärke annähern, die einer römischen Zenturie entsprach und hundert Legionäre umfasste. Auch eine auf hundert Kämpfer reduzierte moderne Jägerkompanie wäre an Feuerkraft und Beweglichkeit einer Gewehrkompanie aus dem Zweiten Weltkrieg um ein Vielfaches überlegen. In der als effektiv geltenden Karolinerarmee entsprach die Kopfzahl einer Infanteriekompanie ebenfalls der Dunbar-Zahl.

Heute ist die Dunbar-Zahl wegen Facebook bekannt geworden. Die Nutzer dieses Internetdienstes sammeln Hunderte, ja Tausende Freunde. Die Dunbar-Zahl besagt jedoch, dass ein Mensch bestenfalls mit hundertfünfzig anderen Menschen echten Kontakt pflegen kann.

Mein Therapeut forderte mich auf, mit dem Theoretisieren über die Prinzipien zwischenmenschlicher Verbindungen aufzuhören. Er fragte mich, ob ich wisse, was Tischgemeinschaft bedeute. Ich glaubte zu wissen, was mit dem Begriff gemeint war. Der Therapeut sagte, Tischgemeinschaft sei kein Begriff, sondern etwas Konkretes. Wenn man es nicht kenne, verstehe man es nicht. Die Tischgemeinschaft lerne man in der Familie kennen. Er gab mir die Hausaufgabe, über mein Verhältnis zum gemeinsamen Essen nachzudenken.

Meine ersten acht Lebensjahre wohnte ich mit meinem Vater allein. Wir aßen, wie es gerade kam, selten einmal zusammen. Er aß, wenn er vom Meer kam, und das geschah je nach Jahreszeit und Wetter zu unterschiedlichen Zeiten. Im Sommer konnte er morgens eine große Mahlzeit zu sich nehmen, noch bevor ich aufgewacht war. Oft gab es Kohlsuppe, an der wir mehrere Tage aßen. Fisch aßen wir natürlich immer viel, und die Tanten kamen zu uns, um zu backen und kompliziertere Gerichte zu kochen.

Wenn mein Vater auf dem Trawler fuhr oder aus einem anderen Grund länger weg war, ging ich zu Oma, wo an regelmäßigen Essenszeiten festgehalten wurde, obwohl auch sie die Frau eines Fischers und daran gewöhnt war, dass die Männer Essen bekommen mussten, wenn sie Hunger hatten. Omas Essensordnung war denn auch zur Unterstützung meiner Erziehung geschaffen worden. »Der Junge muss zur rechten Zeit schlafen und aufwachen und zur rechten Zeit essen.« So ging es weiter, als ich mit acht ganz zu Oma zog. Lange hielt die Essenserziehung jedoch nicht an, denn schon zwei Jahre später blieb ich wegen der Schule wochenlang von zu Hause fort.

Wie gesagt, vom zehnten Lebensjahr an habe ich meine Mahlzeiten in unterschiedlichen Einrichtungen eingenommen, zunächst in der Schule und dann in den Kantinen von Kasernen: auf der Marinestation oder in der Marineschule. Während der Geländeausbildung aßen wir im Wald. Beim Dienst auf den Schiffen wurde in der Messe gegessen und dabei dem Wachwechsel gefolgt. Ist ein Schiff auf See, kann es sein, dass man die Hauptmahlzeit des Tages nach Mitternacht zu sich nehmen muss. Auf den Küstenwachstationen aßen wir natürlich in den Essens- und Pausenräumen, aber immer im Rhythmus der Dienste, manchmal auch dort mitten in der Nacht.

Seit Jahren habe ich zu Hause nicht gekocht. Das Essen am Arbeitsplatz ist eine Regelung, die in jeder Hinsicht zu meiner Lebenssituation passt. Es hat jedoch eine Zeit gegeben, in der ich gern und oft kochte. Diese Phase meines Lebens war meine gescheiterte zweite Ehe. Meine Frau hatte drei Kinder aus ihrer ersten Ehe, und die Frage meines Therapeuten zur Tischgemeinschaft innerhalb der Familie wurde äußerst unangenehm, als ich sie im Licht dieser Lebensphase betrachtete.

Meine Frau hatte ein nüchternes Verhältnis zu ihrem Exmann. Jede dritte Woche waren die Kinder bei ihm. Alles ging gut, bis der Mann in dieselbe Stadt zog. Wir wohnten damals in Turku-Raunistula, in einem Holzhaus, das meiner Frau und ihrem Exmann gehört hatte, bis ich diesen ausbezahlte und die eine Hälfte übernahm. Der Vater der Kinder war in jeder Hinsicht ein anständiger Mann und ein viel besserer Vater, als ich es je gewesen wäre. Aber als er nach Turku und auch noch in dieselbe Siedlung zog, wurde die Situation für mich unerträglich. Die beiden fanden zwar nicht wieder zusammen, aber sie regelten die familiären Angelegenheiten untereinander. Ich blieb außen vor.

Jetzt kommen wir zur Tischgemeinschaft. Ich beherrsche keine anderen zwischenmenschlichen Kontakte als diejenigen, die von Dienstvorschriften, offiziellen Anweisungen und Befehlen sowie von diversen Modellen zu den sozialen Beziehungen in Einheiten, die operative Aufgaben erfüllen, bestimmt werden. Mit geschwisterlichen Beziehungen, mit Elternschaft oder sonstigen Familienbanden habe ich keine Erfahrung, nicht einmal als Ehemann. Jetzt, mit Hilfe meines Therapeuten, begreife ich, dass ich tatsächlich über die Mahlzeiten Kontakt gesucht hatte, aber auch da beschränkte ich mich darauf, die anderen zu füttern.

Immer wenn sich die Familie zum Essen versammelte oder wenn Gäste kamen, stand ich mit dem Rücken zu den anderen und kochte. Ich flüchtete mich zu den Schüsseln, Schneidebrettern und Messern, behielt die Herdplatten und die Ofentemperatur und den Garzustand der verschiedenen Beilagen im Auge und schnitt gleichzeitig die Zutaten für den Salat. Ich selbst aß irgendwann zwischendurch, nachdem ich zuerst den anderen aufgetragen hatte. Wenn alle fertig waren, räumte ich viel lieber den Tisch ab und spülte, als mich mit den anderen zu unterhalten.

Ich hatte Angst vor ihnen. Oder genauer gesagt hatte ich überhaupt Angst, Menschen zu begegnen. Ich wusste einfach nicht, was ich hätte sagen oder tun sollen. Ich legte mir vorab Eröffnungssätze zurecht, wie ein Teenager, der sich auf seine erste Verabredung vorbereitet, und zerbrach mir den Kopf über Themen, die mir helfen würden, ohne peinliche Pausen weiterzureden. Und das galt bei den Erwachsenen wie bei den Kindern, die von der Schule nach Hause kamen.

Nach der Scheidung kehrte ich zur institutionellen Verköstigung zurück. Vor allem der See- und Schichtdienst nahmen der Nahrungsaufnahme sehr schnell wieder alles Gemeinschaftliche und führten zur isolierten Schlingkultur, oft im Stehen in der Kombüse. Die an Wachen und Schichten gebundenen Mahlzeiten auf Schiffen oder Küstenwachstationen sind mir immer viel lieber gewesen als die Kultur des kollektiven Mittagessens nach Bürozeiten oder das gemeinsame Essen daheim, das mir immer fremd geblieben ist.

Ich sage nicht, dass es in den Militärschulen, auf den Schiffen und Stationen keine Tischgemeinschaft gegeben hätte. Aber war es die gleiche Gemeinschaft, von der mein Therapeut spricht? Wenn sich todmüde Männer im Gelände um ein Lagerfeuer versammeln und Erbsensuppe in ihr Essgeschirr bekommen, ist eine ziemlich große Gemeinsamkeit vorhanden. Auch in Schiffsmessen, sogar in den kleinen Kajüten von Wachbooten habe ich ein Gemeinschaftsgefühl erlebt, wenn geteilt und gegessen und als Proviant mitgenommen wurde, was da war. Man erfüllte einen gemeinsamen Auftrag und aß vom selben Brot. Die Gefahr und die Verantwortung waren allen gemein, ebenso wie das Gelingen und das Scheitern. Ich weiß nicht, ob der Therapeut das akzeptiert.

Nach der Rückkehr von der Suche nach den beiden Mädchen, die von der *MS Carneval* gesprungen waren, versammelte sich die ganze Mannschaft, abgesehen von denen, die Hafenwache hatten, im Pausenraum des Wachteams in Turku. Wir teilten eine Pumpkanne Kaffee und einen Hefezopf aus dem Verpflegungsbüro wie das letzte Abendmahl. Geredet wurde nicht, denn es gab nichts zu sagen. Wir waren alle Judasse.

Sara

Dezember 2011, Vantaa

Kommodore Lampen hat angerufen. Es war ein bisschen unwirklich, denn Markku und ich sahen uns im Fernsehen die Parade zum Unabhängigkeitstag an, und als das Telefon klingelte, marschierte gerade eine Abteilung des Seeverteidigungsgebiets Schärenmeer vorbei, und der Kommentator sagte, sie werde von einem Kommodore angeführt. Die kleine Laura war begeistert von der Militärmusik, sie hielt sich am Fußende des Bettes fest, ruckelte hin und her und juchzte.

Mir war sofort klar, wen ich am Apparat hatte. Lampen erkundigte sich nach Laura, die er natürlich Paula nannte. Er hatte vor, auf die polynesischen Inseln zu fahren, um dort nach seiner Tochter zu suchen. Ich sagte, das sei ein ziemlich großes Suchgebiet, versprach aber, ihm alles zu erzählen, was ich wusste. Ich hatte Tweets von Laura bekommen, und denen zufolge war sie tatsächlich in Polynesien, genauer gesagt auf den Tuamotu-Inseln. Am Ende verriet ich Lampen doch bei weitem nicht alles. Schon gar nicht, dass er ein Enkelkind hatte. Ich traute mich nicht, denn dann hätte ich richtig auspacken müssen.

Markku erzählte ich wesentlich mehr. Ich fing mit der Kindheit an, mit dem Holzhaus in der Viipurinkatu und damit, wie wir auf dem Flughafen abhingen. Ich beendete meinen Bericht an dem Punkt, an dem das Jobben auf verschiedenen Airports und die Suche nach Spannung durchs Fliegen, die so unschuldig begonnen hatte, immer gefährlicher wurde, bis eine Entscheidung getroffen werden musste, wo man noch mitmachen wollte und wo nicht. Ich verriet Markku auch, warum ich es vermieden hatte, in die Psychiatrie nach Kellokoski zu gehen: Ich hatte Angst gehabt.

Ich gab ihm Texte zu lesen, die ich vor Jahren unter der Überschrift »Das Leben der Laura Palmen« geschrieben hatte. Dem Kommodore schickte ich gescannte Kopien davon. Lauras Mutter hatte ich das Material schon zukommen lassen, nachdem sie mich von Portugal aus angerufen hatte, weil sie Lauras Tagebücher gelesen hatte. Die waren von einem unbekannten Absender bei ihr per E-Mail eingegangen.

Johan Lampen traf ich dann zum ersten Mal in einem Restaurant in Helsinki-Kruununhaka. Vom Fenstertisch aus sah ich zu, wie eine Lucia-Prozession kleiner Mädchen ganz langsam durch den nassen, grauen Park zog. Ich war gerührt, obwohl die Geburt meiner Tochter schon zehn Monate zurücklag. Es schien, als würden Nebel und Nieselregen, die den ganzen Herbst über angedauert hatten, endlich in Schnee übergehen. Dann sah ich einen forsch ausschreitenden großen Mann anhalten und warten, bis die singende Mädchenschar mit ihren Kerzen die Kreuzung der Parkwege passiert hatte. Als der Mann seinen Hut abnahm und für die Dauer des Vorbeimarschs der Mädchen an die Brust drückte, kamen mir erst recht die Tränen.

Ich erkannte ihn sofort, obwohl ich ihn nie zuvor gesehen hatte. Er sah Laura erstaunlich ähnlich. Was ich ihm mitzuteilen hatte, verstand er erst, als ich Laura in Paula umkorrigierte. Ich sagte, ich hätte mich schon als Kind daran gewöhnt, seine Tochter Laura zu nennen, weil sie das von mir verlangt hatte. Es sei Teil unserer gemeinsamen heimlichen Welt gewesen. Laura ist für mich wie eine Schwester gewesen, sagte ich. Darauf folgte peinliche Stille und mir fiel nichts mehr ein. Ich habe eine zehn Monate alte Tochter, brachte ich dann über die Lippen. Sie heißt Laura.

Markku hatte ich schon im Sommer, als wir erst zwei Monate zusammen waren, von Laura erzählt. Nicht sehr viel, aber immerhin verriet ich ihm, dass ich gesehen hatte, wie meine alte Freundin in Handschellen von Marokko nach Finnland und vermutlich in die Psychiatrie nach Kellokoski gebracht worden sei. Markku war es dann auch, der nach dem Ultraschall fragte, ob ich das Kind Laura nennen wolle.

Er hatte mir wohl gleich angemerkt, dass es um etwas Spezielles ging. Auch damals hatte ich tagelang immer wieder angefangen zu heulen, und Markku dachte natürlich, mein Zustand hätte etwas mit der Freundin zu tun, die in der Psychiatrie gelandet war. Er fand, wir sollten sie dort besuchen. Das war letztes Jahr im Juni, als Laura schon mehr als vier Monate in der Klinik gewesen war. Jedenfalls glaubte ich das.

Wir fuhren von Pasila aus mit der S-Bahn nach Järvenpää und gingen von dort zu Fuß zur Klinik. Von mir aus hätte der Weg nie enden müssen. Ich habe Angst, sagte ich zu Markku. Den wahren Grund für meine Angst verriet ich ihm nicht. Ich sagte nur, es ist komisch, Laura zu treffen, nachdem ich sie jahrelang nicht gesehen habe. Es ist unheimlich, sich vorzustellen, was mit ihr passiert ist und in welcher Verfassung sie ist. Markku blieb stehen und nahm mich in den Arm. Lange saßen wir auf der Böschung des Fahrradwegs, die Mauersegler schrien, und ich musste wieder heulen. Es dürfte der vierte Juni gewesen sein, denn ich kann mich an die wehenden Fahnen an den Masten erinnern.

Als wir Kellokoski und die Klinik dann fast erreicht hatten, sagte ich, ich wisse nicht, unter welchem Namen Laura nach Finnland gekommen oder in der Psychiatrie registriert war. Markku dachte nach und sagte, sie müsse zumindest als finnische Staatsbürgerin gekommen sein, sonst hätte man sie nicht per Konsulartransport von Marokko nach Finnland gebracht. Markku legte mir den Arm um die Schultern und versicherte mir, meine Freundin sei bestimmt in die finnische Botschaft in Rabat gebracht worden, wo man dann die Entscheidung getroffen habe, sie in die Heimat zurückzubringen. Dort hätten sie Behördenvertreter in Empfang genommen und anschließend in die Psychiatrie gebracht, vermutlich unter Zwang. In der offenen Abteilung würden wir sie also kaum finden.

Ich erzählte ihm von Lauras Machenschaften mit den Pässen. Markku sagte, den Pass der Vereinigten Staaten könnten wir ausschließen, und somit auch den Namen darin. Dann ist sie entweder als Laura Palmen oder als Paula Lampen hier, sagte ich und tippte auf die erste Variante, denn Laura hätte sicher nicht gewollt, dass als Erste ihre Mutter bei ihr auftaucht. Ihre Personenkennziffer war nach der Namensänderung gleich geblieben, dadurch wäre die Klinik im Prinzip sogar in der Lage gewesen, ihre Biografie samt Namensänderung und Wohnortwechsel zu erschließen, soweit diese Dinge bei im Ausland lebenden Finnen erfasst wurden.

Vermutlich war sie als Laura Palmen aufgetreten und hatte den Pass von Paula Lampen nur benutzt, um ihre Spuren zu verwischen. Als wir in die Klinik kamen, sagte ich an der Information, wir seien gekommen, um eine Patientin namens Laura Palmen zu besuchen. Lange mussten wir auf einer Bank aus Plastik in der Eingangshalle warten, dann kam ein Arzt mittleren Alters in weißem Kittel und Holzsandalen. Er gab uns die Hand und stellte sich als Lauri Pahlman vor. Der Name stand auch auf dem mit einer Sicherheitsnadel befestigten Schild an seiner Brust, das zusätzlich verriet, dass er Oberarzt war.

Wir gingen in ein anderes Gebäude und betraten dort ein Büro. Schon auf dem Weg fragte Pahlman, wie wir auf die Idee gekommen seien, Laura Palmen in der Psychatrie Kellokoski zu suchen. Ob wir Bekannte von ihr seien. Mir wurde schwindlig und schlecht. Ich musste stehen bleiben. Gnädige Frau … sagte Pahlman, und ich sah, dass Markku deshalb ein bisschen lachen musste. Ich fragte mich, wie es sein konnte, dass sich die Namen so sehr ähnelten: Laura Palmen und Lauri Pahlman. Irgendwie verwirrte mich das.

Zu Pahlman sagte ich, ich würde Laura Palmen kennen. Ich

sagte ihm die Wahrheit, nämlich dass ich am Flughafen Helsinki-Vantaa arbeitete und im Winter gesehen hätte, wie man Laura in Handschellen von einer Maschine, die aus Madrid gekommen war, zu einem Fahrzeug des Grenzschutzes gebracht habe und wie sie kurz darauf von einem Krankenwagen übernommen worden sei. Sie hat so ausgesehen, als müsste man in der Psychiatrie nach ihr suchen, sagte ich. Ich kannte solche Fälle. Normalerweise wurden sie vom Flughafen zunächst in die Notaufnahme der Poliklinik Peijas gebracht und von dort weiter nach Kellokoski, falls eine längere Behandlung erforderlich war.

Pahlman schwieg zunächst und berichtete dann mit ruhiger, gedämpfter Stimme: Laura war tatsächlich aufgrund eines Gutachtens von der Poliklinik Peijas nach Kellokoski gebracht und nach dem Psychisch-Kranken-Gesetz unabhängig von ihrem Willen zur psychiatrischen Behandlung aufgenommen worden.

Wie bei Zwangseinweisungen üblich, war Laura in der geschlossenen Abteilung gewesen. Anfang Mai flüchtete sie jedoch, nachdem sie das Recht auf einen täglichen Spaziergang auf dem Klinikgelände erhalten hatte. In solchen Fällen wird die Person offiziell als vermisst gemeldet, was aber keine aktiven Maßnahmen bedeutet. Normalerweise werden diese Menschen gefunden, wenn sie wegen eines Deliktes oder wegen Erregung öffentlichen Ärgernisses mit der Polizei in Konflikt geraten. Oder sie werden beim Versuch, das Land zu verlassen, bei der Passkontrolle identifiziert.

Pahlman sagte, laut Gesetz sei es ihm natürlich nicht gestattet, etwas über den Unterbringungsbeschluss und über Laura Palmens Aufenthalt in der geschlossenen Abteilung verlauten zu lassen. Manchmal stehe die Ethik jedoch über dem Gesetz. Er sagte, er fühle sich weiterhin in berufsethischer Hinsicht für die Gesundheit und Sicherheit der Patientin verantwortlich. Er nahm an, dass ich ihm dringend erhoffte Informationen über Lauras Hintergrund geben konnte.

Niemand hatte Laura in der Klinik besucht, und angeblich war sie auch nicht kooperationsbereit gewesen, als man versucht hatte, ihren sozialen Bezugsrahmen zu erschließen. Sie hatte sich außerdem strikt geweigert, Kontakt zu ihren Angehörigen aufzunehmen. Die Abwehr war extrem brüsk. Man musste davon ausgehen, dass eine Begegnung mit den Angehörigen eher schaden als nützen würde. So etwas sei nicht selten, meinte Pahlman. Ich sei die erste und einzige Verbindung zu Lauras Leben und Vergangenheit.

Er wollte vor allem wissen, ob ich eine Vorstellung hätte, wo Laura hingegangen sein könnte, nachdem sie sich von der Klinik entfernt hatte. Ich war mir fast sicher, dass sie sich nicht mehr in Finnland aufhielt und dass es ihr keine Schwierigkeiten bereitet hatte, das Land zu verlassen. In den letzten zwei Jahren hätte ich Mitteilungen von Laura bekommen, die besagten, dass sie in den Vereinigten Staaten gelebt und gearbeitet hatte, berichtete ich. Allerdings glaubte ich nicht an die Echtheit der Informationen. Soweit ich wusste, war Laura von Marokko aus nach Finnland gekommen. Es war also gut möglich, dass sie sich lange in Nordafrika aufgehalten hatte. Eventuell war sie jetzt dorthin zurückgekehrt.

Ich sagte, ich hätte gesehen, dass Laura schwanger war, als sie Anfang Februar nach Finnland kam. In der Klinik wisse man bestimmt, wann der errechnete Termin war. Pahlman erklärte, im Prinzip dürfe er auch diese Patientendaten nicht an Außenstehende weitergeben, aber tatsächlich sei Lauras Schwangerschaftszustand schon bei der Einlieferung deutlich erkennbar gewesen. Alle Patienten und Besucher konnten es mit eigenen Augen sehen, weshalb es kindisch wäre, es unter Berufung auf den Patientendatenschutz abzustreiten oder unkommentiert zu lassen.

Pahlman vermutete, als junge Frau könnte ich schon aufgrund der allgemeinen Lebenserfahrung wahrscheinlich selbst ziemlich genau den Zeitpunkt der Entbindung einschätzen. Er wand sich auf seinem rollenden Stuhl und sagte schließlich, Laura Palmen habe ihre Tochter mit Sicherheit inzwischen zur Welt gebracht, falls alles glücklich verlaufen sei. Rasch fügte der Oberarzt noch hinzu, sie hätten natürlich die üblichen Vorsorgeuntersuchungen durchgeführt, und beim Ultraschall habe sich herausgestellt, dass Laura ein Mädchen im Schoß trage. Wusste ich, wer der Vater des Kindes sein könnte und wo er sich womöglich aufhielt?

Ich überraschte mich selbst, indem ich plötzlich sagte, der Vater sei wahrscheinlich ein Palästinenser namens Paul Shabbah, der lange in verschiedenen Flüchtlingslagern im Libanon und in Syrien gelebt habe. Wegen Meinungsverschiedenheiten innerhalb der palästinensischen Bewegung habe Shabbah möglicherweise den Nahen Osten verlassen müssen. Er gehöre zur Führung der PFLP, der Volksfront zur Befreiung Palästinas. Bekanntermaßen sei diese Organisation von der korrupten Verwaltung im Westjordanland und später auch in Syrien in die Enge getrieben worden. Sie musste ihr Hauptquartier darum zunächst nach Tunesien verlegen und dann nach Algerien, später dann vermutlich sogar nach Mali oder in den Tschad.

Markku sah mich an wie ein Gespenst, als ich über die PFLP, über Syrien und über Algerien sprach. Pahlman seufzte und vermutete, es könnte die Kapazitäten der finnischen Behörden überfordern, Laura und das Kind unter diesen Umständen ausfindig zu machen. Ob nicht Timbuktu, das oft als Synonym für das Ende der Welt herhalten müsse, in Mali liege. Ich verstehe noch immer nicht, wie ich einem fremden Menschen Dinge verraten konnte, die ich jahrelang geheim gehalten hatte. Seitdem habe ich Angst, dass uns wegen meiner Geschwätzigkeit etwas zustößt.

Am nächsten Morgen begriff ich, warum ich mich so lange schon in einem so seltsamen Gemütszustand befunden hatte. Ich weiß nicht, ob es mit dem Gespräch in der Klinik über Lauras Schwangerschaft zu tun hatte, jedenfalls erkannte ich gleich nach dem Aufwachen mit einem Mal ganz deutlich und selbstverständlich, warum ich die ganze Zeit so weinerlich gewesen war und diese diffuse Übelkeit am Morgen hatte.

Letzten Februar, etwas mehr als acht Monate nach dem Besuch in Kellokoski und ein gutes Jahr, nachdem ich Laura auf dem Flughafen gesehen hatte, brachte ich dann unsere Tochter zur Welt. Wir fuhren von Ylästö mit dem Taxi zur Entbindung in die Frauenklinik, da die Poliklinik Peijas in Vantaa keine Entbindungsstation hatte. Außerdem lag die Helsinkier Frauenklinik fast direkt neben der Wohnung, die Markku damals noch in Käpylä hatte.

Im Taxi dachte ich, dass Lauras Baby bald neun Monate alt sein musste, falls es noch lebte. Der gleiche Gedanke drängte sich im Kreißsaal auf, zwischen den Wehen, auf unerträgliche, aber irgendwie auch unwiderstehliche Weise. Dabei geriet mein Zeitbegriff völlig durcheinander. Ich befand mich gleichzeitig an vielen Orten in der Vergangenheit und glaubte zwischendurch auch zukünftige Situationen vor mir zu sehen.

Nachdem ich Lachgas genommen hatte, quasselte ich Markku, der mir das Kreuz massierte, etwas vor: »Es ist gar kein kleines Baby mehr … es ist ja schon zwei, es läuft und spricht … aber welche Sprache nur? Ist es ein Junge oder ein Mädchen – also falls es am Leben ist?« In der Situation dachte ich überhaupt nicht daran, dass sich das Geschlecht des Kindes schon beim Ultraschall herausgestellt hatte. Es kam mir vor, als hätte ich die entsprechende Information in einer Art Vision erhalten. Später erzählte Markku, ich hätte mich nach der Geburt plötzlich ganz deutlich und entschieden geäußert, so dass die Hebamme beim Wiegen des Kindes erschrocken sei. Ich hätte gesagt: »Es lebt und es ist ein Mädchen!«

Pirjo
Dezember 2011, Lissabon / *Hördatei*

Hallo, Maarit. Hier ein Monolog aus Portugal. Du kannst das doch mit dem Media Player hören? Diesmal habe ich anlässlich des Unabhängigkeitstages etwas Wein getrunken und darum Lust, mit jemandem zu sprechen. Ich bin ein bisschen aufgeregt, oder eigentlich sogar ziemlich, denn ich habe etwas absolut Merkwürdiges herausgefunden. Es hat mit Paula zu tun. Ich erzähle dir gleich davon, aber zuerst etwas zum Hintergrund ... Habe ich übrigens erwähnt, wieso ich überhaupt hierhergekommen bin? Ich erkläre es dir. Ich glaub, ich hab schon gesagt, dass ich ein Glas Wein trinke.

Im Frühling hat sich die Situation auf der Arbeit so zugespitzt, dass ich keine Lust mehr hatte, hinzugehen. Warum soll man sich am Arbeitsplatz aufhalten, wenn man nicht arbeiten kann? Also legte ich meinen Sommerurlaub auf die Zeit außerhalb der Saison, was bedeutete, dass ich anderthalbmal mehr Urlaubstage hatte, denn von Mittsommer bis Mitte August saß ich in einem menschenleeren Gebäude.

Im Sommer ging ich nur hin, um mich morgens ein- und abends auszuschreiben. Du kennst ja das System. In der Zwischenzeit lag ich, wenn das Wetter gut war, in Hietaniemi am Strand oder im Zentralpark auf einem Felsen und las. Zwar las ich hauptsächlich Manuskripte, aber trotzdem holte ich zum ersten Mal alles aus den bis ins Lächerliche gehenden Vergünstigungen, die unsere Generation beim Rundfunk ausgehandelt hat, heraus und nutzte die Möglichkeiten zur Arbeitsvermeidung, die eine so unübersichtliche öffentlich-rechtliche Anstalt bietet.

Als die Ferienzeit Mitte August zu Ende ging und die anderen wieder zur Arbeit kamen, ging ich in Urlaub. Für vier Monate, denn ich hatte an meinen verlängerten Jahresurlaub sämtliche nicht in Anspruch genommenen Ausgleichstage sowie eine beim Weiterbildungsfonds beantragte bezahlte Periode zur persönlichen Weiterentwicklung angehängt. In der Bewerbung dafür wurde gefragt, was ich in der Fortbildungsphase zu tun gedenke. Aus einer spontanen Idee heraus trug ich ein, ich wollte lernen, Noten zu lesen, weil ich diese Fähigkeit in meiner Arbeit als Dramaturgin bräuchte.

In der letzten Arbeitswoche sah ich mich auf dem Mietmarkt nach möblierten Wohnungen in Südeuropa um. Durch den Tipp einer Kollegin landete ich bei einer Zweizimmerwohnung in Lissabon, die von einem deutschen Eigentümerehepaar für achthundert Euro im Monat vermietet wurde. Ich handelte den Preis auf fünfhundert herunter. Die Besitzer beugten sich, weil ich bereit war, einen Vertrag über vier Monate abzuschließen. Normalerweise wurde die Wohnung wochenweise vermietet. Im Internet suchte ich nach dem billigsten Flug in die portugiesische Hauptstadt, und dann reiste ich ab. Der Rückflug wird auf den dunkelsten Tag des Jahres fallen. In das Formular des Fortbildungsfonds trug ich noch ein, mich nicht nur mit den Noten, sondern auch mit der Fado-Kultur vertraut machen zu wollen.

Ich lud so viele in elektronischer Form vorhandene Bücher auf meinen Computer, dass sie in gebundener Form zehn Regalmeter in Anspruch genommen hätten. Außerdem kam eine Festplatte voller Projektmaterial mit, sowie das unendliche Textangebot, das der E-Mail-Verkehr in Form von angehängten Dateien erzeugt. Du glaubst nicht, was für eine Menge an Stoffen und Manuskripten in unterschiedlichen Stadien den Fernsehspielredaktionen und Produktionsfirmen angeboten wird. Das Gesamtvolumen übersteigt schon seit Jahren die Zahl der Manuskripte, die an traditionelle Buchverlage geschickt werden. Heutzutage will man nicht mehr unbedingt Schriftsteller, sondern lieber Drehbuchschreiber oder Regisseur werden, wenn nicht Computerspieleentwickler.

Im November stach mir dann die Datei namens »Laura Palmens Tagebuch« ins Auge, die ich irgendwann per E-Mail bekommen hatte. Das habe ich, glaube ich, schon mal gesagt. Aber weil es eben mit Paula zu tun hat! Du wirst es gleich hören. Damals überflog ich den Text nur und begeisterte mich kurz für den Gedanken, auf seiner Grundlage ein Reality-Format zu entwickeln. Solche Reality-TV-Produktionen mit Wettbewerbscharakter gehören aber nicht zur Kernkompetenz der Fernsehspielabteilung, und so brach ich die Lektüre des Tagebuchs ab. In diesem Job kann man eh keinen Text von Anfang bis Ende lesen.

Gestern las ich dann noch einmal darin und wunderte mich, dass das Anschreiben keine Mitteilung im eigentlichen Sinn und auch keine Angaben enthielt, durch die man Kontakt mit der Absenderin aufnehmen konnte. Es war aber zu vermuten, dass die Absenderin mit der Verfasserin des Tagebuchs identisch war, also mit einer Frau namens Laura Palmen. Eine Suche nach diesem Namen brachte jedoch kein Resultat.

Die totale Anonymität des Tagebuchs kam mir seltsam vor. Zwei junge Frauen lebten in einer Art abgeschlossenen Zelle ohne Verbindung zu anderen Menschen oder zur übrigen Welt. Keine Familie, keine Verwandten und Freunde. Und vor allem keine Namen. Diese Laura Palmen hat eine Freundin, die ihr überallhin folgt wie ein Schatten, aber ihr Name wird kein einziges Mal erwähnt. Zwischendurch hat man das starke Gefühl, dass die Ich-Erzählerin – laut Überschrift Laura Palmen – eigentlich eine fiktive Person ist. Mit der Zeit kam ich zu dem Schluss, dass es sich genau so verhält. Laura Palmens Tagebuch muss, so dachte ich, etwas Erfundenes in Tagebuchform sein, ein Roman oder eine Materialsammlung dazu.

In gewisser Weise scheint die Tagebuchschreiberin in ihrem

eigenen Leben gar nicht präsent zu sein. Irgendwann war ich mir sicher, dass die sonderbare Stimmung der Losgelöstheit und Isoliertheit in dem Text ein mit romantechnischen Mitteln erzeugter literarischer Effekt war. In der Welt dieses Romans steht niemand mit anderen Personen in Beziehung. Jeder Mensch lebt allein in seiner eigenen Blase. Die spezielle Wirkung des Manuskripts wurde sicherlich durch die Umstände verstärkt, unter denen ich es las. Ich lebe hier nämlich selbst vollkommen isoliert von allem und jedem. Mit einem leichten Schreck musste ich sogar feststellen, dass ich überhaupt ein ziemlich einsames und isoliertes Leben führe. Vielleicht fühlte ich mich auch deshalb von Laura Palmens Tagebuch angezogen.

Nachdem ich begriffen hatte, dass ich es mit einem Romanmanuskript zu tun hatte, begeisterte ich mich jedenfalls ziemlich für den Text und las ihn noch einmal mit anderen Augen. Ich kam bis zum Herbst 2002, wo ich beim letzten Mal aufgehört hatte. Im September des Jahres fingen die Mädchen an, auf dem Flughafen von Kansas City zu arbeiten. Zuerst als Helferinnen an den Gates und dann als Mitarbeiterinnen am Check-in. Von der stressigen Tätigkeit am Serviceschalter wollten sie auf höher geschätzte und interessantere Posten im Team der Sicherheitskontrolle wechseln, was ihnen auch gelang. Seit dem Anschlag auf die Twin Towers war gut ein Jahr vergangen, und die Sicherheitshysterie hatte ihren Höhepunkt erreicht.

Dann kam ich zu dem letzten Tag, der im Tagebuch beschrieben wird, zum 16.2.2003. Dort hörte die Namenlosigkeit auf. Die Freundin hieß Lara. Die Tagebuchschreiberin berichtete von ihrem Plan, die US-Staatsbürgerschaft zu bekommen und sich mehrere Pässe auf verschiedene Namen zu beschaffen. Plötzlich war mir vollkommen klar, dass es sich bei dem Tagebuch doch nicht um ein Romanmanuskript handelte. Es war echt. Die Verfasserin war Laura Palmen, oder eine junge Frau, die lange schon unter diesem Namen auftrat und ihren Namen nun auch offiziell in Laura Palmen ändern lassen wollte. Als richtigen Namen gab sie Paula Lampen an.

Ich telefonierte sofort lange mit Johan. Danach rief ich Paulas Kindheitsfreundin Sara Heinäniitty an. Sie war das andere Mädchen, das im Tagebuch auftrat.

Wintersonnenwende

22. Dezember 2011

Pirjo kommt aus Lissabon nach einer Zwischenlandung und zwei Stunden Wartezeit in Paris um 17.03 Uhr auf dem Flughafen Helsinki-Vantaa an. Ihre Maschine hat die letzte Kursänderung über der schwedischen Stadt Kalmar vorgenommen. So hat es der Kapitän gesagt und dabei vor den Turbulenzen gewarnt, die durch ein Atlantiktief verursacht würden.

In Kalmar war 1389 ein Abkommen geschlossen worden, in dem Dänemark, Norwegen und Schweden – und mit diesem das künftige Finnland – beschlossen, unter Wahrung der inneren Selbständigkeit gegenüber anderen Ländern als ein Reich zu agieren. Dieses Kalmarer Abkommen führte zur Personalunion. Damit ist eine aus verschiedenen Elementen bestehende menschliche Gemeinschaft gemeint, die von einem Individuum zusammengehalten wird.

Nachdem sie den Signalturm von Kalmar pünktlich erreicht hatte, erhielt die Maschine, die Pirjo nach Hause brachte, von der regionalen Flugleitung die Erlaubnis zur Kursänderung. Pirjo nahm es als kurze Neigung des Flugzeugs wahr. Angesichts der Wetterverhältnisse kam die Maschine in einen erstaunlich stabilen Horizontalflug über der dunkel werdenden Ostsee. Im Sturmwind des Tiefdrucks jagten die Wolken in nur zweihundert Metern Höhe über die nasse Erdoberfläche dahin. Erst unmittelbar bevor das Fahrgestell die Landebahn berührte, wurden die Lichter des Flughafens und des Autobahnrings von Helsinki sichtbar.

Auf Pirjos Sitz bleibt eine zerknitterte Boulevardzeitung zurück. Eine Überschrift meldet den dunkelsten Tag des Jahres. Im

Grunde liegt der Moment der Wintersonnenwende hier auf dem sechzigsten Breitengrad aber bereits zurück. In Helsinki ist der Tag bereits um einige Sekunden länger. Um 07.30 hat die Sonne senkrecht auf den Wendepunkt des Krebses geschienen. Finnischer Zeit. Der Scheitelpunkt der Strahlen hat bereits eine Reise von fast zehn Stunden in Richtung Äquator zurückgelegt, den er in drei Monaten, im Moment der Frühjahrstagundnachtgleiche, überschreiten wird.

Das ist die Zeit, in der man im Norden sagt, der Frühling schreite voran. Der Scheitelpunkt der Sonnenstrahlen liegt auf der Null-Latitude der Erde und rückt Sekunde für Sekunde in Richtung Norden vor. Der Erdball dreht sich innerhalb von vierundzwanzig Stunden einmal um seine Achse und verrückt dabei den Mittelpunkt der Sonne auf seiner Oberfläche. In der Umgebung der Pole kennt man die Zenitposition der Sonne nicht, aber an irgendeinem Punkt der Tropen zwischen den Wendekreisen treffen die brennenden Strahlen in jeder Sekunde des Jahres die Oberfläche des Planeten im Winkel von neunzig Grad.

Die Geschwindigkeit der Erde auf ihrer Umlaufbahn um die Sonne beträgt dreißig Kilometer pro Sekunde. Am nördlichen Rand der Zone zwischen den Wendekreisen wartet eine zweite Tagundnachtgleiche. Der Zenit erreicht den Wendekreis des Krebses sechs Monate später, an Mittsommer. Dann ist die Dunkelheit, die in Finnland bis zum Dezember andauert, in rund um die Uhr andauerndes Licht übergegangen. Es ist Donnerstag, der 22. Dezember 2011, als Pirjo landet, im finnischen Kalender der Raphaelstag. Raphael ist derjenige der Erzengel, dessen besondere Berufung und Aufgabe das Schützen und das Retten ist.

Pirjo hat ihre Sachen per Fracht von Lissabon nach Helsinki geschickt. Sie zieht ein schwarzes Bordcase hinter sich her und betritt als erste Passagierin der Maschine die Ankunftshalle. Ein großer Mann geht auf sie zu. Sie zögern kurz, aber dann umarmen sie sich. Keiner von beiden möchte den anderen loslassen oder auch nur das Kinn von der Schulter des anderen lösen. Was anschließend passiert, ist nicht bekannt.

Gestern hat mit dem Thomastag, dem Tag des zweifelnden Jüngers, die Zeit der Feiertage begonnen. Bis zum zweiten Weihnachtstag, der nach dem gesteinigten Stephanus, dem ersten Märtyrer des Christentums, benannt ist, sind es etwas mehr als drei Tage und drei Nächte. Pirjo und Johan verbringen die nächsten achtzig Stunden zu zweit. Sie haben viel zu bereden.

Am Morgen des Stephanstages wacht Johan neben seiner Exfrau auf und drückt auf den Schalter der Leselampe. Das Licht geht nicht an. Er steht auf, geht in die Küche der Reihenhauswohnung in Vantaa und schaut aus dem Fenster auf den Hof und den Parkplatz im Schein des anbrechenden Morgens. Johan kommt der Zielbereich im Schießübungslager Rovajärvi in den Sinn: Kreuz und quer liegen schwere Kiefern auf dem Asphalt.

Sie liegen auf den Autos und auf dem Dach über dem Fahrradständer. Die Leitung, die den Verteiler des Häuserkomplexes mit Strom versorgt, liegt auf der Erde. Eine riesige Kiefer hat ein Auto in der Mitte plattgedrückt. Das gestern noch für wertvoll und leistungsstark gehaltene Fahrzeug klebt wie eine bewegungsunfähige alte, fette Katze auf dem Asphalt.

Der Wipfel einer anderen großen Föhre hat Johans Volvo auf dem Gästeparkplatz erwischt. Ein dicker Ast dringt durch das Dach. Der Fahrersitz ist mit Rinde und Nadeln bedeckt. Überall auf dem Parkplatz sieht man zwischen grünen Nadeln glitzernde Glassplitter und rote Dachziegelscherben wie Schmuck an einem Weihnachtsbaum. Weiter weg, unter kraftlos gewordenen Oberleitungen, steht ein Lokalzug, reglos und dunkel wie eine tote urzeitliche Bestie.

II

SUCHE UND RETTE

Johan

März 2012, Stiller Ozean

Der Graf warf den Kugelfender ins Wasser. Die Segel hingen schlaff, und der Fender trieb einige Meter von der Achterdeckreling weg, auf deren untere Quersprosse ich den Lauf des Gewehrs legte, das ich mit Konservierungsfett gereinigt hatte. Die Gegenströmung des Äquators trieb die *Endeavour* mit weniger als einem Knoten in Richtung Osten. Dort lag, etwa siebenhundert Seemeilen entfernt, die Küste Ecuadors. Genauso weit weg lagen hinter dem westlichen Horizont die Galápagos-Inseln. Der Fender schwamm in der windlosen Strömung des Meeres, die sich nun, nachdem wir die Nulllinie überquert hatten, immer weiter nach Norden drehte und dort auf die Weströmung des Äquators treffen würde.

Der Abstand zwischen dem roten Ball und dem Boot wuchs zunächst nicht, aber dann kam ein ganz leichter Windhauch, wieder vom Steuerbordhals. Die Windrichtung stabilisierte sich, vielleicht hatte das mit der Nähe des Festlandes zu tun, oder wir kamen nach dem Überqueren des Äquators allmählich in die Zone des Nordostpassats. Für einen Moment füllten sich die Segel, und das Boot entfernte sich vom Fender, der in den Wellen auf- und abschaukelte. Ich lud durch, drehte das Mützenschild in den Nacken und steckte mir Watte in die Ohren. Nun hörten die Segel wieder auf zu ziehen, aber das Boot glitt vom Windhauch getrieben weiter.

Als wir zweihundert Meter vom Fender weg waren, sagte der Graf, ich könne schießen. Die Waffe war in seinem Heimatland Belgien hergestellt worden, ein leichtes Maschinengewehr von FN Herstal, das bei den Streitkräften der Vereinigten Staaten oder

Großbritanniens im Diensteinsatz gewesen und nach dem zweiten Irak-Krieg auf den grauen Markt gelangt war. Patronen waren kistenweise vorhanden. Man hätte damit mehr als zwanzig lange Stahlgürtel füllen können, aber ich hatte ein Dreißig-Schuss-Magazin genommen und zehn Nato-Patronen vom Kaliber 7,62 hineingeschoben. Ich schaltete auf langsames Reihenfeuer.

Der Graf beobachtete die ganze Zeit, was ich tat, mischte sich aber nicht ein. Ich hatte vor, Salven von zwei oder drei Schuss abzugeben und glaubte nicht, mehr als vier, höchstens fünf Patronen zu brauchen. Eine halbe Stunde lang hatte ich über juristische Gesichtspunkte zu den plötzlich aufgetauchten Waffen und über die Begründung meines Skippers nachgedacht, warum sich an Bord ein Maschinengewehr und eine Panzerfaust befanden. Aber sie waren nun einmal da, und niemand wäre auf offener See Zeuge, wenn man sie ausprobierte. Das Schießen war wenigstens eine kleine Abwechslung zu den routinierten Abläufen auf dem Boot, das in der Zone feststeckte, wo die Passatwinde aufeinandertrafen. Wir trieben und schlingerten nun schon seit drei Tagen vor uns hin.

Das Boot hob und senkte sich mit den flachen Wellen wie die Kugel, die das Ziel abgab. Ich nahm den Hemdärmel in die Faust und wischte mir den Schweiß von der Stirn. Ansonsten machte ich es wie bei der Eiderentenjagd: zog den Abzug bis an die Schwelle zum Schuss, passte den Atem dem Schaukeln des Bootes an und wartete auf den oberen toten Punkt der Bewegung. Zwischen Steigen und Senken gibt es immer einen Stillstand, einen kleinen, angehaltenen Augenblick. Wenn man im Takt des Bootes atmet, kommt der Moment des Auslösens von innen, und man muss sich nicht eigens darauf konzentrieren.

Ich drückte ab, und zwei Kugeln krachten aus der Waffe, deren Hülsen klimpernd aufs Deck fielen. Die Kugeln schlugen links von dem Fender auf der Wasseroberfläche auf. Ich verlegte den Zielpunkt weiter nach rechts und gab zwei weitere Schüsse ab, als die Bewegung des Bootes das nächste Mal innehielt. Die Waffe zog böse nach links, und ich musste ein drittes Mal schießen, auf einen Zielpunkt im Wasser rechts von der Kugel. Die Kimme hatte ich auf zweihundert Meter eingestellt.

Kurz trieben die roten Fetzen auf den Wellen, dann gingen sie unter. Ich fragte mich, ob sie bis auf den Meeresgrund in vielen Kilometern Tiefe sinken oder ob sie wie der übrige Plastikmüll in einer Wasserschicht bleiben und vom Meer weiterbefördert würden. Sollte dies der Fall sein, würde dann der von mir zerschossene 600-Millimeter-Fender Teil eines der unauflöslichen Plastikteppiche werden, von denen behauptet wurde, sie sammelten sich in den großen Strudeln und Wendepunkten der Meeresströmung? Einem solchen näherten wir uns gerade. Ich wunderte mich darüber, dass meine Angst vor der Tiefe des Meeres völlig gewichen war. Ich befolgte alle Sicherheitsmaßnahmen, die ich gelernt hatte, und hatte überhaupt keine Angst.

Ich löste das Magazin, das seitlich von der Waffe abstand und entfernte die Patrone. Sie roch nach Schwarzpulver. Aus dem Lauf und dem Mündungsfeuerdämpfer der Waffe stieg kräuselnd Rauch auf, der in der windlosen, feuchten Luft verflog. Einige Jahre zuvor war ich bei einem Probeschießen in Syndalen gewesen, wo neue Waffen für die Küstenwache und ihre Wachboote getestet wurden. Damals hatte ich auch das heute von der Nato benutzte FN MAG-Gewehr kennengelernt. So eines war aus obskuren und mir zum Teil unbekannten Gründen an Bord des Bootes, auf dem ich nun schon fast zwei Monate oder dreitausend Meilen segelte.

Ich nahm den Stellschlüssel aus dem Fach in der Schulterstütze und lockerte die Schraube am Korn um anderthalb Umdrehungen in der Einschlagrichtung, also links. Auf der Gegenseite zog ich an. Durch die drei kurzen Salven war der Lauf bereits warm geworden. Vor dem Handschutz war er heißer als die anderen Metallteile am Boot in der tropischen Hitze. Ich nahm die

Waffe auseinander, reinigte und ölte den Lauf und die beweglichen Teile. Dann schob ich das zusammengesetzte Gewehr mit eingeklappten Vorderstützen ins geölte Segeltuchfutteral. Ohne Schutz würde es durch die tropische Feuchtigkeit und das salzige Meerwasser sofort anfangen zu rosten.

Der verkaterte Graf sah sich das alles wortlos an. Ich fragte mich, was er sagen würde, wenn ich nach Dienstvorschrift handelte: Sofort nach dem Entfernen des Öls aus Lauf und Schloss Haltung annehmen und melden, dass die Waffe gewartet und einsatzbereit ist. Stattdessen sagte ich nur, das Visier des MG sei schief eingestellt gewesen, aber ich hätte die Waffe jetzt einigermaßen gerichtet. Der Graf forderte mich auf, mir Stellen im Boot zu überlegen, von denen aus man im Fall eines Angriffs gut feuern könnte.

Ich sagte, ich würde in keiner Situation auf Menschen schießen. Er meinte, es könnte durchaus zu so einer Situation kommen. Mit ziemlicher Sicherheit würde es dann aber ausreichen, Warnschüsse über den Angreifer hinweg oder vor dessen Bug abzugeben. Er selbst werde die Panzerfaust nehmen, sagte der Graf. Er fand es wichtig, dem Gegner von vorneherein klar zu machen, dass es an Bord ausreichende Bewaffnung und eine entschlossene Besatzung gab, sich ein Angriff also nicht lohnte. Käme die Bedrohung aus Bugrichtung oder von hinten, solle ich das Boot seitwärts drehen und wenn nötig die Schoten fieren, wenn mit der Panzerfaust geschossen werde. Ansonsten könnte die Rückstoßflamme Schaden an Takelage und Segeln anrichten.

Der Graf befahl mir, zwei Gürtel mit zweihundertfünfzig Schuss zu füllen, den einen mit Leuchtspurmunition. Damit sollte bei Dunkelheit oder Dämmerung geschossen werden. Im Dunkeln müsse zuerst eine Handleuchtrakete abgefeuert und in deren Licht dann der Nightblaster auf das näher kommende Boot gerichtet werden. Mit dem Maschinengewehr müsse man lange Salven abgeben, ohne Munition zu sparen und den Lauf zu schonen. Feuereröffnung bei fünfhundert Metern. Der Zweck bestehe darin, zu demonstrieren, was wir an Feuerkraft zur Verfügung hätten. Aus dem gleichen Grund sollte auch mit geringerer Feuergeschwindigkeit geschossen werden. Reihen mit größeren Intervallen ließen eine Waffe massiver wirken, als sie war.

Die Piraten ballern selber gern, sagte der Graf. Sie verstehen nichts von Feuerdisziplin und dem taktischen Vorteil von kurzen Serien. Sie haben keine militärische Ausbildung und halten kontrollierten Feuereinsatz schlicht und einfach für ein Zeichen von Schwäche und Furchtsamkeit. Es könnte sie provozieren und zu dem Versuch ermutigen, das Boot zu kapern. Unser potenzieller Waffengebrauch müsse auf die Wahrung unserer eigenen Sicherheit abzielen, unter Verursachung möglichst geringer Verluste beim Gegner.

Abschreckung war das Ziel. Darum müsse das Feuer schon von weitem eröffnet und reichlich Munition zum Einsatz gebracht werden. Mit der Panzerfaust sollten thermobare Aerosolgranaten mit möglichst großer Elevation abgeschossen werden. Der Selbstzerstörungsmechanismus lasse ein solches Geschoss nach neunhundert Metern Flug in der Luft explodieren, wobei es zu einem höllischen Brand komme. So sei 1993 in Mogadischu ein amerikanischer Hubschrauber heruntergeholt worden, erzählte der Graf. Zwar habe der Kämpfer eines somalischen Klans damals keinen Volltreffer gelandet, aber die Explosion in der Nähe habe den Helikopter funktionsunfähig gemacht. Das Aufflammen eines Aerosolgeschosses sei vor allem bei Dunkelheit ein beängstigender Anblick. Und die heiße Druckwelle sei eine effektive Warnung vor dem, was auf feindlichen Beschuss folgen würde.

Ich durfte mir laminierte Fotos von Wachbooten der kolumbianischen Marine und Küstenwache ansehen. Die grauen Boote der Marine hatten weiß aufgemalte Kennnummern und die Fahrzeuge der Küstenwache Querstreifen auf der Seite, wie es dem internationalen Brauch entsprach. Alle anderen Boote, die uns auf den Gewässern zwischen der Insel Malpelo und der kolumbianischen Küste entgegenkämen, müssten als potenzielle Bedrohung betrachtet werden, unabhängig davon, was sie für eine Flagge gehisst hätten. Ich rechnete aus, dass wir spätestens drei Tage, nachdem uns die drehende Strömung aus dem windstillen, regnerischen Wetter der tropischen Konvergenzzone in die Zone des Nordostpassats geführt hatte, das Seegebiet erreichen würden, das der Graf meinte.

Er schaute zu, wie ich den Gürtel mit Patronen versah und immer nach vier normalen Geschossen eine Patrone rot markierte Leuchtspurmunition hineinschob. Er fragte, wo ich gelernt hätte, Maschinenfeuerwaffen auseinander- und zusammenzubauen und richtig damit zu schießen. Bei der Armee, sagte ich. Bei uns besteht allgemeine Wehrpflicht. Der Graf vermutete, dass ich ihn irgendwann in den Siebzigerjahren abgeleistet hatte. Ich sagte, das leichte finnische Maschinengewehr stamme aus dem Jahrzehnt zuvor und sei von der Grundkonstruktion das gleiche wie das, das sich der Graf für sein Boot angeschafft hatte.

Ich hatte keine Lust gehabt, mich beim Umgang mit der Waffe absichtlich ungeschickt anzustellen, und der Graf glaubte wohl auch nicht, dass ich zuletzt vor mehr als dreißig Jahren als Rekrut mit einem Maschinengewehr zu tun gehabt hatte. Er selbst hatte erzählt, er sei vor sieben Jahren als Major aus dem Dienst bei der belgischen Armee ausgeschieden, weil er von der Nato-Bürokratie und den ständigen Kürzungen des Verteidigungshaushalts die Nase voll hatte.

Er hatte mir auch nicht geglaubt, als ich ihm am Anfang erzählt hatte, das Segeln bei Hochseeregatten gelernt zu haben. Er behauptete, ich würde nie ein Sportsegler werden, und kein siegeswilliger Skipper dürfte mich als Gast an Bord nehmen. Mir fehle der Wettbewerbsgeist und in dessen Folge die Leidenschaft, das Boot trotz Risiken in der optimalen Trimmung zu halten. Der Graf amüsierte sich, weil ich immer Gurte und eine an der Reling befestigte Lebensleine benutzte, wenn ich allein Wache hatte.

Er erzählte, am Heiligabend 1895 seien fünfzehn Seenotretter vor der Küste Irlands ertrunken und zwar zum größten Teil deswegen, weil sie mit Lebensleinen an ihrem gekenterten Boot festgebunden waren. Die um die Taillen gebundenen Korkschwimmer und die am Boot befestigten Sicherungstaue der damaligen Zeit hätten die Rettung unmöglich und das Ertrinken zur Hölle gemacht. Ich sagte, der Fall sei mir bekannt. Bei der Ausbildung sei uns davon erzählt worden. Daraufhin behauptete der Graf, ich hätte mich verraten. Er musterte mich und sagte, ich könnte womöglich doch ein Berufsseefahrer sein, im Dienst eines Linienschiffs, das fahrplanmäßig zwischen zwei Punkten hin- und herfuhr wie ein schwimmendes Amt. Ich gab zu, Ausbilder in einer Branchenfachschule zu sein.

Die ganze Zeit hatten wir die Positionsbestimmungen ausschließlich mit Sextant, Chronometer und Segelalmanach vorgenommen. Den Kurs hielten wir mit Hilfe von Kompass und Deviationskurve. Zwar hatte die *Endeavour* eine moderne Nautikausrüstung, aber wir benutzten keine Satellitennavigation und keine Wetterinformationen, die über Satellitentelefon und Computer übermittelt wurden. Das Log war allerdings in Gebrauch und kalibriert. Die von ihm gemessene Vorwärtsbewegung innerhalb von vierundzwanzig Stunden schrieben wir auf und verglichen die Werte mit den Lokalisierungsdaten. Mit Zirkel und Lineal wurde die zurückgelegte Strecke dann auf die Karte übertragen. Die Bleistiftlinie schlängelte sich über das Tag für Tag länger werdende Kartenblatt von einem Gebiet der Erde, das zweimal so groß wie Europa war.

Es sollte wohl eher ein Spiel sein, als der Graf irgendwann bei gleichmäßigem Wind die Anweisung gab, unsere Geschwindigkeit mit traditionellen Methoden zu messen. Er besaß eine Handlogge, wie sie auf alten Segelschiffen benutzt worden war, und die musste ich bedienen. Ich kannte das Verfahren allerdings, obwohl der Graf es mir nicht erklärte, sondern mir bloß die Rolle mit der Schnur zuwarf. Ich nahm die Stoppuhr und gab dreißig Sekunden lang Schnur, zog sie dann Fingerbreit für Fingerbreit nach oben und machte Meldung: »Geschwindigkeit sieben Knoten … neun Knoten« oder wie hoch die Geschwindigkeit nun einmal war.

Der Skipper lachte und war zufrieden. Ich beschwerte mich, weil es an Bord keine Sanduhr gab, denn es wäre richtig gewesen, den Verbleib der Logge im Wasser mit einem Halb-Minuten-Glas zu messen. Überraschend genau waren diese Messungen, wenn man die Ergebnisse mit dem Wert verglich, den das Propeller-Log anzeigte.

Der Graf wollte beim Segeln die gleichen Instrumente benutzen wie Captain Cook. Natürlich waren der Sextant von Zeiss und der Chronometer von Omega wesentlich genauer als die von Harrison entwickelten Geräte, die Cook zweihundertvierzig Jahre zuvor zur Verfügung gestanden hatten. Auch der von *Her Majesty's Nautical Almanac Office* herausgegebene aktualisierte Seefahrtskalender war genauer und vielfältiger als zu Cooks Zeiten. Im Prinzip segelten wir trotzdem mit den gleichen Methoden, die James Cook auf seinen drei Forschungsreisen in den 1770er Jahren entwickelt hatte.

Ich hatte darum gebeten, eigene Winkelmessungen vornehmen zu dürfen, nachdem der Graf mittags, morgens und abends zur Stunde der nautischen Dämmerung die Positionsbestimmung gemacht hatte. Ich war nicht geübt darin, den Sextanten zu benutzen, und die Latitudenwerte, die ich vom schaukelnden Bootsdeck aus bekam, wichen oft von den Werten, die der Graf gemessen hatte, um zig Breitenminuten ab. Das bedeutet zig Meilen auf der Erdoberfläche. Andererseits stellte ich bei der Lokalisierung, die der Graf vornahm, im schlimmsten Fall eine Abweichung von fast fünfzig Meilen fest, als ich unsere wirkliche Position heimlich mit dem Handnavigationsgerät überprüfte.

Ich zeigte dem Grafen mein Satellitennavigationsgerät nicht, weil ich nicht wusste, wie zwanghaft er an den Methoden aus Cooks Zeiten hing. In den Gewässern Polynesiens und der Marquesas-Inseln überprüfte ich allerdings immer die Positionsangaben, denn ich wollte nicht wegen ungenauer Peilung, an der aus reiner Sturheit festgehalten wurde, an einem Korallenriff enden. Für die zwölfstündige Dunkelheit hatten wir Sechs-Stunden-Wachen vereinbart. Tagsüber waren wir nach freier Vereinbarung am Ruder, und zumindest ich hatte keinen Grund zur Klage.

Frühjahrstagundnachtgleiche

20. März 2012

Johan hat nie Grund zur Klage. Er passt sich an alles an und versucht stets, die bestmögliche Lösung auszutüfteln. Jetzt ist er aufgebrochen, um seine Tochter zu suchen und folgt dabei einer Gedankenkette, die aus vagen und unvollständigen Indizien aufgebaut ist. Er hat immer an die Logik geglaubt.

Anstelle der logischen Schlussfolgerung hätte er gleich zu Beginn begreifen müssen, dass die Mission unmöglich und absurd ist, so wie das elementare Verstehen und Beherrschen des Lebens unmöglich und absurd ist. Johan hat jedoch das internationale Motto der Seenotretter verinnerlicht: SUCHE UND RETTE. Dieser Satz ist für ihn zu einer Zwangsvorstellung geworden. Und ein Mensch mit Zwangsvorstellungen kann unmöglich die Möglichkeit des Unmöglichen akzeptieren.

Und so sucht Johan Lampen bereits seit zwei Monaten auf den Tausenden Inseln des größten Ozeans der Welt nach seiner Tochter. Seiner Meinung nach geht er aufgrund der Informationen, die er sich beschafft hat, vernünftig und systematisch vor. Er misst seine Position auf der Erde, indem er seine Beobachtungen in Relation zu den unerschütterlichen Himmelskörpern setzt. Die Zeitpunkte der Sextantenmessungen gibt eine von Menschen – genauer gesagt von Schweizern – gemachte Uhr vor. Die Horizontwinkel werden mit deutscher Instrumententechnik am Mittag und in der Morgen- und Abenddämmerung gemessen.

Die Abenddämmerung teilt sich in drei Phasen, wie Johan in der Marineschule gelernt hat. Zuerst kommt die bürgerliche Dämmerung. Das ist die Zeit des Abends, wenn in den mittelalterlichen Städten die Handwerker, also die Bürger, noch ohne künstliches Licht ihrer Arbeit nachgehen konnten, obwohl der untere Rand der Sonne bereits hinter dem Horizont verschwunden war. Der bürgerlichen Dämmerung folgt die nautische oder mittlere Dämmerung. Da befindet sich die Sonne 6-12 Grad unterhalb des Horizonts. Der Horizont ist noch sichtbar, aber das gilt auch für die hellsten Sterne, und deren Höhe im Verhältnis zum Horizont kann gemessen werden.

Befindet sich die Sonne dann 12-18 Grad unterhalb des Horizonts, herrscht die astronomische Dämmerung. Diese letzte Phase der Dämmerung interessiert die Seefahrer nicht, weil der Horizont dann nicht mehr erkennbar ist. Man kann bereits astronomische Beobachtungen machen, die von keinem Lichtschein gestört werden. Am Morgen verwandelt sich die Dunkelheit in umgekehrter Reihenfolge qua Dämmerung in Licht. Am Abend setzt die Dunkelheit nach der astronomischen Dämmerung ein. Dann bewegt sich der Seefahrer wie der Geist Gottes über der Tiefe in der Finsternis, die sich als von Sternen gesprenkelte Halbkugel über ihm wölbt. Die Positionslichter färben das schwarze Wasser auf der linken Seite rot und auf der rechten grün. Richtet man den Blick über die Lichtsektoren hinaus nach oben, schimmern in der Dunkelheit nur die Segel um die Mastleuchte herum, wie weiße Engelsflügel.

Die Messungen sind nach allen Regeln der Kunst durchgeführt worden, aber als Johan den Winkel der Sterne im Verhältnis zum Horizont des Stillen Ozeans misst, weiß er nicht, dass sich seine Tochter gar nicht auf diesem Ozean aufgehalten hat, sondern zunächst auf dem afrikanischen Kontinent und dann jenseits des Suez-Kanals in Kleinasien, die ganze Zeit fast genau auf der entgegengesetzten Seite der Erde. Johan weiß nicht einmal, wie seine Tochter aussieht. Er hat sie zuletzt gesehen, als sie einen Monat alt war, und die neuesten Fotos von ihr sind vor sechs Jahren aufgenommen worden. Noch vor kurzem kannte Johan nicht einmal den Namen seiner Tochter. Und er hat auch nicht gewusst, dass sie eine Tochter hat.

Kommodore Lampen treibt fast eine Woche in der Äquatorregion. Er hat keinen Einfluss darauf, in welcher Minute oder Sekunde der Äquator überquert wird. Er kann nur verfolgen, wie es passiert. Zur gleichen Zeit überschreitet seine Tochter, nachdem sie eine Woche gelitten hat, endlich die Grenze des Lebens. Es ist besser, dass Johan nie ganz genau erfährt, wann, wie und wo das geschieht. Seine Tochter wurde vor achtundzwanzig Jahren und sieben Monaten geboren, als Johan gerade den Äquator auf dem Atlantischen Ozean überquerte. Jetzt stirbt sie, als ihr Vater, von einem leichten Windhauch getrieben, dieselbe Linie im Stillen Ozean überschreitet.

Die Frühlingstagundnachtgleiche dieses Schaltjahres fällt auf den zwanzigsten März, und da erreicht auch der Scheitelpunkt der Sonne, der Zenit, den Äquator und rückt von der südlichen auf die nördliche Erdhalbkugel vor. Wieder sind Tag und Nacht überall auf der Erde gleich lang. Bis zur Sommersonnenwende und zum finnischen Mittsommerfest sind es drei Monate. Dann ist der Zenit zum Wendekreis des Krebses vorgerückt.

In jedem Augenblick des Äquinoktium-Tages, auch jetzt, scheint die Sonne in der Äquatorgegend auf der Minute und Sekunde eines Längengrades senkrecht auf die Erde. Auf der Höhe einer dieser Sekunden hat die Sonne für einen flüchtigen Moment über Johans Kopf gestanden. Mit diesem Tag beginnt die Reise der Erde zurück auf die Herbsttagundnachtgleiche zu, die den Zenit wieder auf den Äquator rücken wird. Dazwischen liegt die Sommersonnenwende auf der nördlichen Halbkugel.

Zu der Zeit des nordischen Sommers geht die Sonne zwischen dem nördlichen Polarkreis und dem Nordpol überhaupt nicht unter. Hinter dem südlichen Polarkreis liegen dann Wintersonnenwende und *kaamos*, die rund um die Uhr andauernde Polarnacht. Sechs Monate später verhält es sich wieder umgekehrt.

Johan wird in drei Monaten vom Schicksal seiner Tochter erfahren, wenn der Scheitelpunkt der Sonne vom Äquator zum Wendekreis des Krebses vorgerückt ist und das anhaltende nordische Licht am stärksten ist.

Johan
März 2012, Stiller Ozean

Der Graf wachte kurz auf und sagte, ich sei ein Idiot. Es kostete mich keine Mühe, ihn ebenfalls anzuschnauzen. Ich riet ihm, einfach weiterzuschlafen, aber er setzte sich auf und präzisierte, er spreche von Dostojewskis Idiot. Nach Meinung des Grafen war ich wie Fürst Myschkin. Ich behauptete, alles andere als ein Fürst zu sein. Als Adliger mochte der Graf über vielerlei Kontakte verfügen, ich aber kannte keinen einzigen Fürsten. Der Graf nahm einen Schluck Irischen, trank Wasser hinterher und sagte, er spreche von Dostjewskis Roman *Der Idiot*. Dessen Untertitel laute: »Ein guter Mensch«.

Nachdem wir die tropische Konvergenzzone erreicht hatten und es mit dem öden Treiben in dem mal aus dieser, mal aus jener Richtung kommenden feuchten Windhauch losgegangen war, hatte der Graf die Verantwortung fürs Steuern ganz an mich abgeschoben und angefangen, irischen Whiskey und belgisches Stella-Bier zu trinken. Angeblich war das eine Angewohnheit von ihm in den ewig windstillen Rossbreiten in der Nähe der Wendekreise und in den windarmen Gewässern der Äquatorialzone. Ich hielt Wache, nickte zwischendurch ein und überprüfte nach jedem Aufwachen unsere Position. Man konnte ohnehin nicht mehr tun, denn der Graf hatte den Gebrauch der Maschine strikt verboten.

Er lag herum, soff und erzählte von seinen Segeltörns, bei denen er die großen Seefahrerrouten abklapperte. Jetzt kehrte er gerade nach Europa zurück, nachdem er Cooks dritte Reise nachgestellt hatte. Er beklagte sich, wie schwer es gewesen sei, jemanden zu finden, der beim vorigen Törn mitkommen wollte, bei dem es auf Cooks südliche Route ging, die über den südlichen Polarkreis an den Rand des Treibeises vor der Antarktis führte. Er behauptete, allein mit Segeleinsatz auf die gleiche südliche Breite wie Cook gelangt zu sein, aber näher am Hochsommer der Südhalbkugel, irgendwann im Dezember. Der verzögerte Aufbruch in Wellington hatte den Fahrplan gegenüber dem von Cook durcheinandergebracht. Das schien den Grafen schwer zu ärgern.

Im betrunkenen Zustand verkündete er, ein echter Graf von Flandern zu sein. Sein Großvater sei Herzog von Brabant gewesen, der älteste Sohn des späteren Königs Albert I., allerdings außerehelich. Der belgische Prinz Karl war also der jüngere Stiefbruder vom Großvater des Grafen, den Albert I. zum Grafen von Flandern machte, weil mehr nicht ging. Das war ein Ehrentitel, der dem Sohn des Herrschers zustand, einer der ältesten in Europa. Karl sei ein großartiger Mann gewesen, der eine gründliche Militärausbildung erhalten habe, zunächst bei den belgischen Landstreitkräften und danach bei der Marine Ihrer Majestät in Großbritannien.

Im Zweiten Weltkrieg machte der inoffizielle Großonkel Karl als Kavallerieoberst dem Feind fast zwei Wochen lang das Leben schwer. Der Graf behauptete, das sei zu Zeiten des deutschen Blitzkrieges europäischer Rekord gewesen. In Polen oder Norwegen sei niemand zu einer zweiwöchigen Gegenwehr mit so wenig Gebietsverlust fähig gewesen, von den Dänen ganz zu schweigen. Als der Krieg noch tobte, wurde Karl zum Regenten des Landes, weil sich der älteste legitime Sohn des Königs, der spätere Leopold III., in den Klauen des Feindes befand.

Der Graf dachte an Flandern zurück, insbesondere an die sechzig Kilometer lange Küste. Er hatte seine Kindheit in Ostende verbracht und erklärte stehend und mit gereckter Faust, von dort liefen die tapfersten Heringsflotten der Welt zu den schwierigsten Gewässern der Welt aus. Der Graf hielt sich für einen, der die Tradition einer grundlos gering geachteten großen Seefahrernation fortsetzte. Die »Scheiß-Nato« und vor allem die Amerikaner hätten es ihm unmöglich gemacht, den Beruf des Soldaten auszuüben, prahlte er.

Auf seinem Sitzkasten fläzend erzählte er, wie er als junger Leutnant in Afrika gewesen war, als Befehlshaber eines belgischen UNO-Kommandos im Kongokrieg, und davor in Ruanda, wo er Augenzeuge eines unfassbaren Gemetzels wurde. Niemand hätte geglaubt, dass so etwas wirklich passieren könne. Sie waren neun belgische und sechs ghanaische Friedenssicherer und konnten nichts und niemand sichern. Mit Müh und Not waren sie in der Lage, ihr eigenes Leben zu verteidigen, als die betrunkenen Hutus mit blutverschmierten Buschmessern in der Hand Tutsis jagten, Frauen vergewaltigten und Dörfer in Brand setzten.

Belgien hatte aus historischen Gründen Blauhelmsoldaten hingeschickt – oder aus schlechtem Gewissen –, aber lächerlich wenige und ohne echte Befugnisse, sich einzumischen. Der Graf sagte, auch er habe einen großen Haufen von dem Blutgeld geerbt, das Leopold II., der Vorgänger und Onkel von Albert I., im Kongo verdient hatte. Eben an diesen Ursprung erinnerte das fast völlig zerlesene Exemplar von Joseph Conrads *Herz der Finsternis*, das mir im Regal im Salon aufgefallen war. Der Graf erzählte, er habe eine Stiftung gegründet, deren Erträge dem Gesundheitssystem in der Demokratischen Republik Kongo zukämen.

Geld zum Segeln war trotzdem noch vorhanden. Der Graf reichte mir die Flasche, und ich goss mir einen Schluck in den Becher. John, sagte er, ich weiß, was für eine Sorte Mann du bist. Wenn er trank, schlief der Graf lange unter dem Sonnendach, das in der Konvergenzzone allerdings mehr vor Regen als vor Sonne schützte. Ich weckte ihn alle zwei Stunden auf und zwang ihn, Wasser zu trinken, das ich in Segeltuch gesammelt hatte, was er auch ohne einen Mucks akzeptierte.

Ich kontrollierte unser Vorwärtskommen auf dem Hand-GPS-Gerät. Die langsam wechselnden Meridianwerte verrieten, dass wir nach Osten trieben. Am Ende der mit einer Null beginnenden, die Breitengradposition anzeigenden Ziffernfolge stand nach wie vor ein hartnäckiges S. Wir befanden uns in unmittelbarer Nähe des Äquators, aber noch immer südlich davon. Die Umkehrung der Meeresströmung und die kurz aufkommenden, fast unmerklich leichten, feuchten Winde führten uns dennoch Stück für Stück näher an die Linie heran.

Ich schenkte mir aus der Flasche des Grafen nach. Wir trieben in der Strömung. Ich befand mich im Weltall auf einem Planeten, dessen Atmosphäre genau die richtige Menge Sauerstoff enthielt, in dessen Erde Elemente in der richtigen Relation vorhanden waren und auf dem es in den Senken zwischen den Kontinenten ausreichend Wasser gab, damit das Leben im Meer und auf dem Land möglich war. Ich trieb in einem Seegebiet, dem ein portugiesischer Entdeckungsreisender namens Magellan den Namen Stiller Ozean gegeben hatte.

Das Meer und das Land und die alles umgebende Atmosphäre waren Teil des Weltalls. Das Weltall wurde von den Himmelskörpern und von der Leere zwischen ihnen gebildet. Wir maßen morgens und abends die Winkelgrade der Sterne im Verhältnis zum Horizont, der sichtbaren Berührungslinie von Erde und All, und bestimmten so unsere Position im Universum.

In den Augen des Beobachters auf der Erde bewegt sich der Sternenhimmel etwas schneller als die Sonne über die Himmelskugel. Das hat damit zu tun, dass der Beobachtungsposten, also der Planet Erde, im Verhältnis zur Sonne nicht an einem Platz bleibt, sondern sie mit einer Stundengeschwindigkeit von mehr als hunderttausend Kilometern umrundet – zweieinhalb Millionen Kilometer in vierundzwanzig Stunden. Darum sind vierundzwanzig Stunden nach Sternzeit vier Minuten kürzer als der Sonnentag, auf dem die menschliche Zeitrechnung basiert.

Die Naturwissenschaftler kennen die astronomischen und mathematischen Gründe für das Phänomen schon lang und können seit Newton den Zeitunterschied berechnen und tabellarisch darstellen. Der uns zur Verfügung stehende Segelalmanach beruhte auf der Zeit des Universums, das über die Grenzen des Sonnensystems hinausreichte. Die Sterne waren Fixpunkte, auf die wir uns im Rahmen unserer Messgenauigkeit verlassen konnten.

Was ist mein Fixpunkt, wo ist mein Horizont? Wer misst meine Position, wer nimmt Kontakt auf und von welchem Punkt aus? Nichts bleibt gleich, alles wandelt sich ständig, auch das Weltall. Es erweitert sich, wird am Ende aber zusammengedrückt werden, um nach einem Urknall wieder neu zu wachsen.

Vom Studium her wusste ich, dass sich auch die Kontinente voneinander entfernen und dann wieder aufeinander zukommen. Im Atlantik ist das bereits der Fall, aber im Pazifik driften Amerika und Eurasien noch auseinander. In der Geschwindigkeit, in der die Nägel des Menschen wachsen, ist behauptet worden. Das Trennen und Zusammenfinden dauert eine halbe Milliarde Jahre. Dann beginnt es von vorn und wiederholt sich. Dieses Phänomen wird nach seinem Entdecker als Wilson-Zyklus bezeichnet. Auch die Menschen driften nach geheimen Zyklen auseinander und nähern sich einander wieder an – auch Familienmitglieder.

Ich hatte meine Tochter mehr als siebenundzwanzig Jahre nicht gesehen, mich aber auf den Weg gemacht, sie auf den im Stillen Ozean verstreuten Atollen zu suchen, die durch Vulkantätigkeit und das Kristallisieren von Salzen, die Korallentiere ausgeschieden hatten, erst vor einem Wimpernschlag gebildet worden waren, wenn man es im Verhältnis zur Dauer des Wilson-Zyklus betrachtete. Ich befand mich weiterhin in einem Boot auf diesem Meer und wollte die Suche auf dem nächsten Meer fortsetzen.

Im Verhältnis zur Entstehung der Atolle war wiederum nur ein Milliardstel eines Wimpernschlags vergangen, seit bestimmte, um die Herrschaft auf der Erde konkurrierende Säugetiergemeinschaften auf ebendiesen Inseln einen Revierkampf namens Zweiter Weltkrieg ausfochten. Damals nannte man die Inseln und das Seegebiet den pazifischen Kriegsschauplatz. Es wurde wütend um die Inseln gekämpft, weil man von ihnen aus immer weitere Inseln bombardieren und erobern konnte.

Die Inseln des Kriegsschauplatzes werden irgendwann im Meer versinken, neu entstehen und bis dahin mit der Kontinentaldrift an eine andere Stelle auf der Erdoberfläche gerückt sein. Auch diese Stelle wird man dann im Verhältnis zu den Sternen exakt bestimmen können. Die Bewegung der Sterne sowie die Entstehung, der Tod und die Wiedergeburt der Galaxien sind Ereignisse, die wohl kein Supercomputer und auch kein Gott berechnen können. Oder wissen andere Wissenschaftler – die Theologen – etwas über die Rechenkapazität Gottes?

Ich wachte auf. Es waren zwei Stunden vergangen, und die Meeresströmung trieb mich und das Boot noch immer voran. Auf dem Display des GPS-Geräts wechselten die Sekunden und die Minuten. Ein Grad teilt sich in sechzig Minuten und eine Minute in ebenso viele Sekunden. In der auf Seekarten verwendeten Mercator-Projektion entspricht eine Breitenminute der Strecke von einer Meile am Äquator der Erde. Eine Latitudensekunde sind etwa sechzig Meter. Schließlich konnte ich nicht anders, als gespannt verfolgen, wie nur noch wenige Breitensekunden die Entfernung der *Endeavour* zu der unsichtbaren Linie angaben, die die Erdkugel waagrecht zur Rotationsachse in zwei Hälften teilte.

Ich hatte den Äquator einmal als Kadett überschritten und damals die dazugehörige Taufe von einem mit Teerpinsel und Rumflasche ausgerüsteten Neptun erhalten, der in Wirklichkeit Oberbootsmann Hänninen war. Er hatte sein Gesicht schwarz angemalt, sich einen Mop auf den kahlen Schädel gesetzt und war leicht angetrunken. In der Hand hielt er eine aus Flacheisen gebogene und hastig zusammengeschweißte Fischgabel. Hänninen erklärte, wir seien alle Gefangene Neptuns, und er werde uns zu den Sirenen im Hafen von Rio bringen. Der Teer werde sich abgerieben haben, bevor wir die Gelegenheit hätten, unsere Utensilien zu präsentieren, versicherte er.

Wenig später korrigierte der als Neptun verkleidete Hänninen, nur die Junggesellen dürften seine Sirenen besuchen. Er wusste, dass ich vorhatte, unmittelbar nach unserer Rückkehr zu heiraten und fragte mich, ob er mich zu den Junggesellen oder zu den Ehemännern rechnen solle. Ich sagte, ich würde in diesen Tagen Vater werden, man könne mich zu den Ehemännern rechnen. Hänninen kritzelte etwas auf ein Blatt Papier und murmelte, aus organisatorischen Gründen müsse er die Stärke der Abteilung, die den Sirenen zugeführt werden solle, im Voraus wissen. Dann kehrte er in die Neptunrolle zurück und erklärte, auch die Ehemänner würden geteert.

Ich merkte, dass ich selbst noch ein bisschen vom Whiskey des Grafen betrunken war, aber das kümmerte mich nicht. Ich goss mir einen weiteren Deziliter aus der warm gewordenen Flasche in meinen Becher und prostete dem schlafenden Skipper in dem Moment zu, in dem auf dem Display des GPS-Handnavigationsgeräts die letzte Null erschien, die sekundengenau unsere Latitudenposition angab. Danach änderte sich der Buchstabe hinter der Zahlenreihe. Nun stand dort das N für die nördliche Erdhalbkugel. Ich holte mir noch eine grüne Flasche Bier der Marke, deren Name auf den uralten Richtungsweiser der Seeleute verwies.

Laut Seefahrertradition war eine kleine Feierlichkeit durchaus angemessen, weil ich den Äquator jetzt auf einem anderen Ozean überquerte als beim letzten Mal vor fast dreißig Jahren. Auf das Meer von damals würde ich bald gelangen, wenn wir Panama erreichten und unser Boot durch die Landenge, die Nord- von Südamerika trennte, vom Stillen Ozean in die Karibik glitte wie ein Kind, das bei der Geburt durch einen engen Kanal den Weg von der Gebärmutter auf die Welt findet.

Am Abend wachte der Graf auf und bestimmte in der Dämmerung unsere Position. Der Sternenhimmel war außergewöhnlich gut sichtbar, und die Sextantenmessung im beinahe unbewegten Wasser ergab einen ziemlich genauen Breitengradwert. Unsere Meridianposition wurde mit Hilfe des sterngenauen Schweizer Chronometers überprüft. So erhielten wir mit Methoden aus Cooks Zeiten erstaunlich genau unsere Koordinaten. In keiner Phase wollte ich daran erinnern, dass Cooks dritte Expedition mit seinem Tod in den Klauen von Eingeborenen endete. Sollen es nicht sogar Menschenfresser gewesen sein?

Der verkaterte Graf nahm sich noch ein Stella. Er sagte, gemäß den Messungen, die auf den untrüglichen Himmelskörpern des gleichen Namens beruhten, befänden wir uns nun auf der nördlichen Erdhalbkugel. Bald würde uns der Nordostpassat gen Panama ziehen und Stella Polaris, der Polarstern, am Horizont zu sehen sein, sobald wir den Atlantik erreicht hätten, um ihn in Richtung Europa zu überqueren. Ich sagte nicht, dass ich nicht beabsichtigte, dann noch mit an Bord zu sein.

Was ich sagte, war, dass der Polarstern auch über dem Atlantik nicht exakt im Norden stand und sich seine Position ständig änderte. Wenn ich mich recht erinnerte, sorgten die Bewegungen des Sternenhimmels im Verhältnis zur Umlaufbahn der Erde um die Sonne dafür, dass Stella Poralis im Jahr 2115 näher am echten Norden stehen würde als seit tausend Jahren. Der Graf saß auf dem Dollbord, den Kopf auf den Knien, die Füße auf der Bank des Sitzkastens, die Bierflasche in der Hand und sagte, es heiße Polaris und nicht Poralis.

Egal wie, sagte ich und behauptete, die antiken Griechen seien mit Hilfe des zweithellsten Sterns des Kleinen Bären, des Kochab, bis nach Ägypten gesegelt. Der stand damals, vom Mittelmeer aus betrachtet, nur sieben Grad vom nördlichen Himmelspol entfernt, während sich der Polarstern vierzehn Grad neben der vorgestellten Verlängerung der Erdachse befand. Der Graf wollte wissen, ob mit mir alles in Ordnung war. Ich fragte das Gleiche zurück. Außerdem fragte ich, wer, verdammt noch mal, den Befehl ausgegeben habe, mit Handlogge und Knotenschnur die Geschwindigkeit zu messen, obwohl es im Kahn ein brauchbares Propeller-Log gab. Der Graf befahl mir, schlafen zu gehen. Ich erwiderte: Ich gehe nicht schlafen, ich hab Wache.

Am nächsten Morgen trank der Graf nicht mehr weiter. Er übernahm die Wache und forderte mich auf, endlich ein paar Stunden zu schlafen. Nachdem ich aufgewacht war, fing er an, von kolumbianischen Seeräubern zu erzählen. Unter dem Druck der USA hätten Polizei und Armee die Drogenbarone des Landes in die Ecke getrieben und Tausenden Menschen den dank Kokain hohen Lebensstandard ruiniert. Einige der davon betroffenen jungen Männer seien Piraten geworden.

Die hiesigen Piraten enterten keine Tanker wie ihre somalischen Kollegen im Golf von Aden. Sie gingen geradliniger und brutaler vor und griffen einzelne Segel- oder Motoryachten an, die vom Panama-Kanal kämen oder sich auf dem Weg dorthin befänden. Der Kanal und der Passat zwängen die Schiffe, eine ganz schmale Route zu nehmen, an der sich leicht auf der Lauer liegen lasse.

Werde ein Boot geentert, töte man die Männer und werfe sie ins Meer. Die Frauen würden als Sexsklavinnen verkauft, sofern sie jung und schön seien. Das Boot schleppe man an ein abgelegenes Ufer, wo es von allen Wertgegenständen und jeglicher Seefahrtselektronik gesäubert werde. Dann werde das Boot ausgenommen. Die Maschine samt Hilfsgeräten und Achsen, die Takelage und die Segel sowie der Rumpf würden an Reparaturwerften für Segler verkauft, die zu den gleichen Syndikaten gehörten wie die Auftraggeber der Piraten.

Die Seeräuber seien in der Region zwischen der Insel Malpelo und dem Festland aktiv, durch die der Yachtverkehr führe. Auf der Insel machten Naturreisende Station, um die einzigartigen Hai-Bestände in deren Gewässern kennenzulernen. Die Kriminellen hätten den Markt des Hai-Tourismus erobert und ihren Stützpunkt auf der einsamen Insel mitten im Meer eingerichtet. Auch die kolumbianische Armee verfüge über einen kleinen Stützpunkt auf Malpelo, aber die Soldaten hätten keine Lust und keine Chance, sich in das einzumischen, was die als Reiseunternehmer auftretenden Räuber auf dem offenen Meer trieben.

Nachdem er das alles erzählt hatte, brachte der Graf einen akkubetriebenen Winkelschleifer zum Vorschein. Er nahm den Teppich im Salon weg und schnitt eine rechteckige Öffnung in den Kunststoffboden. Dort schienen schon vorher Schnitte gewesen zu sein, die sehr sorgfältig kaschiert und mit Masse bestrichen waren, in die man die gleichen Schrägmuster hineingedrückt hatte wie bei Deckblechen größerer Schiffe und beim Glasfaserkunststoff von Segelbooten. Ich dachte, das Loch sei eine beim Docken gemachte Versorgungsöffnung.

Der Graf bat mich um Hilfe, und wir hoben zu zweit vier schwere Holzkisten aus der Bilge, die mit Transportgurten an einem Gitter befestigt waren, das wiederum am Süßwassertank festgeschweißt war. Die mit der Pistole vernagelten Deckel öffneten wir mit dem Brecheisen. Die ersten beiden Kisten enthielten eine riesige Menge Munitionsschachteln und Thermobar-Granaten für die Panzerfaust. In der dritten lag ein Maschinengewehr und in der vierten eine sowjetische RPG-Panzerfaust. Beide steckten in mit Öl getränkten Segeltuchfutteralen.

Der Graf holte eine Kunststoffplatte, eine Fasermatte, Epoxidharz und Härter aus der Vorpiek. Er sagte, er werde die Öffnung so verschließen, dass sie die Stabilität des Bootes und die Haltbarkeit oder die Steifigkeit des Rumpfes unter keinen Umständen gefährde. In Rotterdam käme die *Endeavour* ins Dock, dann würde der Zwischenboden laminiert und für die nächste Fahrt neu beschichtet. Offenbar sollten die Waffen und die Munition dann wieder auf dem Wassertank in der Bilge versteckt werden.

Pirjo
Februar 2012, Vantaa

Johan ist jetzt irgendwo da unten, und man kann keinen Kontakt zu ihm aufnehmen. Er brach vor anderthalb Monaten auf und kam nach achtundvierzig Stunden Fliegen und Zwischenlanden in Tahiti an. Von dort flog er auf eine Insel, die Nuku Hiva oder ähnlich komisch heißt, und von dort weiter von einer Insel zur nächsten. Zwischendurch fuhr er auch mit Schiffen und kam nach Tuamotu, der größten Atoll-Kette der Welt am östlichen Rand von Polynesien. Auf eines ihrer Korallenriffe stieß Thor Heyerdahl vor der Insel Raroia, als er mit der Kon-Tiki den Pazifik überquerte. Die letzte Nachricht bekam ich vom Marutea-Atoll. Darin schrieb Johan, er habe vor, die Reise im Boot eines Seglers fortzusetzen.

Es ist schwer zu fassen, dass ich nicht auf Anhieb verstand, worauf die Überschrift des Textes, der mir zugeschickt worden war, verwies. Der Grund dafür liegt zumindest teilweise darin, dass ich so viele Manuskripte und Themenpräsentationen bekomme. Deren Verfasser haben Schreibkurse besucht und einschlägige Lehrbücher gelesen, in denen man ermuntert wird, mit der Überschriftengestaltung und einigen attraktiven Schlagwörtern Aufmerksamkeit zu wecken. In diesem Überlebenskampf ging Laura Palmens Tagebuch schlicht und einfach unter.

Ich konnte mich überhaupt nicht mehr daran erinnern, wie begeistert Paula und ihre Freundin Sara von *Twin Peaks* gewesen waren. Im Nachhinein betrachtet ist Begeisterung viel zu milde ausgedrückt. Das war für sie keine Fernsehserie, sondern eine Religion. Jetzt erinnere ich mich auch wieder, dass sie neue Namen annahmen, was mir damals ulkig vorkam. Aus Paula wurde Laura und aus Sara wurde Lara. Beide sind Figuren aus der Serie. Wie alt waren die Mädchen damals? Acht?

Ich selbst habe die Filme von David Lynch nie gemocht. Von *Twin Peaks* sah ich mir eine Folge an, das genügte. Ich hatte keine Lust auf die überspannte, mit übernatürlichen Elementen aufgeladene Serie. Das war 1991. Ich arbeitete damals noch in der Nachrichtenredaktion, und die surrealistische Fiktion stand in so grellem Widerspruch zu den wirklichen Problemen dieses Landes, das gerade in die Wirtschaftskrise abstürzte, dass es eine Abwehrreaktion in mir auslöste. Ich konnte einfach kein Interesse für das traumartige Leben in einer amerikanischen Phantasiestadt entwickeln, während in Finnland die industrielle Produktion zusammenbrach und die Arbeitslosigkeit explodierte. Zumal wir in der Redaktion genau wussten, dass dies erst der Anfang war.

Über *Twin Peaks* wurde aber trotzdem geredet, so dass ich wusste, was das zentrale Motiv der ganzen Geschichte war: Laura Palmers geheimes Tagebuch. Paula, die von der Serie gefesselt war, hatte sich im Spiel zu Laura gemacht. Den Nachnamen hatte sie in Palmen geändert, was nur noch einen Buchstaben vom Nachnamen ihres mythischen Idols weg war. Das e in Palmen muss wohl kurz gesprochen werden, so wie in Palmer.

Ich wunderte mich kurz darüber, dass Paula sich als ideelle Figur ein fiktives Mädchen ausgesucht hatte, das schon tot ist, bevor die Geschichte anfängt. Dann bekam ich es mit der Angst zu tun. Wovon war ich überrascht? All die Jahre war ich davon ausgegangen, dass Kinder selbständig werden und möglichst früh in die Welt hinausmüssen. Das setzt die Ablösung vom heimischen Nest voraus, das Kappen der Beziehung zu den Eltern. Je früher, desto besser, lauteten meine Erfahrung und meine Meinung. Man musste den Kindern und ihrer Überlebensfähigkeit vertrauen. Das war der höchste Wert der Elternschaft. »Eure Kinder sind nicht eure Kinder!«

Die Generation, mit der ich mich identifiziere, hat eine strikte

Trennung von ihren Eltern, deren Lebensform und Wertewelt vornehmen müssen. Mit Hingabe grölten wir die Vertonung von Kahlil Gibrans Gedicht.

Eure Kinder sind nicht
eure Kinder.
Sie sind die Söhne und Töchter
der Sehnsucht des Lebens
nach sich selbst.
Sie kommen durch euch,
aber nicht von euch.
Und obwohl sie mit euch sind,
gehören sie euch doch nicht.

Ihr dürft ihnen eure Liebe geben,
aber nicht eure Gedanken,
denn sie haben
ihre eigenen Gedanken.
Ihr dürft ihren Körpern ein Haus geben,
aber nicht ihren Seelen.
Denn ihre Seelen
wohnen im Haus von morgen,
das ihr nicht besuchen könnt,
nicht einmal in euren Träumen.

Ihr dürft euch bemühen,
wie sie zu sein,
aber versucht nicht,
sie euch ähnlich zu machen.
Denn das Leben läuft
nicht rückwärts,
noch verweilt es
im Gestern.

Ihr seid die Bogen,
von denen eure Kinder
als lebende Pfeile abgeschickt werden.
Lasst euren Bogen
von der Hand des Schützen
auf Freude gerichtet sein.

So dachten wir, und wir wollten nichts anderes als die Trennung von zu Hause und allem, was früher war. Die Geschichte von der Hasenmutter, die so klug war, ihr Junges von sich zu entfremden, die ich in der Schule gehört hatte, habe ich positiv in Erinnerung.

Bei uns konkretisierte sich die Trennung so, dass wir sehr früh auszogen und den beengenden Lebenskreis hinter uns ließen. »Als ich ging, beschloss ich, nie mehr auch nur in die Richtung zu pissen«, lautete ein trotziger Satz, den ich oft von männlichen Angehörigen der Nachkriegsgeneration gehört habe. »Friss Scheiße«, wirft Immu, der Held in Heikki Turunens Roman *Der Schinder*, den es nach Helsinki zieht, seinem Vater beim Mistausbringen an den Kopf. Und die Antwort kommt wie aus dem Mund meines eigenen Vaters: »Jetzt gehst du. Zum letzten Mal hast du mir auf meinem Feld so was zu fressen gegeben.«

In jungen Jahren war ich der Meinung, dass man nicht früh genug von zu Hause weggehen konnte. Ich schwor, meine eigenen Kinder nie so anzubinden, wie es meine Familie und die Gegend, aus der ich kam, bei mir versucht hatten. Sollte ich einmal ein Kind bekommen, wäre es sein oberstes Recht, möglichst früh selbständig zu werden und so bald wie möglich in die große weite Welt hinauszugehen – fort aus Finnland, unbedingt, so viel stand fest.

Laura Palmens Tagebuch

12. Dezember 2004

Heute fliege ich nach Tel Aviv. Eine Maschine mit Amerikanern geht per Pauschalreise ins Heilige Land ab, ich komme als Teil der Gruppe mit. Ich bin die US-Staatsbürgerin Paula Taylor, Journalistin von Beruf und schreibe über religiösen Tourismus nach Israel. Weihnachten ist die Hauptsaison und Bethlehem das Zentrum des Geschehens. Dort versammeln sich in der Christnacht Tausende von Pilgern.

Auch mein zweites Thema ist aktuell: Der Tod von Jassir Arafat und die Reaktionen darauf. Ich werde nach Ramallah fahren, zu Arafats provisorischem Mausoleum. Die Reportage ist aber nur Tarnung. Man soll mich auf dem Gebiet der palästinensischen Selbstverwaltung sowohl in Ramallah als auch in Bethlehem sehen. Paul will eine Nachricht schicken. Und die Nachricht bin ich. Es haben uns genug Leute zusammen in Damaskus gesehen, sie wissen: Wenn ich mich zeige, bedeutet das, dass Paul lebt und aktiv ist.

Pirjo
Februar 2012, Vantaa / *Hördatei*

Ich bin über fünfzig, und die Welt hat Paula verschluckt. Ich muss einfach mit jemandem reden, und da du nicht da bist, Maarit, benutze ich diesen Apparat. Es geht um Dinge, die du kennst, weil du derselben Generation angehörst wie ich und weil du auch erwachsene Kinder hast und weil wir auch sonst im Gleichschritt gegangen sind, seit wir abhauten und durch Europa trampten. Wir verfluchten das ganze Sonkajärvi und schworen, immer zusammenzubleiben und nie mehr zurückzukehren.

Genau das hat Paula getan. So viel steht inzwischen fest. Ich hatte ihr von unserem Schwur erzählt. Als kleines Mädchen fragte sie immer nach allen möglichen Sachen aus der Vergangenheit – nach solchen, an die sie sich erinnerte, und nach solchen, von denen sie nichts wissen konnte. Von unseren Reisen habe ich ihr sogar viel erzählt. Manchmal fragte sie, warum sie keine Patin hatte, so wie die anderen. Ich sagte, wir seien gegen alle familiären Institutionen gewesen, als wir jung waren. Die Patin wärst auf jeden Fall du geworden. Jetzt fällt mir ein, dass Paula auch viel nach ihrem Vater fragte. Sie verstand sicher nicht, was mit »familiären Institutionen« gemeint war.

Als Erziehende zog ich einen klaren Trennungsstrich zu allem Autoritären, das die Generation meiner Eltern repräsentierte – und du hast es genauso gemacht, widersprich mir bloß nicht! Ich erzog Paula zu Mut und Selbständigkeit. Ich vertraute meiner Tochter und ermunterte sie, sich dieses Vertrauens als würdig zu erweisen. Sie wurde ein unabhängiges und vernünftiges Mädchen, das in vielen Dingen schon früh mitentscheiden durfte. Man kann sagen, dass wir gute Freundinnen waren. Paula nannte mich ja auch Pirjo und nicht Mama. Ihre Freundinnen respektierten und beneideten unsere Beziehung und mein Vertrauen auf Paulas Urteilsfähigkeit.

Nachdem ich kapiert hatte, worum es sich bei Laura Palmens Tagebuch handelte, und erfahren hatte, dass auch Johan einen Teil davon erhalten hatte, erschrak ich und fing an zu zweifeln. Das muss ich zugeben. Ich las und las. Ich hatte Angst, mich geirrt zu haben. Ich las es erneut und konnte nicht anders, als noch einmal von vorne zu beginnen. Besonders der Anfang war schwer zu ertragen, weil mir allmählich klar wurde, dass Paula womöglich ernsthaft in der Klemme steckte. Die Bestätigung dafür bekam ich, als mir Sara Heinäniitty die kindischen Texte, die sie als Mädchen einst geschrieben hatte, zu lesen gab. Sie hatten die Überschrift »Das Leben der Laura Palmen«.

Damals hielt ich die Namen, die sich die Mädchen für sich ausgedacht hatten, für ein Zeichen von Kreativität. Ich war geradezu stolz auf sie. Es war ein spontaner Bruch mit der bürgerlichen und patriarchalischen Namensgebungs- und Verwandtschaftskultur, ein beflügelndes Beispiel für das Aufbegehren und die soziale Flexibilität junger Frauen – oder sonst ein verdammter Blödsinn. Ich erinnere mich, Paula gesagt zu haben, der Name sei nur eine Illusion, der Mensch selbst sei wichtig, nicht der Name.

Johan hat natürlich noch nie von einer Fernsehserie wie *Twin Peaks* gehört. Die hatten auf Hiittinen ja keinen Fernseher, und er hat nie richtig gelernt fernzusehen. In seiner Kindheit hatten sie nicht mal Strom. Später schauten sie wohl mehr Schwedisches Fernsehen, als die Technik sich entwickelt hatte und sie mit Antennen auf hohen Masten das Signal von STV aufschnappen konnten. Bei euch und bei uns in Sonkajärvi gab es Ende der Sechzigerjahre immerhin schon Empfangsgeräte.

Ich musste ihm erklären, dass *Twin Peaks* seinerzeit schnell zum Kultphänomen unter Mädchen und jungen Frauen avancierte. Johan behauptete, das sonstige Werk von David Lynch zu kennen. Angeblich hatte er alle seine Filme gesehen. Von der Fernsehserie wusste er jedoch nichts. Ich erzählte ihm, wie Paula und ihre Freundin ganze Wochenenden dauernde Sitzungen abgehalten hatten, bei denen zig Stunden lang *Twin Peaks* rauf und runter geguckt wurde, fast ohne zu essen und zu schlafen.

Der vor mehr als zwanzig Jahren entstandene Kult lebt nach wie vor. Laut Internet werden weltweit *Twin-Peaks*-Festivals veranstaltet. Die Drehorte der Serie sind zu Pilgerstätten geworden, und die Staffeln werden in mehrtägigen Rollenspielen nachgestellt, bei denen sich die Teilnehmer in verschiedene Figuren verwandeln und die Geschichte weiterentwickeln. Paula hat eindeutig Laura Palmen zu einer von *Twin Peaks* inspirierten Nebenperson von sich selbst gemacht. War das eine Rettungsaktion, die durch eine Art Metamorphose durchgeführt wurde? Wollte Paula das tote Phantasiemädchen zum Leben erwecken, indem sie seine Identität annahm?

Johan hatte wohl bald genug davon, sich meine Reden über *Twin Peaks* und dessen Einfluss auf die Mädchen anzuhören. Er verschwand und brachte bei der Rückkehr einen kleinen Weihnachtsbaum mit, den er mitten im Wohnzimmer aufstellte. So hatten die Weihnachtsbäume angeblich in seiner Kindheit in den Wohnzimmern der Kapitänshäuser gestanden. »Die Leute sollen an Weihnachten, von den Kindern angeführt, um den Baum herumgehen können, wie die Planeten um die Sonne kreisen. Gleichzeitig umkreisen die kleineren Himmelskörper das Universum und die dazugehörige Erde auf Bahnen, die wir nicht kennen. Trotzdem haben Kometen und sogar Asteroiden ihre Bahnen.«

Ich forderte Johan auf, mein Geschenk auszupacken und die Flasche Kognak, die ich ihm ebenfalls gekauft hatte, zu schließen. Er erklärte, er verstehe Paula gut. Er habe selbst sein ganzes Leben lang als Nebenperson ohne gefestigte Bahn und Fixpunkt gelebt. Dann sagte er, er werde das Mädchen suchen, und sei es am Ende der Welt. Meiner Auffassung nach ist Paula nicht im eigentlichen Sinn verschwunden, sagte ich, obwohl ich inzwischen wirklich Angst hatte. Meine innere Unbeugsamkeit weigerte sich, Johans Sorge zu teilen. Ich griff aber seinen astronomischen Vergleich auf und behauptete, Paula sei eine von denen, deren Bahnen man nicht kenne, ein Komet, der irgendwo durchs All rase und nur in zufälligen Momenten einmal sichtbar werde. Schließlich hätten Kometen ihre geheime Bahn, wie er selbst gerade gesagt habe.

Johan fragte mich, ob ich irgendeine Vorstellung hätte, wo das Mädchen sein könnte. Ich setzte ihm stur auseinander, dass ich in den letzten zehn Jahren selten gewusst hatte, wo sich Paula aufhielt, und dass es so auch gut war. Es ist nicht die Aufgabe der Eltern, die ganze Zeit ihre erwachsenen Kinder zu belauern, insistierte ich. Johan sagte dazu, er habe keine Eltern und wisse seit siebenundzwanzig Jahren nicht, wo sein Kind lebe.

Er hörte auf, hin und her zu gehen und sagte, in Twin Peaks sei sie sicherlich nicht, nicht einmal am Drehort der TV-Serie, bei dem es sich immerhin um einen Punkt auf der Erde handle, im Gegensatz zum imaginären Handlungsort der Serie. Uns sei bekannt, dass Paula eine finnische Klinik verlassen habe und verschwunden sei. Nun müsse ein auf den bekannten Tatsachen beruhendes hypothetisches Bild von ihren Fluchtwegen kreiert und aufgrund der vorhandenen Fakten geschlussfolgert werden, wo auf dem Planeten man am besten anfange, sie zu suchen. Er wollte sofort los.

Die Gespräche mit Sara Heinäniitty, die Texte, die Sara vor Jahren geschrieben hatte, und Laura Palmens Tagebuch hatten Johan irgendwie darauf gebracht, dass Paula sich auf einer Insel im Stillen Ozean aufhielt. Er behauptete, Sara hätte diese Annahme bestätigt, und ich gab zu, dass er recht haben konnte. Polynesien ist in den nachgelassenen Texten von Anfang an präsent und kommt hartnäckig immer wieder vor. Als die Mädchen ihre Arbeit am Flughafen Kansas City beenden, teilt das Tagebuch mit, sie machten sich »wie Blütenpollen im Wind« davon und würden »über so viele Inseln weiterfliegen, dass uns keiner folgen kann«. Am Anfang hatten die Mädchen geglaubt, Polynesien heiße »Pollennesien«.

Auf die Inseln fliegt man über Tahiti, und Johan plante, sich als Erstes dorthin zu begeben. Die Hauptstadt Papeete ist das administrative Zentrum der ganzen Region. Johan wollte seinen Dienstrang geltend machen und von den Behörden der französischen Überseegebiete Informationen über die Personen einholen, die in der Region eingetroffen waren und sich pflichtgemäß hatten registrieren lassen, um die dreimonatige Aufenthaltsgenehmigung zu erhalten. Französisch-Polynesien ist Teil der Europäischen Union, aber nicht des Schengen-Abkommens. Er behauptete, mit Hilfe seiner französischen Kollegen an die Angaben heranzukommen.

Als wir am nächsten Morgen aufwachten, war der Stephanssturm gekommen. Tagelang fiel der Strom aus. Auch die Züge fuhren nicht. Der Parkplatz war nicht wiederzuerkennen. Johan meinte, eine Artilleriekonzentration hätte die Bäume auf ähnliche Weise gefällt und zersplittert. Auch auf Johans Volvo lag der Wipfel einer großen Kiefer, ein Ast hatte das Dach durchbohrt. Er fing an zu lachen, als er das sah. Ich dachte, jetzt ist er endgültig durchgedreht, aber er nahm mich in den Arm und sagte, das sei genau das, was wir jetzt brauchten.

Mein Auto war unbeschädigt geblieben. Johan holte damit aus irgendeinem Magazin des Stabs Flüssiggasheizkörper, und auch sonst fehlte uns nichts, weil ich bei Ikea im Angebot Hunderte Kerzen gekauft hatte. Am nächsten Morgen hatte es erneut ein Unwetter gegeben: einen Sturm namens Hannu. Der sorgte dafür, dass die Äste das Loch im Dach des Volvo noch größer machten. Ich verlor mein Schultertuch im Wind, als Johan mich genau in dem Moment unter den Achseln packte, als eine gewaltige Bö kam. Ich sagte, jetzt gehen wir aber rein bei diesem Sturm.

Johan meldete für sein Auto Totalschaden an. Mit dem Geld von der Versicherung und mit seinen Ersparnissen reiste er ab. Vielleicht hatte auch er noch unbenutzte Jahresurlaube und vertraglich garantierte freie Tage. Außerdem gab es bestimmt auch für Offiziere verschiedene Fortbildungsmöglichkeiten. Beurlauben ließ sich Johan jedenfalls nicht, obwohl er vorhatte, wenn nötig monatelang unterwegs zu sein. Vor der Reise vereinbarte er mit einem Kollegen, dieser solle auf die Versteigerungen der Versicherungen achten und den Volvo zurückkaufen – ein gutes Auto. »Es ist ja nicht viel kaputt, außer einem Loch im Dach und einer waschschüsselgroßen Delle in der Motorhaube.«

Sara
Februar 2012, Stockholm

Markku wollte wissen, wie sich arme Palästinenser eine leerstehende Wohnung in einer so teuren Gegend wie Östermalm und ein Büro in Vasastan, dem besten Business-Viertel, nur wenige hundert Meter vom Sergel torg entfernt, leisten konnten. Ich konnte dazu nur sagen, dass die Palästinenser nicht unbedingt arm waren, jedenfalls dann nicht, wenn es für sie um lebenswichtige Dinge ging.

Ich sagte auch, das ehemalige Büro der PLO in Stockholm sei heute die Vertretung der Palästinensischen Autonomiebehörde und habe praktisch den gleichen Status wie eine Botschaft. Die PLO hat jahrzehntelang etliche Geldquellen gehabt, offizielle und geheime. Man schätzt, dass sie internationale Kapitalanlagen im Wert von bis zu fünfzig Milliarden Dollar besitzt, die sich innerhalb von dreißig Jahren mit einem durchschnittlichen Gewinn von jährlich fast zehn Prozent vermehrt haben.

Mit solchen Gewinnen kann man sich schon mal eine Wohnung in Stockholm kaufen – sogar in einem vornehmen Stadtteil. Und so eine Wohnung ist ja auch eine Geldanlage, sie behält ihren Wert, steigert ihn sogar, weil für das Grundstück eines Hauses in Östermalm mit Sicherheit Mark Twains Ratschlag zutrifft: »Investiert in Grund und Boden, denn der wird nicht mehr hergestellt.« Markku warf mir einen skeptischen Blick zu. Wieso kannte ich mich mit den Finanzen der Palästinenser aus? Ich sagte, das seien alles frei zugängliche Informationen. Könne man alles über Google finden.

Wir waren mit dem Flughafenbus von Bromma gekommen und in Stadshagen in die U-Bahn umgestiegen, die hier T-Bahn hieß: *tunnelbanan*. Markku erzählte, sein Notendurchschnitt im Abitur sei um eine Stelle hinter dem Komma gefallen, weil er in der schriftlichen Schwedischprüfung die T-Bahn in Stockholm als Tunnelbanane übersetzt hatte. Er behauptete, er sei außerdem von der Schwedischlehrerin gerüffelt worden, weil er die Abiturprüfung mit grobem und sexistischem Sprachgebrauch herabgesetzt habe. In Markkus Übersetzung habe angeblich gestanden, die Tunnelbanane bewege sich in den Tiefen Stockholms hin und her. Als wir am Östermalmstorget ans Licht und kurz darauf zum Strandvägen kamen, marschierte uns im Gleichschritt eine Abteilung Soldaten in blau-gelben Karolineruniformen und mit geschulterten Musketen entgegen, angeführt von sechs Trommlern und der schwedischen Fahne.

Markku deutete in eine Richtung: »Dort geht's nach Poltawa!« Er rief ihnen hinterher: »Karl das Dutzend hat von den eigenen Leuten eine Kugel in den Kopf bekommen. Das Loch in seiner Stirn ist so groß, dass ein Daumen hineinpasst. Geht in die Kirche von Riddarholmen und schaut es euch an, da wird sein Leichnam aufbewahrt!« Außerdem rief er noch, die Karolinen wären keine Soldaten, sondern eine Inselgruppe in Mikronesien, im Stillen Ozean. Die Karoliner reagierten nicht auf Markkus Rufe. Sie marschierten mit ausdruckslosen Gesichtern im Takt der Trommeln über die verschneite Uferstraße weiter. Die Fahne in den Farben ihrer Waffenröcke flatterte voran.

Ich hatte bereits gelernt, dass Markku überdreht witzig werden konnte, wenn er aus der Fassung geriet. Ihn machte die Reise nach Stockholm offensichtlich gereizt und besorgt, und ich warf ihm das nicht vor. Irgendwie spürte er wohl meine Angst. Über die Palästinenser hatte ich nicht mehr gesprochen, seit wir bei dem Oberarzt in Kellokoski waren, aber Markku muss das alles äußerst seltsam vorgekommen sein.

Er hat aber keine Fragen gestellt, und das weiß ich zu schätzen. Ich wiederum hatte fast zwei Jahre lang in der Angst gelebt,

Doktor Pahlman könnte trotz seiner Schweigepflicht jemandem erzählen, was ich ihm gesagt hatte. Schließlich hatte er auch uns geheim zu haltende Patienteninformationen verraten. Ich wollte nicht länger in der schwer zu verdrängenden, lähmenden Angst leben, die mich daran hinderte, etwas über Lauras Schicksal herauszufinden.

Als ich Markku an den Besuch in Kellokoski erinnerte und ihm eine Reise nach Stockholm vorschlug, erzählte er mir als Erstes die Geschichte, die mit der Doppelbedeutung des schwedischen Wortes *banan* zu tun hatte: Bahn und Banane. In der Nebenfachprüfung hatte er damals bei der Erdkundefrage Punkte verloren, weil die vom schwedischen Kiruna nach Norwegen führende Eisenerzbahn *Malmbanan* in seiner Antwort als Erzbanane auftauchte. Markku erinnert sich an alles und vergisst nie etwas. Wenn er einen Witz zweimal erzählt, ist das ein Zeichen von Irritation und sicherlich auch von Bedrücktheit.

Die blau-gelbe Karolinerabteilung weckte einen unerklärlichen Zorn in ihm. Als ich ihn nach dem Grund fragte, behauptete er, ein Opfer des Schulschwedisch zu sein. Ich wusste, dass er in Schwedisch ein Laudatur geschrieben hatte, wie in allen sieben Fächern, in denen man sich schriftlich prüfen lassen konnte. Als ich mich daher nach dem wahren Grund erkundigte, quatschte er zuerst etwas von Eishockey und den Toren, die ein gewisser Sundin in den letzten Sekunden gemacht hatte, forderte mich dann aber auf, mir den Todesmarsch der Karoliner anzuschauen: »Kannst ja mal bei Google gucken, was sie da mit den Finnen machen!«

Ich hatte Markku nie erzählt, dass auch ich in allen Fächern des schriftlichen Abiturs ein Laudatur hatte und sehr wohl wusste, was der Todesmarsch der Karoliner war. Die mit musealen Waffenröcken ausstaffierten Hobbyhistoriker, die in geschlossener Formation den Strandvägen von Stockholm entlangmarschierten, sahen allerdings ein bisschen anders aus als die kleine Lumpenarmee aus finnischen Rottensoldaten, die einst aus den norwegischen Fjells zurückgekommen war und deren Schicksal den Vater meines Kindes so sehr zu verärgern schien.

Ich sagte nichts von meinen Nebenfachnoten oder meinem Wissen in Geschichte und Geografie, sondern schlang auf dem verschneiten Strandvägen nur die Arme um meinen Mann und sagte, dass ich ihn liebte, hier und jetzt, jetzt und für immer.

Nachdem das Trommeln der Karoliner verschwunden war, hörte man plötzlich einen solchen Donnerschlag, dass die kleine Laura wach wurde und im Wagen anfing zu schreien. Sie fuchtelte mit den Armen, und dabei löste sich der rosa Luftballon, den wir in der U-Bahn bekommen und am Gestänge festgeknotet hatten, und schwebte zum Himmel empor. Der Wind vom Meer blies ihn dorthin, wo wir gerade hergekommen waren: in Richtung Karolinisches Krankenhaus, Solna und Flughafen Bromma samt dem danebenliegenden Friedhof.

Markku war noch immer so außer sich, dass er den über uns hinwegziehenden Kampfflugzeugen mit der Faust drohte. Fast lautlos waren sie unmittelbar über dem Eis zwischen Djurgården und Skeppsholm herangekommen. Vor dem Ende der Bucht zogen sie hoch und flogen in einem Bogen über den Königspalast aufs Meer zurück. Genau diese Ehrenrunde über die Altstadt hatte das laute Donnern verursacht, von dem Laura aufgewacht war. Bläuliche Flammen kamen aus den Triebwerksdüsen und waren vor dem Abendhimmel gut zu erkennen.

Im selben Moment hörte man ein lautes Prasseln, zu dem es am Himmel blitzte. Irgendwo hinter Gamla Stan wurde ein Feuerwerk abgebrannt, wie ich es noch nie gesehen hatte, weder am Tag der Toten in der Karibik noch beim Tet-Fest in Saigon. Später am Abend hörten und sahen wir dann im Fernsehen, dass Kronprinzessin Victoria und Prinz Daniel eine Tochter bekommen hatten, die gleich von Geburt an Herzogin von Östergötland und nach der Thronfolgeregelung die künftige Herrscherin Schwedens war.

Das erklärte, warum überall pastellfarbene Luftballons verteilt worden waren. Uns amüsierte die Geburt der Herzogin von Östergötland insofern, als sie an Lauras erstem Geburtstag stattfand. Ich sagte Markku allerdings nicht, dass es im Fernsehen hieß, die Prinzessin sei im Karolinischen Krankenhaus entbunden worden. Das war der Ort, an dem Riitta vor acht Jahren gestorben war – an inneren Blutungen, wie ich nach meiner Rückkehr nach Finnland erfahren hatte, zwei Jahre nach ihrem Tod. Sobald ich meinen neuen Wohnsitz angemeldet hatte, bekam ich von der Einwohnermeldebehörde die entsprechende Mitteilung, denn ich war die einzige Angehörige meiner Mutter.

Am Nachmittag waren wir in der Waldruhestätte des Friedhofs Bromma gewesen, wo Riittas Asche lag. Es war mein erster Besuch am Grab meiner Mutter gewesen. Aber was heißt schon Grab, wenn der verstorbene Mensch verbrannt worden und seine Asche mit den Verbrennungsüberresten anderer Toter ausgestreut worden ist?

Mit der Todesmitteilung war die Benachrichtigung gekommen, Riitta Heinäniittys letzte Ruhestätte sei der Friedhof Bromma kyrkogård in Stockholm. Ich beschloss, dass wir statt nach Arlanda nach Bromma flogen, dem Flughafen von Stockholm, der näher an der Innenstadt lag. Zum Friedhof waren es von dort nur fünfhundert Meter. Die ganze Zeit starteten und landeten Maschinen, als wir vom Flughafen zum Friedhof und von dort zurück zur Haltestelle des Airport-Busses liefen. Die meisten waren Propellermaschinen, denn Bromma bedient hauptsächlich den Inlandsverkehr.

Meine Mutter hatte ein ruheloses und kurzes Leben gehabt. Jetzt lag sie inmitten von Geräuschen, die auch mich beruhigten. Markku wollte wissen, wie ich mich fühlte. Ich sagte, ich hätte schon vor langer Zeit aufgehört, Hass zu empfinden, und irgendwann habe sich auch die Bitterkeit abgeschliffen. Lange Zeit hätte ich gar nichts empfunden. Aber jetzt fände ich es aus irgendeinem

Grund gut und richtig, dass meine Mutter hier war. Die Menschen kommen und gehen, starten und landen gleich nebenan pausenlos, aber meine Mutter muss nicht mehr in die Wolken aufsteigen, um danach immer wieder abzustürzen.

Pirjo

März 2012, Vantaa

Ein Mann ruft mich an, meldet sich nicht, sondern keucht nur. Es ist beängstigender als in den früheren Fällen. Aus irgendeinem Grund weiß er, dass Johan weit weg ist. Als Frau muss man Annäherungsversuche über sich ergehen lassen, die alles Mögliche sein können, von verzweifelt bis furchterregend. Es passiert in der Schlange an der Supermarktkasse und in Lokalen, aber manchmal auch auf dem Weg über die Technik. Ich habe längst aufgehört nachzuschauen, was im Internet über mich geschrieben wird, aber natürlich lese ich meine SMS und melde mich, wenn das Telefon klingelt. Der Anrufer hat sofort gesagt, er wisse, dass »mein Mann« nicht da sei.

Heute bekam ich eine SMS von einer fremden Nummer. Darin stand: »Mama, wenn du eine Mutter wärst, was würdest du jetzt tun?« Ich habe mehrmals versucht, die Nummer anzurufen, aber es hat sich niemand gemeldet. Das Klingeln am anderen Ende klang, als käme es aus der Erde oder vom Meeresgrund. So ein Geräusch hört man manchmal, wenn man ins Ausland anruft. Ich schickte als Antwort zurück: »Wer bist du?« Ich war mir gleich sicher, dass an dieser Mitteilung etwas besonders war.

Ich ging auf die Seiten des Telefonanbieters. Dort wurde von vielen Fällen berichtet, in denen eine SMS an den falschen Empfänger geht und für Irritation sorgt. Normalerweise handelt es sich um einen einfachen Fehler beim Eintippen der Nummer. Der Helpdesk-Mitarbeiter des Anbieters gab dann zu, dass in extrem seltenen Fällen auch unkontrollierbare Fehler im Serverprogramm dafür verantwortlich sein konnten, dass eine SMS an eine falsche Adresse ging.

Die Nummer fing mit +963 an. Dem Verzeichnis der internationalen Vorwahlen entnahm ich, dass es die Landesvorwahl von Syrien war. Es ist unerträglich. Nach wie vor bekomme ich keinen Kontakt zu Johan. Am Abend rief wieder der Keucher von einer unbekannten Nummer an und erinnerte mich daran, er wisse, dass ich allein zu Hause sei. Jetzt frage ich mich nur, ob der Absender der SMS und der Anrufer ein und dieselbe Person sind.

Sara
Februar 2012, Stockholm

Das Büro der palästinensischen Autonomiebehörde hat Botschaftsstatus, aber E-Mails richtet man weiterhin an die Adresse des ehemaligen PLO-Büros: info@plo.se. Nachdem ich eine Mail mit meinem Anliegen hingeschickt hatte, antwortete man mir sehr höflich und respektvoll. Ich könne mich mit meiner Familie in der Wohnung, die ihnen in der Innenstadt gehörte, einquartieren, hieß es. Sie versprachen, mir alles an Information und Hilfe zukommen zu lassen, worüber sie verfügten und was in ihrer Macht stehe. Eine Kontaktperson werde uns vor der Wohnung empfangen, und am nächsten Tag könnten wir in die Botschaft kommen.

Vor der Botschaft wehte die vierfarbige Fahne Palästinas an einem Mast, der in der Wand steckte. Neben der Tür war eine Vitrine angebracht. Sie enthielt Fotos von dem Tag, an dem Präsident Mahmut Abbas in New York dem UN-Generalsekretär den Mitgliedsantrag Palästinas übergab. Auch Fotos von jubelnden Menschen, die in Ramallah im Westjordanland Fäuste reckten und Fahnen schwenkten, wurden ausgestellt. Außerdem waren Plakate und Zeitungsausschnitte zu sehen. Bei einem davon handelte es sich um einen großen Artikel über eine Demonstration, die in Karlskrona dagegen organisiert worden war, dass die Israelische Handballnationalmannschaft in der Stadt ein Länderspiel austrug, während die Streitkräfte Israels vom Land, vom Meer und aus der Luft Gaza angriffen.

Ich wurde von einem Mitarbeiter empfangen, der sofort vorschlug, gemeinsam zum Mittagessen zu gehen. Auf der Straße sagte er, die Botschaft sei derzeit ein solches Schlangennest, dass man sich nicht traue, dort mit irgendjemandem zu reden. Wir gingen zwei Häuserblocks weiter in ein kleines marokkanisches Restaurant, das der Botschaftsmitarbeiter sehr lobte. Es gab dort auch gutes Essen, allerdings keine weiteren Gäste außer uns. Durchaus möglich, dass das Restaurant ihnen gehörte.

Der Mann sagte, er sei der Sicherheitschef der Botschaft und hielt mir einen kleinen Vortrag über die Lage seines Volkes. Palästina sei de facto zweigeteilt, wie auch das Autonomiegebiet. In Gaza habe die islamistische Hamas die Macht inne und dort auch eine eigene Verwaltung gegründet. Im Westjordanland wiederum herrsche die Palästinensische Autonomiebehörde unter der Führung von Präsident Abbas, einem Vertreter der Fatah.

Zwischen der Hamas und der Fatah herrschten seit Jahren Spannungen, die sich vor fünf Jahren in einem Bürgerkrieg entluden. Hinter dieser Konstellation stünden die Wahlen von 2006, bei denen die Fatah knapp ihren Status als stärkste Partei einbüßte. Sie hätte trotzdem eine Mehrheitskoalition bilden können, indem sie sich mit den gleichen Kräften verbündete, die schon vierzig Jahre lang in der PLO zusammengearbeitet hatten. Die Wichtigste dieser Parteien und Organisationen sei die Volksfront zur Befreiung Palästinas PFLP.

Hamas und Fatah … Ich interessierte mich nur für Laura, aber der Mann sagte, das habe alles mit Laura zu tun, und fuhr in seinem Vortrag fort: Bündnisse und Koalitionen bedeuteten nichts, weil die Regierung gespalten sei. Die Fatah, die das Westjordanland beherrsche, habe keinen Bedarf, sich mit jemandem zu verbünden und die Macht zu teilen. Aber jetzt werde es eine Veränderung geben! Er rief ein kurzes arabisches Wort aus, und sofort wurden uns zwei Gläser Anisschnaps gebracht.

Nun wurde der Sicherheitschef feierlich und hob das Glas: Vor zwei Wochen sei in Doha, der Hauptstadt von Katar, ein Abkommen zwischen der Hamas und der Fatah geschlossen worden. Falls es halte und erfüllt werde, könnte das zur Harmonisierung Palästinas führen. Danach könne die Zusammenarbeit der verschiedenen Gruppierungen lebensnotwendig werden. Die strategisch bedeutendste Gruppierung dabei sei die PFLP. Sie habe bei den Wahlen zwar nur ein Zehntel dessen bekommen, was Fatah und Hamas an Stimmen erhalten hatten, aber das genüge, um das Zünglein an der Waage zu spielen.

Der Vortrag schlug mir auf unerklärliche Weise aufs Gemüt, aber ich konnte mich auch nicht entziehen. Angeblich war es unmöglich, dass sich die islamistische Hamas mit der marxistischen und atheistischen PFLP verbündete. Mit der Fatah hingegen teilte die PFLP eine lange gemeinsame Geschichte. Der Botschaftsmitarbeiter sagte, für seine Partei sei es nun sehr wichtig, funktionierende und vertrauensvolle Beziehungen zur PFLP herzustellen. Darum seien sie bereit, jede mögliche Hilfe bei der Suche nach Laura Palmen zu leisten. Laura Palmens Mann gehöre der PFLP-Führung an und sei überdies ein vom ganzen palästinensischen Volk geliebter Freiheitskämpfer, der über die ideologischen Grenzen hinweg geachtet werde.

In der Botschaft wüssten sie nicht, wo sich Laura Palmen derzeit aufhalte. Der Aufruhr in den nordafrikanischen Ländern und vor allem die Entwicklung der Lage in Syrien habe zur Folge gehabt, dass wieder einmal Palästinenser aus verschiedenen Gründen ihre Wohngebiete verlassen mussten. Besonders Menschen, die für einen traditionellen linken Palästinenseraktivismus standen, seien in die Enge getrieben worden. Überall im Nahen Osten befänden sich die Anführer der PFLP in realer Gefahr und tauchten deshalb mit ihren Familien unter.

Von Laura erzählte der Mann lediglich, dass sie im Mai 2010 hochschwanger in Stockholm aufgetaucht war. Mit Unterstützung des damaligen PLO-Büros war sie in eine Privatklinik in Marieberg gekommen, wo sie ein gesundes Mädchen zur Welt gebracht hatte. Laura sei in der Wohnung in der Grevgatan gemeldet gewesen, in der wir gerade waren. Bis zum Herbst hatte

Laura mit ihrem Kind in Stockholm gelebt. Danach hatte sie das Land verlassen und dabei offenbar eine Etappenroute der PFLP genutzt.

Als Name habe das kleine Mädchen ein Wort der finnischen Sprache erhalten, das so viel bedeute wie das englische *peace*. Das veranlasste mich, zu erzählen, selbst eine Tochter im Alter von einem Jahr zu haben. Der Mann sagte, das wisse er. Ich stand auf und ging nervös auf und ab. Der marokkanische Restaurantbesitzer kam aus der Küche, um nachzusehen, ob wir etwas brauchten, aber der Palästinenser scheuchte ihn zurück, als ich sagte, ich wolle unter vier Augen mit ihm reden. Auch wegen des kleinen Mädchens, das Rauha hieß, müsse ich unbedingt mehr erfahren.

Ma'am, sagte der Sicherheitschef, das sind komplizierte Dinge. Und gefährlich sind sie auch.

Später ging ich zu Fuß durch das Stadtzentrum von Stockholm zur Grevgatan. Laura war gefüttert worden und schlief. Ich streichelte ihr den Kopf und umarmte Markku. Ich sagte, ich wolle nicht, dass sie je in Gefahr gerieten. Markku hielt mich im Arm und erzählte dies und das, um mich abzulenken. Er fragte sich, nach welchem Grafen die Grevgatan wohl benannt worden sei. In Schweden wimmelt es von Grafen, warum, um Himmels willen, haben sie da keinen für diesen Straßennamen gefunden?

Johan

März 2012, Panama

In Panama City mussten wir fünf Tage warten, bis wir in die Schleuse durften. Auf eine solche Verzögerung war ich nicht vorbereitet und spielte schon mit dem Gedanken an einen Flug in die Dominikanische Republik. Der internationale Flughafen Tecuan in Panama gehört zu den belebtesten in Mittelamerika, von ihm gehen auch Flüge nach Las Americas ab. Das ist der Flughafen von Santo Domingo, der Hauptstadt der Dominikanischen Republik. Meinen Informationen nach sollte man von dort aus nach Gustavia fliegen können, der Hauptstadt des französischen Überseegebiets Saint Barthélemy.

Der Graf sagte, ich solle nicht fliegen. Die besten Chancen, zu finden, was ich suchte, hätte ich, wenn ich im Boot bliebe. *Never leave the fucking boat*, sagte er, und ich erinnerte mich, dass dieser Ratschlag aus dem Film *Apocalypse Now* stammte, der frei nach Conrads *Ins Herz der Finsternis* gedreht worden war. Was ich nicht mehr wusste, war, ob der Satz auch im Buch stand. Ich nahm mir vor, es zu überprüfen, aber es geriet in Vergessenheit, und dabei ist es geblieben.

Der Graf sagte, er sei bereit, diverse Yachthäfen in der Karibik anzusteuern. Sollte das Mädchen dort sein oder auf den Westindischen Inseln, würde man es am ehesten in einer von Seglern bevorzugten Marina finden. Dort wisse man auch genau, was für Leute sich in letzter Zeit in den Häfen aufgehalten hätten. Segler standen untereinander in engem Kontakt. Und bei den Einwanderungsbehörden kann man sich natürlich auch immer erkundigen, fügte der Graf hinzu, nachdem er meine Verblüffung bemerkt hatte.

Außerdem sei eine fünftägige Wartezeit vor dem Kanal rekordverdächtig kurz. Der Graf versicherte, schon drei Wochen gewartet zu haben. Man gewinne dabei trotzdem Zeit gegenüber einer Umrundung von Kap Hoorn. Und die siebenhundert Dollar Kanalgebühr sei nichts gegenüber der Summe, die es kosten würde, das Boot für eine Umfahrung von ganz Südamerika auszurüsten. Eine Zeitlang war ich ganz still und hörte nur zu, als der Graf über die Fahrt um Kap Hoorn erzählte. Dann sagte ich, so weit ich wisse, hätte ich nichts von einer Suche und auch nichts von einem Mädchen gesagt.

Ich erschrak beinahe. Alles, was ich über Paula erfahren hatte, war schon geheimnisvoll genug. Was wusste dieser belgische Graf mit seinem schwer bewaffneten Boot über meine Tochter? Ich fragte ihn, und jetzt war er verdutzt. War die Frau, die ich suchte, meine Tochter? Er hatte geglaubt, sie hätte etwas getan, was die nationale Sicherheit gefährdet habe, und die Regierung Finnlands hätte mich deswegen mit der Suche nach ihr beauftragt, und sei es auf der anderen Seite der Erde.

Er behauptete, mich für eine Art finnischen James Bond gehalten zu haben, freilich in einem höheren Dienstgrad als der Marineoffizier. War Bond nicht Kommandant in der Königlichen Flotte? Hatte ich wie Nullnullsieben die Lizenz zum Töten? Ich sagte ihm, er schaue sich zu viele Filme an, und wollte wissen, wie er darauf gekommen sei, dass ich nach einer jungen Frau suchte.

Wie sich zeigte, war der Graf schon auf mich aufmerksam geworden, bevor ich mich in Papeete auf Tahiti bei ihm vorstellte. Ich hatte zu schnell bei den Einwanderungsbehörden vorsprechen dürfen, ohne demütigende Warterei, ohne hin und her geschickt worden zu sein und offenbar auch ohne Bestechung. Dank eines kleinen Schmiergeldes im französischen Stil hatte er dann erfahren, dass ich ein finnischer Grenzschutzoffizier im Rang eines Kommodore war und darum gebeten hatte, in der Verwaltung der französischen Überseegebiete das Register der in Französisch-

Polynesien angekommenen Personen, die eine Aufenthaltsgenehmigung beantragt hatten, einsehen zu dürfen.

Der Graf war dann eilends nach Tuamotu gesegelt, weil ich angegeben hatte, dort am Ende hinzuwollen. Er hatte meine Nähe gesucht und angefangen, von einer jungen skandinavischen Frau zu reden, die als Gast an Bord kommen wollte. Meine Reaktion ließ angeblich keinen Zweifel daran, welche Kennzeichen die Person, nach der ich suchte, aufwies. Jetzt fragte ich ihn, ob er gelogen habe, als er von dem skandinavischen Mädchen erzählte. Ob er sich die Geschichte ausgedacht habe, und wenn ja, warum um Himmels willen. Er beteuerte, die Wahrheit gesagt zu haben. Die junge Skandinavierin, eine typische Segeltramperin, die per Anhalter von Boot zu Boot wechselte, habe auf die *Endeavour* gewollt, um als Besatzungsmitglied durch die Polynesische Inselregion zu fahren und anschließend mit einem Boot in die Karibik zu gelangen.

Das Mädchen hält sich noch immer hier irgendwo auf, sagte der Graf. Und das Boot, auf dem sie gelandet sei, könne uns unmöglich weit voraus sein. Sie sei auf jeden Fall an Bord eines Segelboots, das den Stillen Ozean vom östlichen Polynesien, also von den Tuamotu- oder den Marquesas-Inseln aus überquert hat. Wahrscheinlich sei das Boot mit Motor senkrecht über die stillen Breitengrade gefahren und nicht tagelang dahingedümpelt wie wir. Nach der Konvergenzzone sei es auf der sicheren Route westlich der Galápagos-Inseln nach Panama gesegelt. Panama sammle sämtliche Wasserfahrzeuge in seinem Kanal. Jeder müsse durch dieses Tor, um ins nächste Meer zu gelangen.

»Das Mädchen ist irgendwo in der Karibik. Bestimmt!«

Ich fragte den Grafen, ob er wirklich nicht gewusst habe, aus welchem skandinavischen Land das Mädchen stammte. Er habe es nicht genauer eruiert, weil er auf keinen Fall vorgehabt hatte, mit einer jungen Frau zwischen Malpelo und der kolumbianischen Küste zum Panama-Kanal zu segeln, meinte er. Heutzutage hatten die Piraten Informationsquellen in den Yachthäfen Polynesiens, von denen sie erfuhren, welche Boote und Besatzungen über den Stillen Ozean und weiter in den Atlantik wollten. Die Information über eine schöne junge Frau und einen einzelnen Mann an Bord eines Boots von dreiundvierzig Fuß hätte die Seeräuber garantiert in Bewegung gesetzt. Ein Berufssoldat und erfahrener Seeoffizier war dagegen der perfekte Partner für diese Fahrt.

Der Graf fragte mich, ob ich glaubte, er hätte nicht gemerkt, was ich auf den Hauptinseln der Atolle, wo es Polizeistationen gab, tat. Wer mit dem Boot ankommt, wird registriert, aber eine persönliche Anmeldung wird nicht verlangt. Den Behörden reicht es, wenn der Skipper eine Liste der Besatzungsmitglieder zur Polizei bringt. Trotzdem sei ich überall aufs Präsidium gegangen, während er Proviant oder Ersatzteile besorgt habe. Vermutlich sei ich dabei als Kommodore im Dienst der EU-Grenzsicherungsagentur aufgetreten. Und weil die Informanten der Piraten die Polizei bestachen, seien höchstwahrscheinlich Informationen über mich durchgesickert.

Am sechsten Tag durften wir tatsächlich in den Kanal. Nach dem Wechsel von der Reede zum Wartekai unterhielt ich mich ein bisschen mit den Skippern anderer Boote und sah ein, dass unsere Wartezeit wirklich außergewöhnlich kurz gewesen war. Außer uns fuhren drei Boote – zwei amerikanische und ein holländisches – unter der Pan-American-Highway-Brücke, die zwei Kontinente miteinander verband, hindurch zur Kanalmündung und von dort, zum Floß zusammengebunden und im Schlepptau eines Containerschiffs der dänischen Reederei Maersk, weiter in die erste Schleusenkammer des Kanals. Der Graf rief den Holländern etwas in ihrer Sprache zu, und die Männer antworteten lachend. Für mich klang es, als machten sie sich über die Amerikaner lustig.

Auf dem Heck des rot gestrichenen Maersk-Schiffes stand in weißen Buchstaben *Till Eulenspiegel*, und die Männer redeten laut und lebhaft über den Namen des Dänen, er wurde in ihrer Unterhaltung voller schnarrender, zischender und kehliger Laute ständig wiederholt. Ich verstand nichts, aber mehrmals wurde das Wort »Vlaming« wiederholt. Ich fragte den Grafen, worüber sie sprachen. Er sagte, die Dänen hätten ihr Schiff nach einem mittelalterlichen Vagabunden und Schelm benannt. Till Eulenspiegel sei in den Niederlanden eine sehr beliebte Figur, und die flandrischen Landsleute des Grafen seien der Meinung, er sei Flame.

Wenn man durch den Kanal geht, müssen vier Linehander, eine festgelegte Anzahl Fender und Ersatzleinen an Bord sein. Der Graf mietete zusätzlich zu den vorhandenen Leinen und Fendern sechs mit Kunststoff überzogene Autoreifen und eine Vierzigmeterrolle Abschleppseil. Außerdem mussten zwei Leute angeheuert werden, damit die Kanalvorschriften erfüllt waren. Einen Linehander bekamen wir von den Holländern, die eine große Gruppe waren: eine flinke, sportliche Frau. Fehlte noch der Advisor, eine Art Kanallotse. Dann konnten wir den Pazifik verlassen.

Der Kanal musste innerhalb von vierundzwanzig Stunden durchquert werden, darum wurde von Privatbooten eine Spitzengeschwindigkeit von acht Knoten verlangt. Der Graf log, dass sein Boot dazu imstande wäre. Dabei war klar, dass ein Segelboot von der Größe der *Endeavour* mit seinem relativ schwachen Hilfsmotor und dem zweiblättrigen Propeller eine solche Geschwindigkeit nie erreichen würde, wenn es mitten auf dem Gatúnsee den Wind und die Strömung gegen sich hatte.

Dort wurde der Perkins-Motor dann auch so heiß, dass wir das Tempo drosseln mussten, um zu verhindern, dass er einen Kolbenfresser bekam. Die Kühlung funktionierte unzureichend, weil das Seewasser, das im Wärmetauscher zirkulierte, fast dreißig Grad hatte. Und ein schlecht gekühlter Dieselmotor verkraftet keine vollen Umdrehungen. Der Advisor hielt sich die Ohren zu, als im Armaturenbrett plötzlich die Warnsirene des Kühlsystems losheulte, aber er akzeptierte eine Verringerung der Geschwindigkeit, weil es ohnehin dauern würde, bis die *Till Eulenspiegel* in der Schleuse war. Man würde uns nicht abhängen. Zum Glück, denn das hätte weitere Wartezeit und eine Verdoppelung der Kanalgebühren bedeutet.

Nachdem wir den Kanal hinter uns hatten und vor Colón auf Reede lagen, trafen wir die nötigen Vorbereitungen, um übers Karibische Meer zu segeln. Der Graf sagte, in Panama seien die Preise niedriger als in den Häfen, die noch vor uns lagen. Darum lohnte es sich, das Boot mit Treibstoff, Proviant und allem, was man sonst unterwegs brauchte, zu füllen. Er wollte zu einer Reparaturwerft, um Stagleinen, Spannschlösser, Schäkel zu kaufen – alles, was man zum Takeln brauchte. Solche Sachen waren hier angeblich besonders billig.

Pirjo

März 2012, Vantaa

Der Keucher hat wieder angerufen und gesagt, er habe die Halbneun-Nachrichten von Anfang der Neunzigerjahre auf VHS-Kassetten. »Der Bildschirm ist voller Flecken, das kannst du mir glauben.« Ich unternehme nichts. Früher habe ich solche kranken Anrufe der Polizei gemeldet. Dort waren sie zunächst immer freundlich zu mir, aber die Einstellung änderte sich, wenn der diensthabende Polizist meinen Beruf erfuhr und schließlich begriff, wer ich war. »Normalerweise machen solche Anrufe Personen aus dem näheren Umfeld. In diesem Fall kann man da nicht viel sagen, weil Sie jeden Abend zu allen Finnen ins Wohnzimmer kommen.« Fehlte nur noch, dass er gesagt hätte: »Hättest dir halt rechtzeitig überlegen sollen, welchen Beruf du ergreifst.«

Johan ist nicht zu erreichen. Mitten im Pazifik funktioniert das Handy nicht, nicht einmal auf den Inseln. Er hatte vor, noch auf den Westindischen Inseln zu suchen, falls in Polynesien nichts von Paula zu erfahren wäre. In den Tagebucheinträgen ist neben dem Stillen Ozean auch von der Karibik die Rede. Aus Saras Aufzeichnungen lässt sich ebenfalls schließen, dass sie schon als Kinder von den karibischen Inseln fasziniert waren.

Bereits im allerersten Text über das Leben der Laura Palmen ist von Haiti die Rede. Von dort segeln Laura und Lara mit einem Floß aus geflochtenem Gras »in die Südsee, die eigentlich Stiller Ozean heißt«. Wie hätten sie vom Stillen Ozean in die Karibik kommen sollen, die doch Teil des Atlantiks ist? Sie hätten mit ihrer Schaluppe um Kap Hoorn herumfahren müssen oder durch den Panama-Kanal. Warum ziehe ich das nicht einmal in Erwägung? Weil man auf solche Quellen keine Suchaktion gründen kann. Das ist lächerlich! Die Anrufe des Keuchers bringen mich um den gesunden Menschenverstand.

Und dieses Floß aus geflochtenem Gras. Ist das eine Anspielung auf die Expeditionen von Thor Heyerdahl? Der segelte mit der Kon-Tiki von Amerika nach Polynesien, allerdings von Peru aus, das südlicher als die Karibik liegt. Und sein Floß bestand aus Balsaholz. Vielleicht könnte man das aus Schilf gefertigte Fahrzeug, mit dem Heyerdahl von Marokko aus den Atlantik überquerte, weil er beweisen wollte, dass die Ägypter Verbindung nach Amerika gehabt haben konnten, als Floß aus geflochtenem Gras bezeichnen. Wäre ja kein Wunder, wenn achtjährige Mädchen zwei Ozeane und zwei Forschungsreisen verwechseln.

Es ist durchaus glaubwürdig, dass die beiden begeistert von Heyerdahls abenteuerlichen Touren lasen und daraus wer weiß was für Anregungen bezogen. Sie sammelten ja alles, was mit Fernreisen und Expeditionen zu tun hatte. Thor Heyerdahls Abenteuer und Forschungen haben schon mehr Leute als Paula und Sara interessiert. Es hat sich ein regelrechter Kult um Heyerdahl herum gebildet. Dazu gehören auch Besuche an Orten, die mit seinen Reisen zu tun haben. Die Norweger drehen sogar gerade einen großen Film über die Fahrt der Kon-Tiki. Er wird die teuerste Produktion aller Zeiten in den nordischen Ländern sein.

Nun segelt Johan also durch den Stillen Ozean. Alles scheint auf hoffnungslos diffusen Annahmen zu beruhen. Ist es etwa realistisch, davon auszugehen, einen einzigen Menschen in einem Gebiet zu finden, das fast so groß ist wie die halbe Erdkugel, indem man die Phantasietexte eines Mädchens und die zehn Jahre alten Tagebucheintragungen einer jungen Frau interpretiert? Andererseits ist Paulas Tagebuch ganz offensichtlich echt, und die darin beschriebenen Dinge sind auch bei quellenkritischer Betrachtung wirklich passiert. Dennoch kommen mir Laura Palmens Leben und ihr Tagebuch als Dokumente ungefähr so märchenhaft vor wie die Karte der karibischen Seeräuber in Stevensons *Schatzinsel* oder die Mythologien hinter Heyerdahls Hypothesen.

Schon vor zwei Wochen versuchte ich, Kontakt zu Sara Heinäniitty aufzunehmen, aber es gelang mir nicht. Ich rief später noch einmal an, und da sagte sie, sie sei in Stockholm gewesen und habe ihr Handy ausgeschaltet gehabt. Ich verabredete mich mit ihr, um sie zu fragen, ob das Ganze irgendeinen Sinn hatte – also die Tatsache, dass Johan über die Weltmeere segelte, um aufgrund so geringer Hinweise nach Paula zu suchen. Nehmen wir einmal an, sagte ich, als ich Sara dann traf, Paula ist in Polynesien. Ist es überhaupt denkbar, einen Menschen auf einer der Tausenden von Inseln zu finden, die über die Fläche eines ganzen Kontinents verstreut sind? Ich war überrascht, als Sara sagte, an Johans Suchtaktik sei an sich nichts verkehrt. Wenn Paula dort sei, stünden die Chancen nicht schlecht.

Sie erzählte, sie seien früher viel auf den melanesischen und polynesischen Inseln unterwegs gewesen. Von April bis Ende 2003 hätten sie sich in der Gegend aufgehalten und seien dann nach Indochina weitergereist, nach Saigon. Ich sagte, ich hätte in den Tagebüchern über die Fliegerei auf den Pazifikinseln gelesen, die ein Jahr zuvor stattgefunden hatte. Sara behauptete, bei ihrem zweiten Aufenthalt im Stillen Ozean seien sie weniger geflogen. Man komme dort mit Verbindungsschiffen günstig von einem Archipel zum nächsten. Noch billiger – nämlich kostenlos – sei es gewesen, auf einer Yacht anzuheuern, und sie hätten bald Gefallen an der Lebensweise von Segeltrampern gefunden.

Im Stillen Ozean gebe es eine Menge Segler aus Europa und noch mehr aus Amerika. Die Amis hätten statt Segelbooten oft große Motoryachten. Auf denen komme man von einem Ort zum anderen – und werde dafür auch noch bezahlt –, wenn man Europäer sei, gut Englisch könne und tüchtig sei. Die Amerikaner scheuten überall auf der Welt die Einheimischen. Sie rekrutierten immer Europäer, wenn es ging, weil sie davon überzeugt waren, dass man sich auf sie verlassen konnte. Das hieß vor allem, dass man nicht gleich versuchen durfte, dem für das Anheuern zuständigen Skipper das Portemonnaie zu stehlen, und dass man nicht wie ein Drogenkonsument aussehen sollte. Die Arbeit bestand, wie Sara erzählte, aus Putzen, Bettenmachen, Bedienen und einfachen Handlangertätigkeiten, hauptsächlich wenn in einen Hafen eingelaufen wurde. Hatten die Mädchen ihre Arbeit gut gemacht, sprach sich das auf anderen Schiffen herum, und sie wurden oft genug angeheuert.

Es klang nach meinen Studentenjobs auf den Schwedenfähren. Dass es eine solche Phase in Paulas Leben gegeben hatte, war mir nicht bewusst gewesen, aber ich hatte ja auch programmatisch unwissend bleiben wollen. Jetzt war ich irgendwie stolz darauf, dass meine Tochter zu leben verstanden hatte. Sie war nicht im engen Finnland und nicht einmal in Europa geblieben, sondern hatte schon früh die ganze Welt erobert. Was war schon dabei, wenn sie auf dem Pazifik die gleiche Arbeit machen musste wie ihre Mutter einst auf der Ostsee? Ich verstand jedoch nicht, wieso die Suchchancen in so einem ungeheuer großen geografischen Gebiet relativ gut sein sollten.

Sara sagte, die Größe des Gebiets sei eine Illusion. Man finde einen Menschen viel leichter auf Inseln im Meer als in einem vergleichbar großen Gebiet auf dem Festland. Die Zahl der bewohnten Inseln ist begrenzt, und jede von ihnen gehört zu einem Staatsgebiet. Die Besiedlung konzentriert sich auf die Hauptinseln der Atolle. Verbringt jemand seine Zeit auf einer unbewohnten kleinen Insel, wissen das alle. Reisende wiederum findet man in den Booten. Auf den Hauptinseln gibt es Behörden, deren Aufgabe darin besteht, alle An- und Abreisenden zu registrieren. Jeder, der sich in der Region aufhält, befindet sich entweder auf einer Insel oder an Bord eines Bootes auf dem Weg von einer Insel zur anderen.

Alle, die auf Privatbooten unterwegs sind, wissen erstaunlich gut voneinander Bescheid und sind darüber informiert, was für Leute als Besatzung oder Passagiere jeweils an Bord sind. Es sei vollkommen normal, auch Einheimische und Behördenvertreter nach solchen Dingen zu fragen. Sara behauptete, sie habe Johan vor seiner Abreise gesagt, seine Suchtaktik sei überhaupt nicht schlecht. Vorausgesetzt natürlich, dass sich Paula in Polynesien oder wenigstens in der Karibik aufhielt, merkte ich an.

Dazu nahm Sara Heinäniitty nicht Stellung. Ich fragte sie, warum sie in Stockholm gewesen sei. Sie sagte, sie habe das Grab ihrer Mutter besucht. Ich erinnerte mich, dass Saras Mutter alle möglichen Drogen genommen und multiple Probleme gehabt hatte. Von ihrem Ableben wusste ich nichts, aber ich wunderte mich auch nicht darüber. Ich sagte, es tue mir leid, aber Sara schaute nur etwas merkwürdig und winkte ab. Was ich weiterhin nicht fragte, war, warum sie während des Aufenthalts in Stockholm das Handy ausgeschaltet hatte. Selbstverständlich kann ein Mensch seine Ruhe haben wollen, wenn er ein Grab besucht.

Ich fragte sie, was wir tun sollten. Sie verstand nicht sofort, was ich meinte. Um Paula zu finden, präzisierte ich. Wir schwiegen eine Weile. Dann bat mich Sara, sie zu Hause zu besuchen und Johan möglichst bald mitzuteilen, dass sich Paula auf keinen Fall auf einer pazifischen Insel oder in der Karibik aufhielt.

Sara

März 2012, Vantaa

Nach der Rückkehr aus Stockholm überlegte ich, was ich tun sollte. Der Sicherheitschef der palästinensischen Gesandtschaft hatte gesagt, so gut wie jeder könnte Laura töten. Ihr Tod werde nicht unbedingt verlangt, aber sie könne ein *collateral damage* werden, das Zivilopfer eines israelischen oder islamistischen Mordkommandos. Was passiert in so einer Situation mit dem kleinen Mädchen? Der Sicherheitschef breitete die Arme aus.

Ich hatte getippt, Laura sei nach Algerien gegangen – oder gebracht worden. Wenn sie dabei den finnischen Pass benutzen wollte, hätte sie für die Einreise nach Algerien ein Visum beantragen müssen, und zwar in der Botschaft der Demokratischen Volksrepublik Algerien in Stockholm, die auch für Finnland zuständig war. Das Problem wären dann natürlich die Reisedokumente für das Kind gewesen.

Ich glaube, dass der Mann aus der Botschaft vollkommen aufrichtig war. Er hielt es für nahezu unmöglich, dass Lauras kleine Tochter im Pass ihrer Mutter eingetragen war. Im Prinzip hätte man schon dem Neugeborenen einen eigenen Pass ausstellen können. Ab dem Juni 2012 tritt in der EU ein Abkommen in Kraft, demzufolge Kinder nicht mehr auf den Reisedokumenten ihrer Eltern Grenzen überschreiten dürfen. Von da an müssen auch Säuglinge eigene Pässe und Visa haben.

Der Botschaftsmitarbeiter breitete erneut die Arme aus: Wer kann herausfinden, ob Laura Palmen in der finnischen Botschaft in Stockholm einen Pass für ihre Tochter beantragt hat? Und wenn, unter welchem Namen hätte sie das tun sollen? Ich sagte nicht, dass der Großvater des kleinen Mädchens das herausfinden könnte. Der Mann aus der Botschaft hielt es für wahrscheinlicher, dass Laura einen Begleiter aus einem Nicht-EU-Land hatte, in dessen Pass das Kind eingetragen war. Bei Grenzkontrollen konnte man unmöglich feststellen, wessen Tochter ein wenige Monate altes Baby war.

Dann senkte der Sicherheitschef die Stimme und sagte, er könne mir nur verraten, dass die militärische Führung der PFLP tatsächlich von Syrien und dem Libanon nach Algerien gegangen sei. In der Nähe des Erzfeindes Israel gebe es zwar noch Zellen aus einzelnen Kämpfern, aber deren Aktivität sei gelähmt. Die Fatah und die Autonomiebehörde im Westjordanland akzeptierten nicht mehr, dass Raketen auf Israel abgeschossen würden, und die Hamas in Gaza akzeptiere die PFLP nicht. Zwar sei die Partei im Palästinensischen Parlament vertreten, aber ihre Position im Westjordanland sei heikel. Ein Teil der PFLP-Leute sitze in Gefängnissen der Autonomiebehörde, ein anderer Teil sei in Israel inhaftiert.

Wer sich in bewaffnete Aktionen verstrickt hatte, besaß keine Möglichkeit, sich offiziell im Westjordanland oder im Gazastreifen aufzuhalten. Die Konflikte innerhalb der palästinensischen Bewegung, die sich bis an den Rand eines Bürgerkriegs zugespitzt hatten, machten die Mitglieder traditioneller linksextremer Bewegungen zu Vogelfreien. Die strengsten Muftis hatten eine Fatwa verkündet, in der die von Gott verbotenen Palästinenserparteien und -organisationen aufgelistet wurden. Selbstverständlich sei auch die marxistisch-leninistische PFLP darunter.

Der Mann schwieg eine Weile und sagte dann, er habe in einem Dossier ihres Geheimdienstes etwas über Laura Palmen gelesen. Sie habe irgendwann Mitte der Nullerjahre Kontakt zum bewaffneten Flügel der PFLP aufgenommen, der sich im Lauf von vierzig Jahren auf den Luftverkehrsterrorismus spezialisiert hatte. Die Entführung von Flugzeugen und deren Einsatz als terroristische Instrumente war das Spezialgebiet der PFLP.

Im Prinzip waren Al-Qaida und PFLP wie Feuer und Wasser, aber in gewissem Maß hatte der radikale Islamismus die atheistische Kampforganisation genau deshalb akzeptiert, weil er von ihr wertvolles Know-how aus dem Bereich des Luftverkehrsterrorismus bekam. Operationen wie die Anschläge auf die Twin Towers wären ohne die jahrzehntelange Erfahrung der PFLP-Zellen nicht möglich gewesen. Der Sicherheitsschef der Botschaft sah mich lange an und sagte dann, in dem Dossier, das er gelesen habe, sei auch von mir die Rede gewesen.

Laut Dossier war ich 2005 zusammen mit Laura Palmen als »Pilotin« angeheuert worden. Im Terroristenslang ist mit Pilot kein Flugkapitän, sondern eine Person gemeint, die das Sicherheitsprotokoll des Flugverkehrs testet, die Behörden täuscht, sich an der Gegenaufklärung beteiligt und »Trockenübungen« durchführt. Deren Sinn besteht darin, die Taktik des Luftverkehrsterrorismus weiterzuentwickeln. Ich sagte, ich wisse, was Pilot bedeute, auch wenn ich es damals nicht gewusst hätte, als wir mit diesen Sachen anfingen. Ich sagte, dass ich damit aufgehört hatte, als mir klar geworden war, worum es ging. Der Mann bat mich, ihn nicht falsch zu verstehen. Er mache mir keine Vorwürfe. Auch Laura Palmen nicht.

Jeder Palästinenser wisse, gegen welche Kräfte sein Volk zu bestehen habe. Im Westjordanland würden illegale Siedlungen gebaut, um die Besetzung zu stabilisieren. Israel werde von den Vereinigten Staaten bewaffnet und geschützt und ermorde Frauen und Kinder in Gaza. Das Gebiet sei mit einer Betonmauer, mit Minenfeldern und Stacheldraht abgeriegelt. Im Luftraum von Gazastreifen und Westjordanland flögen Tag und Nacht ferngesteuerte Fluggeräte, von denen aus die Menschen mit Kameras überwacht und mit Lenkwaffen beschossen würden. Kampfflugzeuge bombardierten die Gebiete aus der Luft, und die Marine tue es vom Meer aus. Jedes Schiff, das sich Gaza nähere, werde unter der Drohung, versenkt zu werden, gestoppt.

Die Bevölkerungsdichte in Gaza sei höher als in Hongkong und Singapur. Das Gebiet sei ein dreihundertfünfzig Quadratkilometer großes Gefängnis mit anderthalb Millionen eingesperrten Menschen. Mehr als die Hälfte davon Kinder. Die Zivilbevölkerung in Gaza sei nicht nur das Ziel von bewaffneten Angriffen, sondern werde auch systematisch ausgehungert. Die Einfuhr von Baumaterial, Brennstoff, Medikamenten, Krankenhausbedarf und Lebensmitteln werde behindert. Sogar an Trinkwasser herrsche Mangel. Als humanitäre Katastrophe könne man die Belagerung von Gaza mit der neunhunderttägigen Belagerung von Leningrad vergleichen, bei der mehr als sechshunderttausend Einwohner ums Leben kamen.

Das Volk wisse, dass die Palästinenser zu extremen Mitteln greifen konnten. Aber die Palästinensische Autonomiebehörde und die ihr angehörenden legalen Parteien bereiteten keine solchen Maßnahmen vor und billigten sie auch nicht. Nicht einmal die Hamas akzeptiere sie offiziell. Das Ganze sei aber nicht so einfach. Menschen, die sich auf das Äußerste vorbereiteten, fühlten sich vom unausgesprochenen Segen des Volkes umgeben.

Der Sicherheitschef stand auf, schaute mir in die Augen und ergriff meine linke Hand. Mit der rechten machte er eine Ehrenbezeigung. Er sagte, er verstehe, dass mir diese Dinge Sorgen bereiteten und mich und meine Familie verunsicherten. Er beteuerte, alles in seiner Macht Stehende zu tun, damit ich mir keine Sorgen machen müsse. Ich fragte ihn, wo die Grenzen seiner Macht verliefen. Er antwortete, das könne er mir leider gerade jetzt nicht sagen. Sein innerer Zustand sei zu instabil und zerbrechlich.

Johan

April 2012, Karibik

Der Graf sagte, wir würden zuerst nach Haiti fahren. Er wolle vor der Atlantiküberquerung die Waffen loswerden. In Port-au-Prince würde das gelingen, dort habe er sie auch gekauft. Ich sagte, als europäischer Grenzschutzoffizier hielte ich es in der Tat für wünschenswert, ohne Maschinengewehr und Panzerfaust in der Union anzukommen. Ich bat den Grafen, mir mitzuteilen, wann die Entladung der Waffen stattfand. Ich wollte dann nicht anwesend sein. Auch nicht, wenn im Salon der *Endeavour* über die Entladeaktion und die Preise verhandelt wurde.

Wir hatten vereinbart, dass ich noch bis Jamaika mitkam, wo der Graf einen Segeltramper auf dem Weg nach Europa als Gefährten für die Atlantiküberquerung suchen wollte. Angeblich gab es in den Yachthäfen der Karibik gute Gastbörsen, wo man immer einen Abenteurer fand, der auf den alten Kontinent zurückwollte. Auf dem bevorstehenden Leg brauchte er keinen professionellen Seemann mit Schießfertigkeiten. In Kingston gebe es auch viele Segler, die ich fragen könnte, welche Personen in letzter Zeit versucht hatten, auf Boote zu kommen.

Ich hatte ihm erzählt, dass ich nach Gustavia auf der Insel Saint Barthélemy wollte, die gut hundert Meilen nördlich von Guadeloupe lag. Der Graf versprach mir, mich hinzubringen und unterwegs an allen Bootshäfen Halt zu machen, wo ich wollte. Der Gast, der in Jamaika an Bord käme, müsste sich damit abfinden. Wir segelten von Panama über die Karibik in das Becken zwischen Haiti, Jamaika und Kuba, das ungefähr so groß ist wie der Finnische Meerbusen. Eine Fregatte der US-Marine kam uns entgegen und hielt sich im Abstand von weniger als einer Meile neben uns.

Vom Achterdeck des Kriegsschiffs stieg ein Helikopter auf, kreiste über uns und blieb dann nur zehn Meter oberhalb der Mastspitze im Schwebeflug, so dass die Rotorströmung in die Segel fuhr. Das Boot krängte und zitterte wie ein Malariapatient. Mast, Baum und Tauwerk gaben surrende Resonanztöne von sich. Der Graf machte Fotos und sagte, er werde Schadenersatzforderungen an die Vereinigten Staaten stellen, falls es zu Schäden an der Takelage oder der Technik am Mast kommen sollte. Schließlich kehrte der Hubschrauber zur Fregatte zurück, die uns noch eine Weile folgte, bis wir nach Osten abdrehten, ins Fahrwasser, das in den Hafen von Port-au-Prince führte. Die Fregatte nahm Kurs nach Norden. Dort, nur ein paar Dutzend Meilen entfernt, lag Kuba mit dem Marinestützpunkt Guantanamo an der Ostspitze.

Der Graf drohte dem abdrehenden Helikopter mit der Faust und behauptete, an dessen Aufhängungen seien Hellfire-Raketen befestigt gewesen. Angeblich hatten die Israelis den Hamas-Führer Scheich Ahmad Yasin umgebracht, indem sie eine solche Rakete auf dessen gepanzertes Fahrzeug abgeschossen hatten, mitten in Gaza, in einem dicht bewohnten Gebiet. Zweiundzwanzig Menschen starben oder wurden bei dem Hubschrauberangriff verletzt, der allgemein als Staatsterrorismus verurteilt worden war. Für den Grafen war auch der unnötige und dreiste Erkundungsflug des amerikanischen Helikopters auf internationalem Seegebiet ein Terrorakt, der die Freiheit des Meeres verletzte.

Ich erinnerte mich an die Tötung des Hamas-Führers. Sie war mir unfassbar erschienen und hatte weltweit für Entrüstung gesorgt, weil der alte und fast blinde Scheich auch noch seit Jahrzehnten im Rollstuhl sitzen musste. Der Mord an Yasin war 2004 geschehen, acht Monate vor Jassir Arafats Tod, hinter dem man ebenfalls einen Mordanschlag vermutete. Der Graf sagte, er sei damals noch im aktiven Dienst gewesen. Der Vorfall hatte Spannungen innerhalb der Nato ausgelöst, weil die EU den Anschlag als Terrorismus definierte, die USA aber erklärten, es habe sich um eine legitime Militäraktion im Rahmen der Terrorabwehr gehandelt.

Das Zerwürfnis war viel schlimmer gewesen, als öffentlich bekannt wurde. Angeblich waren die europäischen und amerikanischen Offiziere fast mit Fäusten aufeinander losgegangen. Das Ganze wurde noch dadurch verstärkt, dass sich zu der Zeit immer deutlicher abzeichnete, dass der Irak-Krieg ein Fehler gewesen war. Er war unter falschen Voraussetzungen begonnen worden, und die USA hatten ihre Nato-Verbündeten mit falschen Geheimdienstinformationen mit hineingezogen. Mein Skipper spuckte in Richtung Kuba und Guantanamo Bay: Und jetzt halten sie dort illegal Menschen gefangen!

Als wir uns Port-au-Prince näherten, kam zunächst ein großer, verbogener Containerkran in den Blick. Durchs Fernglas sah man, dass kreuz und quer um ihn herum rote Vierzig-Fuß-Container lagen. Dahinter war ein Magazin eingestürzt. Die Stadt war ein Bild des Grauens und der Verwüstung. Das Erdbeben von 2010 hatte fast den gesamten Gebäudebestand zerstört. Zweihunderttausend Menschen waren ums Leben gekommen. Trotz aller internationaler Hilfe kam der Wiederaufbau überhaupt nicht voran, jedenfalls nicht in den Vierteln, durch die ich ging, während der Graf seinen Waffenhandel erledigte.

Er hatte per VHF Kontakt mit jemandem aufgenommen und mir gesagt, er müsse nach unserer Ankunft nur einmal telefonieren, dann kämen die Händler des Todes sofort. Alles würde schnell über die Bühne gehen. Wir wollten nicht über Nacht im Hafen von Port-au-Prince bleiben, das wäre ein wahnsinniges und unnötiges Sicherheitsrisiko. Man müsste die ganze Nacht Hafenwache halten, um die Leinen zu regulieren, aber auch wegen Banditen. Auf dem Meer hatten wir es gemütlicher. Ich verstand, was der Graf meinte, als ich an Land ging und durch den Hafen und die umliegenden Viertel spazierte. Die Stadt schien sich in einem derart chaotischen Zustand zu befinden, wie man ihn auf der ganzen Erde höchstens in Bagdad und Kabul fand.

Es wäre ratsam gewesen, nicht durch den Hafen und die angrenzenden Viertel zu spazieren, aber ich wollte nicht dabei sein, wenn auf dem Boot illegale internationale Waffengeschäfte abgewickelt wurden. Zwar in minimaler Größenordnung, aber es gehört im Prinzip zu meinen dienstlichen Aufgaben, diese Vorgänge zu unterbinden. Ich hatte den Grafen gefragt, wie er es wagen konnte, in einer offenen Funkverbindung eine solche Verabredung zu vereinbaren. Die Behörden konnten den VHF-Verkehr mithören. Er wunderte sich. Was ich wohl glaube, mit wem er gesprochen habe. Er habe sich im Hafenkontor gemeldet. Das Geschäft werde von dort aus abgewickelt.

Laura Palmens Tagebuch

7. Februar 2006

Es ist jetzt nun mal so, dass diese Sache wichtiger ist als alles andere! Wenn Lara das nicht kapiert, kann ich ihr auch nicht helfen. So hat es Pirjo immer gesagt. Ich weiß nicht, wen sie ursprünglich damit gemeint hatte, aber bei uns ist es jetzt so weit: Lara hat ihre Entscheidung getroffen und ich meine. Wir trennen uns, und ich weiß nicht, ob wir uns je wiedersehen werden. Sie fliegt heute mit Syrianair von Damaskus nach München. Wohin von dort aus, weiß ich nicht, und ich frage sie auch nicht. Wahrscheinlich hat sie vor, nach Finnland zurückzugehen. Einmal haben wir am Zaun auf Saint Barthélemy das Piratenlied gesungen: »Wir kämpfen, bis der Atem bricht, nach Hause kommen wir niemals nicht …« Alles, was wir geschworen haben, wird jetzt hinfällig. Zuerst dachte ich, ich begleite sie nicht einmal zum Flughafen, aber ich komme doch mit.

Johan

April 2012, Karibik

Zumindest in dem Teil von Port-au-Prince, den ich zu Gesicht bekam, gab es kaum eine ordentliche Stromversorgung oder ein Telefonnetz. Die Masten fehlten, und auf der Erde lagen weiße Porzellanscherben. Alle unversehrten Porzellanisolierungen waren gestohlen worden. Das galt auch für die Drähte, aber aus irgendeinem Grund lagen an einer Stelle zig Meter grün oxidiertes, drei Millimeter starkes Kabel. Ich ging über die verlassenen Piers und dann zu einem Eisenbahngleis, das zwischen eingestürzten Magazinen verlief. Die Schienen hatten sie immerhin liegen lassen. Sie waren allerdings stark verrostet, und zwischen den Schwellen wuchs trockenes Gras. Hier war schon lange kein Zug mehr gefahren.

Ich schälte eine der Bananen, die ich mir in die Tasche gesteckt hatte. Sie stammten von der Staude, die wir in Panama grün gekauft hatten. Während der Überquerung der Karibik waren sie reif geworden. Dem Grafen zufolge enthielten die Bananen viel Magnesium, was gut war gegen Krämpfe, die bei Flüssigkeitsmangel leicht auftreten konnten. Ich aß die Banane und ging am Gleis entlang in Richtung Stadt. An einer Straßenecke stocherten Kinder in einem stinkenden Müllhaufen. Dann kam ich an eine unwahrscheinlich große, rechteckige Grube.

Auf dem Grund der Grube standen Pfützen, über denen Mückenschwärme schwebten. Sie hielten sich in der Luftströmung, die von den Lachen aufstieg, und sahen genau wie Rauchsäulen aus. Dieses Phänomen kannte ich aus meiner Kindheit. An windstillen, warmen Abenden brüteten die Wassernester auf den Inseln Millionen von Mücken aus. Sie schlüpften alle zur gleichen

Zeit und stiegen über ihrer Geburtspfütze zu grauen, säulenartigen Gebilden auf. Gegen die von Mücken verbreitete Malaria war ich geimpft.

Aus der Form der Grube und den ringsum liegenden Betonbrocken konnte man schließen, dass hier ein Gebäude eingestürzt und dann beseitigt worden war. Man hatte aber nicht angefangen, etwas Neues zu bauen. Am Rand des Grundstücks stand der Torso eines Frontladers, von allem, was nicht niet- und nagelfest war, befreit. Auf der Seite dieses orangen Traktors ohne Räder standen noch der Name eines Tiefbauunternehmens aus Florida und ein Werbeslogan, der übersetzt ungefähr lautete: ALLES MIT DEM BAGGER. Vermutlich hatten amerikanische Hilfsorganisationen Maschinen mitgebracht, die gespendet worden waren.

Bevor ich in die eigentlichen Slums kam, sah ich junge Schwarze mit Sackkarren große Kisten aus einem Lagerhaus holen. Auf den Kisten stand: MEDICAL EQUIPMENT. HANDLE WITH CARE. THIS SIDE UP. Ich weiß nicht, ob die Männer lesen konnten. Jedenfalls hielten sie sich nicht an die Anweisungen auf ihrem Transportgut.

Auf der Erde lagen weiße Säcke. Sie wurden auf die Ladefläche eines Lastwagens geworfen. Die prallen Säcke aus grobem Stoff enthielten irgendein Getreide, vielleicht Reis oder Mais, und trugen die blaue Aufschrift UNICEF. Neben dem Fahrzeug stand ein Polizist in Uniform. Er schaute mich an, zog die Waffe aus dem Holster und fuhr sich mit dem Lauf quer über den Hals. Ich hob die Hände und wich zurück. Dann drehte ich mich um und gab mir Mühe, möglichst ruhig wegzugehen. In meinem Rücken hörte ich den Mann lachen, aber ich drehte mich nicht mehr um, sondern bog um die nächste Ecke und ging zurück zum Hafen.

Ein vielleicht achtjähriges Mädchen mit einem Schubkarren kam mir entgegen. Es hatte Bretter von Verpackungskisten und schwarzes Umreifungsband geladen. Ich ging vor ihm in die

Hocke und bat es, mir zu folgen. Ich würde ihr etwas Wertvolleres zeigen. Ich wusste nicht, ob das Mädchen überhaupt Englisch verstand, aber es ließ mich seinen Karren schieben und folgte mir sonderbar zutraulich. Wir gingen zu dem Stromkabel, das auf der Erde lag. Mit der Feile meines Leatherman rieb ich an der oxidierten Oberfläche des unisolierten Kabels. Unter dem Grün kam klares Kupfer zum Vorschein. Ich zeigte es dem Mädchen, das mit strahlenden Augen lächelte.

Ich trennte mit der Zange des Multifunktionswerkzeugs ein Stück ab, nahm die Bretter und Bänder vom Karren und legte das aufgerollte Kupferkabel hinein. Darüber kamen die anderen Sachen, so dass man die Kupferdrahtrollen nicht sah. Ich weiß nicht, was in Port-au-Prince für ein Kilo Kupfer bezahlt wurde, aber an den Augen des Mädchens konnte man sehen, dass der Fund kostbar war. Ich legte den Zeigefinger auf die Lippen und tätschelte dem Kind die Wange. Schließlich gab ich ihm noch einen Fünf-Dollar-Schein und die übrig gebliebene Banane. Fast im Laufschritt schob das Mädchen mit seinem großrädrigen Karren ab.

Vor Einbruch der Dunkelheit konnten wir auslaufen. Der Graf hatte noch Zeit, zu überprüfen, ob der Erkundungsflug des Helikopters Schäden an der Takelage angerichtet hatte. Er zog sich die Gurte über, und ich kurbelte den Skipper mit der Winsch am Mast seines Bootes hoch. Er prüfte die Halterungen von Stagen und Wanten, die Salinge und das Radar sowie die Antennen, die Mastleuchten und zuletzt den Windmesser. Alles war in Ordnung. Ich weiß nicht, ob ihn das ärgerte. Ich hatte das Gefühl, er hätte gern eine Schadensrechnung an das Verteidigungsministerium der Vereinigten Staaten geschickt.

Der Graf übernahm die erste Nachtwache. Bevor ich in die Koje ging, erzählte ich ihm von dem kleinen Mädchen auf Haiti und dem Kupferdraht, von dem einzigen Geldschein in meiner Tasche und auch von der Banane. Der Graf fragte mich, ob ich daran gedacht hätte, was mit dem Mädchen passieren konnte, wenn es versuchte, seinen Kupferschatz einem Metallschwarzhändler in Port-au-Prince zu verkaufen. In der Situation könnte sowohl der Kupferdraht als auch die Banane eine Verwendung finden, die man sich besser nicht vorstellte. Er befahl mir, zu beten, dass das Mädchen große Brüder hatte, die den Rest des Geschäfts erledigten. Ich betete.

Pirjo

April 2012, Vantaa

Ich weiß nicht, was ich denken soll! Ich weiß es wirklich nicht. Ich habe Sara Heinäniitty besucht, und sie hat behauptet, Paula und sie wären an Aktivitäten des internationalen Terrorismus beteiligt gewesen. Paula soll die Frau eines Palästinensers und Mutter eines kleinen Mädchens sein! Sara zufolge hält sich Paula derzeit höchstwahrscheinlich in Nordafrika auf, und zwar am ehesten in Algerien.

Saras Mann war ebenso bestürzt wie ich. Sara sagte, sie müsse endlich einmal alles loswerden. Sie erzählte, wie sie und Paula zunächst Schmugglerinnen wurden. Obwohl es so klang, als wären die jungen Frauen da irgendwie hineingeschlittert, behauptete Sara, sie seien bewusst und planmäßig vorgegangen, als sie sich darauf einließen.

Sie waren rund um die Welt geflogen, hatten auf Flughäfen gearbeitet und irgendwann begriffen, dass sie sich das, was sie dabei erlebt und gelernt hatten, zu Nutze machen konnten. Paula hatte vermutlich sehr bald verstanden, was für Leute hinter den Aufträgen steckten. Sara meinte, sie selbst habe das Ganze erst später durchschaut. Es ging entweder um Schmuggel oder um das Monitoring der Vorgänge auf einem Flughafen. Sara sagte, nachdem sie erkannt habe, was dahintersteckte, habe sie nicht mehr mitmachen wollen. Das sagte sie immer wieder.

Ich fragte sie, wie alles angefangen habe. Sara lachte, vielleicht ein bisschen zu laut, angesichts der Situation. Ihr Mann, der die kleine Laura auf dem Arm hielt, wirkte besorgt. Sara erzählte, man habe sie schon 2003 vor der Ankunft am Flughafen von Kansas City dafür angeworben, Papageien von Brasilien in die Vereinigten Staaten zu schmuggeln. Fröhlich hatten sie den Auftrag erfüllt. Sie hatten bloß gekichert, als die betäubten Vögel im Handgepäck kurz vor der Landung in Miami zu sich kamen.

Vor dem Abflug hatte man die Papageien verpackt, indem man ihnen elastische Netze, die sonst für den Schutz von Duty-free-Flaschen bestimmt waren, überstreifte. Eine unglaubliche Zahl von Exemplaren hatte in die Bordkoffer gepasst, insgesamt über hundert Stück. Schon vor der Landung hörte man aus Paulas Gepäck das portugiesische Murren eines schläfrigen Papageis. Es klang nach einem betrunkenen Seemann, der Streit sucht. Die Vögel waren so lange in der Obhut ihrer Fänger gewesen, dass sie angefangen hatten, diese nachzuahmen.

Sie waren mit Netzen in den Regenwäldern des Amazonas gefangen, mit Kanus in die Zivilisation und schließlich per Schiffsfracht nach Rio de Janeiro gebracht worden. Den Mädchen hatte man die in zwei Koffer verpackten Papageien auf dem Flughafen von Rio übergeben, unmittelbar vor dem Start der Maschine nach Miami. Die Sicherheitskontrolleure waren bestochen worden. Durch die Grenzkontrolle und den Zoll der Vereinigten Staaten kamen sie dank Paulas eiserner Nerven. Außerdem war sie clever: Die Papageien hielten die Schnäbel, weil Paula sie vor dem Zoll durch Klopfen an die Kofferwand eingeschüchtert hatte.

Saras Mann schien es so gut wie gar nicht zu kümmern, dass die Mädchen nicht nur Schmugglerinnen, sondern auch Teil des globalen Flugverkehrsterrorismus oder zumindest dessen Finanzierung waren. Markku schien mehr von der Behandlung und dem Schicksal der Papageien entsetzt zu sein. Sara meinte, sie hätten für genügend Luftzufuhr gesorgt, und die Betäubung habe sich nicht von der Narkose für einen veterinärmedizinischen Eingriff unterschieden. Ich konnte nur die Vermutung äußern, dass es ihnen als Haustier in einer reichen amerikanischen Familie besser erging als im gefahrenreichen Dschungel Brasiliens.

Angeblich kostete so ein seltener Papagei mehrere tausend

Dollar. Hinter der Schmuggelaktion steckten Palästinenser. Sie war Bestandteil ihrer weltweiten Mittelbeschaffung. Das Schmuggeln von Tieren ist erstaunlich rentabel, und die Strafen dafür sind wesentlich geringer als beim Drogenschmuggel. Das meiste Geld wird mit dem Transport seltener Schmetterlinge von einem Kontinent zum anderen verdient.

Der Zusammenbruch der Sowjetunion hatte der linksextremen Palästinenserbewegung die materielle Grundlage entzogen. Als sich Jassir Arafat im Konflikt zwischen dem Irak und den Vereinigten Staaten auf die Seite von Saddam Hussein stellte, bedeutete das den finalen Schlag für den Haushalt der PLO, denn nun hörten auch die reichen Ölstaaten der arabischen Halbinsel auf, die Palästinenser zu unterstützen. Es mussten neue Geldquellen erschlossen werden. Ein Problem der Palästinenser bestand darin, dass junge männliche Araber im internationalen Flugverkehr Objekte verschärfter Kontrollmaßnahmen sind und waren. Für junge Frauen aus Skandinavien galt das Gegenteil, darum waren sie für operative Einsätze ideal.

Natürlich habe ich mir alle erdenklichen Informationen über die PFLP verschafft und in dem Zusammenhang wieder einmal beim Rundfunk ein Infopaket bestellt. In den Sechzigerjahren war die PFLP die zweitgrößte Fraktion innerhalb der PLO. Meine Generation erinnert sich an den palästinensischen Widerstand unter der Führung der PLO als Bestandteil der internationalen linken Bewegung der Sechziger- und Siebzigerjahre. Die PLO stand unter dem Schutz der von der Sowjetunion unterstützten arabischen Regierungen, junge Palästinenser studierten als Stipendiaten in Moskau, Prag und Warschau. In Finnland, Schweden und Norwegen wurde sie von den gleichen jungen Leuten unterstützt, die gegen den Vietnamkrieg demonstrierten.

Auch ich war in einer dieser Solidaritätsgruppen, und in den Neunzigerjahren unterrichtete ich in Ramallah Journalismus und Fernseharbeit. Einer meiner Schüler ist heute Redakteur bei Al

Jazeera, habe ich gehört. Damals hatten sie in Ramallah Universitäten und alles. Ich weiß nicht, ob das immer noch so ist. Nach aktuellen Informationen erhielten die linken Palästinenserorganisationen ihre Waffen und ihre Ausrüstung über Umwege aus der Sowjetunion, von wo auch direkte wirtschaftliche Hilfe kam. Die militärische Ausbildung fand in Trainingscamps in Syrien und Libyen statt.

Ein Kapitel für sich in dieser Geschichte ist die Kooperation radikaler palästinensischer Aktivisten mit westeuropäischen Terroristen. Die von Andreas Baader und Ulrike Meinhof gegründete Rote-Armee-Fraktion stellte Kontakte zu palästinensischen Terroristen her. Das führte zur Entwicklung einer gemeinsamen Taktik und Ausbildung. Im Oktober 1977 entführten vier Mitglieder der PFLP eine Lufthansa-Maschine nach Mogadischu und verlangten von der Regierung der Bundesrepublik Deutschland die Freilassung von RAF-Mitgliedern, die im Hochsicherheitstrakt von Stuttgart-Stammheim inhaftiert waren. Die Entführung endete in einem Feuergefecht, bei dem eine Sondereinheit des deutschen Grenzschutzes drei palästinensische Terroristen tötete. Die RAF-Führungspersonen in Stammheim begingen anschließend Selbstmord.

Mit den zwei Volksaufständen, den Intifada, hat sich alles geändert. Die religiösen Hamas und Hisbollah haben die PLO und deren größte Fraktion Fatah verdrängt. Jassir Arafat ist tot, und der palästinensische Widerstand konzentriert und versteift sich auf die Hamas, die von Gaza aus operiert. Der von der Sowjetunion unterstützte Widerstand ist vom Dschihad abgelöst worden, dem heiligen Krieg und der islamischen Revolution. Israel treibt die palästinensischen Reihen auseinander und profitiert diplomatisch und militärisch von der Unbeugsamkeit der Hamas.

In Syrien hat es mehr als eine Million Palästinenser gegeben, aber niemand weiß, wie viele es heute sind, da in dem Land seit über einem Jahr der Bürgerkrieg tobt. Mich beschäftigt dabei natürlich vor allem die Tatsache, dass meine einzige Tochter offenbar schon lange ein Teil dieses Komplexes ist. Sara sagte, sie habe Paula zuletzt im Februar 2006 auf dem Flughafen von Damaskus gesehen. Wo überall ist Paula danach gewesen, und wo ist sie jetzt?

Sara will herausgefunden haben, dass Paula ihre kleine Tochter Rauha nannte. Ich konnte den Namen mit nichts in Verbindung bringen, bis Sara erzählte, Paula habe von klein auf oft über ihren Vater gesprochen. In ihren Geschichten sei er immer mehr zu einem mythischen Helden, der um die Welt reist, geworden. Über die kurze Ehe ihrer Eltern hatte Paula hingegen nie gesprochen, obwohl ihr Leben unmittelbar vor dieser Eheschließung seinen Anfang genommen hatte. Sie schien auch den Ursprung ihrer Existenz für das Element einer Mythologie gehalten zu haben. In ihrer Phantasie war sie vielleicht wie Aphrodite aus dem Schaum des Meeres geboren worden. Der Höhepunkt im Leben des sagenhaften und vergötterten Vaters wiederum bestand in der platonischen Beziehung zu einem früh verstorbenen Mädchen namens Rauha.

Ich konnte nicht einmal auf Anhieb sagen, wer oder was diese Rauha war, aber später erinnerte ich mich, dass Johan von einer wichtigen Jugendfreundin zu Schulzeiten in Kemiö gesprochen hatte. Paula fragte als Kind viel nach ihrem Vater, und ich erzählte ihr, was ich wusste und woran ich mich erinnerte. Irgendwann habe ich anscheinend auch von dem Mädchen Rauha erzählt, und Paula hat sie zum Bestandteil einer kindlichen Geschichte gemacht, die von einem Vater und dessen Abenteuern auf See handelte. Eine solche Figur taucht ein paar Mal sogar in Saras Texten über das Leben der Laura Palmen auf.

Johan

April 2012, Karibik

Unmittelbar vor Sonnenuntergang setzten wir im Hafen von Port-au-Prince die Segel, und am nächsten Abend schrieb ich ins Logbuch, dass wir sie in Kingston um 22.31 einholten. Der Graf war zufrieden, fast ausgelassen. Auf der Entfernungstabelle beträgt die Distanz zwischen Port-au-Prince und Kingston fast dreihundert Meilen. Wir segelten die Strecke in gut vierundzwanzig Stunden, was er unter den herrschenden Umständen für eine mannhafte Leistung hielt. Im Log kamen reichlich mehr Meilen zusammen. Am Morgen ging der Skipper in die Stadt. Als er zurückkam, erzählte er, er habe den passendsten Gast unter den Bewerbern ausgesucht, die am Schwarzen Brett der Marina aufgeführt waren.

Ein einundzwanzigjähriger junger Mann aus Amsterdam werde an Bord kommen. Der Graf hatte sich für ihn entschieden, weil er sofort startbereit war, aber auch wegen der Sprache. Auf dem Heimweg wollte er in seiner Muttersprache reden. Die *Endeavour* sollte von der Karibik direkt nach Rotterdam segeln, von wo der Junge in einer halben Stunde mit dem Regionalzug nach Hause käme. Ich fragte den Grafen, woher er wisse, wo der Junge zu Hause sei und wieso er die Verkehrsverbindungen dorthin kenne. Er sagte, der Junge habe es ihm erzählt und auch erwähnt, dass seine Mutter auf ihn warte und seine Schwester ein Kind bekommen habe. Als ich von meinen eigenen Erkundigungen zurückkam, war der Gast bereits an Bord. Vor Einbruch der Dunkelheit kamen wir aufs Meer hinaus. Der Graf schien es eilig zu haben, das war mir recht und dem neuen Crewmitglied sowieso.

In der ersten Nacht hielt ich mit dem Jungen zusammen sechs Stunden Wache, und ich glaube, seine Fähigkeiten und Erfahrungen hätten auch bei schwererem Wetter ausgereicht, das Boot selbständig zu kontrollieren, den Kurs zu halten und seine Aufgaben als Gast an Deck zu erfüllen. Er hieß Jaan und erkundigte sich vorsichtig, was der Skipper für ein Mann sei. Ich erzählte ihm, der Graf sei ehemaliger Soldat und verlange Tüchtigkeit und Genauigkeit. Ansonsten sei er fair und fordere keine überflüssigen Aktionen oder unnötige Zeichen von Unterwürfigkeit. Ich überlegte, wie ich auf Englisch sagen könnte: »Was gemacht werden muss, wird erledigt, ansonsten können wir uns aufführen wie Ellus Hinkel« – *just do what you got to do, meanwhile you can act like Elwood's chicken.* Aber ich versuchte erst gar nicht, das geflügelte Wort von Fähnrich Koskela in Väinö Linnas Roman *Kreuze in Karelien* zu übersetzen.

Von den Waffen sagte ich nichts, auch nicht von Piraten, weil es die in der Karibik wohl inzwischen nicht mehr gab, und schon gar nicht im Nordatlantik, wohin die Heimreise die beiden führen würde. Ich ging davon aus, dass Jaan wusste, wie es in jenen Gewässern im April und auch noch im Mai sein konnte, dass er seine Kappe gegen eine Pelzmütze und seine Shorts und Sandalen gegen Stiefel, lange Unterhosen, mehrere Zwischenschichten und Segeloverall würde tauschen müssen. Auf der *Endeavour* gab es außerdem gute Kleidung und Ausrüstung für die Besatzung, ganz gleich auf welchem Breitengrad man segelte.

Was ich erzählte, war, dass der Graf unter Umständen anfangen konnte, irischen Whiskey zu trinken, wenn sie die Sargassosee erreichten und für ein paar Tage zwischen Algenteppichen auf die windlosen Rossbreiten zutrieben. Jaan fragte, warum der Skipper nicht mit dem Motor über die windstillen Breitengrade fuhr. Ich weiß es nicht, sagte ich. Das ist eine Angewohnheit von ihm. Die Maschine ist nicht oft angelassen worden, seit ich auf diesem Boot bin. Der Graf will immer unter Segel in den Hafen einlaufen. Der nötige Strom wird mit Solarzellen und Windgenerator produziert, der allerdings schon im Pazifik kaputtgegangen ist. Es gibt auf der Endeavour auch ein Aggregat von Honda, aber das habe ich kein einziges Mal laufen sehen.

Der junge Mann erwies sich als ausgezeichneter Koch. Beim Grafen und bei mir war der Speiseplan sehr asketisch gewesen. Auf langen Legs aßen wir Konserven, Energieriegel und Zwieback, auf den Inseln zusätzlich die Früchte, die es dort gab. Mit dem Obstessen nahm es der Graf genau. Das hatte offenbar mit den Beispielen Cooks und der anderen klassischen Seefahrer, die die Welt erkundet hatten, zu tun. Die hatten seinerzeit, wenn es galt, einen noch nicht eroberten Ozean zu überqueren, um die Bedeutung von Vitamin-C-haltigen Früchten bei der Abwehr von Skorbut gewusst. Ich hatte auf vielen Schiffen schon allerlei gegessen, aber erst als Jaan die Pantry enterte, bekam ich auf der *Endeavour* meine ersten anständigen Mahlzeiten.

Auf meine Bitte hin besuchten wir San Juan in Puerto Rico. Dort sprach ich bei der Einreisebehörde vor, zeigte meinen Frontex-Pass und den Dienstausweis, den ich mir vor der Abreise selbst ausgestellt hatte, und bat um Amtshilfe. In Französisch-Polynesien war kaum ein Blick auf die Dokumente geworfen worden, aber jetzt war ich ein bisschen nervös.

Für die Amerikaner scheint es jedoch äußerst wichtig zu sein, korrekte Beziehungen zur Europäischen Union zu unterhalten, weshalb bei Behördenkontakten unnötige Bürokratie vermieden wird. Ich durfte mir die Liste der Personen ansehen, die in den letzten drei Monaten mit einer Yacht auf die Insel gekommen waren. Mehr glaubte ich nicht zu brauchen. Puerto Rico gehört zu den Vereinigten Staaten, und die Küstenwache der USA kontrolliert seine Gewässer. Niemand, der übers Meer kommt, geht ohne Grenzkontrolle an Land. Es dauerte zwei Stunden, die Liste durchzusehen.

Auch von dort brachen wir noch vor dem Abend auf. Bevor wir die Segel setzten, erkundigte ich mich im Yachthafen, aber niemand hatte etwas von einer jungen skandinavischen Frau auf einem Boot gehört. Als wir drei Tage später auf der Höhe von Saint Martin waren, machten wir für zwei Stunden im Hafen von Philipsburg fest, wo ich den Skippern die gleiche Frage stellte. Zu den Behörden ging ich diesmal nicht, die Liste der angekommenen Personen würde ich auch in Gustavia bekommen. Der südliche Teil der Insel gehört zu den Niederlanden, und der Graf und Jaan redeten mit den Leuten in ihrer Muttersprache.

Jaan hatte die Angelausrüstung, die er in der Bugpiek entdeckt hatte, schon bald nach seiner Ankunft an Bord in Gebrauch genommen und schließlich mit einem unwahrscheinlich großen und mit grausamen Haken versehenen Köder der Marke Rapala einen Schwertfisch gefangen. Tagelang hatte er treu und brav den fast dreißig Zentimeter langen Köder in Fischform hinter der *Endeavour* hergezogen, obwohl unsere Geschwindigkeit meiner Meinung nach viel zu hoch war. Jaan war anderer Meinung. Er behauptete, Thunfische und Schwertfische kämen mühelos schneller voran als wir – mit bis zu hundert Kilometern pro Stunde.

Wir diskutierten über die Chancen, etwas zu fangen, und ich berief mich sogar darauf, etwas von Fischen zu verstehen, weil ich der Sohn eines Berufsfischers war und diese Arbeit früher selbst gemacht hatte. Jedenfalls biss ein Schwertfisch an, als ein außergewöhnlich leichter Wind uns mit einer Geschwindigkeit von nur drei Knoten antrieb, die ich noch als passendes Angeltempo loben konnte. Ich hatte auch nicht vergessen, gleich zweimal zu betonen, der Köder, den wir hinter uns herzögen, stamme aus demselben Land wie ich.

Jaan wiederum präsentierte, was er wusste: Wir waren in ein Gebiet gekommen, wo die strudelnden Ableger des Golfstroms Plankton zusammentrieben. Hinter dem waren Schwärme von Beutefischen her, die wiederum von Raubfischen gejagt wurden. Der gestreifte Rapala-Köder ahmte eine Makrele nach, die eigentlich nicht zum Fischbestand der finnischen Gewässer gehörte, von der es aber in der Nordsee viele gab. Den Fischreichtum um uns herum konnte man mit bloßem Auge erkennen. Schon seit Stunden sahen wir im Karibischen Becken unablässig fliegende Fische.

Jaan behauptete, das fleißige Abheben der fliegenden Fische sei ein Zeichen dafür, dass es in der Region Thunfische und Schwertfische gab. Die jagten fliegende Fische, welche wiederum versuchten, die Verfolger abzuschütteln, indem sie in die Luft auswichen. Landete die Beute zig Meter weiter wieder im Meer, war sie dem Raubfisch wenigstens für eine Weile entwischt. Wir sahen den fliegenden Fischen zu und versuchten zu schätzen, welche Strecken sie mit ihren ausgebreiteten, unnatürlich großen Flossen flogen. Den Grafen erinnerten sie an Gemälde des flämischen Malers Hieronymus Bosch, auf denen die Höllenqualen dargestellt wurden und am Himmel neben sonstigen Absonderlichkeiten auch Fische flogen.

Jaan deutete immer wieder mit dem Finger und rief, der ist mindestens hundert Meter weit geflogen. Ich widersprach, aber der Graf bestätigte die Einschätzung des Jungen. Er sagte, er sei Panzerabwehroffizier und dank seiner Ausbildung erfahren im Einschätzen von Entfernungen. Außerdem stoppe er die Flüge der Fische, und der Flug, von dem gerade die Rede gewesen sei, habe fünfundvierzig Sekunden gedauert. Wir fingen an zu streiten und zu rechnen, was das in Stundenkilometern bedeutete. Wenn ein Gegenstand hundert Meter in fünfundvierzig Sekunden fliegt, was ist dann seine Geschwindigkeit? Alle redeten durcheinander, so dass sich keiner konzentrieren konnte. Hundert Meter sind das Zehntel eines Kilometers, konnte ich noch laut denken. Eine Stunde hat sechzig Minuten und eine Minute sechzig Sekunden …

Da sahen wir, wie sich die an der Reling befestigte Angelrute bog und surrend Schnur von der Spule lief. Ein frappierend großer Fisch sprang an Steuerbord in die Luft. Jaan löste die Blockierung ein weiteres Stück, setzte sich tief in den Sitzkasten, das Ende der Angelrute unter dem rechten Oberschenkel. Er drückte die Rute gegen das Geländer und zog die Sperre langsam an. Trotzdem surrte die Spule, und die dicke, geflochtene polyfile Schnur wickelte sich ab. Nun steckte der Jagdtrieb auch den Grafen und mich an. Der Graf ließ das Steuerrad unter den Händen durchlaufen und das Boot drehte bei. Die Segel fingen an zu flattern und zu knattern und die Wanten zu zittern. Ich reffte die Genua und lockerte die Schoten. Ohne die Unterstützung der Segel ruckte die *Endeavour* heftig in den Gegenwellen, und es war schwer, sich auf den Beinen zu halten.

Die Beute saß gut fest, und der Junge ermüdete sie mit vollkommener Ruhe und sehr konzentriert. Anfangs war es reines Festhalten und Schnurgeben. Der Fisch hüpfte unablässig, wurde allmählich aber müde, die Sprünge wurden flacher und hörten schließlich ganz auf. Am Ende stand das Tier lange auf der Stelle, und Jaan konnte es Stück für Stück dichter herankurbeln. Geschickt nutzte er dabei das Schaukeln des Boots. Wenn es in ein Wellental geworfen wurde, kurbelte er sofort lose Schnur auf und hielt sie straff, wenn eine Welle uns wieder hob. Wenn wieder Lebenswillen in den Schwertfisch kam, überließ der Junge ihm so viel Schnur, wie er wollte, zwang ihn dabei aber, gegen die Sperre zu kämpfen. Bei den Sprüngen hatten wir geschätzt, dass der Fisch samt Schwert weit über zwei Meter lang war.

Schließlich bekamen wir den Schwertfisch ins Boot und schlugen ihn mit dem Bootshaken tot oder wenigstens bewusstlos. Steif wie ein Klotz lag er an Deck, und wir banden ein Seil um die Schwanzflosse. Mit Hilfe der Schotwinsch hievten wir ihn wieder über die Reling, und Jaan schnitt ihm die Kehle auf. Unter den Kiemendeckeln wurde es rot. Der Graf hob die zappelnde Beute am Schwanz in die Höhe, damit kein Blut in den Kiemen blieb. Danach landete der Fisch mit der Backe auf dem geriffelten Kunststoff, mit einem leblos starrenden Auge vom Umfang eines Trinkglases, und das Blut lief übers Deck. Ich holte Wasser aus dem Meer, um es wegzuspülen. Viele Eimer musste ich ausgießen, bevor das Wasser, das durch die Lenzöffnungen ins Meer zurücklief, wieder klar war.

Jaan schnitt den Fisch nicht auf, sondern trennte nur die Filets ab und schnitt daraus in Querrichtung Steaks. Sie waren tellergroß. Er sagte, er habe zu Hause auf einem Fischmarkt gearbeitet. Dann briet er uns so viel Fisch, wie wir essen konnten. Zur Feier des Tages holte der Graf Bier und Weißwein aus dem Versteck. Die Flaschen waren erstaunlich kühl. Als keiner mehr etwas herunterbekam, nahm Jaan noch einmal für jeden zwei Steaks und legte sie ins Kühlfach unter der Luke im Pantryboden. Den Rest des Fangs warf er sofort über Bord. Als der überraschte Graf sich über diese Vergeudung beschwerte, sagte der Junge, er habe den Fisch gefangen, und dieser sei immerhin auch aus dem Meer gekommen. Der Schwertfisch wäre ohnehin irgendwann gestorben und zum Fraß der im Meer lebenden Zersetzerbakterien geworden. Er hatte sich bereits fortgepflanzt und kehrte nun, da er ins Meer geworfen worden war, dorthin zurück, um seine Aufgabe im Ökosystem des Ozeans zu erfüllen. Wir hatten unseren Teil gegessen. Die kleinen Stücke, die wir aus der Karibik geholt und als Nahrung zu uns genommen hatten, bedeuteten im Gesamtkreislauf des Meeres gar nichts. Zumal der größte Teil dessen, was wir gegessen hatten, über das Wasserklo dorthin zurückgelangen würde, wo es hergekommen war.

Ich war mir zwar nicht sicher, ob Jaans Ausführungen ökologisch korrekt waren, aber ich wusste nun, dass er die Atlantiküberquerung mit dem Grafen gut überstehen würde. Er würde unter dem Kommando meines merkwürdigen Skippers klarkommen. Nachdem der Junge den Fisch zerlegt hatte, verbot der Graf strikt, den Motor zu benutzen, um das Gefrierfach mit Strom zu versorgen. (Auch das gab es auf der *Endeavour.*) Also warf Jaan, ohne einen Moment zu zögern, den größten Teil des Fangs ins

Meer, und ich sah, dass diese entschiedene Aktion Eindruck auf den Skipper machte. Später auf dem Atlantik würden sich die beiden gegenseitig auf die Probe stellen, und als dritte Kraft würde die Natur die beiden herausfordern: der Wind und das Meer. Sie würde die Männer zwingen, gemeinsam alles zu tun, was nötig war, um nach Hause zu kommen.

Während der letzten Nachtwache sprach ich über meine Angelegenheiten. Ich mochte den Jungen inzwischen sehr, und als wir uns der Insel Saint Martin näherten, erzählte ich ihm, warum ich auf dem Boot war. Jaan hielt den Kurs, den der Graf berechnet hatte, und ich verließ mich bereits vollkommen darauf, dass er damit kein Problem hatte. Es blies ein gleichmäßiger, schwacher Wind, und man brauchte die Segel nicht zu trimmen. Ich saß einfach in der warmen Nacht auf dem Sitzkasten und fing an zu reden. Als ich meine Geschichte erzählt hatte, blickte Jaan von der Rose auf und wandte sich mir im matten Schein des Kompasslichts zu. Ich glaube, er hatte Tränen in den Augen.

Seiner Meinung nach war ich wie Odysseus. Er gab mir die Hand und wünschte mir, dass es mir so erging wie im Epos von Homer: dass ich fand, was ich suchte – meine Liebste und meine Heimat. In der Odyssee sei die Konstellation jedoch umgekehrt, erklärte er. Da verlasse Odysseus' Sohn Telemachos seine Mutter Penelope, breche auf, um seinen Vater zu suchen und finde ihn schließlich auch. Danach kehrten Vater und Sohn nach Ithaka zurück und vertrieben die Freier, die sich um die Mutter geschart hatten. Ich wunderte mich, dass er so etwas wusste. Er studiere Literatur, erzählte er.

Darauf sagte ich, es sei noch nicht lange her, dass mich der Skipper für Dostojewskis Idioten gehalten habe. Jaan fing an zu lachen. Ich musste kurz das Steuerrad halten, damit das Boot sich nicht in den Wind stellte und vom Kurs abkam. Die jüngere Literaturwissenschaft hatte angeblich herausgefunden, dass Fürst Myschkin, die Hauptfigur in Dostojewskis *Idiot,* Epileptiker war.

Das sei die Ursache für sein idiotisch wirkendes Verhalten. Was den Fürsten aber eigentlich zum Idioten mache, sei die Tatsache, dass er zu gut für diese Welt war.

Am Horizont war ein schwacher Schein auszumachen. Ich ging den Grafen wecken, damit er seine allmorgendliche Positionsbestimmung vornehmen konnte. Ich teilte ihm mit, meiner Schätzung nach befänden wir uns dreieinhalb Stunden vor Saint Martin, und von dort werde es bei diesem Wind an die vier Stunden bis Gustavia dauern.

Pirjo

April 2012, Vantaa

Es ist schwer, bloß hier zu hocken und nichts tun zu können. Johan ist nach wie vor nicht zu erreichen. Ich versuche täglich, ihn anzurufen, aber es kommt immer nur eine automatische Mitteilung. Auch SMS habe ich geschickt, doch die laufen wohl beim Anbieter auf und gehen von dort nicht weiter. Sogar eine E-Mail habe ich geschrieben, für den unwahrscheinlichen Fall, dass Johan irgendwo seine Mails lesen kann, obwohl er auf dem Handy nicht zu erreichen ist. Nach meinen Berechnungen und Johans Plan müsste er inzwischen bereits vom Stillen Ozean in die Karibik gekommen sein.

Noch einmal lese ich in Laura Palmens Tagebuch die Stellen, an denen von den Reisen der Mädchen auf den Westindischen Inseln die Rede ist. Da sind sie in Kuba und in Puerto Rico, sogar auf den Bahamas, aber die meiste Aufmerksamkeit wird der kleinen Insel Saint Barthélemy mit ihrem winzigen Flughafen gewidmet. Laut den Tagebüchern von 2001 hatten Paula und Sara dort am Flughafenzaun campiert und eine schwedische Hippie-Gemeinschaft, die sich am Strand niedergelassen hatte, kennengelernt. Es entsteht der Eindruck, dass sie Streit bekommen haben.

Saint Barthélemy wurde von Kolumbus persönlich entdeckt und nach dessen Bruder Bartholomeo benannt. Allerdings machte sich Kolumbus nicht die Mühe, die unbedeutende Insel den Siegesgebieten zuzuschlagen, die er für die spanische Königin Isabella erobert hatte. Dafür hätte er ein Mitglied seiner Besatzung als »Gouverneur« auf der Insel zurücklassen müssen. Auch die späteren Konquistadoren schenkten dem Flecken keine Aufmerksamkeit. Er wurde lediglich in die Seekarte eingetragen.

Anderthalb Jahrhunderte später wurde die Insel jedoch Teil des Königreichs von Ludwig XIV. Der Herrscher war damals erst zehn Jahre alt.

In der Folgezeit kam es dazu, dass der große Bewunderer des zum Sonnenkönig herangewachsenen Ludwig, der schwedische Alleinherrscherkollege Gustav III., dem französischen König die Insel abkaufen wollte, und dieser stimmte dem Handel gnädig zu. Der Preis bestand nicht in Geld, sondern in Anteilen an der Göteborger Handelskammer. Jetzt hatte auch das nördlichste Königreich der Erde seine Kolonie im Süden, achttausend Kilometer vom Schloss des Herrschers entfernt. Als Schweden hundert Jahre später zur Vernunft kam, verkaufte es den Fliegenschiss wieder an den ursprünglichen Besitzer, was natürlich nicht die einheimische Bevölkerung einschloss.

Stattdessen passte der Handel zu Frankreichs Strategie nach Napoleon III., das infolge des verlorenen Krieges wieder zur Republik gewordene Land erneut zu einer weltweit führenden Kolonialmacht zu machen, und für dieses Vorhaben war auch ein Fliegenschiss als Zugabe recht. Frankreich hatte es nach der großen Revolution geschafft, zweimal sowohl Republik als auch Kaiserreich zu sein, war aber trotz seiner nordafrikanischen Kolonien im Begriff, den Großmachtwettkampf gegen den Erzfeind England zu verlieren. Deutschland, der spätere Erzfeind von beiden, wurde da erst gegründet.

Das zur Zeit des berühmten Napoleon – des Bonaparte – zum Kaiserreich avancierte Frankreich beherrschte Europa etwas länger als später der deutsche Hitler. Die alliierten Truppen schlugen Napoleon dann jedoch in Waterloo. Zuvor war der Mann noch einmal für hundert Tage Kaiser des Landes geworden, landete nach der Niederlage aber auf Sankt Helena, mitten im Atlantik. In Erinnerung daran besteht übrigens auch bei dem von Kari Mannerla erfundenen finnischen Brettspiel *Stern von Afrika* das Risiko, lebenslänglich als Gefangener auf die besagte Insel zu geraten.

Das auf Konvention und Mäßigung pochende schwedische Königreich trauerte zur Zeit des Verkaufs von Saint Barthélemy nicht mehr dem Großmachtstatus und der karolinischen Soldatenehre nach, von der Weltherrschaft ganz zu schweigen. Seit dem letzten Verkauf ist die karibische Miniaturinsel Teil der französischen Überseegebiete, aber ihre größte Ansiedlung hat einen ulkigen Namen behalten, der an die vorübergehende Kolonialherrschaft der Schweden erinnert: Gustavia.

Johan

April 2012, Saint Barthélemy

Der Graf fuhr den letzten Leg von Saint Martin auf die Nachbarinsel. Es waren nicht mehr als neunzehn Meilen, aber der Wind war schwach, und auf dem letzten Stück musste beim Wind gesegelt werden. Der Graf war gezwungen, zwei Kreuzschläge zu machen, um in die Hafenbucht hineinzukommen. Ich packte in der Zeit meine Sachen. Jaan kam zwischen den Wenden in den Salon und sprach mich auf meinen Gestellrucksack an, der nach der allgemeinen Auffassung der Traveller ziemlich altmodisch war: Das Aluminiumgestell nahm Platz weg und erhöhte das Gewicht.

Ich sagte, das sei eine Tragevorrichtung, wie sie das finnische Grenzbewachungswesen benutze. Das Gestänge brauche man, um aus zwei miteinander verbundenen Rucksäcken eine Nottrage für Verwundete oder Kranke machen zu können. Außerdem könne man an dem stabilen Gestell alles Mögliche befestigen, zum Beispiel einen Außenbordmotor. Ich erzählte, ich hätte mit so einem Rucksackgestänge schon mal einen Fünfzehn-PS-Mercury zig Kilometer weit durch den Wald getragen, von einem See zum anderen. An den Rucksackgestellen von vier Kameraden sei das Schlauchboot, dem man die Luft abgelassen hatte, befestigt worden. Sie trugen es zu viert wie einen Sarg.

You carried an outboard motor in finnish woods? To hell with you! Jaan lachte, wurde aber gleich wieder ernst. Er sagte, es tue ihm leid, er habe es nicht böse gemeint. Es sei nur eine lustige Vorstellung, dass jemand einen Außenbordmotor auf dem Rücken durch den Wald trage. Bei ihnen gebe es keinen Wald, aber er sei schon in Schweden gewesen und könne sich vorstellen, wie es dann erst in Finnland aussehe. Außenbordmotoren hätten sie allerdings auch. Ich griff nach seiner Schulter und befahl ihm, aufzuhören zu kichern. Bei der Armee muss man manchmal noch verrücktere Sachen machen, sagte ich.

Der Graf teilte mit, sie würden auf der Stelle weiterfahren. Anschaffungen müssten keine mehr gemacht werden. Wir gaben uns die Hand, und ich bedankte mich für die Reise. Als ich meine Sachen vom Sofa im Salon holte und wieder nach draußen kam, ertönte die Bootsmannpfeife. Jaan blies hinein. Dann rief er: *Officer on deck!* Er stand neben dem Grafen, beide hatten Haltung angenommen und salutierten. Mir fiel *Sound of Music* ein, wo der Marineoffizier eines Binnenstaats seine Kinder im Takt von Befehlen drillt, die er mit einer Bootsmannpfeife gibt.

Am liebsten hätte ich laut gelacht, aber ich lächelte nicht einmal, als ich die beiden so ernst mit der Hand an der Mütze dastehen sah, sondern erwiderte den Gruß. Wir trugen in der Hitze ja alle die ganze Zeit Mützen, da musste man die Hand nicht an die nackte Stirn legen. Der Graf hatte sich allerdings anstelle seiner üblichen Kappe eine Kapitänsmütze mit weißem Schild, Ankerkokarde und Goldstickereien geschnappt. Diese Kopfbedeckung hatte ich während meines gesamten Aufenthalts an Bord nicht gesehen. Als ich den Schritt vom Boot auf den Kai machte, ertönte erneut wehmütig die Pfeife. Man verließ die *Endeavour* nicht wie eine Hütte.

Die beiden lösten die Leinen und ließen das Boot von der Gezeitenströmung vom Pier wegtreiben. War Jaan Marinesoldat gewesen oder hatte ihm der Graf irgendwann beigebracht, wie ein Seeoffizier beim Verlassen des Schiffs verabschiedet wird? Ich glaube, der Skipper hatte es ihm bei einer Nachtwache erklärt, als das Boot krängend unter den Sternen der Karibik dahinfuhr und ich in meiner Koje schlief, deren Kardanlager dafür sorgte, dass man immer parallel zur Meeresoberfläche lag. Vielleicht hatte der Graf den Jungen sogar exerzieren lassen, damit alles lief wie geschmiert.

Vom Anleger der luxuriösen Marina aus sah ich zu, wie Jaan die Segel setzte und die Schoten anholte. Die Segel fingen an zu ziehen und führten die *Endeavour* nach Westen, auf die hufeisenförmige Mündung der Hafenbucht zu. Als es dort hinaussegelte, grüßte das Boot noch einmal per Flaggensignal: Jaan holte die am Heck der *Endeavour* flatternde belgische Flagge langsam ein und hisste sie würdevoll erneut am Backstag. Der Autopilot musste den Kurs halten, weil der Graf an der Reling stand und in Brustrichtung zu mir salutierte. Mir blieb nichts anderes übrig, als Haltung anzunehmen und die Hand an die Schläfe zu führen. Die Touristen auf der Uferpromenade schauten abwechselnd auf mich und das davonfahrende Boot.

Ich ging mit meinen Sachen in die Bar der Marina und fragte, wo der Flughafen sei. Der Barkeeper zeigte verwundert mit dem Zeigefinger in eine Richtung. Da drüben, sagte er. Die Landebahnbefeuerung fing direkt neben dem Hafenclub an. Ein lediglich drei Meter hoher Zaun trennte die Lichterreihe vom Strand, der fünfzig Schritte vom Zaun entfernt im Meer endete. Als ich mich nach einem Hotel erkundigte, deutete der Mann auf ein weißes Gebäude am anderen Ende des Sandstrands.

Hinter der Glastür des Barkühlschranks sah ich Stella-Flaschen stehen und bat um eine. Mit meinem Bier ging ich auf die Terrasse hinaus und schaute zu, wie die *Endeavour* in der mittlerweile steifen Backstagsbrise und wohl auch etwas vom Golfstrom getrieben der sinkenden Sonne entgegensegelte. Eine Stunde später hatte die Erdkrümmung den Rumpf des Bootes verschluckt, aber die Segel waren noch zu sehen. Sie waren nicht gerefft. Gut getrimmt lief das Boot fast in seiner besten Geschwindigkeit. Die Sonne ging unter, es wurde dunkel.

Ich wusste nicht, was ich denken oder tun sollte. Auf dem Boot, das dort hinterm Horizont verschwand, war ich dreieinhalb Monate über den Stillen Ozean und durch die Karibik gesegelt, um auf Inseln und Segelbooten nach meiner Tochter zu suchen.

Jetzt war ich am Endpunkt der Suche angelangt. Auf jeden Fall hatte mir der Barkeeper schon ein Hotelzimmer besorgt.

Ich zahlte, was ich schuldig war, und stapfte am Maschendrahtzaun entlang durch den Sand. Vom Meer her näherte sich ein Flugzeug, dessen Lichter mir heller vorkamen als jede Lichtquelle, die ich je gesehen hatte. Die Propellerströmung wirbelte einen Sandsturm auf, als die Maschine über den Strand flog. Ich musste auf die Knie gehen, mit der einen Hand den Zaun festhalten und mit der anderen die Mütze. Wäre ich auf den Zaun geklettert und hätte die Hand ausgestreckt, hätte ich das Landegestell berühren können.

Laut Tagebuch hatte meine Tochter vor zehn Jahren mit ihrer Freundin an diesem Zaun campiert. Wochenlang. Irgendetwas Bedeutsames musste auf der Insel passiert sein. Das merkte man den Tagebucheintragungen an und auch der Art, wie Sara von ihrem Aufenthalt auf Saint Barthélemy erzählte. In mir war eine abergläubische Gewissheit, dass ich nun endlich erfahren würde, wo Paula war.

Das Flugzeug landete mit unerträglichem Lärm auf der Piste, die tatsächlich so dicht an der Uferlinie lag, dass beim Anflug aus der anderen Richtung die Gefahr einer Landung im Meer bestanden hätte. Die Passagiere hatten es bereits bis ins Hotel geschafft, als ich dort eintraf, nachdem ich durch den feinen Sand gestapft und beim Gang entlang des löchrigen Zauns im Dunkeln vom Weg abgekommen war. In der Hotellobby wimmelte es vor Menschen, die Schwedisch sprachen.

Ich war so lange auf einem schräg liegenden, in den Wellen schaukelnden Segelboot gewesen, dass mir allein das Gehen auf festem Boden seltsam erschien. In der Bar der Marina hatte ich einen Hamburger bestellt und gleich darauf einen zweiten, einfach bloß deswegen, weil es mit Hilfe einer kleinen, laminierten Plastikkarte möglich war. Dazu hatte ich drei Flaschen Bier getrunken und mich erst dann barfuß auf den Weg durch den weichen, warmen Sand gemacht, die Schuhe am Rucksack festgebunden. Und jetzt war die erleuchtete Hotellobby auf einmal voller Menschen, die in meiner Muttersprache redeten – fast zehntausend Kilometer von zu Hause entfernt!

Ich wusste allerdings, warum solche Scharen ausgerechnet schwedischer Touristen auf diese Insel kamen, die zehnmal kleiner als Helsinki war.

Pirjo

April 2012, Stockholm

Ich bin nach Stockholm gefahren. Habe Sara Heinäniittys Rat befolgt und Kontakt mit der schwedischen Vertretung der Palästinensischen Autonomiebehörde aufgenommen. Mit feierlich verschnörkelten und äußerst respektvollen Wendungen wurde mir mitgeteilt, dass man mir zur Verfügung stehe und dass ich eine »im Besitz des palästinensischen Volkes befindliche« Wohnung nutzen dürfe, so lange ich mich in Stockholm aufhalte.

Die Gespräche mit dem Sicherheitschef brachten keine wesentlich neuen Erkenntnisse gegenüber dem, was Sara mir erzählt hatte und was ich durch das Material vom Informationsservice des Rundfunks selbst herausgefunden hatte. Meine Sorgen nahmen allerdings zu, weil der Botschaftsmitarbeiter selbst so besorgt zu sein schien. Inzwischen wurden nämlich PFLP-Aktivisten aus Algerien zurück nach Syrien geschickt. Informationen zufolge sind bereits welche von Oran aus mit einem russischen Schiff ins syrische Tartus gebracht worden, wo die Sowjetunion seinerzeit einen in vielerlei Hinsicht lebenswichtigen und darum äußerst stark ausgerüsteten Flottenstützpunkt im Mittelmeer unterhielt.

Alle älteren Palästinenser kannten angeblich die legendäre Geschichte, nach der 1975 eine sowjetische Panzereinheit – das sogenannte Geisterbataillon – mitten im libanesischen Bürgerkrieg auf dem Schlachtfeld aufgetaucht war. Die Sowjetpanzer hatten die zum Angriff formierten Falangisten überrollt und so die Vernichtung der ins Hintertreffen geratenen Palästinenser verhindert. Die Israelis hatten keine direkte Beobachtung von den Panzern gemacht, aber es waren Informationen über deren Auftauchen zum israelischen Nachrichtendienst durchgesickert. Den Schilderungen zufolge hatte es sich um supermoderne T-72 gehandelt. Israelis und Amerikaner waren schockiert gewesen. Die US-Aufklärung hatte von den neuen Panzern damals lediglich ein unscharfes Schwarzweißfoto besessen, das im selben Frühjahr bei einer Parade auf dem Roten Platz gemacht worden war. Am Turm des Führungspanzers der im Libanon erschienenen Einheit hatte die mit Hammer und Sichel dekorierte rote Fahne geweht.

Der Legende nach kamen die Panzer vom Stützpunkt Tartus in der Nähe der libanesischen Grenze. In der Hafenstadt gibt es angeblich noch immer eine Marinebasis der Russen, der letzte und einzige militärische Posten, den sie außerhalb des Gebiets der ehemaligen Sowjetunion noch haben. Der Stützpunkt hat den Status einer Exterritorialzone und ist im Prinzip sicher, ganz gleich, was im Bürgerkrieg passiert. Es kann sein, dass sich die nach Syrien verbrachten Palästinenser noch immer dort aufhalten.

Auf jeden Fall wird der PFLP in Syrien vorläufig noch Schutz durch die Regierung gewährt. Diese Sicherheitsgarantie anzunehmen, ist für die PFLP jedoch auf fatale Weise kompromittierend. Ständig strömen Dschihad-Kämpfer in das vom Bürgerkrieg erfasste Syrien und schließen sich der freien syrischen Armee FSA an. Sie sehen den Bürgerkrieg nicht als nationalen Befreiungskampf, sondern als heiligen Krieg, dessen Ziel darin besteht, ein islamisches Kalifat und die Scharia zu etablieren. Die Familie von Präsident Assad gehört zur Minderheit der schiitischen Alawiten, aber seine Baath-Partei und die gesamte Administration haben sich offiziell für weltlich erklärt. In den Augen der Dschihadisten ist das nichts anderes als die Ablehnung Gottes.

Im Prinzip haben die PFLP und die Islamisten einen gemeinsamen Feind: Israel und dessen Schutzmacht USA. Die strengsten Glaubensgelehrten unter der Führung des Großmuftis von Aleppo haben allerdings Fatwas ausgesprochen, also Interpretationen des islamischen Gesetzes, nach denen die Ablehnung Gottes das schlimmste mögliche Verbrechen sei und keine Gnade verdiene, auch nicht im Kampf gegen den großen Satan. Man hat gesehen, wie Dschihadisten überall im Nahen Osten linksgerichtete Palästinenser jagen und töten, weil sie »Gottlose« sind. Derzeit versuchen alle, mit der PFLP kurzen Prozess zu machen: der Mossad und der israelische Militärgeheimdienst Schin Bet, die Dschihadisten, die Hamas und die am stärksten radikalisierten Gruppierungen des arabischen Frühlings von Algerien bis Syrien.

Das größte Problem besteht darin, dass die heiligen Krieger ihre eigenen militärischen Organisationen bilden und sich keiner zentralisierten Führung und der damit verbundenen Disziplin beugen. Neuankömmlinge jagen alte Kampfgefährten und drohen der gesetzesmäßigen Vertretung des palästinensischen Volkes. Jede Nacht schießen Provokateure, die ins Westjordanland eingeschleust worden sind, Raketen auf Israel ab und bringen so das extrem sensible Gleichgewicht in der Region ins Wanken. Sie bieten Israel einen Vorwand, seine illegalen Maßnahmen gegen Palästina fortzusetzen und zu verschärfen. Gleichzeitig erscheinen die extremislamischen Kämpfer in den Augen des Volkes als Helden und Märtyrer, die von der gottlosen Polizei der Autonomiebehörde verfolgt werden.

Ich sagte dem Sicherheitschef, die Autonomiebehörde habe vielleicht nach Meinung derjenigen, die sich im heiligen Krieg befinden, versucht, den Brand auf falsche Art zu löschen. Er verstand nicht, was ich meinte, darum erzählte ich ihm die Geschichte von dem sauertöpfischen Feuerwehrhauptmann, der ein Haus betrachtet, das die Feuerwehr aus dem Nachbarort gelöscht hat, und sagt: »Falsch gelöscht!« Der Sicherheitschef lachte so laut und so lang, dass der marokkanische Wirt aus der Küchentür lugte.

Ich fragte den Sicherheitschef direkt, ob er glaube, meine Tochter sei unter den Evakuierten in Tartus. Er sagte, er sei sich fast sicher, sofern es Paula nach ihrer Abreise von Stockholm geschafft habe, nach Algerien zu kommen.

Johan
April 2012, Saint Barthélemy

Vor meiner Abreise sahen Pirjo und ich uns die Regionen an, auf die sich die Suche erstrecken könnte. Pirjo brachte ein Buch über die Geschichte der Karibik und ihre Bedeutung für die Entwicklung der europäischen Industrialisierung aus der Bibliothek des Rundfunks mit. Es war furchtbar zu lesen. Natürlich hatte ich seinerzeit auch die Geschichte der Seefahrt studieren müssen und wusste im Prinzip, was mit Dreieckshandel gemeint war. Als junger Kadett hatte ich mir jedoch nicht klargemacht, was dieses Modell, das auf den damaligen Realitäten der Weltwirtschaft und auf den Winden, die auf dem Atlantik herrschten, beruhte, in Wirklichkeit bedeutete.

Die Navigationstechnik war im achtzehnten Jahrhundert bereits so weit entwickelt, dass die Europäer souverän und sicher auf dem gesamten Gebiet des Atlantischen Ozeans operieren konnten. Man bewegte Menschen und Waren in einem solchen Ausmaß zwischen den Kontinenten hin und her, dass man bereits von Globalisierung sprechen kann. Es entstand ein dreiachsiges Routensystem für die Handelsschifffahrt, in dem bei den herrschenden günstigen Seitenwinden zuerst von den Häfen Europas aus zu den Handelsfestungen an der westafrikanischen Küste gesegelt wurde.

An diesen Stützpunkten wurden Menschen, die im Inneren des Kontinents geraubt worden waren, wie Vieh auf den Markt getrieben. Zum Verkauf. Die Sklaven wurden auf Schiffe verladen, die europäische Industrieprodukte und Alkohol gebracht hatten. Damit waren Waffen und Branntwein aus Überschussgetreide gemeint. Mit den Sklaven an Bord fuhr man unterm Südostpassat in die Karibik und zu den Kolonien in Amerika. Die gewaltsam übers Meer gebrachten Menschen wurden in den karibischen Häfen als Dutzendware an Sklavenhändler verkauft und landeten schließlich bei der Zwangsarbeit auf Plantagen der Westindischen Inseln oder der Südstaaten Nordamerikas. Durch die Atlantiküberquerung verdoppelte sich der Preis der Sklavenfracht.

In der Karibik luden die Schiffe wertvolle Kolonialwaren und kehrten mit Hilfe der westlichen Rückenwinde nach Europa zurück. Am erschütterndsten aus skandinavischer Sicht ist die Tatsache, dass auch Dänemark und Schweden am Dreieckshandel beteiligt waren. Beide Länder hatten seit dem achtzehnten Jahrhundert eigene kleine Kolonien in Übersee. Das waren karibische Inseln, und dorthin wurden mit europäischen Produkten bezahlte Menschen aus Afrika gebracht, die auf den Feldern der skandinavischen Kolonialherren als Sklaven arbeiten mussten. Eine dieser Kolonialinseln war Saint Barthélemy, die den Schweden gehörte.

Diese brachen zum Dreieckshandel von den eisfreien Häfen im Bottnischen Meerbusen auf. Der Betrieb konnte das ganze Jahr über anhalten und brachte den Handelskammern in Göteborg, Malmö, Kopenhagen und Flensburg märchenhafte Gewinne. In den Norden brachte man Zucker, Kaffee, Rum, Kakao, Tabak und Baumwolle mit. Die übers Meer importierte billige Baumwolle war bereits vor den Nadelbäumen des eigenen Landes ein Rohstoff der ersten finnischen Industrieunternehmen. Nach 1820 nahm in Tampere die Firma Finlayson ihre auf Importbaumwolle basierende Textilproduktion auf. Damals geschah der Anbau von Baumwolle jenseits des Atlantiks noch komplett mit dem Einsatz von Sklaven.

Auch die Frühgeschichte des finnischen Rekordkaffeekonsums steht in direkter Verbindung zur Sklaverei, ebenso das Rauchen. In Väinö Linnas Romantrilogie *Hier unter dem Polarstern* trinkt Anna Kivivuori zur Jahrhundertwende täglich Kaffee mit Zucker, und ihr Mann bekommt dreißig Jahre später Lungenkrebs, nachdem er sein Leben lang geraucht hat. Und wie hätte Aleksis Kivi in seinem Roman *Die sieben Brüder* den Trottel-Matti und die Zigeuner-Kaisa schnupfen lassen und die sieben Brüder über Rum reden lassen können, wenn es nicht den Tabak und den karibischen Alkohol gegeben hätte, die als Endprodukte des dänischen und schwedischen Sklavenhandels nach Skandinavien importiert worden waren?

Die Europäer übernahmen die Weltherrschaft, indem sie die Schiffe und die Navigationskunst weiterentwickelten und somit in jeden Winkel des Planeten segeln konnten. Die auf exakter Positionsbestimmung basierende Navigation und die Kartierung des Erdballs wurden durch die Forschungsreisen von James Cook komplettiert, die der sonderbare belgische Graf mit seiner *Endeavour* nachgestellt hatte.

Dieser Graf ist der Enkel eines Neffen von Leopold II. Und dieser wiederum hat besonders schwere Verbrechen gegen die Menschheit begangen. Von genau diesen Dingen erzählt Conrads *Herz der Finsternis*, das auf dem Schiff des Grafen im Regal stand. Darin wird von der Fahrt auf dem Kongo zu einer Handelsstation mitten in Afrika erzählt, die ein Elfenbeinhändler namens Kurtz mit brutalen Methoden beherrscht. In Francis Coppolas Film *Apocalypse Now* ist nach diesem Kurtz der Oberst von US-amerikanischen Sondereinheiten gestaltet, der am oberen Flusslauf des Mekong sein eigenes Reich gegründet hat.

Henry Morton Stanley kartierte den Kongo im Auftrag von Leopold II. Er handelte für den König außerdem Verträge mit den einheimischen Stammeshäuptlingen aus, die zur Versklavung der Bevölkerung führten. Der Kongo war Leopolds Privatbesitz, er sollte Gewinn abwerfen, ohne menschliche Kosten zu scheuen. Vor der Übernahme des Kongo hatte Stanley mitten in Afrika nach David Livingstone gesucht und diesen auch gefunden. Die Suche endete mit den berühmten Worten: »Doktor Livingstone, nehme ich an?«

Sara
April 2012, Vantaa

Pirjo Lampen stellt mir die ganze Zeit alle möglichen Fragen. Woher soll ich das alles wissen? Wir waren so klein und unvernünftig. Ich möchte Laura auch finden. Pirjo will wissen, was uns antrieb. Warum der Stille Ozean und Polynesien so wichtig waren, warum die Karibik und die Westindischen Inseln. Warum ist davon im Tagebuch und in dem, was ich geschrieben habe, die ganze Zeit die Rede, fragt Pirjo ständig. Wegen diesen Aufzeichnungen hält sich Johan nun sinnloserweise auf der völlig falschen Seite der Erde auf.

Ich erkläre ihr, dass wir Kinder waren. Der Stille Ozean interessierte uns, weil er so lange unbekannt und unerforscht gewesen war. Die Segler, die das Meer erkundeten, machten die Südseeinseln zu etwas Sagenhaftem. Das Gleiche war zuvor mit der Karibik geschehen. Wir lasen vom Rätsel der Osterinsel und von der Fahrt der Kon-Tiki über den Pazifik. Und wir beschlossen, auch einmal auf Raroia zu stehen, einer der Inseln des Maruteа-Atolls, an deren Riffen die Kon-Tiki nach fünftausend Kilometern Seereise gestrandet war. Weil wir nichts anderes hatten, identifizierten wir uns mit den Abenteurern, die die Welt erobert und erkundet hatten.

Der faszinierendste aller Kontinente war allerdings Afrika. Warum, will Pirjo wissen. Ich versuche es ihr zu erklären: ein unbekannter, unerforschter Teil der Welt. Der Stern von Afrika. Sahara und Regenwälder. Die Viktoriafälle. Der schneebedeckte Kilimandscharo, der sich über die dampfenden Tropen erhebt, und der sechstausend Kilometer lange Nil. Die Expeditionen. Livingstone, Henry Morton Stanley… Die Eroberung der Welt, davon waren wir erfüllt, ich unter Lauras Anleitung. Laura war sich immer sicher gewesen, zu allem fähig zu sein und überall hinkommen zu können. In der kurzen Zeit, in der sie als Achtjährige reiten ging, plante sie, einen Elch zu zähmen und diesen zu reiten.

Johan
April 2012, Saint Barthélemy

Ich hörte den gutgelaunten Schweden im Hotelfoyer zu. Die murmelnden Stimmen sprachen die gleiche Sprache wie ich, aber anders. Dennoch war es schön, ihre Gespräche ein bisschen zu verfolgen, zumal die Leute sicher glaubten, dass ich sie nicht verstand. Auf einmal wurden die Stimmen ernst, und erstickte Sätze lösten die Heiterkeit ab. Jemand schien in Tränen auszubrechen. *Stefans dag* … wiederholte die betreffende Person immer wieder, und da begriff ich, dass sie von der Tsunami-Katastrophe vor acht Jahren redeten.

Einer von ihnen hatte Weihnachten 2004 in Thailand verbracht, und fast jeder kannte jemanden, der am Stephanstag jenes Jahres an den dortigen Stränden gewesen war. Ich fragte mich, wo sich meine Tochter am 26.12.2004 aufgehalten hatte. Offenbar nicht in Thailand, auf Sumatra oder in Sri Lanka oder in einer anderen Region, wo das Erdbeben im Indischen Ozean Schaden angerichtet hatte. Jedenfalls war sie dabei nicht ums Leben gekommen. Die Schweden redeten davon, dass sie seit dem Tsunami Reiseziele in Thailand mieden und dadurch diese paradiesische Insel entdeckt hatten.

Ich mochte ihnen den Gedanken von der Paradieshaftigkeit der hiesigen Inseln nicht abkaufen, schon gar nicht nachdem ich Haiti gesehen und die Reden des Grafen gehört hatte. Wir befanden uns die ganze Zeit im Herzen der Finsternis, als wir mit einem Boot zur Insel Saint Barthélemy segelten. Auf der Fahrt von Haiti nach Jamaika schilderte der Graf, dass Ende des achtzehnten Jahrhunderts die Hälfte des in Europa konsumierten Kaffees und Zuckers auf Plantagen in Haiti produziert wurde, die Sklaven dann aber, angeregt von der französischen Revolution, einen Aufstand machten und die weltweit erste Republik von Schwarzen gründeten.

Sie bezahlten dafür einen hohen Preis, John, verstehst du, ganz konkret. Der Graf breitete die Arme aus und trat einen Schritt zurück. Ich musste das Steuer übernehmen, weil die *Endeavour* sich in den Wind stellte, nachdem der Graf das Steuerrad losgelassen hatte. Mit Preis meine ich Geld, fuhr er fort. Wie Mafiosi ließen sie diese Menschen bis auf den letzten Pfennig ihre Schulden abzahlen. Als Hilfsmittel benutzten sie eine Armee und eine Flotte. Die Schuldsumme bestimmten sie selbst. Haiti wurde zu einem Abkommen gezwungen, in dem es sich verpflichtete, als Preis der Unabhängigkeit eine gewaltige Entschädigung für seine eigene Bevölkerung zu leisten – für die Sklaven, die Frankreich verloren hatte, als die Bewohner Haitis sich zu freien Menschen erklärten. Der Preis für die Befreiung von der Sklaverei wird noch immer bezahlt.

Als Nächstes fing der erregte Graf an, über Leichtathletik zu reden: Es werde damit gerechnet, dass die Sprinter aus Jamaika bei den Olympischen Spielen von London unschlagbar wären. Der Grund für die Übermacht der karibischen Sportler sei die Sklaverei, weil eine mehrfache, grausame Kette der Auslese das Erbgut der Jamaikaner bestimmt habe. Dabei handle es sich nicht um natürliche, sondern um unnatürliche Auslese. Die Schwächsten seien schon auf der Strecke geblieben, als man die Sklaven aus dem Inneren Afrikas an die Küste marschieren ließ. An den Handelsstationen suchten sich die Käufer die größten und stärksten aus. Auf der Seereise starben die Schwächsten von ihnen. Am Ziel wurden erneut die Stärksten ausgesucht, die dann über Generationen hinweg bei der anstrengenden Sklavenarbeit eingesetzt wurden. Nur die Stärksten der Starken konnten ihre Gene weitergeben.

Das Kapital, das in karibische Zuckerplantagen angelegt

wurde, brachte mindestens vierzig Prozent Gewinn im Jahr ein. Mit diesem Geld wurde die Industrialisierung in den Mutterländern finanziert. Alles beruhte auf dem systematischen transatlantischen Sklavenhandel. Mit dem Transportgerät der damaligen Zeit hat man in den zweihundert Jahren, in denen dieser Handel betrieben wurde, trotzdem nicht mehr als eine halbe Million Afrikaner in das Gebiet der heutigen USA schaffen können. Aufgrund der Geburtenrate potenzierte sich diese Zahl jedoch schnell. Danach potenzierte sich die Potenz, so dass heute in den USA dreißig Millionen Nachkommen von Sklaven lebten.

Und so gehe es immer weiter! Ich müsse aufgrund meines Berufs ja wissen, wie undicht die zweitausend Kilometer lange Südgrenze der Vereinigten Staaten sei. Über diese Grenze würden jede Nacht aus Mexiko Lastwagenladungen mit Menschen gebracht, die vorher schon fürs Pflanzen, Jäten oder Ernten verkauft worden waren, je nach Stadium der Wachstumsperiode. Die Fahrzeuge entluden ihre Fracht an solchen Stellen der durch die Wüste verlaufenden Grenze, die schwer zu überwachen waren. Man schnitt Löcher in den Zaun. Diejenigen, die durchkamen, schlossen sich den illegalen Einwanderern an und arbeiteten schwarz zu Dumpingpreisen und ohne Sozialversicherung. Das waren weitere dreißig Millionen Menschen, nur dass sie Spanisch sprachen.

Laura Palmens Tagebuch

28. Februar 2012

Das Ziel wurde uns nicht genannt, aber wir wissen, dass man uns nach Tartus gebracht hat. Auch sonst haben wir nichts gehört. Ab und zu singen Vögel. Zuerst kamen wir im stählernen Schiffsrumpf übers Mittelmeer. Es war verboten, an Deck zu gehen. Ständiges dumpfes Hallen … An der Decke matte Lampen. Danach schweißtreibende Tage in Blechcontainern bei vollkommener Dunkelheit, und dann plötzlich russische und danach arabische Rufe. Man bekam einen übelriechenden Sack über den Kopf, wurde umhergestoßen, und dann folgte wieder ein Transport, umgeben von dröhnendem Eisen. Der Lärm eines Dieselmotors und Abgase. Wo sind wir, fragte ich. Der syrische Soldat antwortete in schlechtem Englisch: »In einem BTR-Panzerwagen.«

Johan
April 2012, Saint Barthélemy

Der Graf hat recht. Nach einer Schätzung von Frontex gibt es derzeit auch in Europa acht Millionen illegale Einwanderer. Die meisten von ihnen sind auf eine Art in den Bereich der EU gekommen, die als Menschenhandel definiert wird. Die UNO hält das für modernen Sklavenhandel. Er ist um ein Vielfaches umfangreicher, als es seinerzeit der transatlantische Menschenhandel war. Auch der moderne Sklavenhandel beginnt damit, dass Menschen aus dem Inneren Afrikas an die Küste gebracht werden. Er ist die zweitprofitabelste illegale Geschäftsform der Welt, und man schätzt, dass sie den Drogenhandel bald vom ersten Platz verdrängen wird. Das habe ich versucht, unseren Leuten, die über die Grenzen Europas wachen, klarzumachen.

Letztes Frühjahr in Griechenland ging ich mit den Grenzjägern und den Aufgegriffenen zum Stützpunkt zurück. In den Marschpausen unterhielt ich mich mit den Jungs über diese Dinge. Ich erinnerte sie daran, dass wir bei uns zu Hause eine unwahrscheinlich viel längere Landgrenze zu überwachen hatten. Wenn aus Russland Menschen, die Angst haben und verzweifelt sind, über die Grenze kommen, helfen keine Sensoren, Kameras und automatischen Detektoren. Die Amerikaner verfügen über die beste Überwachungstechnik der Welt, und trotzdem kommen dort ständig scharenweise Menschen über die Grenze.

Ich kannte die Sonderausbildung der Grenzjäger und fügte hinzu, dass von Helikoptern unterstützte Fußpatrouillen an der finnischen Grenze keine Lösung waren. Vom Lätäseno bis nach Immola werden die alten Grenzposten abgebaut. Ständig werden Leute von der direkten Grenzkontrolle auf andere Stellen versetzt.

Von euch gibt es nur ein paar Trupps, Jungs, sagte ich, und ihr seid nicht dazu bestimmt, auf Skiern die Ostgrenze entlangzufahren – eine zu lange Loipe. Euer Job ist hier und überall dort, wo Europa euch braucht. Und ihr dürft nie vergessen, dass es am wichtigsten ist, die Gründe zu beseitigen, die Menschen dazu zwingen, illegal Grenzen zu übertreten.

Wir mussten auf engen Bergpfaden an Wasserfällen vorbeigehen. Zwei Kameraden spannten ein Sicherungsseil und halfen den Aufgegriffenen an den schwierigen Stellen. Beim Warten sagte ich, dass menschliche Gemeinschaften wie Wasser sind, das sich immer im Gleichgewicht und auf einem Oberflächenniveau einpegelt, ganz gleich, was dazwischen liegt. Wie die Pegeldifferenzen des Wassers verursachen die Unterschiede im Lebensstandard der Menschen eine ständige Bewegung, die nicht aufhört, bis die Unterschiede sich nivelliert haben und die schäumende, unkontrollierbare Bewegung aufhört. Das passiert zwischen den Nationen, aber auch innerhalb von ihnen. Das Schäumen und die Unruhe halten so lange an, wie der Unterschied zwischen den Niveaus unerträglich groß ist.

Ein Jäger verlor die Contenance. Er fing an zu kichern, und ich musste die im Militärprotokoll vorgeschriebene Frage stellen: »Was amüsiert den Grenzjäger so?« Der Junge setzte sofort wieder sein Soldatengesicht auf, nahm Haltung an und rief: »Herr Kommodore, darf ich was sagen!« Ich erlaubte es ihm, und er brüllte, ich würde ihn an Jesus Christus erinnern. »Bei allem Respekt, Herr Kommodore«, fügte er noch hinzu. »Name«, fragte ich, obwohl es auf seiner Brust stand, zusammen mit der Blutgruppe. »Grenzjäger Leinonen«, rief der junge Mann aus. Ich versprach ihm, beim Jüngsten Gericht an ihn zu denken.

Ich ließ die Abteilung strammstehen und sich dann rühren. Ich sagte, damit wolle ich ihnen bloß demonstrieren, wie es sich anfühle, wenn man sich ausruhen dürfe. Dann sagte ich, ich hätte auch die Macht, sie auferstehen zu lassen. Vor der Auferstehung müssten sie sich allerdings zuerst auf die Erde werfen. Die Grenzjäger lachten, aber die Aufgegriffenen, die orthodoxen Glaubens waren, wirkten verängstigt, schlugen das Kreuz und sagten: *»Gospodi...«* Sie hatten wohl verstanden, dass bei dem militärischen Gebrüll nicht die Rede vom Messias war.

Ich ging frühstücken und sah, wie die schwedischen Touristen an den Computern im Hotelfoyer im Internet surften. Erst jetzt begriff ich, dass ich an einem der Geräte meine E-Mails lesen könnte. Im selben Moment fiel mir mein Handy ein. Ich ging wieder auf mein Zimmer, kramte das Telefon aus dem Rucksack und dem Minigrip-Beutel. Ich setzte den Akku ein, aktivierte das Gerät und tippte den PIN-Code. Das Handy erwachte zum Leben und meldete eine Netzverbindung. Dann fing es an zu piepsen, zum Zeichen, dass Textmitteilungen eingegangen waren.

Pirjo

April 2012, Stockholm

Ich habe eine SMS bekommen: »Lies deine Mails. Johan.« Es war eine E-Mail von ihm da. Er berichtet, dass er auf der Insel Saint Barthélemy ist und lamentiert darüber, nicht früher ausprobiert zu haben, ob das Handy funktioniert. Er hätte längst irgendwo Empfang haben können, in Panama und auf Jamaika und Haiti, hatte die Existenz des Handys aber während der langen Seereise vollkommen vergessen. Er behauptet, an sein eigenes Telefon nicht gedacht zu haben, obwohl er gesehen habe, wie andere ihres benutzten.

Nun will er auf Saint Barthélemy Erkundigungen einziehen. Die Insel gehört zu Frankreich und zum Schengengebiet. Er glaubt, dort jede nötige Amtshilfe zu erhalten, weil er und das Grenzschutzpersonal in Gustavia praktisch der gleichen Organisation angehören. Er hat das starke Gefühl, das Rätsel werde sich dort lösen, wo er jetzt gelandet ist. Ich schrieb ihm hastig eine SMS: »Paula ist nicht dort! Komm möglichst bald zurück! Ich bin in Stockholm. Alles Weitere per E-Mail.«

Johan
April 2012, Stockholm

Von Arlanda aus fuhr ich mit dem Flughafenzug in die Stadt. Am Hauptbahnhof nahm ich ein Taxi zu der Adresse, die mir Pirjo gegeben hatte: Grevgatan 7. In Stockholm war es sechs Uhr morgens. Ich war von Amsterdam gekommen, wo ich durch den Flughafen Schiphol zum Gate der SAS-Maschine gerannt war, weil die Umsteigezeit nur vierzig Minuten betragen hatte. Die Passagiere waren auf zwei Anschlussflüge verteilt worden, ich war für den früheren eingetragen. In der Maschine sah ich, dass die meisten Schweden, die in Saint Martin abgeflogen waren, auf den nächsten warteten. Der Jumbojet von KLM nach Amsterdam war fast voll gewesen, es hätten gar nicht alle auf einen Anschlussflug gepasst.

Nach Schiphol war ich mit der KLM vom Flughafen Prinzessin Juliana geflogen, zu dem ich mich sofort begab, nachdem der Shuttleflug von Gustavia gelandet war. Der Verkehr zwischen den Inseln wird mit Dornier-Maschinen bedient, und zwar mit der Passagierversion des Modells, das auch die Grenzschutzstaffel benutzt. Die ganze Reise von Gustavia nach Stockholm dauerte knapp dreizehn Stunden: der erste Flug fünf Minuten, der zweite achteinhalb Stunden und der letzte zwei, dazu die Zeit auf den Flughäfen.

Am Mittwochmorgen bekam ich die Nachricht von Pirjo. Ohne Zeitunterschied wäre ich noch in derselben Nacht da gewesen. Am Morgen war mir in der Hotellobby eine Gruppe Schweden bei der Abreise aufgefallen. Da kam mir die Idee, zu fragen, ob in den Maschinen der schwedischen Pauschaltouristen noch Plätze frei wären. Zuerst fragte ich die Abreisenden, was für eine

Pauschalreise sie gebucht hatten. Man sagte mir, es gebe hierher keine Pauschalreisen im eigentlichen Sinn. Sie seien Kunden von Tjäreborg und reisten individuell. Geflogen werde mit Linienmaschinen.

Die Frau an der Rezeption tippte in ihren Computer und rief irgendwo an. Dann sagte sie, es gebe einen Platz für mich, wenn ich innerhalb von zehn Minuten startklar wäre. Ich ließ meine Kreditkarte und meinen Pass an der Rezeption liegen, rannte ins Zimmer, um meine Sachen zu packen und fuhr mit dem Lift in die Lobby hinunter. Inzwischen hatte die Hotelmitarbeiterin meine Reisedokumente ausgedruckt. Damit rannte ich zu dem Bus, der bereits Abgase in die heiße Luft blies. Zischend ging die Tür hinter mir zu, und der Bus fuhr ab.

In Saint Martin musste ich nicht rennen, aber auch nicht warten. Die Abfertigung war schon auf der Nachbarinsel gemacht worden, die Passagiere stiegen lediglich von der kleinen Dornier in die riesige Maschine der KLM um. Der Anfang und das Ende der Reise waren ein beschleunigter Film, wie ihn Sterbende angeblich von ihrem verlorenen Leben sehen. Der ruhige Teil der Reise hingegen ähnelte dem mittleren Lebensalter: ein gleichmäßiger, etwas ermüdender Flug über den Ozean.

Kurz nach der Hälfte sagte der Kapitän durch, wir überquerten gerade die Azoren, die Küste Portugals liege tausend Meilen östlich von uns. Ich fragte mich, an welcher Stelle des unter uns liegenden Meeres der Graf und Jaan sein mochten. Im besten Fall war die *Endeavour* gerade mal fünfhundert Seemeilen vorangekommen. Ich würde in drei Stunden in Jaans Heimatstadt landen. Er wird dort frühestens eine Woche nach dem 1. Mai eintreffen.

Pirjo
April 2012, Stockholm

Johan hörte mir genau zu und fragte dann, ob er den palästinensischen Sicherheitschef treffen könne. Das hielt ich für möglich. Ich erzählte ihm, wie respektvoll Sara Heinäniitty behandelt worden war, nachdem sie zum ersten Mal Kontakt mit den Leuten dort aufgenommen hatte. Auch mir gegenüber war man höchst zuvorkommend gewesen. Es bestand kein Zweifel daran, dass sie mit dem Vater von Laura Palmen dreimal so respektvoll umgehen würden.

Johan suchte den Mann auf und kam nachdenklich zurück. Später traf er sich noch einmal mit ihm. Zwischendurch ging er zur finnischen Botschaft in Stockholm. Vor seiner Verabredung mit dem Palästinenser schickte ich ihn allerdings zum Frisör. Während seiner Reise war er braun und dünn geworden. Er sagte, bei der Verpflegung sei das kein Wunder. Und die Haare waren seit vier Monaten nicht geschnitten worden. Die nehmen dir schlicht und einfach nicht ab, dass du ein finnischer Kommodore bist, wenn du dich so blicken lässt, sagte ich und fügte hinzu, er solle sich außerdem Hemd, Sakko und Hose kaufen.

Am besten wäre es, wenn du in Uniform auftreten würdest, schlug ich vor. Zu Marineoffizieren und Flugkapitänen haben alle Vertrauen. Gute Idee, sagte Johan und rief sofort irgendwo an. Anschließend erklärte er mir, er habe mit einem Untergebenen gesprochen, einem Techniker namens Leinonen, und ihm befohlen, ihm mit der Abendmaschine seine Dienstuniform zu bringen. Ich verstand nicht, wie der junge Mann an den Kleiderschrank in Johans Wohnung herankommen sollte. Johan wiederum verstand nicht, was mich daran wunderte. Er hatte Leinonen einfach aufgetragen, den Ersatzschlüssel aus Johans Schreibtischschublade zu nehmen.

Leinonen kam also mit der Uniform. Er hatte das ganze Wochenende Zeit, und Johan brachte ihn in einem Hotel am Strandvägen unter, das angesichts der Lage unfassbar billig war. Johan fragte Leinonen als Erstes, ob er einen Bruder beim Grenzschutz habe. Leinonen sagte, sein kleiner Bruder habe eine Sonderausbildung als Grenzjäger erhalten und an einem Frontex-Einsatz in Griechenland teilgenommen. Johan trug ihm Grüße von Jesus Christus auf. Ich kapierte nichts, aber Leinonen schien es nicht anders zu gehen.

Am nächsten Tag gingen sie in Uniform zur finnischen Botschaft. Nach der Rückkehr berichtete Johan, er habe herausgefunden, dass im August 2010 in der Botschaft ein Pass für ein drei Monate altes Mädchen mit dem Namen Rauha Lampen ausgestellt worden war. Er hatte eine beglaubigte Kopie von der Geburtsurkunde und vom Pass des Mädchens. Es war am 29. Mai 2010 im Krankenhaus Marieberg zur Welt gekommen.

Weil der Pass für das Kind auf den Namen Lampen beantragt worden war, dürfte auch Paula Reisedokumente mit ihrem richtigen Namen benutzt haben. Das Foto im Pass der kleinen Rauha zeigte ein zufriedenes Baby mit schwarzem, gekräuseltem Haar. Wahrscheinlich hatte es gleich nach der Aufnahme geschrien, weil es vom Blitzlicht erschrak. Ich musste in Leinonens Gegenwart meine Rührung verbergen, als ich sah, dass der vollständige Name des Kindes Rauha Pirjo Johanna lautete.

Die übrige Zeit verbrachten Johan und Leinonen am Computer. Johan benutzte meinen Laptop, Leinonen seinen eigenen. Die Wohnung in der Grevgatan hatte einen schnellen Internetanschluss, und Johan sagte, der Junge käme von hier aus an die unglaublichsten Stellen. So sah es aus. Als Erstes hatte Leinonen für Johan die komplette Dokumentation der Kooperationsprojekte des finnischen und russischen Grenzbewachungswesens herausgeholt. Johan studierte sie einen halben Tag lang.

Inzwischen suchte Leinonen nach Informationen über russische Waffengeschäfte mit Syrien und die Bewegungen der russischen Flotte im Mittelmeer. Ich wunderte mich, dass es möglich war, an solche Informationen heranzukommen. Angeblich waren alle diese Daten übers Internet zugänglich. Man musste sie nur zu suchen wissen. Allerdings war der junge Mann trotzdem gezwungen, hier und da einzubrechen.

Was Größe und Bedeutung des Stützpunkts Tartus betrifft, wird stark übertrieben. Im Westen übertreibt man, um die potenzielle Gefahr hervorzukehren, und in Russland tut man es aus Prestigegründen. In Wirklichkeit handelt es sich bloß um einen Ort, wo die russischen Schiffe auftanken und somit ihre Einsatzzeit im Mittelmeer ein bisschen verlängern können. Auch einfache Reparaturen können dort vorgenommen werden, aber keine Werftarbeiten im eigentlichen Sinn. Die größten Schiffe der Flotte passen nicht einmal in den Hafen. Statt Kriegsschiffen laufen dort hauptsächlich russische Frachtschiffe ein. Mit so einem Frachtschiff hätten die Palästinenser durchaus von Algerien nach Syrien kommen können.

Tartus hat für die Russen eher emotionale als strategische Bedeutung. Dennoch erfüllt die Marinebasis in zweierlei Hinsicht ihren Zweck: bei der Bekämpfung der Piraterie im Golf von Aden und beim Waffenhandel. Auch die Russen sind gezwungen, ihre Handelsschiffe vor somalischen Seeräubern zu schützen. Dafür braucht man einen logistischen Stützpunkt in der Nähe des Suez-Kanals. Außerdem werden die Waffenlieferungen an die Regierung von Assad in Tartus gelöscht. Gerade sind, laut den Informationen, die Leinonen aus dem Netz geangelt hat, zwanzig Kampfhubschrauber mit Waffensystemen aus Kaliningrad eingetroffen.

Leinonen hat auch herausgefunden, dass die Russen schon jetzt drei große Landungsschiffe, die für den Truppentransport geeignet sind, auf dem Mittelmeer in Bereitschaft halten, deren eigentliche Aufgabe darin besteht, den Lenkwaffenzerstörer *Smetlivy* der Schwarzmeerflotte zu schützen. Die Soldaten sollen die Evakuierung der hunderttausend Russen in Syrien gewährleisten, falls die Lage im Land noch chaotischer wird. Unter solchen Umständen erfordert die Operation den Einsatz militärischer Mittel.

Auch die Flüchtlingssituation wird in Syrien immer schlimmer. Die Flüchtlinge strömen auf dem Landweg in die Türkei, in den Libanon, nach Jordanien und in den Irak. Es ist nur eine Frage der Zeit, wann sie auch auf dem Seeweg fliehen. Diese Menschen werden dann an den Inseln und Küsten Zyperns, Griechenlands und Italiens das Gebiet der Europäischen Union erreichen. Auf diese Entwicklung muss sich die europäische Grenzaufsicht einstellen. Am einfachsten wäre es natürlich, die Kontrolle dort durchzuführen, wo die Menschen aufbrechen, an der syrischen Küste, die nur hundertfünfzig Kilometer lang ist. So wie man sich bei der Abwehr der illegalen Einwanderung auf die Kanaren, nach Festland-Spanien und nach Italien auf die Beobachtung der Ausgangspunkte in Nordafrika konzentriert.

Es wäre nur sinnvoll, wenn die Grenzschutzbehörde der EU in dieser Angelegenheit die Zusammenarbeit mit den Russen suchte. Die EU könnte einer Stärkung des Stützpunkts Tartus zustimmen, wenn im Gegenzug die Russen den Europäern erlaubten, bei der Beobachtung des Flüchtlingsstroms von Tartus aus zu operieren. Johan sagte, die Finnen hätten in solchen Dingen auch früher schon die Rolle des Vermittlers gespielt. Er zeigte mir auf dem Computer einen drei Jahre alten Bericht der Regierung: »Finnland setzt sich für die Stärkung der Rahmenbedingungen der EU-Grenzschutzbehörde ein, insbesondere für die Einbindung der russischen Grenzbehörden in Kooperationsmaßnahmen auf EU-Ebene.«

Dann fing er an, eine solche Kooperationsmaßnahme inoffiziell in die Wege zu leiten. Er sagte, er werde zunächst in aller Stille Kontakt zum hiesigen russischen Militärattaché aufnehmen. In

Stockholm errege das weniger Aufsehen als in Helsinki, wo das inoffizielle Treffen eines hochrangigen finnischen Grenzschutzoffiziers mit einem russischen Diplomaten sicherlich nicht unbemerkt bliebe. Er hatte vor, den palästinensischen Sicherheitschef zu bitten, den Kontakt zur russischen Botschaft herzustellen. Nach erstem Vorfühlen wolle er die Angelegenheit dann seinen Vorgesetzten in Finnland präsentieren.

Johan hatte gar nicht erst versucht, Leinonen eine einstweilige Abstellung nach Stockholm zu verschaffen, sondern zahlte ihm aus eigener Tasche die Reisekosten und ein Honorar. Ich bot an, die Hälfte der Kosten zu übernehmen. Vor seiner Rückreise fand der junge Mann noch etwas heraus. Es hatte mit einem 2010 in Finnland eingetroffenen und festgenommenen Palästinenser zu tun. Der Mann war am selben Tag eingereist wie Paula.

Nachdem Johan alle Angaben zu dem Fall gelesen hatte, sagte er, man habe bei dem Mann keine Drogen gefunden, aber womöglich sei er mit einem Mordauftrag unterwegs gewesen. Er habe über Kontakte in Finnland verfügt, die den Verdacht zuließen, dass er sich in Helsinki illegal eine Waffe beschaffen wollte. Die Frage lautet, ob es angesichts dessen, was später ans Licht gekommen ist, Zufall gewesen sein kann, dass der Palästinenser am selben Tag wie Paula nach Finnland geflogen ist. Johan sagte, es sei zumindest Zufall gewesen, dass außer ihm auch Sara und ich am Flughafen waren.

III

ICH WAR VERLOREN, NUN BIN ICH GERETTET

Johan

Mai 2012, Marmarameer

Der erste Steuermann, der nach der Wachablösung auf der Brücke geblieben war, hatte unser auf Englisch geführtes Gespräch gehört. Jetzt fragte er, ob die Jolanthe, die wir gerade erwähnt hatten, mit der unersättlichen Jolanthe verwandt sei, die er in vielen Häfen dieser Welt getroffen habe. Der junge Matrose am Ruder lachte. Der Kapitän hatte gerade erst die Brücke betreten. Er war nervös und befahl allen, aufmerksam zu bleiben. Ich wunderte mich darüber nicht, denn wir näherten uns den Dardanellen. Auch dort herrscht Strömung, und die Meerenge ist schmal. Der Kommandant eines Schiffes trägt immer die Verantwortung.

Als wir zum Bosporus kamen, hatten wir uns vorschriftsmäßig gemeldet, und unser PM-138-Werkstattschiff war bereits als »keine gefährlichen Güter transportierendes Fahrzeug« akzeptiert worden. Der Kapitän hatte trotzdem erklärt, der Erfahrung nach sei für ein Versorgungsschiff der russischen Schwarzmeerflotte nichts klar, bevor es aus den türkischen Hoheitsgewässern herausgekommen sei und die internationalen Gewässer des Mittelmeers erreicht habe. Jedenfalls nicht, wenn man »verdammten Bodenkontakt« aufnehme oder gegen »irgendeinen Scheißpalast« in Istanbul fahre.

Dawidow, der an der Rückwand der Kommandobrücke lehnte, ergänzte: Die Nato verarscht uns. Zum ersten Mal hörte ich aus dem Mund des äußert kultiviertes Englisch sprechenden Dawidow das Wort *fuck*. Der erste Steuermann hingegen war um die ganze Welt gefahren und aus wer weiß welchem Grund in der Versorgungsbrigade der Schwarzmeerflotte gelandet. Aus seinem Mund kamen die *fucks* wie Rauchschwalben aus dem Nest. Der frustrierte und alkoholisierte Kapitän benutzte das Wort mindestens ebenso oft. Dawidow hatte als mein Kontakt in Stockholm fungiert und mir schon bei der Zwischenstation in Moskau erklärt, wir würden am wenigsten Aufmerksamkeit erregen, wenn wir im Zuge einer normalen Ablösung kämen, die zum Versorgungskreislauf des Stützpunkts gehörte.

Am Morgen waren wir vom Marinestützpunkt Sewastopol ausgelaufen und in der Nacht vor Istanbul angekommen. In der Dunkelheit wurden nur Schiffe von weniger als zweihundert Metern Länge durch den Bosporus gelassen. Schiffe mit gefährlicher Fracht ließ man nachts ebenfalls nicht in die Meerenge. Die Einschränkungen hatten damit zu tun, dass bei regem Verkehr eine starke Strömung in der Meerenge herrscht, die an der schmalsten Stelle weniger als einen Kilometer breit ist. Genau an der Stelle liegt eines der größten Siedlungszentren der Welt: das auf zwei Kontinente verteilte Istanbul. Schiffe, die zu lang sind oder zu gefährliche Güter transportieren, liegen vor der Einfahrt zur Meerenge vor Anker und warten, bis der Morgen dämmert. Die meisten sind Tanker, also zu lang und zu gefährlich zugleich.

Angeblich spielt die zur Nato gehörende Türkei gern mit dem Paragrafen zum Transport gefährlicher Güter, obwohl ein Abkommen aus dem Jahr 1936 Kriegsschiffen freie Fahrt durch den Bosporus und durch die Dardanellen garantiert. Die russische Schwarzmeerflotte führt Atomwaffen durch die Meerengen, und die Amerikaner tun das Gleiche, wenn sie es wollen. Aber der Status solcher lächerlicher Versorgungskähne, wie wir ihn fuhren, ist unklar, und darum werden sie immer wieder gestoppt. Dann können die Papiere kontrolliert werden, die Schiffe selbst aber nicht. Das ist reine Schikane, beklagte sich der Kapitän. Die großen Jungs spielten sich voreinander auf, und er kriege die Vorwürfe ab, wenn er nicht zur vorgeschriebenen Zeit das Ziel erreiche.

Istanbul war schon von weitem als roter Lichtkreis über dem

Schwarzen Meer zu sehen. Als wir in den Bosporus einfuhren, übernahm der Kapitän selbst die Wache. Man sah die Positionslichter vieler Schiffe in der Meerenge. Der erste Offizier blieb auf der Brücke. Wir zogen uns in eine Brückennock zurück, um den Ausguckmann, der seine Mitteilungen machte, und den Kapitän mit seinen Ruderkommandos nicht zu stören. Das erleuchtete Istanbul glitt an uns vorbei. Es war, als würde man in der Luft durch die Großstadt fliegen.

Der Steuermann und Dawidow erklärten mir mit gesenkten Stimmen, wo wir vorbeikamen: Goldenes Horn, Hagia Sofia, Blaue Moschee ... Als Allererstes waren wir unter der Bosporusbrücke hindurchgefahren. Über uns rauschten die Autoschlangen von Asien nach Europa und von Europa nach Asien. Damit unterquerte ich zum zweiten Mal innerhalb weniger Wochen eine Autobahn, die zwei Kontinente miteinander verband. Ich dachte, bald sehe ich vielleicht auch noch die Brücke, die Eurasien mit Afrika verbindet, falls ich über den Suez-Kanal muss, der diese beiden Kontinente trennt.

Dawidow machte einen sehr gebildeten Eindruck. Im Marmarameer fing er an, vom Lateinischen Kaiserreich zu sprechen, das die abendländischen Ritter vor gut achthundert Jahren für kurze Zeit in Istanbul, dem damaligen Konstantinopel, gegründet hatten, nachdem sie zum Abschluss des vierten Kreuzzuges die Stadt und das, was von Byzanz noch übrig gewesen war, erobert hatten. Er verglich die Lateiner mit der heutigen Europäischen Union. Sie hatten den östlichen, griechisch-orthodoxen Kaiser getötet und an dessen Stelle ihren eigenen eingesetzt – nachdem sie sich eine Zeitlang untereinander gestritten hatten. Der neue Kaiser war Graf Balduin von Flandern.

Allerdings konnte dieser Kaiser sein neues Reich nicht einmal gegen die in der Nachbarschaft lebenden griechisch-katholischen Bulgaren verteidigen. Die Kaiserzeit des flämischen Grafen dauerte darum auch nur ein Jahr. Mit den Bulgaren wurde verhandelt, mit den eigenen Leuten ebenso. Die Verhandlungen führten zum Streit, aus dem ein Kompromiss hervorging. Der kleine Bruder Balduins, von dem alle wussten, dass er der Jüngste war, wurde neuer Kaiser. Entgegen den Plänen der Ränkeschmiede gelang es ihm, zehn Jahre zu herrschen, aber er starb kinderlos. Den Thron erbte sein Schwager, der jedoch nie in Konstantinopel, wo er regieren sollte, ankam oder ankommen wollte. Als seine Stellvertreterin fungierte Jolanthe von Flandern.

An dem Punkt von Dawidows Erzählung fing der erste Steuermann an, über die europäischen Herrscher, die keine Eier hätten, und über pornografische Filme, die er gesehen hatte, zu reden. Einer hieß *Angélique und die unersättliche Jolanthe*. Nach dieser Jolanthe gaben sich angeblich viele Frauen, die in den Häfen der Welt ihren Beruf ausübten, ihren Künstlernamen. Dawidow sagte etwas auf Russisch zum ersten Steuermann. Wahrscheinlich machte er ihm klar, dass es sich bei seiner Jolanthe um eine historische Person handelte.

Auf Englisch sagte Dawidow, der Steuermann habe offensichtlich einen Film mit einem bekannten Unterhaltungsroman verwechselt. Ihm sei vermutlich die vom französischen Autorenpaar Golon verfasste Angélique-Romanserie in den Sinn gekommen, von der ein Teil den Titel *Angélique und der Sultan* trug. Das Serail des Sultans hatten wir bei der Fahrt durch den Bosporus auch passiert. Ich sagte nicht, dass ich als Junge im Bürgerhaus von Taalintehdas den finnischen Film *Andreas und die sündige Jolanthe* gesehen hatte. Damals hatten uns die größeren Jungen nach der Vorstellung ihre Kondome Marke Sultan vorgeführt.

Dem Lateinischen Kaiserreich war es jedenfalls schlecht ergangen. Die westlichen Lateiner behielten bescheidene dreißig Jahre lang die Herrschaft über ihr kleines Reich auf zwei Kontinenten. Dann verlor der frühe Vorgänger der Europäischen Union die Kontrolle, weil die Griechisch-Katholischen der Ostkirche Konstantinopel und ganz Byzanz zurückerobert hatten. Das Gleiche prophezeite Dawidow der heutigen Europäischen Union. Die werde von den Nachfahren der Lateiner des dreizehnten Jahrhunderts dominiert, nämlich von Krämern, die bloß auf materielle Werte starrten.

Der erste Steuermann fand, dreißig Jahre seien keine schlechte Leistung. »Gitlers« tausendjähriges Reich habe lediglich ein Jahrzehnt Bestand gehabt und die Sowjetunion auch nur zweimal länger als das Lateinische Kaiserreich in Konstantinopel. Dawidow redete erneut Russisch mit dem Steuermann. Ich verstand, dass er ihm den historischen Unterschied zwischen griechisch- und römisch-katholisch erklärte und was das für das heutige Europa und die Welt bedeutete. Auch über die Moslems sagte Dawidow etwas.

Ich fragte ihn nicht, ob er tatsächlich glaubte, die Griechen oder die Menschen, die sich zu deren Glauben bekannten, könnten die ganze EU an sich reißen. Stattdessen erinnerte ich daran, dass es mit der Macht der Ostkirche vorbei war, als die Türken Konstantinopel eroberten und von da an das ganze Gebiet des ehemaligen Byzanz beherrschten, und dass dieselben Türken jetzt in die EU wollten. Dawidow gab zu, dass es sich so verhielt. Für die orthodoxe Kirche und das byzantinische Kulturerbe sei es aber wesentlich besser gewesen, unter die Herrschaft der toleranten Türken als unter die der westgläubigen Europäer zu geraten.

Der erste Steuermann meinte, das wolle was heißen, wenn ein Kommissar die rechtgläubige Kirche verteidige. Und seit wann seien die Mohammedaner tolerant? In Grozny, wo sein kleiner Bruder im ersten Tschetschenienkrieg gekämpft hatte, seien sie es jedenfalls nicht gewesen. Sie hatten den Bruder umgebracht und den Hunden der Stadt zum Fraß vorgeworfen. Seiner Mutter konnte er das nicht erzählen, sie war eine gläubige Frau, die immerhin die Belagerung von Leningrad überlebt hatte.

Dawidow sagte leicht gereizt, er sei kein Kommissar, sondern Korvettenkapitän der russischen Marine. Später, als wir auch die

Dardanellen passiert hatten, fragte ich den Steuermann unter vier Augen, was er mit Kommissar gemeint habe. Er antwortete, er sei in der Sowjetunion geboren und aufgewachsen. Dawidow habe die Flotte nicht einmal zu Gesicht bekommen. Dagegen sehe man ihm an, dass er aus dem Haus mit den drei Buchstaben komme. Außerdem sei Dawidow Jude.

Pirjo
Mai 2012, Vantaa

Vor drei Tagen ist Johan nach Moskau geflogen. Davor traf er in Stockholm einen russischen Diplomaten. Er hatte dem Sicherheitschef sein Anliegen vorgetragen, und der hatte das Treffen arrangiert. Zum guten Service der Palästinenser gehörte es, dass es in ihrer Botschaft stattfinden konnte. Der Russe war zwar nicht der Militärattaché, aber der Sicherheitschef beteuerte, der zweite Botschaftssekretär sei trotz seines bescheiden klingenden Titels wesentlich bedeutender und einflussreicher als jeder Militärattaché.

Der Mann war tatsächlich einflussreich. Er sagte, er werde Wladimir Wladimirowitsch über die Unterredung informieren. Johan schenkte diesem Detail keine Beachtung, bis ich ihn fragte, ob er nicht verstehe, dass der Botschaftssekretär direkt mit Putin in Verbindung stehe. Tatsächlich ging dann alles so schnell, dass im Hintergrund mit Sicherheit große Kräfte in Bewegung gewesen sein mussten. Gestern hat Johan Sewastopol in Richtung Syrien verlassen. Es hat sich gezeigt, dass seine Kontaktaufnahme vom Timing her perfekt war. Die Russen sind extrem nervös wegen der Lage in Syrien und ihren in vielfacher Hinsicht widersprüchlichen Interessen dort.

Schon die Erkenntnisse, die Leinonen aus dem Internet geholt hatte, bestätigten das. Seit April haben die Russen ihre Präsenz im Mittelmeer verstärkt. Als Erstes haben sie ein mit Raketen bewaffnetes Kriegsschiff aus Sewastopol hingeschickt, aber auch große Landungsfahrzeuge. In Seworomorsk, dem Stützpunkt der Nordflotte auf der Halbinsel Kola, wird eine Flottenabteilung samt Flugzeugträger in Richtung Mittelmeer aufbrechen.

Allerdings behauptete der russische Verteidigungsminister, das habe nichts mit der Lage in Syrien zu tun. Es handele sich um ein Flottenbesuchsprogramm, das schon seit vielen Jahren geplant sei. Johan fand die Aussage des Ministers zumindest sonderbar, denn russische Kriegsschiffe haben seit dem arabischen Frühling, dem Sturz Gaddafis und dem Bürgerkrieg in Syrien nichts mehr in den Mittelmeerhäfen verloren, wo sie irgendwann vor vielen Jahren einmal willkommen gewesen waren. Neben Syrien ist die zum Waschplatz für russisches Schwarzgeld gewordene Republik Zypern der einzige Ort im Mittelmeer, den russische Kriegsschiffe überhaupt noch anlaufen können.

Andererseits listet Voice of Russia, die zur russischen Propagandamaschinerie gehört, auf, über wie viele Flugzeugträger und über wie viel Feuerkraft die fünfte und sechste amerikanische Flotte in der näheren Umgebung von Syrien verfügen. Trotzig erklärt die Nachrichtenagentur, Marineinfanteristen der russischen Schwarzmeerflotte nähmen an »Anti-Terror-Manövern« im östlichen Mittelmeer teil. Voice of Russia weist schon vorab jede westliche Kritik zurück, indem sie fragt, was für Manöver die Vereinigten Staaten veranstalten würden, wenn mehr als hunderttausend ihrer Bürger in Syrien lebten.

Johan meinte, in Wirklichkeit steckten die Russen, was Syrien betreffe, in einer solchen Sackgasse, dass ihre Bereitschaft zu einer Grenzkontrollkooperation mit der EU kein Wunder sei. Auch seine eigenen Vorgesetzten konnte er dazu bewegen, ersten vorfühlenden Gesprächen über eine Zusammenarbeit zuzustimmen. Die allgemeinen Richtlinien der Regierung wie auch die konkreten Anweisungen verlangten geradezu eine solche unvoreingenommene Eigeninitiative, behauptete Johan. Finnland sei schließlich seit Kekkonens Zeiten darum bemüht, als Vermittler zwischen dem westlichen Europa und Russland zu fungieren.

Es gehörte freilich keineswegs zu Johans Auftrag, sich mit Hilfe der Russen nach Syrien einschleusen zu lassen, nachdem er in Tartus herausgefunden hatte, wohin die Flüchtlinge aus Algerien gebracht worden waren. Ich fragte ihn geradeheraus, ob er seine Karriere aufs Spiel setzen wolle, bloß um auf dem Schleichweg nach Paula suchen zu können. Er behauptete, keinen Widerspruch zwischen seiner Karriere und Paula zu sehen. Er könne durchaus seine Tochter suchen und gleichzeitig den Russen und der Europäischen Grenzkontrolle einen Dienst erweisen. Je mehr Vertrauen und alltägliche Zusammenarbeit es zwischen Frontex und den russischen Behörden gebe, desto besser für Europa und vor allem für Finnland, das die Verantwortung für drei Viertel der Grenze zwischen Russland und Schengen trage.

In der Grevgatan waren Johans Nacken und Schultern vom dreitägigen Sitzen am Computer total verspannt. Als Leinonen weg war, befahl ich Johan darum, sich auf den Tisch zu legen und sich von mir massieren zu lassen. Ich wunderte mich laut, wie gut er alles in allem in Form war, obwohl er sich dreieinhalb Monate auf einem Boot in den Tropen gesonnt hatte. Er entgegnete, auf einem Segelboot habe man nicht viel Zeit, sich in die Sonne zu legen, jedenfalls nicht bei einem Skipper, wie er ihn gehabt hatte. Da renne man wie ein Eichhörnchen auf dem Kahn hin und her, vor allem, wenn ein Mann allein die Arbeit von Vordergast und Trimmer machen und auch noch regelmäßig ans Ruder musste.

Ein Segelboot stehe die ganze Zeit mehr oder weniger schief, es rucke, stampfe und schwanke. Allein das Stehen verlange ständige Muskelarbeit. Die Leute kauften sich alle möglichen Turnbälle, Oberkörpergeräte und Balancierbretter. Auf einem Segelboot bekomme man zwangsläufig das gleiche Training, solange man auf den Beinen sei und bei schwerem Wetter auch im Schlaf.

Weil Johan sich revanchieren wollte, ließ ich mich auch von ihm massieren, obwohl ich ahnte, wohin das führen würde. Er hatte Hände wie ein Schmied, hart und kräftig. Ich fragte ihn, wie ein Mann, der Büroarbeit machte, solche schwieligen Pranken haben konnte. Er sagte, auch das komme von der Arbeit auf dem Segelboot. Dort tue man ständig etwas mit den Händen: Man macht Knoten und löst sie, man zieht und schiebt, dreht und kippt etwas, oder man hält sich einfach irgendwo fest – am Steuerrad, an der Reling oder an den Wanten.

Die Takelage eines großen Boots besteht hauptsächlich aus daumendicken Seilen. Als Gast müsse man diese ständig einholen und laufen lassen, auf die Winsch wickeln und zwischendurch mit aller Kraft daran ziehen. Auf modernen Segelbooten sei das Tauwerk zwar aus weicher Kunstfaser und nicht aus geteertem Hanf wie früher, aber trotzdem bekomme man vom ständigen Umgang mit Schoten, Halsen und was sonst noch zum Segeltrimm gehörte, Kraft in die Finger und Handflächen aus Handschuhleder.

Dieses Handschuhleder führte Johan dann meinen Rücken entlang bis zum Hintern, und ich fand es überhaupt nicht unangenehm, mit ihm ins Schlafzimmer zu gehen.

Sara
Mai 2012, Vantaa

Kommodore Lampen ist gekommen, um mir Fragen zu stellen. Er war auf dem Weg nach Syrien. In Stockholm hat er das Gleiche gehört wie zuvor Pirjo: Laura ist höchstwahrscheinlich zum russischen Marinestützpunkt Tartus gebracht worden. Er hat auch herausgefunden, dass man Paula und Rauha Lampen in der algerischen Botschaft in Stockholm Visa für die Demokratische Volksrepublik Algerien ausgestellt hatte. Er wusste sogar, welchen Flug sie genommen hatten. Der Grenzschutz in Arlanda hatte vermerkt, dass sie Schweden und das Schengen-Gebiet am 2.9.2010 mit dem Ziel Oran und einer Zwischenlandung in Paris verlassen hatten.

Die Informationen vom Grenzschutz hatte Lampen bekommen, weil er in seiner Eigenschaft als Mitarbeiter der Europäischen Grenzsicherungsbehörde auf die Schwedische Küstenwache zugegangen war. Er hatte vor, nach Tartus zu gelangen. Ich fragte nicht, wie. Einen Flug wird es dorthin kaum geben. Von mir wollte er etwas über den Vater von Lauras Kind erfahren. Ich erzählte ihm, was ich wusste. Das war nicht viel. Ich habe den Mann nicht einmal zu Gesicht bekommen. Er heißt Paul Shabbah. Allerdings habe ich begriffen, dass die Beziehung zwischen ihm und Laura etwas Ernstes war.

Wir waren vorher bereits wegen unterschiedlicher Dinge aneinandergeraten, aber das war etwas anderes. Zu dem Zeitpunkt erzählte mir Laura schon nichts mehr, und ich wollte auch nichts wissen. Lampen fragte, worüber wir gestritten hätten. Wahrscheinlich wusste er es bereits, aber ich erzählte ihm trotzdem, dass Laura vor neun Jahren geheiratet hatte, nur um den amerikanischen Pass zu bekommen. Das gefiel mir nicht. Konflikte hatte es auch vorher gegeben, auf der ganzen Reise. Zu einem großen Streit kam es gleich im ersten Jahr auf Saint Barthélemy in der Karibik.

Lampen sagte, das habe er sich nach der Lektüre von Lauras Tagebüchern bereits gedacht. Er wollte nicht weiter nachfragen, weil es mit der aktuellen Situation nichts zu tun hatte. Trotzdem erzählte ich es ihm. Ich hatte mich in Gustavia in einen schwedischen Jungen verliebt und mich geweigert, die Insel zu verlassen. Paula zog allein weiter und war drei Wochen weg, ich weiß nicht, wo. Dann flog der Junge nach Hause, und Paula kam wieder. Danach waren wir noch fünf Jahre unterwegs. Der Kommodore schwieg eine Weile und bat mich dann, mehr über den Vater seines Enkelkindes zu erzählen.

Paulus oder Paul Shabbah ist ein altgedienter palästinensischer Berufsrevolutionär, berichtete ich. Im Nahen Osten der Siebziger- und Achtzigerjahre bedeutete das, mit allen Mitteln gegen Israel zu kämpfen. In der Praxis handelte es sich um Terrorismus mit Spezialisierung auf Flugzeugentführungen. Die Erfassung von Sicherheitsprotokollen im Flugverkehr war es auch, die Laura und Shabbah zusammenbrachte.

Lampen wollte wissen, wie alt der Mann ist. Ungefähr so alt wie er, sagte ich und fügte hinzu, Shabbah sei in der Zelle aktiv gewesen, die 1977 eine Boeing 737 der Lufthansa auf dem Weg von Frankfurt nach Mallorca entführt habe. Die entführte Maschine sei nach diversen Flughäfen im Mittelmeerraum in Somalia gelandet. Lampen kannte den Fall, denn er endete damit, dass seine westdeutschen Kollegen auf dem Flughafen Mogadischu einen Teil der Entführer töteten und die übrigen gefangen nahmen. War Shabbah unter den Gefangenen? Ich sagte, ich wisse von der Planung und Vorbereitung der Entführung immerhin so viel, dass wesentlich mehr Leute daran beteiligt gewesen waren als nur diejenigen, die das Flugzeug schließlich in ihre Gewalt brachten. Shabbah war damals siebzehn und hätte sicherlich in der Maschine dabei sein wollen, aber das war wohl kaum zugelassen worden.

Mehr Informationen konnte ich Lampen nicht geben. Ich bat ihn, vorsichtig zu sein in Syrien, wo die Lage gefährlich und unberechenbar war. Die Gefahr wurde bestimmt nicht geringer, wenn man Kontakt zur schwer in die Enge geratenen palästinensischen Linken suchte. Ich konnte ihm noch sagen, dass Shabbah von seinem familiären Hintergrund her Christ ist, auch wenn er sich natürlich zu keinem Glauben bekennt. In den Augen der Islamisten mindert das seine Sündenlast allerdings nicht. Was ist gottloser als ein gottloser Christ?

Lampen machte ein komisches Gesicht, als ich ihm riet, vorsichtig zu sein. Dann sagte er, er müsse mir etwas erzählen. Er habe sichere Hinweise erhalten, dass Paula bei ihrer Ankunft in Finnland vor gut zwei Jahren ein Mann gefolgt sei, mit dem Auftrag, sie zu eliminieren. Lampen hielt es für denkbar, dass es zu Paulas Fluchtplan gehörte, in einer finnischen Psychiatrie unterzukommen.

Johan

Juni 2012, Mittelmeer

Als wir die Ägäis und die internationalen Gewässer erreichten, hängte sich ein amerikanisches Kriegsschiff an uns dran, das bald einen Hubschrauber losschickte und über uns kreisen ließ. Das Schiff hielt immer gleichen Abstand und war die ganze Zeit sichtbar. Dawidow schaute durchs Fernglas und las das Kennzeichen auf der grauen Flanke vor: FFG-31. Der Kapitän schlug im Schiffsverzeichnis auf dem Kartentisch nach. Es handelte sich um die *USS Stark*, eine Fregatte der Oliver-Hazard-Perry-Klasse. Laut Verzeichnis gab es auf der *Stark* einen SH60-Seahawk-Helikopter mit Hellfire- oder Penguin-Raketen.

Der Kapitän las die Angaben über das Schiff und fluchte. Dawidow sagte, das sei nur die übliche Beschattung, man brauche sich nicht weiter darum zu kümmern, auch wenn sie wer weiß was für Waffen an Bord hätten. Die wissen, was wir geladen haben, und vor allem, was nicht. Sie sind sich vollkommen darüber im Klaren, dass wir hier nur Schiffersatzteile transportieren – Schrauben und Muttern. Wir sind schon beim Verladen in Sewastopol per Satellit beobachtet worden und seitdem während der ganzen Fahrt. Trotzdem müssen sie ihre Übermacht demonstrieren, indem sie ein Fünftel der Patrouillenboote ihrer Flotte für unsere Verfolgung opfern.

Laut Kapitän stand im Verzeichnis, dass die *Stark* 1987 im Persischen Golf von einer irakischen Exocet-Rakete getroffen wurde und fast gesunken wäre. Wie es aussieht, haben die Amerikaner ihre Fregatte repariert, meinte Dawidow. Der Kapitän insistierte, es bringe kein Glück, wenn man es mit einem Kriegsschiff zu tun bekomme, das einen Treffer kassiert habe. So ein Schiff sei unberechenbar wie ein gestörter Hund, der ohne Grund zubeißen könne. Er las im Verzeichnis noch, dass die Zerstörer und Fregatten der US-Flotte nach Helden der Marine benannt wurden. Ich wusste allerdings nicht, wer Oliver Hazard Perry und Stark waren.

Am nächsten Morgen passierten wir Zypern, und danach tauchte auf der Steuerbordseite ein Schiff auf, das so aggressiv auf uns zukam, dass man nur den von Schaum umgebenen Vordersteven und die Kommandobrücke sah. Es befand sich eindeutig auf Kollisionskurs mit uns. Mein Cousin kommt uns guten Tag sagen!, meinte Dawidow. Der Sohn seines Onkels, erzählte er, habe sich in den Siebzigerjahren abgesetzt und sei nun Offizier der israelischen Marine. Darum bezeichnete Dawidow alle israelischen Patrouillenboote als Cousins. Der Israeli fuhr direkt auf uns zu und drehte dann in voller Fahrt bei, kurz bevor er uns gerammt hätte.

Dawidow zischte etwas Unverständliches, aber die an der Reling versammelte Wache applaudierte dem Manöver der Israelis. Es war wirklich gekonnt. Der Mann am Ruder berücksichtigte die Hebelbewegung des Rumpfes so genau, dass das Heck einen Meter an unserer Flanke vorbeiwischte. Die Heckwelle machte die Männer an der Reling nass, was sie ebenfalls bejubelten. Eine Zeitlang schaukelten wir in den Wellen, die von den Israelis verursacht worden waren.

Später fragte ich Dawidow, was sein russisches Zischen bedeutet habe. Spinner, sagte er. Ich fragte nicht, wen er damit gemeint hatte, die Israelis oder die russischen Marinesoldaten, die ihnen applaudiert hatten. Nach der Ablösung nahmen die Männer der Freiwache ihre Mahlzeit ein und gingen schlafen. Ich blieb mit Dawidow allein in der Messe zurück und fragte ihn, ob er wisse, wer Paul Shabbah ist. Er sagte, er habe mit dieser Frage gerechnet. Er kenne den Mann, und zwar gut. Pawel Shabbah habe Ende der Siebzigerjahre in Moskau an der Patrice-Lumumba-Universität der Völkerfreundschaft studiert, zur gleichen Zeit wie der palästinensische Präsident Mahmoud Abbas.

Der Lehrer und spätere Kontaktmann von Pawel Shabbah war kein Geringerer als Wladimir Wladimirowitsch. Ich fragte Dawidow, ob er den jetzigen Präsidenten der Russischen Föderation meine. Er schaute durch das Bullauge aufs Mittelmeer und lächelte – den jetzigen, aber auch den ehemaligen Präsidenten. Denn zwischendurch war er ja auch mal Ministerpräsident der Föderation, ergänzte Dawidow.

Der erste Steuermann hatte vom Haus mit den drei Buchstaben gesprochen. Auch ich wusste, dass Putin seit den Siebzigerjahren KGB-Offizier gewesen war. Wo kam Dawidow her und was war seine Funktion? Der Inlandsgeheimdienst der Russischen Föderation FSB und der Militärgeheimdienst GRU hatten ebenfalls Kürzel mit drei Buchstaben. Dawidow sprach nun ganz offen darüber, dass Wladimir Wladimirowitsch als junger Geheimdienstmann Pawel Shabbahs Führungsoffizier war.

Die Aufgabe hatte ihn nach Syrien geführt, wo die Sowjetunion damals sogar zwei Flottenstützpunkte unterhielt, einen in Latakia und den anderen in Tartus. Weitere Mittelmeerstützpunkte gab es in Ägypten und in Libyen. Das waren echte Marinebasen, so wie sie die amerikanische fünfte und sechste Flotte in Bahrain und Italien haben. Dort, in Manama und Gaeta, befinden sie sich sogar auf amerikanischem Grund und Boden. Die Amerikaner können dort machen, was sie wollen. Wenn sie dort ihre atombetriebenen Flugzeugträger oder U-Boote überholen … wer fragt danach? Keiner!

Die Russen hätten nur noch Tartus, dessen faktische Bedeutungslosigkeit ich als Fachmann bald erkennen würde. Tartus sei bloß ein Mast, an dem Russland seine Fahne hissen wolle. Es gehe dabei nicht um militärische Rationalität, sondern um Emotionen. Tartus sei eine Fixierung von Wladimir Wladimirowitsch. Zu dem, was im Kopf des Präsidenten vorging, der sich der Wiederherstellung der russischen Großmachtstellung verschrieben hatte, nahm Dawidow nicht Stellung. Auf jeden Fall habe

Putin verstanden, dass eine riesige Landesfläche für eine Großmacht nicht genug sei.

Eine Großmacht muss überall präsent sein, da reichen Landstreitkräfte allein nicht aus, trotz Atomwaffen. Mehr als siebzig Prozent der Fläche unseres Planeten sind Wasser. Darum braucht das Land eine effiziente Flotte, die fähig ist, überall auf der Erde zu operieren. Das haben die Briten mit ihrem Erfolg nach der Zerstörung der unschlagbaren Armada und der Schlacht von Trafalgar unter Beweis gestellt und die Amerikaner, die die britische Vormachtstellung geerbt haben, spätestens nach dem Zweiten Weltkrieg ebenfalls.

Die russische Flotte ist das Lieblingskind des Präsidenten. Das sah man schon beim Unglück des U-Bootes Kursk, als er in einem inszenierten TV-Insert in den Klamotten eines Marineoffiziers auftrat. Auf die gleiche Geste verließ sich Putins Kollege George W. Bush, der die Siegesrede nach dem Irak-Krieg auf einem amerikanischen Flugzeugträger hielt, auf dem er mit einem Düsenjäger gelandet war. In der vollen Montur eines Kampffliegers stieg Bush aus der Maschine, und seine Rede hielt er in grüner Pilotenjacke und mit einer Mütze der Marine auf dem Kopf. Putin wiederum hatte bei seiner Rede die Pelzmütze der Nordflotte auf.

Das Problem jeder Flotte besteht darin, dass sie Stützpunkte braucht. Diese Tatsache ging den Russen schon 1905 bei der traurigen Zerstörung der Ostseeflotte auf. Ihr Finnen dürftet damals allerdings nicht sonderlich traurig gewesen sein, meinte Dawidow. Der Mangel an Kriegshäfen ist schon immer ein Problem Russlands gewesen. Mal sind sie von Eis umgeben, mal stören von anderen kontrollierte Engstellen wie die Straße von Gibraltar oder der Bosporus und die Dardanellen den Verkehr, von den dänischen Sunden ganz zu schweigen. Dawidow sagte, allein diese Fahrt hier habe schon gezeigt, wie demütigend verletzlich die russische Flotte sei.

Er gab zu, über Tartus und Syrien genau der gleichen Meinung zu sein wie alle vernünftigen sicherheitspolitischen Experten in Russland. Man müsse sich auf das Unausweichliche einstellen: mit den Drohgebärden aufhören und sich aus Tartus und Syrien zurückziehen. Die Bindung an die zum Untergang verurteilte Regierung Assads werde immer mehr zur unerträglichen Belastung. Russland werde in absehbarer Zukunft nirgendwo an den Mittelmeerküsten einen Fuß auf den Boden bekommen.

Iwan Petrowitsch, sagte Dawidow, und für einen Moment wusste ich nicht, von wem die Rede war. Dawidow lächelte über meine Irritation und sagte, ich hätte meinen Taufnamen aus der Bibel bekommen. Johannes heiße auf Russisch Iwan. Der Name sei aber so häufig, fügte Dawidow hinzu, dass die Finnen alle Russen Iwan nannten, das wisse er wohl. Noch üblicher sei die Koseform Wanja, die in finnischen Spottgesängen als Name für den typischen Russen herhalten müsse.

Dawidow sagte, er kenne die russlandfeindlichen finnischen Lieder dank seiner Orientierungsschulung, auch wenn er nicht jedes Wort verstehe. Darauf kam er mit einer überraschend sauberen Strophe: »Der Wanja rennt in den Ural zurück, wild hört man seine Schlappen klatschen …« Ich dankte Dawidow für diese kleine Kulturgeschichte der Namen und den erhellenden Blick auf die finnischen Ressentiments sowie für die musikalische Darbietung. In Finnland kennen nicht viele das Lied, weil es seit bald siebzig Jahren verboten ist.

Iwan Petrowitsch, Iwan Petrowitsch … es wird nicht gelingen, sagte Dawidow. Wir können die syrische Küste nicht auf die Art überwachen, die Sie vorschlagen. Ich wies darauf hin, dass wir uns auf dem Weg zum Stützpunkt befanden, um die Voraussetzungen für eine solche Maßnahme zu erkunden. Er behauptete, ich würde selbst einsehen, dass dies unmöglich sei, und fügte hinzu, als Soldaten seien wir beide gewohnt, Befehle auszuführen, um deren Unmöglichkeit und Nutzlosigkeit wir sehr wohl wüssten.

Die internationale Überwachung des Flüchtlingsverkehrs von

Tartus aus ist mit Sicherheit notwendig, warum also sollte sie unmöglich sein? Dawidow seufzte: Weil wir wieder wegfahren, bevor die operative Umsetzung des Projekts überhaupt angefangen hat! Iwan Petrowitsch, denken Sie doch mal nach. Die Spannungen zwischen der EU und den USA, die innereuropäischen Unstimmigkeiten, all die internationalen Verhandlungen, Abkommen, die Schaffung der logistischen Voraussetzungen … das würde Jahre in Anspruch nehmen. Bis dahin ist Syrien längst explodiert.

Mein guter Iwan Petrowitsch, Sie können doch die Lage erfassen: Die Alawiten, zu denen Assads Familie gehört, machen in Syrien lediglich zwölf Prozent der Bevölkerung aus. Christen gibt es ein paar. Aber die große Mehrheit der Menschen sind sunnitische Moslems. Die Alawiten hält man für Vertreter des schiitischen Zweigs des Islam. Trotzdem hat diese Minderheit die Macht an sich gerissen und sie mit unserer Hilfe seit den Sechzigerjahren behalten. Damals gab Assads Baath-Partei den konfessionellen Glauben auf und verbündete sich mit der Sowjetunion.

Dawidow breitete die Arme aus: Und jetzt haben wir sie am Hals. Sie verstehen doch, Iwan Petrowitsch, dass sich niemand ohne die Unterstützung des Volkes ewig an der Macht halten kann – wenn das jemand weiß, dann wir. Die syrischen Alawiten haben in vierzig Jahren sämtliche Posten in der Aufklärung und der Militärführung Syriens besetzt. Iwan Petrowitsch, ich habe das mit eigenen Augen gesehen. Es hat zu meinen Aufgaben gehört, Kontakt zu diesen Menschen zu halten!

Woher wissen Sie, dass mein Vater Peter hieß? Ich war so verwirrt, dass ich auf einmal so eine Frage stellte. Unsere Aufgabe besteht darin, Informationen zu beschaffen, sagte Dawidow.

Warum sind wir dann hier? Warum diese ganze Reise? Mein guter Iwan Petrowitsch, wir fühlen nur inoffiziell vor, beauftragt von unseren Vorgesetzten. Es kann allerdings auch noch andere Gründe geben. Welche Gründe?, fragte ich. Dawidow enthüllte, er wisse, dass ich nach Syrien fahre, um meine Tochter zu suchen. War meine Tochter in Syrien? Wussten die Russen das? Dawidow bestätigte es. Die Sirene quakte dreimal, und die Freiwache lief an Deck. Wir erreichten den Hafen von Tartus.

Pirjo

Juni 2012, Vantaa

Johan hat eine E-Mail geschickt. Er ist in Syrien und muss auf etwas warten. Die Handyverbindungen sind angeblich hoffnungslos schwach und außerdem anfällig für Abhörmaßnahmen. Die syrische Regierung überwacht den Datenverkehr des Landes, weshalb man besser auch nichts übers Internet schickt. Die Mail, die mich erreicht hat, wurde kodiert nach Moskau geschickt und von einem dortigen Operator weitervermittelt.

Johan bestätigt, dass Paula vor einem halben Jahr in Syrien angekommen ist und sich dort wahrscheinlich noch immer aufhält. Er bittet mich, Kontakt mit Sara Heinäniitty aufzunehmen, denn wir brauchen mehr Informationen über die Familie von Paulas Mann. Die Antwort soll an die Adresse in Moskau gehen, von der Johans Mail gekommen ist.

Nach Weihnachten, kurz vor seiner Abreise auf den Stillen Ozean, sprach Johan von den Suche-und-Rette-Instruktionen. In der Ausbildung werde hervorgehoben, man dürfe nicht das geringste Zögern im Kopf zulassen. Die Aufgabe muss gegliedert und jede Phase nach und nach auf die bestmögliche Weise durchgeführt werden. Dabei darf man nie der Verzweiflung Raum geben. Ich weiß nicht, ob man so Menschen retten kann. Kann man Paula retten? Ich habe Angst.

Sara
Juni 2012, Vantaa

Kommodore Lampen lässt durch seine Exfrau nach dem familiären Hintergrund von Lauras Mann fragen. Angeblich ist Johan Lampen in Syrien und will dort nach Laura und der kleinen Rauha suchen. Ich erinnerte mich, dass Laura vom Vater ihres Mannes gesprochen hatte. Nach dem Telefongespräch ging ich der Sache nach und erfuhr, dass der erste Führer der PFLP Doktor George Habash gewesen war, dessen Familie man 1948 aus Palästina vertrieben hatte. Ich forderte Pirjo auf, das genauer zu untersuchen. Meiner Meinung nach konnte dieser Mann der Großvater väterlicherseits von Pirjos Enkeltochter sein: George Habash, der Gründer der als terroristische Vereinigung eingestuften Volksfront zur Befreiung Palästinas.

George ist ein seltener christlicher Name in den arabischen Ländern, und Habash ist nicht weit weg von Shabbah, dem Nachnamen von Lauras Mann. Menschen im Untergrund ändern und variieren ihre Namen. So wie es ja auch Laura tat: Sie änderte ihren Vornamen von Paula in Laura und den Nachnamen von Lampen zu Palmen. Und sie setzte die Variation der gleichen Lautfolgen später fort, indem sie ihrer Tochter den Namen Rauha gab.

Lenin hieß auch ursprünglich Uljanow und Stalin Dschugaschwili. Als General Mannerheim im Januar 1918 von Helsinki nach Ostbottnien fuhr, reiste er als Kaufmann Pettersson. Beim Krieg in Syrien spricht man vom Bürgerkrieg. In Finnland wird immer noch darüber gestritten, wie der Krieg heißen soll, der bei uns begann, als Mannerheim Anfang 1918 nach Vaasa an der Küste Ostbottniens fuhr. Ziemlich viele sind der Meinung, da sei kein Bürgerkrieg und auch kein Befreiungskrieg, sondern ein heiliger Krieg geführt worden.

Was nützt die ganze Fragerei noch? Ich befürchte das Schlimmste… Mindestens fünfzehn Jahre lang ist Laura mein Ein und Alles gewesen – Schwester und Bruder, Mutter und Vater. Jetzt ist sie irgendwo dort unten, und ich habe nichts mehr tun können, seit ich gesagt habe, dass Kommodore Lampen auf der vollkommen falschen Seite der Welt sucht. Über all das habe ich nachgedacht und dann meinen ruhigen, vernünftigen Mann um Rat gefragt. Auch Markku meint, wir können nichts tun. Wir müssen warten und akzeptieren, was kommt.

Johan
Juni 2012, Homs

In Tartus musste ich in einem von den Containern wohnen, in denen auch alle anderen schliefen. Die Metallkästen waren in einer Reihe aufgestellt und mehrfach mit Tarnnetzen zugedeckt. Ich fragte, ob sie einen Luftangriff befürchteten. Der Ingenieurhauptmann, der das Kommando innehatte, meinte, ich solle mir mal vorstellen, wie heiß es in den Containern ohne die schattenspendenden Netze wäre, wo man sich schon jetzt tagsüber kaum darin aufhalten könne. Ich erinnerte mich an das, was Leinonen über die mit Stacheldraht und Sandsäcken gesicherten Wohncontainer in Bosnien gesagt hatte. Auf dem Stützpunkt Tartus gab es keine sichtbaren Verteidigungsvorkehrungen, abgesehen von den Tarnnetzen, die aber zum Schutz vor der Sonne aufgespannt waren.

Auch sonst sah der Ort nicht sonderlich militärisch aus. Die Männer liefen müßig herum, zumeist in Overalls. In die Stadt ging man in Zivilklamotten. Aus Sicherheitsgründen war es sogar verboten, in Uniform hinzugehen. Die Verpflegung war miserabel: Konserven und Portionspackungen der Armee. Darum wurden ständig frische Lebensmittel gehamstert.

Die Russen fischten auch die ganze Zeit mit Angeln und mit selbst gebastelten reusenartigen Fallen aus mehrfach gebogenen und übereinandergelegten Schutzzaun-Stücken. Die mittlere Maschengröße betrug um die fünfzig Millimeter. Ich sagte, ich sei der Sohn eines Fischers und bescheinigte ihnen die Brauchbarkeit ihrer Fallen, obwohl ich nicht wusste, was für Fische damit gefangen werden sollten. Mittelmeersardinen würden sie damit keine bekommen, jedenfalls nicht in großen Mengen. Es lohnte sich, auf etwas großformatigere Fische zu gehen. Insofern war die Maschengröße zweckmäßig.

Außerdem bauten sie eifrig Gemüse an, auf einem Feld, das sie mit der improvisierten Umrüstung des Traktors, der für das Verrücken der Container da war, angelegt hatten. Aus den abgetrennten und dann zusammengeschweißten Blättern zweier Pfluganker wurde eine Kartoffelpflanzmaschine. Die Saatkartoffeln ließ man in einen Stutzen aus Stücken von Spiralschläuchen fallen, wie sie in den Maschinenräumen und bei der Klimatisierung der Schiffe gebraucht wurden. Schon vor zwei Monaten konnten die ersten Kartoffeln geerntet werden. Ein sibirischer Bootsmann war für sie verantwortlich und präsentierte stolz seine Parzelle. Bei ihnen zu Hause ist das Kartoffelkraut um diese Zeit noch kaum zu sehen. Ist der Frühsommer kalt, bekommt man in Sibirien die Samen vor Mitte Juni nicht einmal in die Erde.

Ich erinnerte mich an das, was der Graf und Kapitän Cook über die Abwehr von Skorbut gelehrt hatten, und versuchte, einheimisches Obst zu essen. Seit vier Monaten hatte ich kein finnisches Kantinenessen mehr zu mir genommen, von dem es immer heißt, es enthalte alle Vitamine und Spurenelemente, die der Mensch brauche. Mein Mitbewohner im Container, Schiffsmechaniker Matrose Kortschag, brachte aus der Stadt Mandarinen mit. Sie waren höllisch sauer, aber ich sagte mir, bestimmt enthielten sie dann umso mehr Vitamin C.

Ansonsten aß ich mit Dawidow hauptsächlich in der Stadt. Gleich am ersten Tag sorgte er für klare Verhältnisse. Ohne seine Hilfe sei ich nicht in der Lage, meine Tochter zu finden. Er habe von seinen Leuten draußen erfahren, dass die Palästinenser aus Algerien nach Homs gebracht worden sind, siebzig Kilometer von Tartus entfernt, und ein Teil von ihnen anschließend in Houla verteilt worden ist. Das sei ein Gebiet, in dem es Dörfer von Sunniten und Alawiten gebe.

Die Regierungstruppen belagerten gerade das zur Hauptstadt

des Aufstands avancierte Homs, weshalb es nicht leicht sei, dort hinzukommen. Tatsächlich hörte man von der Stadt her jeden Tag das Dröhnen von Artilleriefeuer, und nachts flackerten am Horizont die Mündungsfeuer der Geschütze auf wie ferne Blitze. Dawidow sagte, es gebe trotzdem eine Möglichkeit. In Tartus sollte ein Schiff einlaufen, dessen Fracht die syrische Armee dringend benötigte, weshalb sie direkt nach Homs transportiert werde.

Ich fragte, was das Schiff geladen habe. Schrott, sagte Dawidow zuerst, erzählte dann aber, die Fracht bestünde aus Ersatzteilen für T-72-Panzer und werde umgehend zu den Belagerungstruppen gebracht, die Sowjetpanzer aus den Siebzigerjahren in Gebrauch hätten. Wenn ich wolle, könne ich mit dem Versorgungstransport in die Stadt fahren, die nun Kriegsgebiet geworden sei. Zur Reparatur der Panzer würden auch russische Techniker und Mechaniker gebraucht, und die Syrer interessierten sich nicht für deren Anzahl oder die Zusammensetzung der Gruppe.

Ich sagte, ich wisse, dass es kein kostenloses Mittagessen gebe, und damit meinte ich nicht die Meze-Platte, den gegrillten Mittelmeer-Schwertfisch und das Hummus, die Dawidow uns bestellt hatte. Wir saßen in einem Lokal am Fischmarkt. Dawidow erwiderte, er suche direkten Kontakt zur europäischen Grenzsicherungsbehörde. Ich sagte, ich könne und wolle nicht sein Agent werden. Dawidow behauptete, einen Freund zu suchen, einen Kontaktmann, keinen Agenten. Er sei nicht an Informationen interessiert, über die ich aufgrund meines Dienstranges verfügte, sondern an der Möglichkeit, die Voraussetzungen einer Zusammenarbeit, die beiden Seiten nütze, zu sondieren. In einer solchen Angelegenheit sei ich doch auch hierhergekommen.

Dawidow äußerte Verständnis für meine Position und wollte mich in keiner Weise unter Druck setzen. Das Schiff mit den Ersatzteilen sollte in einer Woche kommen. Dann werde die Fracht unverzüglich nach Homs gebracht. Ich könne entweder mit dem Transportkonvoi in die Stadt fahren oder an Bord des Schiffes gehen, das nach dem Löschen der Fracht nach Kaliningrad zurückfahren werde, von wo aus man leicht nach Finnland komme. Sollte ich mich entschließen, nach Homs zu fahren, bekäme ich sämtliche Informationen und Kontakte, die er habe. Dawidow sagte, er könne mir auch Exit-Visa zum Verlassen von Syrien besorgen.

Das Schiff legte an und wieder ab, aber ich ging nicht an Bord, sondern fuhr mit dem Lastwagenkonvoi nach Homs. Dort wurden wir von einem russischen Militärfachmann empfangen, der die Syrer bei der Wartung der Waffen beriet. Er führte mich in die Stadt. Vermutlich war er einer von Dawidows »Leuten«. In die Stadt zu gelangen bereitete keine Schwierigkeiten, denn man konnte die Taktik der Regierungstruppen nicht eigentlich als Belagerung bezeichnen.

Der internationale Druck auf Syrien ist bereits so stark, dass die Armee nicht ständig und massiv inmitten ziviler Ansiedlungen und dichter Stadtstrukturen präsent sein will. Stattdessen hat sie Einheiten entlang der Ringstraße, die um die Stadt herumführt, gruppiert. Sie patrouillieren in der Gegend und machen Vorstöße in Viertel, wo Aufständische registriert worden sind oder vermutet werden. Auf den Ausfallstraßen herrscht normaler Zivilverkehr. Wenn man die Stadt verlässt oder in die Stadt hineinwill, wird man kontrolliert, aber gehindert wird man nicht.

Der Russe brachte mich also in die Stadt und hieß mich, in einer Taverne Platz zu nehmen oder wie immer man solche Orte in Syrien nennt. Ein junger Mann kam und fing sofort an, lebhaft zu reden. Er sagte, er sei Medizinstudent, habe sein Studium aber unterbrechen müssen. Er sprach ziemlich gutes Englisch, und ich fragte ihn, was der Grund für die Unterbrechung gewesen sei. Zuerst lachte er, hörte aber sofort damit auf und zeigte mit den Händen um sich herum. Darauf packte ich ihn mitten in der Taverne an den Schultern. Ich sagte ihm ins Ohr, ich sei vollkommen auf seiner Seite. Bring mich zu Laura Palmen! Er antwortete, das könne er jetzt nicht tun, aber er bringe mich an einen anderen Ort. Inzwischen schauten uns die Leute an. Ich flüsterte ihm zu, er solle sagen, ich sei ein von weit her angereister Onkel.

Dann nahm er mich mit. Wir gingen zu Fuß durch die Stadt, mal ganz normal auf dem Gehweg, dann wieder liefen wir oder mussten sogar auf allen vieren kriechen. Ich stellte keine Fragen, denn ich hatte versprochen, unbedingt den Mund zu halten und mich über nichts zu wundern. Schließlich kamen wir an einen Ort, der meiner Meinung nach ebenfalls eine Taverne war. Mein Begleiter bat um Entschuldigung und gab mir die Hand. Er heiße Andreas. Es sei besser gewesen, dass ich seinen Namen auf dem Weg hierher nicht gekannt hatte. Ich sagte, das wisse ich jetzt. Andreas lachte, und alle anderen lachten auch.

Andreas sagte, ihre Namen hätten eigentlich keine Bedeutung. Sie würden sowieso gehen. Ich wunderte mich über den englischen Satz, den der Mann benutzte, und fragte mich, wohin sie sich als Nächstes begeben würden. Als ich bei ihm nachfragte, erfuhr ich, dass *we are going anyway* bedeutete, dass sie verloren waren, und nicht, dass sie sich an einen anderen Ort begeben wollten. Am Abend sagte Andreas, in der christlichen Namenstradition bedeute sein Name »der Tapfere«. Er versprach, mich am nächsten Tag nach Houla zu bringen, wo seine kleine Cousine lebe. *The Peace.* Namen sind für uns wichtig, sagte Andreas.

Zuvor lernte ich seine Großmutter kennen. Die alte Frau saß in schwarzen Kleidern am Tisch und erhob sich, als wir hereinkamen. Sie trat vor mich hin und ging auf die Knie. Andreas sagte, ich müsse mich ebenfalls hinknien. Ich tat es, und wir knieten uns gegenüber. Die alte Frau machte das Kreuzzeichen, nahm meine beiden Hände und küsste die Handrücken. Andreas meinte, seine Großmutter begrüße den Großvater der Tochter ihres Sohnes. Ich fragte, wo die Mutter des Kindes sei. Andreas übersetzte die Frage, und die Frau begann zu wehklagen.

Jetzt nahm der Enkelsohn meine Hände. Er musste mir mitteilen, was man mir noch nicht gesagt hatte. Die Eltern des Kindes waren im März ums Leben gekommen. Eine Todesschwadron aus dem Jemen, die zur Dschihad-Organisation Jabhat al-Nusra gehörte, habe sie umgebracht. Andreas' Onkel, der Vater meiner Enkeltochter, sei sofort tot gewesen. Es war eine Hinrichtung. Sie kamen, um den Onkel zu ermorden. Meine Tochter hatte noch eine Woche gelebt, war dann aber an den Verletzungen gestorben, die sie sich zuzog, als al-Nusra das Haus stürmte. Das kleine Mädchen hat bloß Schrammen von einem zersplitterten Fenster abbekommen. Die hohen Ränder des Bettes schützten das Kind.

Der dunkle Raum zerfiel vor meinen Augen in Pixel. Gezackte Streifen tauchten im Sehfeld auf, Andreas' Worte bekamen einen merkwürdigen Hall. Mit der rechten Hand umklammerte ich das linke Handgelenk und biss die Zähne zusammen. Ich zwang mich, systematisch zu denken und Prioritäten zu setzen, so wie es mir in der Ausbildung beigebracht worden war: Bei einem schlimmen Unglück oder im Kampf dürfen die Retter und das medizinische Personal den Opfern, die mit Sicherheit tot sind, keinerlei Aufmerksamkeit schenken. Die gesamte Energie muss darauf gerichtet sein, denjenigen zu helfen, die man noch in Sicherheit bringen und retten kann. Auch dabei müssen Prioritäten gesetzt werden: Wer schreit, hält vielleicht noch etwas länger durch. Die Stummen müssen in Augenschein genommen und in Tote und noch zu Rettende sortiert werden.

Ununterbrochen schilderte mir Andreas die Lage im Bürgerkrieg: Aus der ganzen islamischen Welt kamen Krieger nach Syrien. Freiwillige meldeten sich auch aus verschiedenen Ländern Europas, sogar aus Finnland, behauptete er. Sie schlossen sich der Freien Syrischen Armee an, aber in Wirklichkeit war die FSA keine einheitliche, disziplinierte Armee. Unter ihrem Namen waren in verschiedenen Gegenden des Landes bewaffnete Truppen unterwegs, die aus allen möglichen Gründen Menschen gefangen nahmen und töteten. Der Gruppierung aus dem Jemen hatte es genügt, dass der Vater meines Enkelkindes ein Kommunist war, der im syrischen Bürgerkrieg neutral bleiben wollte und sich weigerte, gegen die Regierung Assad zu kämpfen.

Andreas erzählte, das kleine Mädchen sei nach Houla gebracht worden, wo das Rote Kreuz Waisenkinder suchte und zusammen unterbrachte. Man hatte gedacht, dass die internationale Organisation dem Mädchen den besten Schutz gewährleistete. Bei den Verwandten wäre das Kind in ständiger Lebensgefahr gewesen. Andreas unterbrach sich, sah mich an und fragte, ob ich einen Moment für mich sein wolle. Mit Mühe brachte ich über die Lippen, ich wolle bei den Menschen sein, zu denen meine Tochter gekommen war und die ihr und meinem Enkelkind eine Obhut gegeben hatten.

Andreas übersetzte seiner Großmutter meine Worte. Die Alte stand auf, kam zu mir und umarmte mich. Auch Andreas umarmte mich. Aus irgendeinem absurden Grund kam mir in den Sinn, dass wir der ersten Kette einer Eishockeymannschaft ähnelten, die gerade ein Tor geschossen hat. Ich lachte und weinte zugleich, aber meine palästinensischen Gastgeber schienen mein Verhalten kein bisschen seltsam zu finden. Ich zwang mich, zur Ruhe zu kommen. Ich trank Tee. Wir schwiegen. Ich war bedrückt, aber ruhig. Zugleich empfand ich eine merkwürdige Verbundenheit. Der provisorische Aufenthaltsort dieser verfolgten und verfluchten Menschen kam mir wie ein Zuhause vor.

Schließlich fragte ich, wo Paula beigesetzt worden sei. Andreas antwortete, man habe die Leichen verbrannt und die Asche nach Bethlehem ins Westjordanland gebracht. Lebendig wäre sein Onkel nicht nach Palästina hineingekommen. Man hätte ihn verhaftet und in ein israelisches Gefängnis gebracht. Oder noch wahrscheinlicher hätte man ihn bei einem Helikopter- oder Drohnenangriff getötet. Jetzt sei seine Asche dort und müsse nicht wieder weg, im Gegensatz zu seiner Familie vor über sechzig Jahren. Andreas erzählte noch, auf Verlangen der Großmutter sei ein christlicher Pfarrer ins Krematorium geholt worden, um die Einsegnung vorzunehmen.

Ich gestand, meine Tochter seit ihrer Geburt nicht gesehen zu haben. Jetzt war ich zigtausend Kilometer gereist, um sie zu treffen, kam aber zu spät. Du wirst deine Enkeltochter sehen und in Sicherheit bringen, sagte Andreas. Ich bat um den Pass des kleinen Mädchens, gespannt, ob es den überhaupt gab, aber Andreas sagte, er werde ihn mir am nächsten Morgen geben, beim Aufbruch. Ich wollte noch wissen, warum das Rote Kreuz die verwaisten Kinder ausgerechnet in Houla unterbringe. Andreas erklärte, es habe vor drei Wochen ein Blutbad gegeben, bei dem regierungstreue Shabiha-Milizen mehr als hundert Menschen in den sunnitischen Dörfern der Region Houla getötet hatten, darunter fast vierzig Kinder.

Die Shabiha-Milizen waren aus Alawitengebieten stammende Banditen, die sich mit Assads Klan verbündet hatten und im Bürgerkrieg für die Regierung die Dreckarbeit erledigten. Einst waren die Shabihas in der Hafenstadt Latakia organisierte Kriminelle mit Beziehungen zu den Sowjets und zur Regierung gewesen. Seit den Siebzigerjahren hatten diese Gangster unter dem Schutz der das Land regierenden Assad-Sippe aktiv sein dürfen. Jetzt waren sie zu Handlangern der Regierung geworden. Der Junge senkte den Kopf und sagte, auch sie hätten seit den Siebzigerjahren unter dem Schutz der Regierung aktiv sein dürfen.

Der Krieg ist eine schlimme, schlimme Sache, sagte Andreas, der Medizin studieren wollte. Seit sechzig Jahren liegen wir mit Israel im Krieg. Wir haben alle Mittel angewendet. So wie es im Krieg immer geschieht. Im jetzigen Bürgerkrieg hier setzen alle Seiten sämtliche Mittel ein und begehen Kriegsverbrechen. Verschiedene Gruppen von Aufständischen ermorden Menschen, die sie nicht dulden. Die syrische Armee feuert mit schweren Geschützen auf Zivilisten oder greift sie aus der Luft mit Kampfflugzeugen und Hubschraubern an. Gleichzeitig bringen Shabiha-Milizen in Dörfern und Städten, die von Panzern und Artillerie der Armee belagert werden, Menschen mit Messern und Pistolen um.

Andreas versicherte, dass sie selbst an diesem Krieg nicht beteiligt seien. Ihr Kampf finde woanders statt, in Palästina. Sie suchten lediglich Zuflucht vor ihren Feinden, und hier hätten sie die früher gefunden. Jetzt gebe es nirgendwo mehr Schutz und keinen Ort, wo man sein Haupt betten konnte. Jesus hätte nichts anderes als Palästinenser sein können. Hier würden sie von den Gruppierungen, die im Namen des Freien Syrien agierten, verfolgt, aber ihre Leute seien auch von der Shabiha getötet worden. Auf der anderen Seite sei jeder ihrer Genossen, den die FSA umgebracht hatte, als angebliches Shabiha-Mitglied hingerichtet worden. Das sei auch vom Vater meines Enkelkindes behauptet worden.

Wieder dachte ich an die Vorschriften zur Seenotrettung, in denen betont wird, dass die Suche auch dann fortgesetzt werden muss, wenn keine Hoffnung mehr auf Überlebende besteht. Für die Angehörigen ist es am schlimmsten, wenn ein Lebenspartner oder ein Kind spurlos verschwunden bleibt. Trotzdem kam mir die Einäscherung in dieser Situation gegen alle Vernunft trostlos vor. Ich hatte meine Tochter als erwachsenen Menschen nicht gesehen, und jetzt war auch ihr Leichnam verbrannt und in einem kleinen Gefäß dreitausend Kilometer von zu Hause weg. Ich empfand das starke Bedürfnis, Paulas Grab zu besuchen.

Pirjo
Juni 2012, Vantaa

Die Arbeit fürs Fernsehen verfälscht das Weltbild und die Lebensvorstellung. Das habe ich mir in diesen Monaten eingestehen müssen, vor allem in den letzten Wochen. Über kurz oder lang hat man das Gefühl, dass das Bild von der Welt, das vom Fernsehen übertragen wird, die wirkliche Welt ist. Als Journalistin weiß man immer mehr über die Dinge, und auch deshalb kommt einem die Welt mit der Zeit irgendwie unvollständig vor. Sie ist quasi eine schlechte Kopie des vom Fernsehen gesendeten Bildes. Das Bild von der Welt kommt einem wirklicher und glanzvoller vor als die echte Welt.

Die Verfälschung merkt man auch daran, dass einem das authentische Bildmaterial aus Krisengebieten oder von Katastrophen vor der Bearbeitung unecht erscheint. Schüsse klingen nach gedämpftem Feuerwerk, ein Helikopter kann sich wie ein Mixer anhören. Ein Insert sieht erst dann nach Wirklichkeit aus und klingt auch so, wenn Effekte hinzugefügt werden und das Material am Schneidetisch mit allen Mitteln der digitalen Bildbearbeitung eingerichtet wird. Hinter der Illusion steckt natürlich auch schon die Tatsache, dass der Kameramann Entscheidungen getroffen hat: was er filmt und was nicht, aus welcher Perspektive und mit welchem Bildausschnitt.

Das führt zu einer Trübung des Wirklichkeitssinns. Man hört auf, die Dinge für echte Ereignisse zu halten. Wenn im Fernsehen ein Mensch stirbt, stirbt er nicht in echt. Sieht man sich eine Fiktion an, gehört es zur normalen Medienkompetenz, sich das bewusst zu machen. Wenn Sonny Corleone im *Paten* von Kugeln zersiebt wird, weiß jeder, dass da eine Figur stirbt und nicht der

Schauspieler James Caan. Mit dem gleichen Phänomen haben es Nachrichtenredakteure zu tun. Wir können in den Fernsehnachrichten alles erzählen, von der Havarie der *Estonia* bis zum Tsunami, ohne das Gefühl zu haben, dass sich diese entsetzlichen Dinge wirklich ereignen.

Sogar Kriegsberichterstattern passiert es leicht, dass sie nur das Leid und den Tod fotografieren und beschreiben und sich die Opfer nicht als echte Menschen vorstellen können. Oder wagen sie es nicht, an den Tod als etwas Reales zu denken? Ich habe jedenfalls den Eindruck, mich zu Paulas Abwesenheit zehn Jahre lang so verhalten zu haben, wie ich es mir bei der Fernseharbeit angeeignet habe: Es gibt eine Membran zwischen mir und der Wirklichkeit, und nichts passiert wirklich. So ist es mir gelungen, die Unruhe und die Sorge um mein Kind einzudämmen.

In dieselbe Richtung geht natürlich auch mein vor langem verinnerlichtes Prinzip, dass ein Kind möglichst früh selbständig werden und sich trauen soll, die eigenen Flügel zu benutzen. Paula hat das buchstäblich getan. Jetzt, da Johan aufgetaucht ist und sich auf den Weg gemacht hat, sie zu suchen, ist alles irgendwie real geworden. Dadurch haben sich auch Sorge und Angst eingestellt. Und Sehnsucht. Plötzlich begreift man, dass man eigentlich nicht viel von der eigenen Tochter weiß, und es entsteht das Bedürfnis, etwas über sie zu erfahren. Ich muss zugeben, dass ich auch Johan vermisse. Solche Gefühle habe ich bislang wohl in Arbeit ertränkt.

Johan

Juni 2012, Houla

Am Morgen gab mir Andreas den Pass der kleinen Rauha. Er gab mir auch Paulas Tagebuch mit dem schwarzen Einband, in dem sie nur spärliche Eintragungen gemacht hatte. Die letzte vor vier Monaten – am 28. Februar 2012. Ich versuchte mich zu erinnern, wo ich an jenem Tag war, aber es gelang mir nicht.

Wir machten uns auf den Weg. Zuerst kamen wir in eine Gasse, in der Andreas anfing zu rennen. Ich rannte ihm hinterher. Am Ende der Gasse spähte er mit Hilfe eines Autorückspiegels vorsichtig um die Ecke. Schließlich zog er eine Makarow-Pistole aus dem Holster, das er mit einem selbst gemachten Riemensystem unter der Achsel fixiert hatte. Er hatte versucht, mich zu zwingen, eine kugelsichere Weste zu tragen. Die einzige, die sie hatten. Ich weigerte mich und forderte ihn auf, die Weste selbst anzuziehen. Er sagte, das gehe nicht. Niemand würde glauben, dass er so dick sei, und dann würden wir am Check-Point auffliegen. Ich sagte, das Gleiche gelte auch für mich. Die Weste würde nur Verdacht erregen.

Andreas erklärte, der nächste Straßenabschnitt sei übel. Er liege unter dem Feuer von FSA-Scharfschützen. Sie lauerten an den Fenstern im obersten Stockwerk eines zerstörten Hauses. Seine Genossen hätten große Planen über die Fassade des Hauses gegenüber gezogen, um die Sniper beim Zielen zu stören. Im Schutz der Plane müsse man sich bewegen, und zwar flink. Höre man Schüsse, müsse man weiterrennen. Werde man getroffen, müsse man sich in den nächsten Hauseingang schleppen. Dann holten einen die Genossen spätestens nach Einbruch der Dunkelheit. Bevor wir losgegangen waren, hatte mir Andreas Verband und Wundpulver namens Wonder Dust gegeben. Die Makarow war angeblich für den Fall, dass die Scharfschützen auf die Straße kamen, um die Plane herunterzureißen.

Ich weiß nicht, was Andreas im Spiegel sah, aber wir warteten. Er sagte, hier gebe es die gleichen Jemeniten, die seinen Onkel und meine Tochter getötet hätten. In der Gegend wohnten viele Regierungsbeamte, und die Bewaffneten der FSA hätten das gesamte Viertel zur offenen Feuerzone erklärt. Betreten auf eigene Gefahr. Sie würden auf alles schießen, was sich bewegt. Der Gestank kam daher, dass vor zwei Wochen ein Müllauto von einer Panzerfaust getroffen worden war. Seitdem trauten sich die Müllfahrer nicht mehr in die Gegend, um die Behälter zu leeren. Der Abfall werde einfach auf die Straße geworfen. Einmal die Woche kam die Armee, um das Viertel von Snipern zu säubern, aber die Scharfschützen kehrten immer wieder zurück.

Die Jemeniten trügen schwarze Kleider, lange Bärte und kahl geschorene Köpfe. Vor ihnen solle ich mich in Acht nehmen. Sie würden sofort sehen, dass ich aus dem Westen kam. Auch viele Einheimische hätten Angst vor ihnen, aber meist unnötigerweise. Jeder Abendländer hingegen, der allein durch die falsche Straße ging, sei schon wegen seiner Herkunft in Gefahr. Ich fragte ihn, ob diesen Leuten der von Kofi Annan ausgehandelte Waffenstillstand egal sei. Andreas sagte, sie wüssten gar nichts davon.

Andreas sah im Spiegel ein Auto die Straße entlangkommen und sagte: Wir gehen, wenn es das zerstörte Haus erreicht hat. Die Scharfschützen richteten ihre Aufmerksamkeit garantiert auf das Fahrzeug. Sie könnten sogar versuchen, es mit ihren Panzerfäusten zu zerstören. Sollte das passieren, dürfe man sich um die Explosion und die Flammen nicht kümmern, sondern müsse weitergehen. Wir rannten zwischen der im Wind flatternden Plane und der Hauswand hindurch. Vor der Straßenecke endete die Deckung. Man kam sich gottverlassen vor, so in der hellen Morgensonne hinter dem eigenen Schatten herzurennen und

Angst zu haben, dass oben einer durchs Zielfernrohr schaut, den Vorhalt berechnet und abdrückt.

Als wir um die Ecke waren, schob Andreas die Pistole ins Holster und ging normal weiter. Er erklärte, wir kämen gleich in die Basargegend, wo es sicher sei. Vom Basar aus würden wir mit dem Lastwagen nach Houla fahren. Zweimal die Woche brachte er dort Obst hin. Meine Enkeltochter war auch so transportiert worden. Im Basar gab er die Makarow samt Holster dem Mann, der uns das Fahrzeug überließ. Es konnte sein, dass wir angehalten und kontrolliert wurden. Der Transport war erlaubt, aber wenn man eine Waffe trug, konnte man in große Schwierigkeiten kommen.

Mit dem Laster, der mit Datteln beladen war, fuhren wir die dreißig Kilometer von Homs nach Houla. Unter einem Wellblechdach wurden die Früchte abgeladen, in Körbe aus Drahtgeflecht geworfen und mit Stoffen abgedeckt. Das sollte sie wohl vor den Fliegen schützen, die sofort um sie herumschwirrten. Ein Teil der Früchte war beschädigt, so dass klebriger Fruchtzucker austrat. Plötzlich hörte man einen Knall, eher grell als dumpf, und danach explodierte irgendwo etwas.

Wir gingen in die Richtung und sahen in ungefähr einem Kilometer Entfernung am Hang einen Panzer stehen, der einen Schuss auf das Dorf abgegeben hatte. Er hatte sich seitlich drehen müssen, um sein Rohr weit genug nach unten auf sein Ziel richten zu können, auf ein bereits zerschossenes Haus, aus dem nun Rauch und Zementstaub aufstiegen. Zwei weiße Geländewagen kamen die Straße entlang. An ihren Kühlerhauben flatterten hellblaue Fähnchen. Aus dem Auspuff des Panzers drang schwarzer Qualm. Erst nach einer kleinen Verzögerung hörte man das Geräusch des Gasgebens und das Rumpeln der Panzerketten. Der Panzer fuhr den Hang hinauf und verschwand hinter dem Gipfel. Es war genau so ein T-72er, für den die Russen Ersatzteile gebracht hatten.

Aus den UN-Fahrzeugen stiegen vier Männer in Tarnanzügen und mit blauen Baretten aus. Sie kamen auf uns zu, und ich dachte, hier sind wir einigermaßen sicher. Die Truppen der syrischen Regierung würden wohl kaum ein Gebiet unter Beschuss nehmen, auf dem sich internationale Militärbeobachter aufhalten. Als sie näher kamen, sah ich, dass einer von ihnen Oberstleutnant Kinnunen war, der mit mir die Ausbildung gemacht hatte. Der Mann, mit dem ich gewettet hatte, wer am schnellsten Helsinki auf Skiern durchquerte.

Sara
Juni 2012, Vantaa

Pirjo Lampen kam zu uns. Ich erschrak sofort, als ich sie ohne Make-up sah. Sie war außer Fassung, müde und verheult, stellte ihre Tasche im Flur ab und ließ die Schultern hängen: Paula ist tot. Ich nahm sie in den Arm und führte sie ins Wohnzimmer. Sie setzte sich in den Sessel und hielt die leeren Hände im Schoß. Aus den Augen lief das Wasser, aus dem Mund kam ein leises Wimmern. Ich selbst befand mich in einem seltsamen Zustand der Klarheit. Irgendwie außerhalb des Geschehens und über allem. Pirjo schnäuzte sich und saß noch eine Weile still da. Dann fing sie stockend an zu sprechen.

Laura war schon vor drei Monaten bei den gewaltsamen Auseinandersetzungen in Syrien umgebracht worden. Ihr Mann war ebenfalls tot, aber die kleine Rauha lebte, und Johan Lampen wollte sie nach Finnland holen. Es war ihm gelungen, über die UN-Beobachter eine Nachricht zu schicken. Ich weiß nicht, was passierte, aber bald fand ich mich auf der Couch liegend. Markku sagte später, ich sei ganz blass geworden, und er habe mich festhalten müssen, damit ich nicht umkippte. Er drückte mir die kleine Laura in den Arm und setzte sich neben mich. Ich weinte. Die Tränen liefen Laura ins Haar, und sie kicherte. Offenbar fühlten sich die warmen Tropfen angenehm an.

Eine Weile waren wir vollkommen still. Ich biss die Zähne zusammen, um das Kind nicht mit dem lauten Heulen zu erschrecken, das aus mir herausbrechen wollte. Auch Pirjo weinte und fragte dann mühsam, wie ein Mensch nur so radikal werden könne. Ob ich glaubte, Paula habe sich an den terroristischen Aktivitäten nur beteiligt, weil sie unter dem Einfluss ihres Mannes gestanden habe, oder ob sie aus Überzeugung mitgemacht habe. Ich sagte, ich könne mir Laura nicht unter dem Einfluss von irgendwem vorstellen. Allerdings faszinierte sie alles Spannende, Geheimnisvolle und Gefährliche, und sie hasste Ungerechtigkeit. Das war Lauras Überzeugung. Wir schluchzten beide beim Sprechen.

Markku hatte Kaffee gekocht und brachte dazu spanischen Brandy. Pirjo wischte sich die Augen und schnäuzte sich. Sie wollte über Laura reden. Wir unterhielten uns kurz über Namen, und ich sagte, für mich sei es unmöglich, einen anderen Namen als Laura zu benutzen. Wenn ich versuchte, mich an eine Paula zu erinnern, falle mir nichts ein. Laura sei für mich Laura. Pirjo Lampen erzählte lauter wirres Zeug über die frühe Selbständigkeit von Kindern und dass die größte Herausforderung der Mutterschaft darin bestehe, das Kind loszulassen und es nicht an sich zu binden. In der Situation schwankten meine Gefühle von einem Extrem zum anderen. Ich wurde wütend.

Ich musste mich regelrecht beherrschen, um nicht zu schreien. Ich sagte, ich würde gar nichts anderes kennen, als das Leben eines losgelassenen Kindes, weil ich das einzige Kind einer alleinerziehenden Mutter mit Drogenproblemen gewesen sei und keine andere Familie gehabt hätte als Laura, die für mich eine Schwester und alle anderen Familienmitglieder in einem gewesen sei. Für mich sei es hier und jetzt am wichtigsten, mich um die Familie zu kümmern, die ich endlich bekommen habe, und darum könne ich mir das Loslassen des Kindes nicht als größte Herausforderung des Mutterdaseins vorstellen. Markku versuchte mir noch etwas Fundador nachzuschenken, aber ich winkte zornig ab.

Mit Sicherheit hatte sich noch nie jemand in die Entscheidungen eingemischt, die Pirjo Lampen in ihrem Leben getroffen hatte. Aber ich fragte sie nun, ob ihr eigentlich klar sei, dass Laura und ich vollkommen uns selbst überlassen waren und auch noch angespornt wurden, dorthin zu gehen, wo wir nicht hätten hingehen sollen. Die ganze Wertewelt des Reisens und Aufbrechens und der verlogenen Selbständigkeit sei uns geradezu eingeimpft worden. Man hatte zugelassen, dass wir aus allen möglichen Quellen die Romantik von Fernreisen und Abenteuer in uns aufsogen. Dann fing ich doch an zu schreien: Wenn ich nur das ganze Rund-um-die-Welt-Fliegen aus mir rausbekäme! Ich würde es sofort dagegen eintauschen, dass Laura hier wäre!

Pirjo wirkte ratlos und sagte, ich hätte bestimmt recht, und sie habe unrecht gehabt. Immer wieder sagte sie das. Ich war so außer mir, dass ich ihr beinahe befohlen hätte, ein Buch der Gelben Reihe aus dem Regal zu nehmen. Stattdessen zog ich selbst willkürlich eines heraus, Pablo Nerudas *Ich bekenne, ich habe gelebt*. Ich schlug die letzte Seite auf und blätterte so weit nach vorne, bis das Verzeichnis aller Bücher der Gelben Bibliothek kam. Es waren mehr als hundertfünfzig. Ich legte den Finger auf die erste Zeile. *Too Late the Phalarope*, stand dort, doch ich stellte das Buch zurück, ohne ihr den Titel des Romans von Alan Paton vorzulesen.

Ich bat für mein Geschrei um Verzeihung und umarmte Pirjo. Ich gestand, dass das mit dem Sich-selbst-überlassen-Sein nicht so einfach sei. Pirjo sei immer nett zu mir gewesen und habe mir die Geborgenheit gegeben, die ich von meiner eigenen Mutter nicht bekommen hätte. Sie hatte uns vertraut und uns Dinge erlaubt, um die uns viele andere beneideten. Ich verstand, dass sie im guten Glauben gehandelt und uns auf die Art zur Selbständigkeit ermuntert hatte, die sie für richtig hielt. Als Kind hatte Laura ihre Mutter vergöttert. Wir tragen jetzt große Trauer, sagte ich, aber auch die große Hoffnung, dass Johan Lauras Kind nach Hause bringt.

Johan
Juni 2012, Houla

Herr Oberst, grüß dich, sagte ich. Kinnunen schob die Sonnenbrille auf die Stirn, und ich bestätigte ihm, dass ich es war: Jetzt fang aber nicht an, dich zu wundern, hier geht's schon genug drunter und drüber. In dem Moment hörte man hinter der Anhöhe den dumpfen Knall eines Granatwerfers. Das Geschoss zischte über uns hinweg und schlug irgendwo im Dorf ein. Kinnunen und die anderen Beobachter rannten zu ihren Fahrzeugen. Dort wurde eine Weile aufgeregt in die Funkgeräte gesprochen, dann kamen die UNO-Leute wieder zu uns.

Da außer Kinnunen keiner ein Wort verstand, sang ich eine Zeile aus einem Protestlied aus den Siebzigern: »Verdammt, sie schießen uns nieder, helft uns, Schwestern und Brüder!« Danach brauchte Kinnunen einen Moment, bis er seinen kanadischen Kameraden erklärt hatte, er könne »für mich garantieren«, ich sei ein finnischer Offizier. Das schien neu für Andreas zu sein. Auch sonst schien er keine Erklärung für mein Verhalten zu haben.

Die anderen Beobachter gingen zu den Autos und sprachen erneut in die Funkgeräte. Kinnunen blieb stehen und fragte natürlich, wie, zum Teufel, ich hierhergekommen war und mit welchem Auftrag. Ich hatte Andreas auf Englisch vorgestellt, aber mit dem Oberstleutnant sprach ich Finnisch. Als auch er wieder zu den Autos ging, sagte Andreas, um diese Leute bräuchte ich mich kein bisschen zu scheren: UN stehe für *United Nothing*. Ich erwiderte, ich würde mich schon ein bisschen um die scheren. Bevor wir ins Dorf gingen, sollten wir abwarten, bis die Beobachter die Schießerei beendet hätten.

Ich erzählte Andreas, dass der Oberstleutnant ein finnischer

Kollege von mir war. Darauf entgegnete er, einem UN-Beobachter aus Finnland dürfte es schwerfallen, andere von seiner Neutralität zu überzeugen, weil alle wussten, dass die syrische Armee den finnischen »Tampella-Mörser« benutzte. Der Schuss von eben stamme vermutlich aus so einem. Andreas behauptete, auch die andere Seite hätte finnische Waffen. Bei den Snipern der FSA habe man finnische Präzisionsgewehre gefunden, die mit den Dschihadisten aus Bahrain und über Saudi-Arabien ins Land gekommen waren.

Ich sagte, Finnland verkaufe keine Granatwerfer, aber es gebe im Nahen Osten viele Waffen, die auf finnische Konstruktionen zurückgingen, weil Israel in Lizenz Kopien des Tampella-Mörsers baue. Man wisse allerdings auch, dass der Waffenhersteller Sako seine TRG-Gewehre in irgendein arabisches Land exportiert habe. Gut möglich, dass es Bahrain war.

Kinnunen kam zurück und sagte, seine Kollegen nähmen Kontakt mit dem syrischen Generalstab auf. Er müsse wieder zu den Autos, sobald sie den Oberst, der die Belagerungstruppen befehligte, am Apparat hätten. Als Beobachter des Waffenstillstands sei es ihre Pflicht, gegenüber der syrischen Armee den Bruch der Waffenruhe zu beanstanden. Zumal hier mit schwerem Geschütz auf Zivilobjekte gefeuert werde. Kinnunen sagte, er kenne den syrischen Oberst ein bisschen, weil er früher schon einmal hier gewesen sei und mit dem Mann zusammengearbeitet habe. Die haben es auch nicht leicht, das kannst du mir glauben, sagte er. Es war leicht, ihm das zu glauben.

Während wir warteten, konnte ich ihm kurz berichten, warum ich in Syrien und Houla war. Er reagierte mit einem seltsamen Gesichtsausdruck. Zwei Tage zuvor war er schon einmal in diesem Dorf gewesen und hatte dabei das Sammellager des Roten Kreuzes besucht, dessen Verlegung in ein neues Feldlazarett in Homs geplant wurde. Genau deshalb waren sie hier. Kinnunen sagte, er habe nicht glauben können, was er bei dem Besuch der

Dorfschule, wo sich die Kinder aufhielten, gehört habe: Worte in finnischer Sprache. Ein kleines Mädchen habe eine Flickenpuppe, die aus einem Palästinensertuch gemacht worden war, im Arm gehabt und zu ihr Arabisch gesprochen, dann aber drei finnische Wörter gesagt: »Jetzt wird geschlafen.« Die Puppe hieß Pirjo.

Als die Verbindung zum syrischen Kommandanten stand, ging Kinnunen zu den Autos. Ich bat Andreas, mir etwas von seiner Cousine zu erzählen. Er sagte, sie alle seien sehr kinderlieb, und das Mädchen sei der Liebling der ganzen Sippe gewesen. Kleine Kinder gewöhnten sich an fast alles. Andreas selbst wurde in einem Lager im Libanon geboren und hatte Schatila überlebt. Die Falangisten hatten seine Mutter umgebracht, doch zuvor hatte sie den kleinen Andreas in einem aus Schilf geflochtenen Korb zwischen der Wäsche versteckt.

Wie der von seiner Mutter im Nil ausgesetzte Moses lag er darin. Moses wusste nicht, was man mit ihm gemacht hatte und wo er herstammte, warum man sein Volk derart verfolgte, dass alle Kinder männlichen Geschlechts getötet und in den Fluss geworfen werden sollten. Aufgrund seiner Unwissenheit akklimatisierte sich Moses am Hof des Pharaos.

Andreas sagte, er habe sich schon als Baby anhören müssen, was man seiner Mutter und den anderen Frauen und Kindern im Flüchtlingslager angetan hatte. Trotzdem konnte er sich an nichts erinnern. Er habe oft in der Bibel seiner Großmutter gelesen, insbesondere das zweite Buch Mose, erzählte er. Darin sei die Rede von einem kleinen Kind, das ins Hauptquartier des Feindes gerate, am Ende aber sein Volk aus der Sklaverei führe.

Das Mädchen kenne nichts anderes als das hier. Dennoch sei die kleine Rauha ein glückliches Kind. Was für eine Sprache sie spreche, wollte ich wissen. Andreas lachte: Sie spricht alle Sprachen der Welt! Wir sprechen mit ihr unsere Sprache, ihre Mutter redete in ihrer Sprache mit ihr. John, sagte Andreas, mach dir um so etwas keine Sorgen! Bring das Mädchen weg von hier, damit wenigstens jemand am Leben bleibt. Mach es wie die Tochter des Pharaos, die Moses aus dem Fluss nahm und in Sicherheit brachte.

Kinnunen kam wieder zu uns. Der syrische Kommandeur hatte gesagt, im Dorf seien »unfreundliche Aktivitäten« registriert und in den beschossenen Gebäuden lokalisiert worden. Die UN-Beobachter hatten die Syrer aufgefordert, den Waffenstillstand einzuhalten und aufzuhören, zivile Ziele zu beschießen. Dem Kommandeur zufolge sei ein von Aufständischen besetztes Gebäude kein ziviles Ziel. Kinnunen schüttelte den Kopf: Verantwortungslos! Der weiß doch, was ein Granatwerferfeuer für eine Streuung hat. Wie will er garantieren, dass ein Schuss mitten in ein dicht bebautes Dorf genau an dem Zielpunkt landet, der anvisiert worden ist?

Kinnunen hatte gemeldet, es werde noch heute ein Transport mit folgender Zusammensetzung aufbrechen: als Erstes ein Fahrzeug mit UN-Kennung, dann ein weißer Bus mit roten Kreuzen auf den Seiten und auf dem Dach. An letzter Stelle ein zweites UN-Fahrzeug. Ziel des Konvois sei das Feldlazarett des Roten Kreuzes in Homs. Sollte der Transport gestört werden, hätte das ernsthafte völkerrechtliche und politische Folgen. Die Regierung müsse dann damit rechnen, dass der Luftraum geschlossen werde und Maschinen der Nato anfangen würden, das Flugverbot zu überwachen.

Kinnunen glaubte, der Beschuss sei für diesmal beendet, und so machten Andreas und ich uns auf den Weg zum Sammellager des Roten Kreuzes, dessen aktuellen Standort Andreas kannte, weil er zuletzt vor vier Tagen dort gewesen war. Er erzählte, es habe sie alle immer amüsiert, dass für Rauha stets Milch beschafft werden musste. Sie hatten keine Kuhmilch, aber für das Kind besorgten sie Milch von Ziegen, Schafen und manchmal auch von Kamelen. Er riet mir, das Kind auf Finnisch zu fragen, ob es Milch möchte. Das sei es von seiner Mutter jeden Morgen gefragt worden.

Am Ziel angekommen, verrührte ich das Milchpulver, das ich von den Mitarbeitern bekommen hatte, in einer Blechtasse mit Wasser und ging zu dem kleinen Mädchen. Es trug eine Mullbinde um den Kopf, über die schwarze Locken fielen. Im Gesicht hatte es kleine Wunden, auf die Stücke von Salbentüll gelegt worden waren. Kinnunen hatte erzählt, eine Granate aus dem Panzer der Armee sei gestern in der Nähe des Sammellagers explodiert, und die Kinder hätten Glas- und Betonsplitter abbekommen. Ich wusste, dass kleine Kinder, auch wenn sie gut betreut werden, in einer bestimmten Entwicklungsphase Scheu vor Unbekannten haben, nach dieser Phase aber sehr zutraulich werden können. Immerhin sah mir das Mädchen in die Augen, als ich mit der Blechtasse in der Hand vor ihm in die Hocke ging.

»Rauha. Möchtest du Milch?«

»Wer bist du?«

»Dein Opa.«

»Wo kommst du her?«

»Von daheim.«

»Warum?«

»Ich bin gekommen, um dich zu holen.«

Sommersonnenwende

2012

Johan und die Waisenkinder aus Houla sowie die norwegischen Freiwilligen, die sich um sie kümmern, werden ins Feldlazarett des Roten Kreuzes in der Stadt Homs evakuiert. Rauha wird ärztlich untersucht und für gesund erklärt, abgesehen von den Schrammen im Gesicht. Die Kopfwunde, die sie sich früher zugezogen hat, ist gut verheilt. Johan befindet sich in einem sonderbaren Glückszustand, nachdem er das Kind seines Kindes gefunden hat. Gleichzeitig wächst seine Besorgnis: Er will einen Menschen von einem anderen Kontinent nach Europa bringen, und das Ausgangsland ist das zum Brennpunkt der internationalen Aufmerksamkeit gewordene Syrien, in dem ein chaotischer und grausamer Bürgerkrieg herrscht.

Das Lazarett ist ein Zelt, in dem es heiß ist und Fliegen umherschwirren. Nervös zeigt Johan dem leitenden Ärztepaar den Pass der zweijährigen Rauha, die Kopie ihrer Geburtsurkunde sowie seinen eigenen Pass und sagt immer wieder, er könne beweisen, dass er der Großvater des kleinen Mädchens sei, er wolle es aus dem Kriegsgebiet heraus und in Sicherheit bringen. Er hat aus Finnland beglaubigte Kopien von Dokumenten mitgebracht, die besagen, dass er Paula Lampens Vater ist. Paula Lampen wiederum kann aufgrund der Unterlagen als Laura Palmen identifiziert werden. Allerdings könnte sie auch als Frau Hugh Taylor aufgetreten sein …

Johan kann überdies die Visa vorzeigen, die er von einem russischen Geheimdienstmitarbeiter bekommen hat und die zur Ausreise aus Syrien berechtigen. Hastig kramt er die Reisedokumente aus der verborgenen Gürteltasche und beteuert, man könne von ihm aus auch gern einen DNA-Test machen. Die Ärzte tauschen einen Blick, den Johan in seiner Aufregung nicht registriert. Wie sollen sie unter diesen Umständen so einen Test durchführen, wo sie nicht einmal die C-reaktiven Proteinwerte der Verwundeten feststellen können?

Die norwegischen Ärzte in ihren blutigen Schürzen zucken mit den Achseln und klopfen Johan dann auf die Schulter: Bring das Kind nur weg von hier, wenn du kannst! Sie haben nicht vor, ihm Steine in den Weg zu legen, auch wenn das Kind, streng genommen, ihr Patient ist.

Von Homs aus kam man nicht mehr nach Damaskus. Aleppo war die einzige Möglichkeit. Man musste überlegen, wie Johan und das kleine Mädchen möglichst sicher dorthin gelangen konnten. Oberstleutnant Kinnunen versteckte die beiden in seinem weiß lackierten Toyota Land Cruiser und fuhr auf der Straße, die über den Pass am Berg Jabal führte, aus Homs und dem Belagerungsring um die Stadt heraus. Als das Fahrzeug die Artilleriestellungen der Regierungstruppen passiert hatte und östlich der Berge die Straße erreichte, die durch die Wüste nach Aleppo führte, kam Johan unter den Tarnnetzen hervor.

Er zog sich einen Wüstentarnanzug an, wie ihn die finnischen UN-Beobachter trugen. Daran wurden die Rangabzeichen des Marineoffiziers und das Bären-Symbol des Grenzbewachungswesens befestigt. Am Jackenärmel wurde ein orange eingefasstes Band mit der Aufschrift FINNISCHER GRENZSCHUTZ. FINNISH BORDER GUARD angenäht. Ein Aufnäher mit der finnischen Fahne war bereits vorhanden gewesen, alle anderen Abzeichen stammten aus Johans Portemonnaie. Zum Schluss setzte der Kommodore ein hellblaues Barett auf.

Man hatte verschiedene Möglichkeiten in Betracht gezogen und entschieden, dass es einem hochrangigen Grenzschutzoffizier, der aus einem neutralen Land kam und in einem Fahrzeug der UNO saß, möglich wäre, durch alle Kontrollen zwischen den Wachposten, die der Kommandeur für die Belagerung von Homs aufgestellt hatte, und der Sicherheitskontrolle am Flughafen Aleppo zu kommen. Genauer gesagt, beruhte der ganze Plan darauf, dass Johans Kamerad schon früher einmal mit einem UN-Mandat in Syrien gewesen war und dabei in der Militärakademie von Homs den Oberst kennengelernt hatte, der nun den Befehl erhalten hatte, die Stadt zu belagern.

Johan und seine unter den Tarnnetzen schlafende Enkeltochter erreichten im UN-Fahrzeug Aleppo. Vor der Stadt meldete sich der Fahrer an, und das Auto wurde an einem per Funk vereinbarten Punkt gestoppt. Die Soldaten an diesem Checkpoint warfen nur einen kurzen Blick auf die Papiere, die ihnen durchs Seitenfenster gereicht wurden. Im Prinzip hatten sie gar kein Recht, das Fahrzeug zu kontrollieren. Laut den Vereinbarungen bildeten die weiß lackierten Blechgehäuse kleine, mobile Zonen der Unantastbarkeit innerhalb des vom Bürgerkrieg heimgesuchten Landes.

Keine Partei des Konflikts mochte die internationalen Beobachter. Trotz der formalen Autorität, die aus seinem Status resultierte, ging Johans Kamerad, Oberstleutnant Kinnunen, ein großes Risiko ein, als er Johan und das Kind in einem Auto mit den Kennzeichen der Vereinten Nationen durch ein Land kutschierte, das sich in einer international extrem brisanten Situation befand.

Vielleicht hatte der Mann das Gefühl, Johan wegen einer an sich bedeutungslosen, ja sogar lächerlichen Wette etwas schuldig zu sein. Vielleicht erinnerte sich Johans Kamerad auch daran, wie nach der Wette in der Kadettenschule die Tür zur Sauna aufging und wieder einmal einer von der Dusche aus brüllte: »Was müssen wir?« Und aus vollem Hals und wie aus einem Munde kam dann von den Pritschen die traditionelle Antwort aus einem Vers des »Gesangs der Athener«: »Sterben müssen wir!«

Johan und sein Kamerad sind nicht nur wegen ihres Alters keine idealistischen Jünglinge mehr, die »im Kampf fürs Land«

sterben müssen, wie sie Viktor Rydberg in seinem von Jean Sibelius vertonten Gedicht schildert. Besser würde zu ihnen der zweite Vers des Liedes passen: »Freudig opfere dein Leben für dein Kind.«

Johan hat die Militärschule auf Suomenlinna besucht, und nach dem dort in Stein gemeißelten Text soll man sich nicht auf fremde Hilfe verlassen. Sie sind keine Schweden und wollen keine Russen werden. Griechen sind sie noch nie gewesen. Im Licht der Wirtschaftsnachrichten ist das sicherlich auch das Letzte, was sie werden wollen, auch wenn der »Gesang der Athener« der Ehrenmarsch der Kadetten ist. Dank des Oberstleutnants schaffte es Kommodore Lampen jedenfalls auf den einzigen Flughafen, von dem man in jenen Tagen Syrien verlassen konnte.

Jetzt umklammert die warme Hand des Kindes Johans linken Daumen. Sie gehen von der Sicherheitskontrolle ins Abflugterminal und direkt zum Gate. Der Flug in die Türkei ist verspätet. Darüber wird immer wieder in Durchsagen informiert. Einer der Menschen, die am Gate warten, fängt an zu brüllen wie ein Tier. Auch viele andere beklagen sich. Johan nimmt Rauha auf den Arm und flüstert ihr ins Ohr: ruhig, ganz ruhig… Etwas Vernünftigeres kann er nicht sagen. Die türkischen Diplomaten beruhigen ihre Angehörigen.

Einer von ihnen kommt auf Johan zu und beteuert, die Maschine werde starten, man werde von hier wegkommen. Alles habe mit dem Zwischenfall vom Vortag zu tun: Eines ihrer Kampfflugzeuge habe eine syrische Mig abgeschossen. Der äußerst ruhige und vornehme Diplomat blickt auf Johans Rangabzeichen und sagt: Kommodore, Sie und Ihre Begleiterin werden von hier nach Istanbul gelangen. Die größte Stadt unseres Landes liegt dort, wo sich zwei Kontinente treffen. Wir wollen ein Teil Europas sein. Sie kommen von hier weg, und ich kann Ihnen versichern, dass Sie die Reise von meinem Land aus zu jedem Ziel auf unserem Kontinent fortsetzen können.

Sommersonnenwende

2017

Als sie vor fünf Jahren in die Klinik gingen, um die Testergebnisse zu erfahren, die ihnen das Sorgerecht sichern sollten, fragte der alte Oberarzt, der an dem Fall interessiert war, was Johan bei der Suche nach seiner Tochter gedacht habe. Er ist wie der Terminator im Film, sagte Pirjo sofort. Wo ist das Objekt, wo ist das Objekt… Ich werde es retten… Erst als er mit dem Mädchen nach Hause kam, begannen die eigentlichen Schwierigkeiten, und das sei für Johan dann zu viel gewesen. Und jetzt soll Rauha auch noch in ein Kinderheim gesteckt werden! Der Doktor äußerte die Vermutung, dass es auch während der Suche schon Schwierigkeiten gegeben hatte.

Pirjo erzählte, Johan habe bei den Vernehmungen völlig unnötigerweise sämtliche Überschreitungen seiner Befugnisse eingeräumt, die mit dem »Missbrauch des Amtes zum privaten Nutzen« zu tun hatten. Eine entsprechende Anklage werde derzeit vorbereitet, und zwar bloß deshalb, weil Johan, wie Pirjo sagte, überhaupt nicht an seinen eigenen Vorteil denken könne. Der Oberarzt entgegnete, er sei weder Polizist noch Staatsanwalt. Die Testergebnisse bescheinigten auf jeden Fall, dass Johan und Pirjo enge Verwandte von Rauha Lampen seien.

Er sagte, er gehe bald in Pension und habe während seiner Laufbahn brauchbare Kontakte zu Vertretern der Beamtenschaft in verschiedenen Zweigen der Administration aufgebaut, auch im Justiz- und Innenministerium. Der Kommodore brauche sich keine Sorgen zu machen, versicherte er. Das Retten eines Menschenlebens ist etwas, wofür unser Administrationszweig letztendlich da ist. Ich sehe, dass der Kommodore eine solche Aufgabe erfüllt hat und werde darüber ein Gutachten schreiben, das Ihnen beiden das Sorgerecht garantiert. Ich glaube auch garantieren zu können, dass die Anklage wegen Amtsmissbrauchs fallengelassen wird.

Im Jahr 2017 besucht Laura bereits die Schule, aber Rauha wird erst im Herbst eingeschult. Laura kommt mit dem Bus nach Kemiö, weil ihre Eltern kein Auto haben, aber Rauhas Opa hat einen Volvo, und das ist das tollste Auto, das Rauha sich vorstellen kann. Früher war mal das Dach kaputt, aber das ist in Heikki Jensens Werkstatt in Västanfjärd repariert worden.

Rauha und ihr Opa fahren am Morgen in Rosala los. Rauha hüpft und rennt um den Volvo herum. Es ist Mittsommer, sie müssen einkaufen, und dann kommt der Besuch: Laura und Sara und Markku. Nach den Sommerferien ziehen sie dann wieder nach Vantaa, wo die Grundschule ist. Was dieser »Grund« sein soll, versteht Rauha nicht.

Nach der zweiten Fähre fahren sie nach Taalintehdas zum Blumenladen. Opa redet lang mit der Frau dort. Sie will wissen, ob eine Art Wiesenstrauß gut wäre. Opa findet, das wäre sehr gut. Rauha ist zwischen den großen Blumenvasen auf einem Bein gehüpft und fragt sich, was mit Opa los ist. Opa weint nie, wie Rauha manchmal weint, wenn es wehtut. Jetzt hat Opa aber Tränen in den Augen, als er der Frau das Geld gibt.

Die leicht besorgte Rauha und ihr Opa fahren zwischen großen Feldern hindurch und biegen dann rechts ab. Västanfjärd, kann Rauha schon lesen. Sie kommen an der grauen Kirche vorbei und steigen auf einem kleinen Parkplatz aus. Die Kirche ist aus eckigen Steinblöcken gebaut worden und sieht aus wie die Burg von Rittern oder Räubern. Sie würde Rauha interessieren, vor allem weil sie gehört hat, dass da drinnen kleine Segelschiffe an der Decke hängen. Opa geht jedoch durch das Tor zum Friedhof. Rauha weiß, dass es ein Friedhof ist. Sie ist schon oft mit Opa hier gewesen.

Auch hier gibt es überall schwarze und graue eckige Steine. Sie stehen in Reihen und sehen aus wie Koffer. Die kleineren sind wie solche, die Leute auf dem Flughafen hinter sich herziehen. Rauha hat den Flughafen gesehen, als sie mit Pirjo echte Reisen unternommen hat – einmal nach Amsterdam und einmal nach Rom.

Opa und Rauha gehen einen Sandweg entlang und bleiben vor einem Koffer stehen. Rauha liest ihren eigenen Namen darauf. Opa legt die Blumen, die ihm die Frau gegeben hat, aufs Grab und sagt, hier liegt ein Mädchen namens Rauha begraben, das vor langer Zeit gestorben ist. Diese Rauha war eine gute Freundin von Opa.

Opa fragt Rauha, wie schnell sie zum Auto laufen kann. Er stoppt die Zeit. Rauha rennt los, und als sie am Auto angekommen ist, sieht sie Opa die Hand heben. Eine Minute und zwei Sekunden. Dann fahren sie ins Kirchdorf von Kemiö.

Der Bus kommt an der Haltestelle an, wo Rauha und Johan auf die Besucher warten. Sie steigen in Johans Wagen um. Die Erwachsenen nehmen die Sitzplätze ein, aber die Mädchen wollen in den Kofferraum des Kombis. Es wird ihnen erlaubt, und während der ganzen Fahrt hört man von hinten den nachgeahmten Kommentar aus dem Off eines Dokumentarfilms. Die Mädchen stellen sich die Heckscheibe als Fernsehschirm vor, auf dem die Bilder rückwärts laufen. Alles, was hinter dem Volvo zurückbleibt, ist Vergangenheit, die verloren geht, die falsch herum abgespielte Wiederholung eines bereits gedrehten Films. Pirjo hat ihnen am Schneidetisch gezeigt, wie man das Bild vorwärts und rückwärts laufen lassen kann.

Am Abend vor Mittsommer spielen Rauha und Laura im Bootsschuppen. Dort hängen Netze, Seile und komische Werkzeuge an den Wänden: ein Spaten, dessen breites Blatt voller runder Löcher ist, und spitze Waffen, von denen man nicht weiß, wofür sie gut sind. Die Mädchen dürfen nichts anfassen, aber sie hätten auch gar nicht die Kraft, die Werkzeuge zu heben. Etwas berühren sie aber doch: die rot gestrichenen Holzbalken. Das sind Opas Netzmarkierungen. Eine von ihnen ist größer als Rauha.

Die Mädchen stecken die Finger in die glatt geschliffenen Löcher für die Schnüre. Sie betasten die nach Teer riechenden Seilbündel und streicheln die an der Wand aufgespannten, feinmaschigen Netze. Die kühle Netzschnur kitzelt an den Handflächen, und die Mädchen kichern. Durch die Bretterritzen dringt das vom Meer gebrochene Glitzern der Sonne herein. Es sorgt für wundersame Lichtfalter, die durch den halbdunklen Bootsschuppen flattern, weil sich draußen die von der Sonne bestrahlten Wellen kräuseln. Die Mädchen jagen den Lichtfaltern nach und versuchen, sie in ihren Händen einzuschließen, aber dann tauchen die Falter auf dem Handrücken auf, als kämen sie durch die Haut.

Hannu Raittila

Canal Grande

Roman

368 Seiten, Broschur, btb 73183, btb 73965
Aus dem Finnischen von Stefan Moster

Fünf Finnen und ein Sanierungsfall – ein Venedigroman der besonderen Art.

Was geschieht, wenn fünf Finnen im Auftrag der UNESCO nach Venedig reisen, um die Stadt vor dem Versinken zu retten? Nun, es geschieht eine ganze Menge Unsinn. Urkomisch, intelligent, voller Anspielungen auf Literatur, Kunst und Kultur: *Canal Grande* ist ein fesselnder Roman und eine unterhaltsame Auseinandersetzung nicht nur mit Venedig, sondern auch mit den Finnen und der abendländischen Kultur.

»Wahre Schönheit kommt von Finnen!«

FAS

Hannu Raittila

Atlantis

Roman

352 Seiten, btb 73727
Aus dem Finnischen von Stefan Moster

Die spinnen, die Finnen!

Ein finnisches Dorf, das in zehn Meter Tiefe des Saima-Sees liegt. Ein größenwahnsinniger Geschäftsmann, der dort Unterwasser-Tourismus entwickeln will. Eine Volkskundlerin, die auf ihren Tauchgängen der finnischen Geschichte nachspürt … Hannu Raittilas Roman *Atlantis* besticht durch überbordende Phantasie, liebenswert-skurrile Protagonisten und trockenen finnischen Humor.

»Eine bezaubernde Beschwörung der Macht des Meeres.«
Das Magazin

btb

Edo Popović

Ausfahrt Zagreb-Süd

192 Seiten, btb 74193

Zu alt für Rock 'n' Roll, zu jung für den Tod.

Sie haben die 40 längst überschritten, der Krieg im ehemaligen Jugoslawien hat sie ihrer besten Jahre beraubt. Sie sind zu alt für Rock 'n' Roll, aber zum Sterben noch zu jung. Bebas Erfolg als Schriftsteller liegt schon eine Weile zurück, er irrt alkoholselig durch sein Restleben. Seine Frau rettet sich in die virtuelle Welt und nutzt die E-Mail als Therapie-Ersatz. Sein Freund, der ehemalige Rechtsanwalt Kanceli, haust, von seiner Familie verlassen, in einer ausgeräumten Wohnung. Die Versprechen der Demokratie: für Popovics Helden erweisen sich als nicht besonders überzeugend. Popovic entwirft ein skurril-sympathisches Panorama jener verlorenen Generation, die im 20. Jahrhundert gesoffen hat und im 21. Jahrhundert nüchtern geworden ist.

»Einer, der das Leben in einem Wartesaal namens Kroatien in Sätze bringt, die wahr sind und zugleich so cool, als stammten sie von Tom Waits.«

Elke Schmitter, Der Spiegel

btb